Juliette Benzoni

Marianne und der Sieg der Liebe

Juliette Benzoni

Marianne und der Sieg der Liebe

NAUMANN & GÖBEL

Sonderausgabe der Naumann & Göbel
Verlagsgesellschaft, Köln
Mit freundlicher Genehmigung der
Verlagsgruppe Langen Müller/Herbig

Schutzumschlag: Rincón Partners, Köln
Gesamtherstellung: Freiburger Graphische Betriebe, Freiburg
Printed in West Germany

ISBN 3-625-20157-7

Inhalt

Erster Teil

Wird Moskau brennen?

ERSTES KAPITEL

Die Ufer der Kodyma

Das große Wiesenland schien grenzenlos zu sein. Unter der Sommersonne kräuselte ein leichter Wind die silbergraue Fläche, die bis zum Horizont gleich dem leichtbewegten Wasser eines gewaltigen Sees wogte. Das lebte und bewegte sich wie das seidenweiche Haar eines gigantischen Fabelwesens. Hier und da leuchteten die roten, gefiederten Blüten einer hochgewachsenen Steppendistel daraus hervor wie Teile eines kunstvollen Musters. Die Hitze wurde mit dem fortschreitenden Tag immer drückender, gegen Mittag war sie geradezu erstickend, aber Marianne war niemals so glücklich gewesen.

Seit sie nun schon länger als eine Woche mit ihren Gefährten durch dieses unermeßliche Grasland schweifte, lebte sie in einem Taumel des Glücks, der ihr manchmal fast schmerzhaft bewußt wurde. Sie wußte jedoch auch, daß diese begnadeten Stunden mit ihrer langen Reise nach dem Norden beendet waren. Krieg würde die gegenwärtige Freude zerstören. Deshalb genoß sie in vollen Zügen, kostete dieses Gastmahl bis zum letzten Krumen, bevor es dem unvermeidlichen Ende zuging.

Tagsüber zogen sie durch die Steppe von einer Poststation zur anderen. Diese bildeten Etappen von etwa fünfzehn Werst*, und dank des Permits, das Gracchus auf wunderbare Art in seine Tasche gezaubert hatte, konnte man dort ohne viel Mühe Pferde und Kutscher wechseln. Mit zwei Kopeken pro Werst fühlten sich die Kutscher reich entlohnt und sangen während des ganzen Weges.

Abends, grundsätzlich nach Überwindung zweier

* ein Werst ist ungefähr ein Kilometer

Etappen, kehrten sie ein. Die Relais-Stationen dienten zugleich als Herbergen, da andere Unterkünfte in diesen weiten Gebieten kaum existierten. Zwar gab es Zimmer, aber von den unvermeidlichen Ikonen an den Wänden abgesehen waren sie meist völlig leer, weshalb ja Gracchus die Matratzen besorgt hatte. Manchmal konnten sie sich dort auch mit Lebensmitteln versorgen, je nach Reichtum und Großzügigkeit des Grundherrn, auf dessen Land sich die Poststation befand.

Diese waren nämlich dem örtlichen Adel unterstellt (im alten Podolien und in der Ukraine vorwiegend polnisch), der Pferde und Personal unterhielt. Zu drei Vierteln auf eigene Kosten, denn da es so leicht war, sich einen kostensparenden Passierschein zu besorgen, gab es nur wenige Reisende, die voll bezahlten.

Ihre Eigenschaft als »englische« Adelige hätte es Marianne ermöglicht, die Gastfreundschaft besagten Adels in Anspruch zu nehmen und auf den wenigen Schlössern Bequemlichkeit und Luxus zu finden, der den zaristischen Stationen natürlich fremd war. Aber von der Tatsache abgesehen, daß die Gutshäuser inmitten ihrer endlosen Weizenfelder, die auf dem schwarzen Czernowitzer Steppenboden ebenso üppig wucherten wie das Gras, häufig weit von den Relais-Stationen entfernt lagen, hatte sie mit der Zeit diese kahlen, nach rohem Holz duftenden Gastzimmer liebgewonnen. Man warf einfach seine Matratze auf den Boden, und dann verbrachte sie in Jasons Armen Nächte voller Leidenschaft, was in einem Schloß unmöglich gewesen wäre, weil dort der »Diener« in den Quartieren des Gesindes zu übernachten hatte.

Sie hatten beide zu sehr unter ihrer langen Trennung gelitten und dachten nicht daran, den Schein zu wahren oder ihren Begleitern eine Komödie vorzuspielen. Schon am ersten Tag in der Poststation des Grafen Hanski hatte Jason seine Karten auf den Tisch gelegt. Gleich nach dem spärlichen Abendessen, das aus gefüllter Ente, scharf gewürztem Hackbraten und saurer Milch bestand, war er aufgestanden. Wortlos hatte er Mariannes Hand ergriffen, sie so veranlaßt, sich von der Tafel zu erheben, und die junge Frau dann mit einem kräftigen, an seine Gefährten gerichteten »Guten Abend« in seine Kammer gezogen.

Dort waren sie einander eine Weile gegenübergestanden, ohne ein Wort zu sprechen, ohne sich anders zu berühren als mit ihren Blicken, dann hatten sie mit fast identischen Bewegungen ihre Kleider abgeworfen. Wie zwei Hände, die sich zur Begrüßung verschlingen, hatten sie sich umfaßt. Zu einer untrennbaren Einheit verbunden, vergaßen sie dann bis zum Frühlicht, daß es außer ihnen noch etwas auf dieser Erde gab.

Und seit jenem ersten Abend tauchten die beiden Liebenden jede Nacht in den Rausch ihrer ungezähmten Liebe hinab. Über diesem weiblichen Körper, dessen Anblick ihn niemals ermüdete, vergaß Jason sein zerstörtes Schiff, den Krieg, der ihn erwartete, die Mißverständnisse und Anschläge der Vergangenheit. In seinen Armen vergaß Marianne das Kind, von dem sie nichts mehr wußte, ihren seltsamen Ehemann, die gefährlichen Geheimnisse, die sie mit sich herumtrug, und alle verflossenen Leiden. Beide vergaßen sie schließlich, daß jeder Tag, der sie tiefer in dieses von Invasion bedrohte Land hineinführte, sie auch näher an den brodelnden Herd eines Vulkans und an den unvermeidlichen Augenblick ihrer Trennung brachte. Aber wenn sie unter ihrem Kleid das leise Knistern des kaiserlichen Briefes spürte, ahnte Marianne, daß sie Jason nicht nach Sankt Petersburg begleiten konnte, daß sich ihre Wege an einem bestimmten Punkt trennen mußten … vielleicht für sehr lange.

Sie mußte den Kaiser sehen und mit ihm sprechen. Sie mußte auch nach Paris zurück und dort auf den Boten des Kardinals warten, um ihm den Diamanten zu übergeben, den sie in einem kleinen Lederbeutel an ihrem Busen versteckt hatte. Es würde ihr nicht möglich sein, aus der zaristischen Hauptstadt sofort nach Amerika abzureisen. Später gewiß, aber gegenwärtig hatte sie in Europa noch eine Aufgabe. Und außerdem wollte sie auch noch versuchen, den kleinen Sebastiano zu sehen.

Am Abend des neunten Tages führte die Wegspur sie in ein Tal, wo sie vorübergehend im Wasser verschwand. Das Tal war nicht tief, an den Hängen neben Gebüsch und vom Steppenwind verbogenen Bäumen auch Felder mit Getreide, Melonen und Gemüse. Ein blauschimmernder Fluß strömte zwischen den mit Schilf bewachsenen Ufern dahin, auf dem neben einer Anzahl Fischerboote auch eine Art Fähre lag. Es war die Kodyma, ein Nebenfluß des Bug, und an dem Ufer, das die Reisenden bei Sonnenuntergang erreichten, lag ein Dorf.

Es war keine große Siedlung. Nur einige weiße Hütten mit Schilfdächern, jede mit einem Gärtchen, gruppierten sich um einen rechteckigen Platz und die Kirche.

Die Ankunft der »Kibitka« vor dem Posthaus, das etwas außerhalb des Dorfes an der Straße lag, entfesselte bei zwei am Ufer gründelnden Trappen eine wahre Panik, mit schwerem Flügelschlag strichen sie ab. Der Kutscher hielt die Pferde an und sagte ein paar Worte zu Gracchus, den ihn als einziger verstehen konnte. Der intelligente Junge hatte seinen Aufenthalt in Odessa genutzt und kam mit der schwierigen russischen Sprache ganz gut zurecht.

»Er sagt, daß wir in Velikaia Stanitza sind«, übersetzte er, »und daß es ein Kosakendorf ist.«

»Kosaken?« rief Jolival, dessen schwelendes Interesse an historischen Vorgängen geweckt wurde. »Wie ist das möglich? Meines Wissens sind wir hier auf dem Territorium der alten Zaporogen, die im vorigen Jahrhundert von Katharina der Großen ausgerottet wurden.«

»Dann hat sie vielleicht nicht alle umgebracht«, vermutete Craig, »ein paar scheinen jedenfalls übriggeblieben zu sein.«

Der Kutscher, der inzwischen vom Bock gestiegen war, schrie plötzlich etwas und deutete mit dem Peitschenstiel auf den Kirchplatz.

Beim Klang einer Glocke traten bis an die Zähne bewaffnete Männer aus den Gärten heraus und zogen Pferde hinter sich her, die für eine lange Reise gerüstet waren. Sie trugen lange schwarze Wollröcke, die über die Pluderhosen hinunterfielen und in der Hüfte gegürtet waren, dazu hohe Fellmützen. An Waffen hatten sie am Riemen über der Schulter ein Gewehr, an der Seite den Krummsäbel, und im Gürtel steckten Dolch und Pistole, dazu hatte jeder eine lange Lanze. Ihre nervösen kleinen Pferde trugen hohe, mit Schaffell verkleidete Sättel.

All diese Gestalten waren mit buschigen Bärten versehen und schauten so wenig vertrauenserweckend aus, daß Marianne beunruhigt fragte: »Was haben sie vor? Warum sehen sie alle gleich aus?«

»Nicht schwer zu erraten«, antwortete Jolival melancholisch. »Erinnern Sie sich, was in Odessa geschehen ist? Die Kosaken leben friedlich in ihren Dörfern, beschäftigen sich mit Viehzucht und Ackerbau bis zu dem Tage, an dem der Ruf ihres Ataman in der Steppe widerhallt. Dann lassen sie den Pflug stehen, greifen zu den Waffen und eilen zu ihren festgelegten Sammelplätzen. Genau das geschieht hier vor unseren Augen. Überflüssig zu erwähnen, gegen welchen Feind sie kämpfen werden.«

Die junge Frau erbebte. Seit sie Odessa verlassen hatte, war es das erste Mal, daß sie an einen Konflikt erinnert wurde, der sich fern von hier an der litauischen Grenze abspielte und über den sie bisher nichts Neues erfahren hatte. Von dem Anblick erschreckt wollte sie sich sofort in das Posthaus zurückziehen, aber ihre Begleiter waren von dem Schauspiel fasziniert.

Die Kosaken versammelten sich vor der Kirche, auf deren Schwelle der Pope in großem Ornat erschien. Frauen tauchten auf. Sie waren in weiße, an der Taille geraffte Wollhemden eher verpackt als gekleidet und trugen darunter einen längeren Rock. Auf dem Kopf hatten sie rote und blaue Tücher und gingen barfuß. Schließlich erschienen auch Greise und Kinder. Alle bildeten vor der Kirche eine Art Halbkreis und schienen auf etwas zu warten. Zuletzt erschien dann noch ein einzelner Krieger. Er war bärtig und gekleidet wie seine Kameraden, unterschied sich von ihnen jedoch durch den wütenden und brutalen Gesichtsausdruck und durch eine weitere Kleinigkeit: Statt eines Pferdes zog er eine heulende Frau im Hemd an ihrem aufgelösten, schwarzen Haar hinter sich her. Ihnen folgte eine alte Frau mit grauem Haar und gleichgültigem Gesicht, die einen großen Sack aus solider Leinwand auf den Armen trug.

Die mißhandelte Frau war jung und vielleicht auch schön, man konnte es aber in ihrem verweinten, zum Schrei verzerrten Gesicht nicht erkennen. Sie versuchte nach Kräften, sich zu verteidigen und der Faust des unbarmherzigen Mannes zu entkommen, der sie durch den Staub schleifte. Vor der Kirche ließ er dann ihr Haar los und stieß sie so heftig weg, daß sie in den Halbkreis rollte.

Die Männer murmelten beifällig, die Frauen stießen laute Verwünschungen aus, die der Pope mit einer Geste zum Schweigen brachte. Dann ergriff der zuletzt Angekommene das Wort, und mit einer Stimme, die angesichts des zuvor Erlebten erstaunlich ruhig klang, gab er eine kurze Erklärung ab, die der Kutscher für seine Passagiere nach Möglichkeit verständlich machte.

»Was sagt er?« fragte Jason.

»Also! Das mindeste, was man sagen kann«, übersetzte Gracchus, »ist, daß diese Leute drollige Sitten haben. Wenn ich richtig verstanden habe, ist der Mann, der da spricht, der Ehemann der Frau, die da am Boden liegt. Sie hat ihn betrogen, also verstößt er sie, bevor er in den Krieg zieht, damit sie nicht sein Haus mit den Früchten ihrer Liebschaften besudelt.«

»Er könnte sie etwas weniger brutal verstoßen«, meinte Marianne aufgebracht.

»Das ist nicht alles«, fuhr Gracchus fort. »Wenn einer von den anderen Männern aus dem Dorf sie haben will, darf sie weiterleben. Wenn nicht, wird sie in den Sack gebunden, den diese Alte, ihre Schwiegermutter, ihr nachträgt, und in den Fluß geworfen.«

»Das ist ja empörend«, rief die junge Frau zornig.

»Das ist ganz einfach verbrecherisch! Wo ist der Mann, mit dem sie sich vergangen hat?«

»Es scheint ein Vagabund gewesen zu sein, ein Steppenläufer, der verschwunden ist, ein Mann ihrer eigenen Rasse. Sie ist Zigeunerin und wird in diesem Dorf wohl nicht viele Freunde haben.«

Wirklich war es ringsum sehr still geworden. Die Frau lag immer noch auf der Erde, warf jetzt mit einer mechanischen Bewegung eine Haarflechte zurück, die ihr über die Augen gefallen war. Mit ihren schwarzen, angstvoll fragenden Augen prüfte sie die Blicke, die auf ihr ruhten, auf ihrem durch das zerrissene Hemd zur Hälfte entblößten Leib, dessen dunkle Haut blau angelaufene Male und Narben aufwies. Der Ehemann hatte die Arme gekreuzt und blickte seine Dorfgenossen an, als wolle er sie auffordern, sich dessen zu bemächtigen, was er selbst fortwarf. Hinter ihm sammelten sich einige Frauen um die Schwiegermutter, die einer Rachegöttin glich und schon den Sack vorbereitete.

»Vielleicht findet sich einer«, hauchte Marianne von Entsetzen gepackt, »... vielleicht ein sehr Junger ... oder auch ein sehr Alter, für den so ein Mädchen doch ein Geschenk wäre ...«

Aber weder von den Greisen noch von den nicht waffenfähigen Knaben wollte sich einer die Schwierigkeiten aufladen, die diese schuldig gewordene Fremde mit sich bringen würde. In allen Blicken stand ihre Verurteilung zu lesen. Der Pope, der wie eine bombastische Statue auf der Schwelle seiner Kirche stand, schien das zu verstehen. Mit dem Kreuz, das er in der Hand gehalten hatte, schlug er mehrmals das Kreuzzeichen und begann zu beten. Der Ehemann wandte sich mit einem bösen, harten Lächeln ab, während die Weiber mit schauerlichem Eifer herzustürzten. Im Augenblick würde die Schuldige, die jetzt wie eine kranke Wölfin heulte, weggeschleift, in den Sack eingebunden und in den schönen Fluß geworfen werden, der so zu ihrem Marterinstrument werden sollte ...

Da sprang Gracchus plötzlich ohne jede Überlegung

vor und brüllte aus vollen Lungen: »Stoj! Stoj!« und er stürzte zu der Gruppe der Alten.

»Mein Gott«, rief Marianne entsetzt. »Er wird sich umbringen lassen! Geht mit ihm.«

Eine überflüssige Bitte. Jason, Craig und Jolival waren schon unterwegs und schleiften auch den Kutscher mit, der vor Angst mehr tot als lebendig in der Faust des Amerikaners zappelte.

Es gab einen Augenblick tödlicher Gefahr: die entfesselten Weiber sahen sich ihres Opfers beraubt, sie fielen mit Krallen und Zähnen über den Pariser her und heulten nach ihrer Beute wie Hyänen. Die Männer wollten sich dem unerwarteten Eingriff widersetzen und mischten sich ein. Da schwenkte der Pope beschwörend sein Kreuz und eilte dem jungen Mann zu Hilfe. Sein feierlicher Widerspruch beruhigte die Kosaken sofort. Die Frauen ließen nur widerwillig von Gracchus ab, aber jetzt sammelten sich seine Freunde um ihn, und die sahen nicht aus, als ließen sie sich einschüchtern.

Unter Vorsitz des Popen entspannen sich nun mühsame Erklärungen. Es gab Geschrei, Drohungen, besonders von seiten des betrogenen Ehemanns, der offensichtlich die Verräterin tot sehen wollte. Marianne war in der Nähe des Fahrzeugs stehen geblieben und fragte sich, was zu unternehmen sei, da wurde plötzlich alles ruhig. Die Frauen, die Greise, die Kinder kehrten in ihre Häuser zurück, die Männer zu ihren Pferden. Auf dem Platz blieben nur die verurteilte Frau, die Gracchus vom Boden aufgehoben hatte, der Pope und die Fremden. Ein letztes Mal hob der Pope das Kreuz und deutete auf den Weg, der zum Fluß hinab führte. Da faßte Gracchus die Hand der Frau, gefolgt von den drei Gefährten und dem halbtoten Kutscher kam er mit ihr auf die Kutsche und das Posthaus zu.

Die edelmütige Anwandlung, die den jungen Mann gepackt hatte, war während der Verhandlungen abgekühlt, und er wandte sich ziemlich verlegen an Marianne.

»Der Pope hat gesagt, daß sie jetzt meine Frau ist! Sie

heißt Shankala ...«, murmelte er mit so unglücklicher Miene, daß Marianne ihm ermunternd zulächelte.

»Warum sind Sie so traurig, Gracchus? Man durfte diese Unglückliche doch nicht ermorden lassen und mit gekreuzten Armen zusehen«, sagte sie sanft. »Sie haben sich großartig benommen. Ich bin jedenfalls stolz auf Sie!«

»Ich auch! Jedenfalls vom humanistischen Standpunkt aus«, stimmte Jolival zu. »Aber ich frage mich, was wir mit ihr anfangen.«

»Ich glaube, diese Frage stellt sich nicht«, meinte der Ire gutgelaunt. »Das Weib hat dem Manne zu folgen, und da diese Wildkatze jetzt Madame Gracchus ist ...«

Gracchus drehte sich verlegen hin und her und senkte den Kopf. »Meine Zunge war etwas flinker als meine Gedanken. Verzeihen Sie, Fräulein Marianne. Diese Geschichte hat mich völlig verdreht gemacht ... immerhin könnte sie da ja als Kammerzofe arbeiten. Natürlich ist sie nicht so tüchtig wie Agathe, aber besser als nichts.«

Jason hatte noch nichts gesagt. Er betrachtete die Gerettete mit einem seltsamen Blick, ein wenig, wie man ein unbekanntes Tier mustert. Schließlich hob er die Schultern.

»Dieses Mädchen und Kammerzofe? Gracchus, du träumst. Ehe du die zivilisierst, kannst du auch eine Wölfin gezähmt haben. Ich bin nicht einmal sicher, ob sie uns dankbar ist, weil wir sie gerettet haben.«

Ein wenig war das auch Mariannes Meinung. So elend die Zigeunerin in ihrem zerrissenen Hemd, mit den Verletzungen und all dem Schmutz auch aussehen mochte, sie flößte einem kein Mitgefühl ein. Unter ihren dichten Brauen leuchteten kohlschwarze Augen mit einem wilden, gefährlichen Feuer. Genau besehen war sie übrigens schön, trotz der ziemlich platten Nase und den etwas zu hohen Backenknochen.

Frech sah sie ihre Retter einen um den anderen an, und als Marianne ihr voll guten Willens lächelnd die Hand hinstreckte, tat sie, als habe sie es nicht bemerkt, wendete sich schnell ab und riß dem Kutscher ein in rotes Tuch gehülltes Kleiderbündel aus der Hand, das ihre Schwiegermutter dem guten Mann nachgeworfen hatte.

»Na«, sagte Craig vorsichtig, »mit dieser Kreatur wird die Reise sicher recht angenehm.«

»Ach was!« antwortete Jolival, »mich sollte es wundern, wenn sie lange bei uns bleibt. Bei erster Gelegenheit, wenn sie nur weit genug von den netten Leuten in ihrem Dorf fort ist, reißt sie aus. Sie haben gehört, was Gracchus erfahren hat. Sie ist eine Zigeunerin, sie geht ihre eigenen Wege ...«

»Soll sie doch tun, was sie will«, seufzte Marianne, die durch die ablehnende Haltung der jungen Frau verletzt war. »Gracchus ist der einzige, der mit ihr sprechen kann. Er wird zusehen, wie er zurechtkommt.«

Sie hatte mehr als genug von dieser Geschichte, und wenn sie auch nicht bereute, die Zigeunerin vor dem Ertrinken gerettet zu haben, so wollte sie doch so bald wie möglich nichts mehr mit ihr zu tun haben. Gracchus war schließlich ein erwachsener Mensch und mußte selbst wissen, wieweit er sich verantwortlich fühlte.

Sie wendete sich der Station zu. Wie anderswo auch stand der Postmeister mit seiner Mütze in der Hand im Türrahmen. Jason folgte ihr, als Gracchus dann aber Shankalas Arm nahm, um sie ins Haus zu führen, wand sie sich wie eine Schlange, machte sich von ihm frei, stürzte auf Jason zu, ergriff seine Hand und führte sie zu einem feurigen Kuß an die Lippen. Dann ließ sie die Hand los und murmelte etwas in ihrer gutturalen Sprache vor sich hin.

»Was sagt sie?« rief Marianne, deren Nervosität noch zunahm.

Gracchus war bis zum Ansatz seiner fuchsigen Haare rot geworden, und seine blauen Augen schossen Blitze.

»Sie sagt ... ›wenn sie einen Herrn haben muß, will sie ihn selbst wählen‹. So ein Aas! Ich hätte Lust, ihren Mann zu rufen und sie den Weibern zu übergeben.«

»Dazu ist es zu spät«, sagte Jolival.

Wirklich begannen die Kosaken, nachdem sie ihr

Pope ein letztes Mal gesegnet hatte, den Fluß zu überschreiten.

In dieser Nacht fand Marianne in der Kammer mit den hölzernen Wänden unter der Ikone die Madonna mit dem Kind, die beide erbärmlich schielten, nicht das vollkommene Glück der früheren Abende. Sie war unruhig und nervös und ging nur oberflächlich auf die Zärtlichkeiten ihres Liebhabers ein. Ihr Geist war mit dieser Frau beschäftigt, die in geringer Entfernung unter dem gleichen Dache schlief. Sie mochte sich hundertmal sagen, es sei nur ein bedeutungsloses Geschöpf, das in ihrem Leben niemals Einfluß gewinnen könnte, dennoch haftete in ihrem Gehirn die Idee, mit dieser Zigeunerin sei eine Gefahr verbunden, eine Bedrohung, die ihr um so gefährlicher erschien, als sie sich nicht vorstellen konnte, welcher Art sie sein sollte.

Jason wurde es müde, einen Körper zu streicheln, der auf seine Zärtlichkeit nicht antwortete, Lippen zu küssen, die allzu fügsam waren. Er sprang auf, nahm die Kerze, die vor der Ikone brannte, und hielt sie Marianne vor das Gesicht. Ihre weit geöffneten Augen schimmerten im Kerzenlicht, aber es war nicht die Spur verliebter Sehnsucht darin zu lesen.

»Was hast du bloß?« flüsterte er und strich mit einem Finger zart über ihre Lippen. »Man könnte glauben, du hättest ein Gespenst gesehen. Hast du heut abend keine Lust?«

Ohne den Kopf zu bewegen, wendeten sich die Augen der jungen Frau ihm voller Traurigkeit zu.

»Ich habe Angst«, murmelte sie.

»Angst? Aber wovor? Fürchtest du, daß die Megären aus dem Dorf uns belagern, um sich Shankala zu holen?«

»Nein, ich glaube eher, daß sie es ist, die mir Angst macht.«

Jason begann zu lachen.

»Was für eine Idee! Ich gebe gerne zu, daß sie nicht sehr vertrauenerweckend aussieht, aber sie kennt uns nicht, und nach allem, was wir erlebt haben, hatte sie eigentlich bisher keinen Grund, dem Menschengeschlecht gegenüber besonders zutraulich zu sein. Diese alten Hexen hätten sie in Stücke gerissen, wenn sie es gekonnt hätten. Nicht zuletzt ist ihre Schönheit daran schuld.« Irgendwo in der Herzgegend spürte Marianne etwas wie einen Stich. Es gefiel ihr nicht sonderlich, daß Jason von der Schönheit dieser Frau sprach.

»Vergißt du, daß sie ihren Gatten betrogen hat? Sie ist eine Ehebrecherin.«

Ihre Stimme war plötzlich so hart geworden, daß sie selbst glaubte, geschrien zu haben. Vielleicht wegen der Stille, die ihren Worten folgte. Jason blickte seiner Mätresse prüfend in das plötzlich so ablehnende Gesicht. Dann blies er die Kerze aus, legte sich neben Marianne und schmiegte sich an sie, als wolle er dieselbe Haut mit ihr teilen. Er küßte sie lange, suchte ihre kühlen Lippen zu erwärmen und ihr seine eigene Stimmung mitzuteilen, aber vergeblich. Sein Mund glitt über die Wangen der jungen Frau, fand ihr Ohr:

»Auch du, mein Herz«, flüsterte er, »auch du bist eine Ehebrecherin. Aber dennoch denkt kein Mensch daran, dich ins Wasser zu werfen.«

Marianne fuhr auf, als habe eine Schlange sie gebissen. Sie versuchte, den Leib, der sich gegen den ihren preßte, zu entfernen. Aber er hielt sie gepackt, daß sie fast bewegungslos war, er hielt ihre Beine zwischen seinen harten Schenkeln gefangen, während sie schrie:

»Du bist wahnsinnig! Ich soll eine ehebrecherische Gattin sein? Weißt du nicht, daß ich frei bin? Daß mein Ehemann tot ist!«

Sie hatte den Kopf verloren, war von einem Schrecken erfaßt, dem sie nicht gewachsen war. Jason spürte, daß sie gleich in Tränen ausbrechen würde, und sprach noch sanfter:

»Still! Nur ruhig«, murmelte er an ihrem Mund. »Glaubst du nicht, daß es Zeit wäre, mir die Wahrheit zu sagen? Weißt du immer noch nicht, daß ich dich liebe? ... Und daß du mir alles anvertrauen kannst?«

»Aber ... was meinst du, daß ich dir sagen soll?«

»Was ich wissen muß! Gewiß habe ich dir bisher wenig Anlaß gegeben, bei mir Verständnis zu erwarten ... ich bin grob, ungerecht und grausam gewesen. Aber ich habe es bedauert, Marianne. Während dieser Tage, in denen ich mich halbtot unter der Sonne Monemvasias herumschleppte und lange vergeblich auf Genesung hoffte, dachte ich nur an dich, an uns ... an alles, was ich so gedankenlos verpfuscht hatte. Wenn ich dir geholfen, Verständnis für dich gehabt hätte, wären wir jetzt nicht hier. Wenn deine Mission erfüllt ist, segeln wir sofort in meine Heimat, statt endlos durch diese barbarische Steppe zu irren. Also Schluß mit Halbheit, Lügen und Heimlichtun! Werfen wir von uns, was nicht zu uns paßt. So wie wir unsere Kleider abwerfen, wenn wir uns lieben ... Ich will deine Seele nackt sehen, mein Liebstes ... sag mir die Wahrheit! Es ist höchste Zeit, wenn wir eines Tages unsere gemeinsame Zukunft bauen wollen ...«

»Die Wahrheit?«

»Ja ... ich werde dir helfen. Wo ist dein Kind, Marianne?«

Ihr Herzschlag setzte aus. Sie hatte immer gewußt, daß Jason ihr irgendeines Tages diese Frage stellen würde, bis jetzt aber war sie allen Antworten ausgewichen, vielleicht, weil sie sich unbewußt dagegen sträubte, ihm weiterhin Lügen aufzutischen.

Sie verstand jedoch, daß er recht hatte, daß die Mißverständnisse einmal ausgeräumt werden mußten, wenn sie eine gemeinsame Zukunft haben wollten. Doch aus unerklärlichen Gründen schreckte sie vor den Worten zurück wie ein Kind vor einem Gewässer, dessen Tiefe es nicht kennt. »Mein Sohn ...«, begann sie langsam und suchte nach Worten, »er ist ...«

»Bei seinem Vater, nicht wahr? Oder sagen wir, bei dem Manne, der sein Vater sein will. Er ist bei Turhan Bey, oder erlaubst du mir, ihn den Fürsten Sant'Anna zu nennen?«

Wieder entstand ein Schweigen, aber ein Schweigen von ganz neuer Art. Eine plötzliche Erleichterung, ein eindeutiger Laut von Befreiung klang aus Mariannes

Stimme, als sie fast schüchtern antwortete: »Wie hast du es erfahren? Wer hat es dir gesagt?«

»Niemand ... und jeder. Er vor allem, glaube ich, dieser Mann, der sich der Sklaverei unterwarf, um auf mein Schiff zu kommen. Er hatte ja keinen Grund, all das zu ertragen, was ich und die anderen ihm antaten, es sei denn, um einen bestimmten Menschen, um dir nahe zu sein. Natürlich habe ich das nicht sofort durchschaut. Aber dieses wirre Gerede, das um dich gesponnen war, wurde eines Tages völlig durchschaubar. Das war an jenem Morgen im Palast von Humayunabad, als ich der treuen Dienerin des Fürstenhauses Sant'Anna begegnete, die voll Stolz und triumphierender Freude den letzten dieser Fürsten zu einem einfachen Kaufmann ohne definierbare Nationalität brachte, den dieses Kind unter normalen Umständen nicht so sehr interessiert haben dürfte, daß man es ihm Hals über Kopf sofort vorzeigen mußte. Aber wann hast du die Wahrheit erfahren, Marianne?«

Da begann sie zu sprechen. Schnell ergänzte sie den Bericht, den Jolival einst gegeben hatte, sie erzählte sich selbst, sie erleichterte ein für allemal ihr Herz und ihre Erinnerung mit einem unaussprechlichen Gefühl der Befreiung. Alles sagte sie: die Nacht bei Rebekka, die Ansprüche des Fürsten, der Aufenthalt im Palais Morusi, der alte Pakt zwischen ihr und ihrem Gatten, die Gefährdung durch den englischen Gesandten, die Gastfreundschaft, die sie im Palast am Ufer des Bosporus fand, und schließlich die plötzliche Abreise des Fürsten, der das Kind mit sich nahm, weil er glaubte, seine Mutter lehne es ab ... und das im gleichen Augenblick, in dem sie ihre mütterlichen Gefühle entdeckt hatte. Endlich verriet sie auch noch ihre Besorgnis, was wohl Jason zu der Tatsache sagen würde, daß sie einen Schwarzen geheiratet hatte ...

»Wir hatten beschlossen, uns zu trennen«, fügte sie hinzu, »warum sollte ich dir also all das verraten, auf die Gefahr hin, dir noch mehr zu mißfallen?«

Er ließ ein unfrohes Lachen hören.

»Mir mißfallen? Demnach bin ich also in deinen Augen nichts anderes als eine Art Sklavenhändler?« fragte er bitter. »Und gewiß wirst du niemals verstehen, daß es für mich ganz selbstverständlich ist, der Herr dieser Schwarzen, unter denen ich aufgewachsen bin und denen ich die schönsten Erlebnisse meiner Kindheit verdanke, zu sein, und sie trotzdem zu lieben.

Was ihn angeht ...«

»Ja, sag mir, was du beim Gedanken an ihn empfindest.«

Er überlegte einen Augenblick, sie hörte ihn seufzen.

»Genau könnte ich es nicht sagen. Eine gewisse Sympathie ... Achtung vor seinem Mut und seiner Selbstüberwindung. Aber auch Zorn ... und Eifersucht. Er ist zu groß, dieser Mann! Zu vornehm, zu sehr erhaben über einen einfachen Abenteurer, wie ich es bin ... und zu schön! Und außerdem ist er trotz allem dein Ehemann. Du trägst vor Gott und den Menschen seinen Namen. Außerdem ist dein Kind bei ihm, Fleisch von deinem Fleisch ... ein Teil von dir! Es gibt Augenblicke, glaub mir, da denke ich, daß dieser große freiwillige Entsager Glück hat und ...«

Aus der Stimme des Seemanns klang plötzlich soviel Traurigkeit und Bitterkeit, daß Marianne erschüttert war. Unwillkürlich drückte sie sich fester an ihn.

Sie glitt mit ihren Lippen über die verkrampften Muskeln seines Halses und bat leise:

»Denk nicht mehr daran, bitte. Vergiß das alles. Ich habe dir gesagt, daß ich nicht die Frau des Fürsten bleibe. Wir lassen uns scheiden. Er ist einverstanden, und dank der neuen kaiserlichen Gesetze trennt mich nur noch eine kleine Formalität von der Freiheit. Dann habe ich das Recht, dir zu gehören, einzig und für immer. Dieser ganze Abschnitt meines Lebens wird ausgelöscht wie ein böser Traum.«

»Und das Kind? Wird das auch ausgelöscht?«

Sie fuhr von ihm zurück, als habe er sie geschlagen, und erstarrte. Er glaubte sehen zu können, wie sich unter der zarten Haut der jungen Frau sämtliche Muskeln erhärteten. Aber das ging schnell vorüber. Mit einem vielleicht unfreiwilligen Seufzer wendete sie sich ihm wieder zu, sie preßte ihn an sich mit aller Kraft, als wolle sie sich seiner und ihrer Gegenwart versichern, gab ihm einen langen Kuß und seufzte erneut:

»Ich glaube, ich habe schon immer gefühlt, daß man auf dieser Erde keine Freude und kein Glück geschenkt bekommt, früher oder später muß man den Preis bezahlen. Mir ist der Gedanke gekommen, daß das Kind der Preis ist, den ich für das Recht zahlen muß, mit dir ein gemeinsames Leben führen zu dürfen. Denn ich kann es dir ruhig gestehen: seit der Geburt des Kindes brenne ich darauf, den Fürsten zu bitten, er möge es mir zurückgeben. Ich habe sogar daran gedacht, es ihm ohne Erlaubnis wegzunehmen, aber das wäre ungerecht und grausam, denn er hat es gewollt, während ich es zuerst mit allen Kräften ablehnte. Es ist in seinem Leben des Verzichts das Glück und die einzige Hoffnung ...«

»Und du wirst nicht mehr darunter leiden?«

Sie lächelte traurig.

»Gewiß leide ich. Ich werde aber versuchen mir einzureden, daß ich es verloren habe, daß es nie gelebt hat. Und außerdem«, fügte sie mit einer plötzlichen Lebhaftigkeit hinzu, die ganz Wärme und Bereitschaft war, »außerdem werde ich Kinder haben, die ich dir verdanke. Es werden meine Kinder sein und deine, und ich weiß, wenn ich erst einen Sohn von dir trage, wird sich mein Schmerz besänftigen. Liebe mich jetzt. Wir haben zuviel gesprochen und zuviel gedacht! Vergessen wir alles außer uns beiden ... Ich liebe dich! Du wirst nie ermessen, wie sehr ich dich liebe!«

»Marianne! Liebling! Meine wilde, mutige Liebste!«

Die Worte erstarben bei der Vereinigung ihrer Lippen, man hörte in der kleinen Kammer nichts mehr als die Seufzer und leisen Klagen einer beglückten Frau.

Als am nächsten Morgen Postvorsteher und Kutscher mit Hilfe von Gracchus, Jason und Craig die Kutsche auf die Fähre hoben, die sie mitsamt den Reisenden ans andere Ufer der Kodyma tragen sollte, mußte jedermann bemerken, daß der Pariser Kratzspuren auf seiner Wange hatte und denkbar übelster Laune war.

»Ich frage mich«, flüsterte Jolival Marianne ins Ohr, »ob unser Gracchus nicht doch die Absicht gehabt hat, den Popen ein wenig ernster zu nehmen, als er zugeben wollte.«

Die junge Frau konnte ein Lächeln nicht unterdrükken.

»Glauben Sie?«

»Ob er nicht doch versucht hat, seine Rechte als Ehemann wahrzunehmen und schlecht angekommen ist? Dafür könnte ich meine Hand ins Feuer legen. Mann dann das übrigens verstehen, das Mädchen ist wirklich hübsch.«

»Finden Sie?« fragte Marianne mit spitzer Zunge.

»Mein Gott, ja! Natürlich für jemand, der solchen Wildwuchs schätzt. Aber sie scheint etwas schwierig zu sein.«

Tatsächlich wirkte Shankala heute geheimnisvoller und fremder als gestern in ihrem zerrissenen Hemd. Sie trug einen weiten Rock und ein rotes Hemd mit barbarischem Zierat, darüber etwas wie einen großen, schwarzen Schal, den sie nach Art einer römischen Toga drapiert hatte. Von ihren Schläfen fielen zwei schwere, dunkle Flechten auf dieses Trauergewand herab. Sie stand abseits von den anderen vorn auf der Fähre, das in rotes Tuch eingeknüpfte Bündel neben ihren nackten Füßen, und sah zu, wie das jenseitige Ufer näherkam.

Ihre Abneigung, das Dorf, das sie soeben verließ – wahrscheinlich für immer – auch nur noch eines Blickes zu würdigen, war unverkennbar. Im Grunde war ihr Verhalten verständlich. Beim Besteigen der Fähre hatte die Frau mit dem Ausdruck einer Wildkatze hinter sich gespuckt. Dann hatte sie zwei Finger ihrer rechten Hand wie eine Gabel gespreizt und gegen die friedlich in der Morgensonne daliegenden weißen Hütten gerichtet, darauf hatte sie rauhe, unverständliche Worte ausgestoßen, ohne Zweifel einen Fluch, denn ihre Stimme krächzte geradezu vor Haß.

Und Marianne hatte sich gedacht, daß sie glücklich und erleichtert wäre, wenn Jolivals Voraussage einträfe und die neue Begleiterin die Gruppe möglichst bald wieder verließ.

Nach dem Übersetzen zahlte Jolival den Fährmann aus, und alle nahmen in der Kutsche Platz. Als Gracchus dann jedoch Shankalas Arm ergriff, weil sie zwischen ihm und dem Kutscher auf dem Bock mitfahren sollte, riß sie sich mit derselben ungezügelten Bewegung wie am Vortage von ihm los, kletterte gewandt in den Planwagen, hockte sich zu Jasons Füßen auf den Boden und sah ihn lange an mit einem Lächeln, in dem jeder mehr lesen konnte als schlichte Freundlichkeit.

»Ist es wirklich unmöglich«, zischte Marianne mit zornbebender Stimme, »dieser Frau klarzumachen, daß sie hier nicht befehlen darf?«

»Ich bin auch der Ansicht, von ... Mylady«, erklärte Gracchus beifällig.

»Und ich hätte Lust, diese Frau in den Fluß zu werfen, damit wir sie ein für allemal los sind. So allmählich verstehe ich ihren Mann und ihre Schwiegermutter.«

»Nur Ruhe«, bemerkte Jason, »man muß sie richtig behandeln.«

Mit ruhiger Festigkeit beugte er sich vor, ergriff die Frau am Arm und zwang sie – anscheinend ohne den giftigen Blick zu sehen, den sie Marianne zuwarf – sich ordentlich auf ihren Platz zu setzen.

»Na also«, sagte er, »es geht doch. Gracchus, sage dem Kutscher, daß er abfahren kann.«

Der Mann setzte mit einem gutturalen Schrei seine Pferde in Bewegung, und der Wagen setze seinen Weg nach Norden fort, auf derselben Straße, wo am Tag vorher die Pferde der Kosaken entschwunden waren.

Tag für Tag, Woche um Woche verfolgten die Insassen der Kibitka von Poststation zu Poststation, ohne von der geplanten Richtung abzuweichen, ihren Weg, der sie schließlich über Uman, Kiew, Briansk und Moskau nach Sankt Petersburg führen mußte. Eigentlich wäre der Weg über Smolensk sehr viel kürzer gewesen. Als sie jedoch das verehrungswürdige Kiew erreichten, die alte Residenzstadt, in welcher das Heilige Rußland seine Wiege und seinen Ursprung zu erkennen glaubte, fanden die Reisenden die Stadt in höchster Erregung vor. Die überfüllten Kirchen hallten wider von Bittgebeten, und vor den dunkel schimmernden Ikonostasen brannten ganze Wälder von Opferkerzen.

Denn Flüchtlinge und ausgepumpte Kuriere hatten schlimme Nachrichten in die heilige Stadt gebracht: einige Tage zuvor hatten die Truppen des Generals Barclay de Tolly, der vor Smolensk geschlagen worden war, die Stadt aufgegeben und in Brand gesteckt. Die Stadt am Dnjepr, eine der bedeutendsten Städte des Reiches, war zur Hälfte zerstört und Napoleons Grande Armée in die Hände gefallen, diesem gewaltigen kriegerischen Haufen, der vierhunderttausend Mann stark war. Es waren darin viele Sprachen und Völker vertreten, denn Württemberger, Bayern und Dänen kämpften darin Seite an Seite mit den Österreichern Schwartzenbergs, den Truppen des Rheinbundes und den Italienern des Prinzen Eugen*. Und das fromme Kiew, die Stadt des Heiligen Wladimir, beweinte seine Toten und flehte zu Gott um Bestrafung des Barbaren, der es wagte, den heiligen Boden Rußlands zu entweihen.

Die Nachricht hatte zwischen Jason und Marianne eine Diskussion entfacht. Die Einnahme von Smolensk durch Napoleon erfüllte die junge Frau mit Freude, und sie sah keinen Grund mehr, nach Moskau zu reisen.

»Da die Franzosen Smolensk haben«, sagte sie, »können wir Zeit gewinnen und direkt nach Sankt Petersburg reisen. So werden wir Unterstützung finden und ...«

»Unterstütztung? Für ... Lady Selton? Das sollte mich wundern! Zumindest, wenn du nicht Wert darauf legst, dich Napoleon zu erkennen zu geben. Aber ich will um keinen Preis etwas mit ihm zu tun haben. Wir hatten beschlossen, durch Moskau zu reisen, wir werden also durch Moskau reisen!«

---

* dazu gehörten u.a. 200000 Mann Reserve

»Vielleicht ist er schon vor uns in Moskau!« rief sie heftig, weil sie sich in die Verteidigung gedrängt fühlte. »Bei der Geschwindigkeit, mit der die Armee vorstößt, ist das mehr als wahrscheinlich. Wieviel Werst sind es von Smolensk nach Moskau?« fragte sie, indem sie sich Gracchus zuwendete.

»Um die hundert«, antwortete der junge Mann, nachdem er sich kurz mit dem Kutscher besprochen hatte. »Wir haben aber noch dreihundert Kilometer zu bewältigen, wenn wir diese Stadt erreichen wollen.«

»Wie du siehst«, schloß Marianne triumphierend, »du brauchst dir keine falschen Hoffnungen zu machen. Wenn wir nicht einen riesigen Umweg bis an die Wolga machen wollen, können wir die Grande Armée nicht vermeiden. Und noch etwas! Wer sagt uns denn, ob Napoleon nicht auch nach Sankt Petersburg geht?«

»Dich würde es freuen, ihm wieder zu begegnen, stimmt's? Gestehe ruhig, daß du ihn gerne wiedersehen möchtest, deinen geliebten Kaiser.«

»Er ist nicht mein geliebter Kaiser«, gab die junge Frau ziemlich kühl zur Antwort. »Er ist aber dennoch mein Kaiser ... und der von Jolival und Gracchus. Ob es dir gefällt oder nicht, wir sind Franzosen und haben keinen Grund, uns dessen zu schämen.«

»Wirklich? Dein Podaroshna sagt das aber nicht ... Mylady! Man muß wählen und sich entscheiden können. Was mich betrifft, so bin ich auf die Russen angewiesen und habe nicht die Absicht, ihr Feind zu werden, indem ich dem Eroberer in die Arme laufe. Reisen wir jetzt meinetwegen doppelt und dreimal so schnell. Ich will vor dem Korsen in Moskau sein ...«

»Du willst, du willst! Wer hat dir das Recht gegeben, den Befehlshaber zu spielen? Ohne uns wärst du noch Gefangener deiner lieben russischen Freunde. Du beliebst zu vergessen, daß sie mit den Engländern verbündet sind, und daß dein Land gegenwärtig gegen die Freunde deiner Freunde Krieg führt ... Wer sagt dir schließlich, daß diese Krilovs, deren du so sicher bist, sich dir gegenüber wirklich als Freunde erweisen werden? Erwartest du Hilfe von ihnen? Höre dieses eine Mal auf mich, Jason, und sei vernünftig. Wir haben von Napoleon nichts zu befürchten, im Gegenteil alles zu gewinnen. Gehen wir geradenwegs zu ihm hin ... Ich schwöre dir, daß ich ohne jeden Hintergedanken dazu rate. Zufällig bin ich in der Lage, dem Kaiser einen Dienst zu erweisen, einen wichtigen Dienst, nach dem es mir keine Schwierigkeiten machen wird, in Danzig das schönste und schnellste Schiff von ihm zu bekommen. Kein geborgtes oder gemietetes Schiff, sondern unser Schiff, verstehst du, und ...«

Sie war in Fahrt. Trotz der warnenden Blicke Jolivals, der beunruhigt wahrnahm, wie sie sich immer mehr ereiferte, hatte der Zorn sie übermannt. Daneben auch der Wunsch, Jason zu überzeugen. Nichts konnte sie aufhalten. Aber als sie bemerkte, daß außer ihr keiner sprach, man sie nur etwas befremdet ansah, war es zu spät. Die unvermeidliche Frage stand im Raum.

»Einen Dienst?« fragte Jasons geringschätzige Stimme. »Welche Art von Dienst?«

Es klang absichtlich verletzend, und sie war schon im Begriff, ihm an den Kopf zu werfen, das gehe ihn nichts an. Aber sie nahm sich zusammen und begnügte sich damit, kühl zu berichtigen:

»Es wäre höflicher und weniger zweideutig gewesen, wenn du gefragt hättest, welchen Dienst? Ich werde dir trotzdem so sachlich wie möglich antworten, denn angesichts der Gefühle, die du unserem Souverän entgegenbringst, ist es mir unmöglich, dir den genauen Inhalt der Information mitzuteilen, die ich zu überbringen habe. Du sollst aber wissen, daß mir der Zufall eine große Gefahr offenbart hat, die nicht nur den Kaiser, sondern die ganze Armee bedroht, und daß ...«

Sie unterbrach sich. Jason hatte zu lachen angefangen, aber in seinem Lachen war auch nicht die kleinste Spur von Heiterkeit.

»›Ich werde dir bis nach Sibirien folgen, wenn du es verlangst‹, sagtest du zu mir ... in Wirklichkeit aber hattest du nur ein einziges Ziel: Napoleon zu begegnen! Und ich habe dir geglaubt!«

»Du mußt mir auch jetzt noch glauben, denn ich war aufrichtig und ich bin es noch. Wenn mir aber das Schicksal die Möglichkeit geboten hat, die Meinigen von einer drohenden Gefahr zu unterrichten, so habe ich kein Recht, die Hände in den Schoß zu legen und sie in eine Falle laufen zu lassen.«

Jason, auf dessen Stirn sich eine tiefe Falte abzeichnete, hatte ohne Zweifel die Absicht, heftig zu antworten, aber Jolival kam seiner Freundin zu Hilfe:

»Seien Sie nicht dumm, Beaufort«, rief er, »und benehmen Sie sich nicht wieder auf eine Art, die Sie nachher bitterlich bereuen werden! Keiner von uns hat vergessen, daß Sie wenig Grund haben, mit der Behandlung zufrieden zu sein, die Napoleon Ihnen zuteil, werden ließ. Aber vergessen Sie gefälligst nicht wieder, daß Napoleon kein schlichter Privatmann ist. Weder Sie noch wir können mit ihm als Gleichberechtigte verhandeln.«

»Ich wäre überrascht gewesen, wenn sie nicht Mariannes Partei ergriffen hätten«, bemerkte der Amerikaner sarkastisch.

»Ich sehe keinen Grund, ihr Unrecht zu geben, und wenn Sie erlauben, halte ich diesen Disput für gegenstandslos: Sie wollen nach Sankt Petersburg, aber unser Weg führt fast unvermeidlich zu einer Begegnung mit der Großen Armee. Marianne hat in dieser Situation nicht das Recht, ihre Informationen zurückzuhalten, denn das wäre Verrat. Falls es Sie übrigens beruhigt, kann ich Ihnen mitteilen, daß sie Napoleon nicht sehen wird: sobald wir in seiner Nähe sind, werde ich selbst zu ihm hingehen. Ich verlasse euch, und wir treffen später wieder zusammen. Und falls Sie bereit sind, auch mich zu warten, bin ich vielleicht in der glücklichen Lage, Ihnen einen Erlaß zur Requisition eines Schiffes zu überbringen. Dann gäbe es keine Probleme mehr. Ist es Ihnen so recht?«

Jason antwortete nicht. Er stand mit gekreuzten Armen da und blickte finster auf die Fluten des Borsysthenos*, der seine blauen Wogen majestätisch gen Süden wälzte. Die Reisenden hatten das Fahrzeug verlassen und waren einige Schritte am Ufer des Flusses entlanggegangen, vorbei an den frisch erbauten und bemalten Häusern der Unterstadt, des Kaufmannsviertels Podil.

Vor der Hütte aus rohen Holzstämmen, die als Relais-Station der Post diente, spannte der Kutscher die Pferde aus.

Da Jasons Schweigen andauerte, bequemte sich Craig O'Flaherty, dem die Zeit lang wurde, zu einer Art Antwort.

»Wenn er nicht einverstanden ist, wird's schwierig. Vicomte, Sie sprechen wie ein Buch, und Sie finden sicher eine Lösung, die allen recht sein wird. Aber wenn Sie mich fragen, dann gehen wir jetzt in diesen Hühnerstall, der sich Gasthaus zu nennen beliebt, und sehen zu, ob sich etwas zu essen auftreiben läßt. Ich könnte ein Pferd verschlingen!«

Jason folgte seinen Gefährten, ohne ein Wort zu sagen, Marianne hatte aber den Eindruck, er sei nicht überzeugt. Sie sollte bald auch Gewißheit haben, denn nach der Mahlzeit, ohne Zweifel der reichhaltigsten, die sie seit ihrer Abreise bekommen hatten – sie bestand aus Borschtsch, Kolbassa** und leichten, süßen Vareniki*** –, erhob sich der Korsar und erklärte trocken, es sei an der Zeit, sich zur Ruhe zu begeben, da man in der Frühe um vier die Stadt verlassen werde. Keiner täuschte sich darüber, daß er damit in aller Form erklärt hatte, er wolle versuchen, die Grande Armée an Geschwindigkeit zu übertreffen.

Marianne bekam es besonders zu spüren, denn an diesem Abend wartete sie unter der unvermeidlichen Ikone mit dem Bildnis des noch unvermeidlicheren Sankt Wladimir vergeblich auf ihren Liebhaber.

---

* antiker Name des Dnjepr

** eine Art Bratwurst

*** kleine, süße Pasteten mit scharfer Sauce

Eine Weile lief sie in ihrer Kammer zwischen der Türe und dem kleinen Fenster auf und ab. Wegen der Hitze, die trotz der vorgeschrittenen Tageszeit noch erdrückend war, stand das Fenster weit auf. Sie verspürte den dringenden Wunsch, Jason aufzusuchen. Aber ihr Stolz wollte es nicht zulassen.

Im Widerstreit der Gefühle verharrte sie eine Weile vor dem offenen Fenster, das einen Blick auf den Fluß und sein flaches östliches Ufer freigab.

Sie beschloß, zum Wasser hinunterzugehen, um ein wenig Kühle zu finden und den inneren Aufruhr zu stillen. Sie zog sich an, ohne das Fenster aus den Augen zu lassen, und plötzlich sah sie den Mann, der ihr soviel Nachdenklichkeit verursachte.

Die Hände auf dem Rücken zusammengelegt, ganz in der Haltung, die ihr von der Brücke seines Schiffes her vertraut war, stieg Jason langsam zu dem glitzernden Flußlauf hinab. Plötzlich war Marianne ganz ruhig, sie lächelte sogar bei dem Gedanken, daß auch er keinen Schlaf gefunden hatte.

Schon wollte sie sich umwenden und das Zimmer verlassen, da bemerkte sie Shankala:

Offensichtlich war die Zigeunerin Jason gefolgt. Lautlos wie eine Katze glitt sie mit nackten Füßen wie ein Nachtgespenst auf der Spur des Mannes dahin, der sie fesselte, von ihrer Gegenwart jedoch keine Ahnung hatte.

Jason verschwand auf seinem langsamen Spaziergang hinter Stapeln von Baumstämmen, die am Ufer gelagert waren. Denn von Kiew ab war es mit der Steppe endgültig zu Ende, hier gab es große Wälder, deren Produkte längs des Flusses gestapelt wurden, ehe man sie nach dem Süden verschiffte.

Statt jedoch Jason weiter zu folgen, wechselte Shankala die Richtung. Sie ging einen parallelen Weg, der vor den Holzstapeln vorbeiführte, und Marianne, die sie mit gespannter Aufmerksamkeit beobachtete, sah, daß sie sich nun im Laufschritt der Anhöhe näherte, die den Flußhafen begrenzte. Die Taktik der Zigeunerin war klar: sie wollte Jason begegnen.

Marianne hielt es nicht länger aus, von unüberwindlicher Neugier getrieben, verließ sie die Herberge und eilte an den Fluß. Mit geradezu primitiver Eifersucht setzte sie sich auf Jasons Spur, einer Eifersucht, die sie weder erklären noch rechtfertigen konnte. Nur eines wußte sie: sie wollte sehen, wie sich Jason verhielt, wenn er mit dieser Frau allein war, die nicht ihre Absicht verhehlte, ihn zu verführen.

Als sie am Ufer hinter dem ersten Holzstapel angekommen war, sah sie zunächst einmal nichts, weil der Fluß vor ihr einen leichten Bogen machte, den sie nicht überblicken konnte. Ihre Schritte machten auf dem festen Sand kaum ein Geräusch, sie begann zu laufen. Als sie dann die Kurven der Böschung erreichte, mußte sie einen Aufschrei mit der Hand ersticken, biß sich auf die Faust und sprang in den Schatten eines Gebüschs.

Wenige Schritte vor sich erkannte sie Jason, der ihr den Rücken zuwandte, und vor ihm befand sich Shankala, eine Shankala, die ihre Kleider abgeworfen hatte und sich völlig nackt vor ihm im Mondlicht bewegte.

Plötzlich war Mariannes Kehle ganz trocken. Diese Teufelin war eine exotische Schönheit. Im Schein des Mondes, der ihrer braunen Haut silbrige Lichter aufsetzte, sah sie aus wie eine Nixe, die dem Fluß entstiegen war und dahin zurückkehren würde. Jetzt stand sie da mit lässig an ihrem zarten Körper herabhängenden Armen, offenen Händen, zurückgeworfenem Kopf und halb geschlossenen Augen und bewegte sich nicht mehr, lockte einzig mit der verführerischen Kraft ihrer Begehrlichkeit, die sie fast greifbar ausstrahlte. Nur ihr etwas keuchender Atem, der rhythmisch die Kugeln ihrer festen, aber makellosen geformten Brüste bewegte, verriet ihr Verlangen nach dem Manne, der da vor ihr stand und sie betrachtete. In ihrer Haltung ähnelte sie so vollkommen der Statue Donna Lucindas im Tempel der Villa Sant'Anna, daß Marianne sie wieder zu erkennen glaubte und fast aufgeschrien hätte.

Auch Jason schien in eine Statue verwandelt zu sein. Aus ihrem Versteck konnte Marianne nicht seinen Gesichtsausdruck erkennen, aber seine völlige Bewegungslosigkeit verriet eindeutig seine Faszination. Völlig entkräftet, mit Flimmern vor den Augen, mußte Marianne sich gegen einen Holzstrunk lehnen, sie war nicht fähig, ihren Blick von diesem Bild abzuwenden, das sie zugleich abstieß und fesselte, und sie wünschte in die tiefste Tiefe des Flusses zu sinken, wenn Jason der Versuchung erlag.

Plötzlich bewegte Shankala sich. Sie tat einen Schritt auf Jason zu ... einen zweiten. Ihre Augen flirrten, und die gepeinigte Marianne vergrub ihre Fingernägel in den Handballen. Der keuchende Atem dieses Weibes hallte wie ein Orkan in ihren Ohren. Jetzt stand sie unmittelbar vor dem Manne, der sich immer noch nicht zu einer Bewegung entschließen konnte. Ein Schritt ... noch ein Schritt. Sie würde ihn berühren, diesen Leib an ihn schmiegen, dessen Bewegungen sogar ihre Liebesgier spiegelten ... Ihr Mund öffnete sich und ließ die scharfen Zähne eines Raubtiers sehen. In höchster Not wollte Marianne aufschreien, aber die Angst preßte ihr die Kehle zusammen. In der nächsten Sekunde würde die Liebe ihres Lebens vor ihr im Staub liegen wie ein Gott mit tönernen Füßen.

Aber Jason hatte sich gefaßt. Er streckte die Hand aus, berührte die Frau an der Schulter und hielt sie zurück.

»Nein!« sagte er besonnen.

Dann wendete er sich achselzuckend um und ging schnellen Schrittes in Richtung auf die Herberge davon. Er bemerkte Marianne nicht, die in ihrem dunklen Versteck hockte und unfähig war, sich zu bewegen, doch eine so plötzliche Erleichterung verspürte, daß es ihr fast die Sinne raubte. Mit schweißnasser Stirn und geschlossenen Augen verhielt sie noch eine Weile und horchte, wie das hämmernde Ta-tam ihres Herzens langsam abklang.

Als sie die Augen wieder öffnete, lag das Ufer so verlassen da, daß sie sich fragte, ob sie nicht das Opfer eines

Spukbilds geworden sei. Bei aufmerksamem Zusehen glaubte sie jedoch, eine Gestalt zu erkennen, die sich unterhalb des Hügels laufend entfernte. Da kehrte auch sie in die Herberge zurück. Ihre Beine zitterten, und sie hatte große Mühe, die steile Treppe zu ihrer Kammer hinaufzusteigen. Oben mußte sie einen Augenblick stehenbleiben, um Atem zu schöpfen, dann ging sie schleppend zu ihrem Zimmer und stieß die Türe auf.

»Wo kommst du her?« fragte Jasons klare Stimme.

Er stand da, vom weißen Mondlicht angeleuchtet und erschien ihr riesenhaft und beruhigend wie ein Leuchtturm im nächtlichen Sturm. Niemals hatte sie seiner Gegenwart so sehr bedurft, warf sich an seine Brust und wurde vom Schluchzen geschüttelt, das die ausgestandenen Ängste wegspülte wie ein erfrischender Regen.

»Dummkopf!« sagte er nur. »Als ob ich eine andere begehren könnte als dich!«

Eine Stunde später schlief Marianne ein, in den Schlaf gewiegt von dem angenehmen Gedanken, daß sich Shankala nach dieser Niederlage geschlagen geben und die Reisegesellschaft verlassen würde.

Als sich aber am anderen Morgen alle bei der Kibitka einfanden, vor die ein neuer Kutscher soeben frische Pferde spannte, war die Zigeunerin wieder da, ruhig und fremd wie immer, als sei nichts geschehen. Wortlos nahm sie ihren Platz neben Gracchus ein. Marianne unterdrückte einen Seufzer der Enttäuschung, bemerkte jedoch zu ihrer Erleichterung, daß Shankala an Jason vorbeiging, ohne ihn auch nur anzusehen.

Es war ein schwacher Trost, und als sie abends die inmitten großer, duftender Nadelwälder gelegene Station Darnitza erreichten, konnte die junge Frau sich nicht enthalten, Gracchus beiseite zu ziehen. Die Beziehungen zwischen dem jungen Mann und der Zigeunerin hatten sich seit jenem Dorf am Ufer der Kodyma kaum gebessert, immerhin war das wilde Geschöpf aber bereit gewesen, mit seinem Pseudo-Ehemann einige Worte zu wechseln.

»Wie lange werden wir diese Shankala noch ertragen

müssen«, fragte Marianne. »Warum bleibt sie bei uns? Unsere Gesellschaft langweilt sie offensichtlich. Warum besteht sie dann darauf, mit uns zu kommen.«

»Sie kommt nicht mit uns, Fräulein Marianne, wenigstens nicht in dem Sinne, wie Sie es meinen.«

»Ach nein? Was tut sie anders?«

»Sie ist auf der Jagd!«

»Auf der Jagd? Ich sehe nicht recht, auf welches Wild sie jagt ... außer auf Monsieur Beaufort natürlich«, antwortete Marianne, die diese boshafte Spitze nicht unterdrücken konnte.

Natürlich erwartete sie, daß der junge Mann ihr zustimmen, aber Gracchus schüttelte mit umwölkter Stirn den Kopf.

»Das habe ich auch geglaubt, aber es ist nicht der Fall. Aber klar, wenn er auf sie hereingefallen wäre, hätte sie das Nützliche mit dem Angenehmen verbunden!«

»Das Nützliche? Ich verstehe immer weniger.«

»Sie werden es gleich verstehen: wonach Shankala jagt, das ist ihre Rache! Sie begleitet uns nicht, sondern sie folgt der Spur des Mannes, der sie verstoßen und der Niedertracht ihrer Dorfgenossinnen ausgeliefert hat. Sie hat sich geschworen, ihn zu töten, und ich glaube, daß sie der Meinung war, wenn sie Kapitän Beaufort verführte, könnte sie ihn zum Werkzeug ihrer Rache machen und ihn veranlassen, ihren früheren Gatten zu töten.«

Marianne hob ungeduldig die Schultern.

»Das ist doch Irrsinn! Wie kann sie hoffen, in diesem Riesenland unter zahllosen Menschen ihren Ehemann zu finden?«

»Vielleicht ist das weniger schwierig, als es aussieht. Der Kosak, der nebenbei Nikita heißt, ist zum Kampf gegen die Franzosen ausgezogen. Sie weiß, daß wir denselben Weg nehmen. Sie können gewiß sein, daß sie sich in jedem Relais genauso erkundigt, wie sich die Truppen bewegen. Und im übrigen weiß sie sehr gut, was ihr Nikita will.«

»Und was will er?«

»Den Preis gewinnen – berühmt, reich, mächtig, adelig werden ...«

»Gracchus!« Marianne schnitt ihm ungehalten das Wort ab. »Wenn Sie sich nicht endlich entschließen, klar zu sprechen, bekommen wir beide Ärger. Sie erzählen mir Albernheiten.«

Da warf sich der junge Mann in die Pose eines Märchenerzählers. Er berichtete, daß sich kürzlich eine sagenhafte Geschichte wie ein Lauffeuer durch Steppen und Wälder verbreitete: Graf Platow, der legendäre Ataman der Donkosaken, den neuerdings auch die Sotnias * anderer Herkunft als ihren Chef anerkannten, hatte wie ein König im Märchen die Hand seiner Tochter dem Kosaken versprochen, der ihm den Kopf Napoleons brachte.

Damit war in sämtlichen Stanitzas ** ein Fieber ausgebrochen, und die Männer, die noch keine Frau hatten, machten sich auf den Weg.

»... Shankalas Ehemann gehört auch dazu«, schloß Gracchus. »Er ist sicher, die Tochter des Ataman zu gewinnen. Fragen Sie mich nicht, woher er diese Gewißheit hat. Shankala weiß es auch nicht.

»Der ist ja noch größenwahnsinniger als seine Kameraden«, rief Marianne angewidert. »Diese Wilden glauben auch alles! Den Kopf Napoleons? Ich muß schon bitten! Aber, Gracchus«, fuhr sie plötzlich in veränderter Tonlage fort, »soll das heißen, daß diese Frau unschuldig war, als man sie ertränken wollte? Ich vermag es kaum zu glauben.«

»Das ist ein Thema, das wir nicht berührt haben«, sagte Gracchus. »Man weiß nie, wie so ein Weibsbild reagiert. Sie hat mir nur gesagt, daß Nikita, nachdem seine erste Leidenschaft abgeklungen war, sich nicht mehr um sie kümmerte und sie zu einer Dienerin erniedrigte, um seiner Mutter zu gefallen. Aber selbst wenn sie ihn wirklich betrogen hat, so hatte er es verdient. Nach meiner Ansicht ist mit diesem Typ nicht viel los.«

---

* Truppeneinheit der Kosaken
** kosakische Dörfer

»Das kann sein. Ist aber kein Grund, ihn umzubringen. Wenn du willst, Gracchus Hannibald Pioche, daß wir gute Freunde bleiben, dann laß dich von dieser Shankala nicht zu ihrem Ritter und zum Vollstrecker ihrer Rache machen. Selbst wenn du lebendig aus einem solchen Abenteuer herauskämst, frage ich mich, wie deine Großmutter, die Wäscherin von der Route de la Révolte, eine Schwiegertochter dieses Kalibers aufnehmen würde.«

»Aber ich weiß es: erst würde sie ihr zwei beschwörend gespreizte Finger unter die Nase halten, dann würde sie den Pfarrer holen und sie mit Weihwasser einweichen lassen. Anschließend würde sie uns dann beide aus dem Haus jagen. Keine Sorge, Mademoiselle Marianne, ich habe keine Lust, mir selbst die geringe Chance zu verbauen, eines Tages vielleicht doch noch die Rue Montorgueil und Ihr Stadthaus in der Rue de Lille wiederzusehen.«

Er tippte an seine Mütze und ging, um dem Kutscher beim Ausspannen zu helfen. Marianne, die der illusionslose Klang seiner letzten Worte verblüfft hatte, rief ihn zurück.

»Gracchus! Glaubst du wirklich, daß es sehr gefährlich für uns ist, wenn wir versuchen, zum Kaiser durchzukommen?«

»Nicht so sehr! Wir gehen zu ihm, weil wir keine halben Sachen machen und weil wir auf jeden Fall zwischen zwei Feuer geraten werden. Und es muß ja nicht jede Kugel treffen. Jedenfalls werden wir unser Bestes tun, nicht wahr?«

Und Gracchus pfiff falscher als je sein liebstes Kriegslied: »Wir werden ihnen die Rippen brechen ...«, nahm unbekümmert seine Arbeit wieder auf und überließ Marianne ihren Gedanken.

ZWEITES KAPITEL

Das Duell

Am 11. September gelangten sie in die Nähe Moskaus. Es war ein herrlicher Spätsommertag, die Sonne strahlte warm und verschwenderisch auf die Erde herab, aber trotz des Lichtes und des freundlichen Grüns der Landschaft lag etwas wie eine Ahnung von Unheil in der Luft.

Der Weg führte durch das malerische Dorf Kolomenskoje mit seinen in lebhaften Farben bemalten alten Holzhäusern, dem großen Teich, auf dem sich ein Entengeschwader tummelte, und den Baumgruppen, in denen das leuchtende Weiß der Birkenstämme sich mit dunklem Nadelholz und dem üppigen Rot der Ebereschen vermengte.

Aber im Westen donnerten die Kanonen. Und es gab eine ununterbrochene Kette von Fahrzeugen, Herrschaftskutschen, Wagen von Kaufleuten, die von Automaten mit erstarrten Gesichtern und den Augen gehetzter Tiere gelenkt wurden. In dieser unübersichtlichen Menge kam die Kibitka nur langsam voran, wie ein Schwimmer, der sich gegen die Strömung eines mächtigen Flusses behaupten muß.

Die vorüberströmende Menge war sonderbar schweigsam und frei von Panik. Die mit Wappen geschmückten Coupés und Kaleschen des Adels, die in London oder Paris gebaut worden waren, hatten sich, ohne einen Versuch, sie zu überholen, zwischen den russischen Fahrzeugen eingeordnet.

Daneben zogen Greise, Frauen und Kinder ohne Klage und ohne den Blick zu heben im Staub der Straße dahin. Man hörte nur ihre Schritte und das Knirschen der Räder, und dieses dumpfe Schweigen war so eindrucksvoll, weil man die Resignation dieser Menschen spürte.

Niemand kümmerte sich um das schrecklich verschmutzte Fahrzeug, das hartnäckig dem Strom der

Flüchtlinge entgegenstrebte. Manchmal traf es ein gleichgültiger Blick, wendete sich aber gleich wieder ab, denn ein jeder hatte viel zuviel mit sich selbst zu tun, um auf andere neugierig zu sein.

Als sie an den Rand des Dorfes gelangten, lenkte Jason, der von Gracchus die Zügel übernommen hatte, das Fahrzeug auf den prächtigen Eingang eines großen Klosters zu, dessen formschöne blaue Kuppeln neben einem alten Holzpalast emporragten, und hielt an.

»Weiterzufahren wäre Wahnsinn«, erklärte er. »Wir biegen ab, fahren um die Stadt herum und kommen auf die Straße nach Sankt Petersburg.«

Marianne, die an Jolivals Schulter ein wenig eingenickt war, wurde sofort hellwach.

»Warum müssen wir um die Stadt herumfahren? Weiterzufahren ist nicht einfach, das gebe ich zu, aber wir fahren trotzdem geradeaus. Es gibt keinen Grund, eine andere Route einzuschlagen, die wir vielleicht sogar verfehlen könnten.«

»Ich sage dir, daß es Wahnsinn ist!« wiederholte Jason. »Siehst du nicht, was vorgeht. All diese Menschen flüchten.«

»Sollen sie flüchten, das stört mich nicht. Wenn man schon die Kanonen hört, sind die Franzosen nicht mehr weit. Deshalb verlassen sie Moskau.«

»Marianne«, sagte er mit müder Stimme, »fangen wir nicht von vorne an. Ich habe dir immer wieder gesagt, daß ich Napoleon nicht begegnen will. Ich denke, wir wären uns darüber einig gewesen, daß Jolival, sobald wir in der Nähe der Invasions-Armee sind, die Botschaft übernimmt, die du ›deinem‹ Kaiser zustellen willst, und später auf dem Weg wieder zu uns stößt.«

»Und du hast geglaubt, ich würde das akzeptieren?« rief Marianne gekränkt. »Du sprichst davon, Jolival zu Napoleon zu schicken, als ginge es darum, einen Brief zur nächsten Poststation zu bringen. Ich sage dir eines: sieh, was hier ringsherum los ist, all diese flüchtenden Menschen. So sieht es überall aus, in jeder beliebigen

Richtung, und wir wissen absolut nicht, wo die Armeen – auch die russische Armee – sich befinden. Sich trennen heißt sich verlieren! Jolival würde uns niemals wiederfinden ... das weißt du genau!«

Beunruhigt über die Wendung, die das Gespräch zu nehmen drohte, wollte Jolival sich einmischen, aber Marianne gebot ihm mit einer gebieterischen Geste Schweigen. Als Jason weiter mit eingezogenem Kopf auf seinem Platz hockte, aber hartnäckig schwieg, ergriff sie ihren Sack und sprang vom Wagen herunter.

»Kommen Sie, Arkadius«, befahl sie ihrem alten Freund. »Kapitän Beaufort möchte sich lieber von uns trennen, ehe er etwas mit den Soldaten des Mannes zu tun haben will, den er so sehr verachtet. Frankreich interessiert ihn nicht mehr.«

»Nach dem, was ich dort aushalten mußte, habe ich dazu auch keinen Grund. Mir scheint, das ist mein gutes Recht«, brummte der Amerikaner.

»Durchaus! Geh also zu deinen lieben russischen Freunden und deinen alten englischen Freunden ... Aber wenn das hier zu Ende ist, und jeder Krieg geht einmal zu Ende, dann wird es für dich das Beste sein, den Champagner der Veuve Cliquot und sogar die Chambertins und die Burgunderweine zu vergessen, mit deren Schmuggel du einmal so gut verdient hast. Mich kannst du bei dieser Gelegenheit auch gleich vergessen! Denn das alles ist Frankreich ...«

Und bebend vor Zorn hob Marianne ihr zartes Kinn in einer Geste der Geringschätzung und Verachtung, griff nach ihrem Sack, drehte sich auf dem Absatz um und ging auf der staubigen Straße davon. Sie ging weiter auf der gleichen Straße voran, die an dieser Stelle einen leichten Bogen machte, und kümmerte sich nicht mehr um die anderen. Nach der Auseinandersetzung in Kiew hatte sie geglaubt, Jason sei nun endlich überzeugt, da sie jedoch wieder erfahren hatte, wie sehr er an seiner unsinnigen Rachsucht festhielt, kochte sie vor Gekränktheit. Er war nichts als ein Heuchler, ein Heimlichtuer und ein undankbarer Mensch.

»Soll er doch zum Teufel gehen!« stieß sie zwischen geschlossenen Zähnen hervor.

Sie hörte ihn hinter sich nach Art eines Kutschers, dessen Rolle er ja übernommen hatte, schimpfen und fluchen. Aber sie hörte auch die Räder des Wagens knirschen, der sich wieder in Bewegung setzte. Fast konnte sie nicht der Versuchung widerstehen, sich umzuwenden, um zu sehen, ob er wirklich einen anderen Weg einschlug, aber das wäre ein Eingeständnis der Schwäche gewesen, eine Art von Nachgeben, also zwang sie sich, nicht einmal ihren Schritt zu verlangsamen. Im nächsten Augenblick hatte er sie eingeholt.

Er warf Gracchus die Zügel hin, sprang vom Wagen und kam ihr nach. Er packte sie am Arm, zwang sie, stehenzubleiben und ihm ins Gesicht zu schauen.

»Wir sitzen nicht nur in einer Patsche, die du gar nicht zu bemerken scheinst«, schrie er, »wir müssen auch noch deine Launen ertragen!«

»Meine Launen?« fragte die junge Frau empört. »Wer hat Launen, wenn nicht du? Wer kann nicht zuhören? Wer weist alles zurück, was seinem überspannten Eigensinn nicht behagt? Ich lehne es ab, hörst du ... ich lehne es ab, zuzulassen, daß sich Arkadius opfert. Ist das klar?«

»Kein Mensch verlangt, daß er sich opfert. Du hast eine Begabung, alles zu verzerren.«

»Ach! Tatsächlich? Dann höre jetzt einmal zu, Jason Beaufort: eines Abends im Palast von Humayunabad, als ich dir vorwarf, du wolltest mich verlassen, um in deiner Heimat Krieg zu spielen, da hast du mir gesagt: ›Ich gehöre zu diesem freien Volk, und ich muß mit ihm kämpfen!‹ Oder so etwas Ähnliches ... Es wäre mir nun lieb, wenn du dich erinnern wolltest, daß ich dem französischen Volk angehöre, das mehr als andere für die Freiheit getan hat, auch für die Freiheit anderer Völker.«

»Das ist nicht wahr, du bist zur Hälfte Engländerin.«

»Und darauf legst du Wert? Mir scheint, du solltest dich entscheiden können. Wem gehören denn die Kanonen, die vielleicht gerade in diesem Augenblick die

Schiffe zusammenschießen, die so sehr der *Sorcière* ähneln – wenigstens was ihre Fahne betrifft?«

Er sah sie an, als wolle er sie schlagen. Dann hob er plötzlich die Schultern und wendete sich ab, um sein reumütiges Lächeln nicht zu zeigen.

»Touché!« knurrte er. »In Ordnung, du hast gewonnen! Also machen wir weiter ...«

Im gleichen Augenblick vergaß sie ihren Ärger. Mit kindlichem Überschwang warf sie sich dem Amerikaner an die Brust, unbekümmert darum, was wohl die Flüchtlinge dachten, wenn sie sahen, daß diese verhältnismäßig elegant gekleidete Dame hingebungsvoll einen bärtigen Muschik abküßte. Er gab ihre Küsse zurück, und sie hätten wohl für eine ganze Weile die Umwelt vergessen, wäre nicht Craig O'Flahertys begeisterter Ausruf in ihr Bewußtsein gedrungen:

»Seht euch das an«, rief er, »es lohnt die Mühe!«

Sie waren alle ausgestiegen und seitlich der Straße auf eine Terrasse getreten, die von einer Balustrade umgeben war. Marianne und Jason faßten sich bei der Hand und gingen zu ihren Reisegefährten. Sie sahen Moskau zu ihren Füßen liegen.

Es war ein erhabener Anblick, der für sie zugleich den Reiz des fremdartig Romantischen hatte. Sie überschauten die ganze Stadt, die im Schutz ihres zwölf Meilen langen Mauerrings aus rotem Ziegelwerk vor ihnen lag. Zu ihren Füßen schlängelte sich die Moskwa dahin in trägen Windungen und mit zahlreichen Inseln, auf denen in reichen Gärten Paläste prangten. Die meisten Häuser waren Holzbauten, aber mit farbigem Mörtel verputzt. Nur die öffentlichen Gebäude und die prunkvollen Adelssitze waren aus Ziegeln errichtet, deren dunkler Ton einen samtenen Schimmer hatte. Und allenthalben Gärten und Parks, die sich harmonisch dem Stadtbild einfügten.

Die Sonne spiegelte sich in den tausend Kuppeln der Kirchen, sie reflektierte ihr Gold und Blau zugleich mit dem Grün und Schwarz der wie Lack glänzenden Metalldächer. Und auf einem erhabenen Punkt inmitten der

Stadt reckten sich die mit Zinnen gekrönten Mauern einer gewaltigen Zitadelle auf, darinnen ein farbiges Gemenge aus Palästen und Kirchen, die stolz von der Größe des Alten Rußland kündeten: der Kreml! In diesem Anblick waren Europa und Asien verknüpft wie in einem kunstvollen Gewebe.

»Wie schön das ist!« hauchte Marianne. »Ich habe nie etwas Vergleichbares gesehen.«

»Ich auch nicht«, bestätigte Jolival. »Wirklich«, fuhr er fort und wendete sich zu seinen Begleitern um, »das allein war die Reise wert.«

Der Krieg war übrigens schon zu erahnen, man spürte ihn sogar. Der Wind schmeckte nach Pulverdampf, und die Stadt lag, sah man von stoßweise aufbrandendem Stimmenlärm ab, wie leblos da, ihr Schweigen schien ständig tiefer und beunruhigender zu werden. Kein vertrauter Stadtlärm mehr, keine Glocke, keine Stundentrommel, kein fröhliches Hämmern oder Surren in den Werkstätten der Handwerker, keine erheiternde Musik ... und aus den Schornsteinen drang kein Rauch mehr. Es war, als habe die grimmige Stimme der fernen Kanonen alle anderen Stimmen zum Schweigen gebracht.

Jolival durchbrach als erster das Schweigen, das sie befallen hatte. Er trat mit einem Seufzer von der Balustrade zurück.

»Ich glaube, wenn wir vor der Nacht in der Stadt sein wollen, wird es Zeit, daß wir uns in Bewegung setzen. Dort unten werden wir dann versuchen, Neuigkeiten zu erfahren. Die ganze gehobene Schicht spricht französisch, und bisher gab es in Moskau eine bedeutende französische Kolonie.«

Ihre Faszination wich einer Art Panik, als sie von den Höhen herunterkamen und an die Tore der Stadt gelangten, bei denen ein unvorstellbares Durcheinander herrschte. Der Strom der Flüchtigen zwängte sich hier durch eine Masse von Frauen und Greisen, die vor dem Kloster Sanilovski im Staub auf den Knien lagen.

Ein großer Transport mit Verwundeten versuchte

durch das mit Fahrzeugen versperrte Tor zu gelangen. Die Menge tut ihr Bestes, den Verwundeten die Passage frei zu machen, erwies ihnen sogar fast die gleiche Verehrung wie dem Kreuz auf der Kuppel. Einige Frauen warfen sich sogar auf die Knie und versuchten, ihre blutigen Verbände zu küssen.

Die schmutzigen, zerlumpten Soldaten sahen erbarmungswürdig aus, eine wahre Schreckensarmee, in deren sonnenverbrannten Gesichtern hohläugige Furcht geschrieben stand.

Aus einigen Läden, die noch geöffnet waren und aus den in der Nähe des Stadttors gelegenen Häusern brachten die Leute ihnen Früchte, Wein und Lebensmittel aller Art. Von denen, die aus der Stadt verschwinden wollten, wendeten einige Ihre Fahrzeuge und boten sie den Verwundeten an, andere boten ihre leerstehenden Häuser, in denen nur einige Diener zurückgeblieben waren, als Quartiere an. Das alles waren so selbstverständliche Vorgänge, daß weder Marianne noch einer ihrer Begleiter auf die Idee kam zu protestieren, als zwei riesige Kerle in Schürzen, wahrscheinlich Sanitäter, ihre Kibitka beschlagnahmten.

»Wenn wir uns weigern«, flüsterte Jolival, »riskieren wir, daß sie uns zusammenschlagen. Es müßte doch mit dem Teufel zugehen, wenn wir in diesem Durcheinander nicht ein anderes Fahrzeug auftreiben könnten, um unsere Reise fortzusetzen. Auf jeden Fall muß ich aber zugeben, daß mich dieses Volk überrascht: Es bietet im Angesicht der Gefahr ein bemerkenswertes Beispiel von Einheit.«

»Einheit?« murrte Craig. »Mir scheint doch, daß es zwischen denen, die flüchten, und denen, die hierbleiben, einen ganz erheblichen Unterschied gibt. Wir haben unterwegs nur elegante und bequeme Equipagen gesehen – wenigstens vorwiegend. Die Reichen verlassen die Stadt, die Armen müssen bleiben.«

Nach einigem Warten gelangten sie schließlich durch diesen Engpaß in die große, volkreiche Straße, die zum Stadtzentrum führte. Im Gegensatz zu dieser Ausfallstraße waren einmündende oder angrenzende Straßen, Plätze, Boulevards oder Anlagen fast gänzlich unbelebt. An vielen Häusern waren die Blenden vor die Fenster gelegt und die Türen verriegelt.

Bald gelangten sie an das Ufer der Moskwa, wo Fässer und Kisten in großen Mengen auf Boote verladen wurden. Sie gelangten zum Kreml, dessen Gemäuer sich im Schein der untergehenden Sonne noch stärker rot eingefärbt hatte. Aber schon waren die Augen der Neulinge an den halb asiatischen Glanz der Heiligen Stadt gewöhnt, und sie widmeten der alten Zarenburg nur einen kurzen Blick. Was ringsum vorging, war auf andere Weise fesselnd.

Auf den Kaimauern, den weitgespannten Brücken und dem riesigen Platz seitlich des Kreml gab es noch Menschen. Aber sie waren anders, als die in den Vororten. Sehr junge, mit Säbeln bewehrte Männer im Frack stürzten sich auf die Verwundeten, die sich von allen Seiten hier zu sammeln schienen, und feierten sie mit begeisterten Rufen. Ihre Eleganz, ihre Jugend und manchmal auch ihre Schönheit bildeten einen scharfen Kontrast zu dem Schmutz und den Leiden, die sie mit ihren unpassenden Beifallsstürmen doch nicht lindern konnten.

Marianne und ihre Freunde gerieten in ein Gedränge, das sich am Zugang der Brücke gebildet hatte, und wurden gegen ihren Willen von der Strömung unwiderstehlich mit über die Brücke getragen. Am jenseitigen Ufer gerieten sie auf einen großen Platz mit einer herrlichen Kirche, die mit ihren Farben und Zieraten wie ein einziges Juwel wirkte.

Im Osten war der Platz von privaten Palästen begrenzt, elegante, weiß bemalte Bauwerke mit Giebelfeldern nach griechischer Art, deren Parks auf der anderen Seite an das tatarische Mauerwerk von Kitay-Gorod grenzten, der Chinesenstadt und dem Handelszentrum von Moskau. Und vor einem dieser Paläste drängte sich ein brüllender Menschenhaufen, der leidenschaftlich an einem Schauspiel teilnahm, in dem die entsetzte Marianne ohne Schwierigkeiten einen Strafvollzug erkannte.

An einer Palastmauer war ein Podium errichtet, ein bis zum Gürtel nackter Mann war darauf mit über dem Kopf gefesselten Händen an eine Leiter gebunden und empfing die Knute.

Die Peitsche bestand aus dünnen, geflochtenen Lederriemen, die am Abend vor einer jeden Exekution in Milch getaucht wurden, damit sie härter wurden. Bei jedem Schlag hinterließen sie auf dem Rücken des aufschreienden Delinquenten eine blutige Spur. Ein paar Schritte von der Leiter entfernt stand auf dem Podium mit vor der Brust gekreuzten Armen eine Art Riese, der eine Nagaika, eine Reitpeitsche im Gürtel trug und die Vollstreckung überwachte. Er trug einen blauen Anzug von militärischem Schnitt mit hohem Kragen und goldenen Epauletten, hatte einen kräftigen Körperbau, und sein herrisches Gesicht zeigte eindeutig turkmenischen Einschlag. Er hatte eine lebhafte Art, sehr große Augen unbestimmter Farbe, die allerdings im Augenblick nichts als eiskalte Grausamkeit spiegelten.

Mit Beginn der Vollstreckung war die Menge still geworden, sie wohnte den Qualen eines der ihrigen bei, ohne Freude oder eine gegenteilige Gemütsbewegung zu äußern. Als Marianne sich jedoch unter sie mischte, war sie erschüttert vom Gesichtsausdruck dieser Leute. Auf allen Gesichtern ohne Ausnahme war Haß zu erkennen, bedingungsloser, totaler, sozusagen konzentrierter Haß. Das empörte die junge Frau.

»Aus welchem Holz ist dieses Volk geschnitzt«, murmelte sie für sich. »Der Feind steht vor ihren Toren, aber sie stehen da herum und sehen zu, wie ein armer Teufel massakriert wird.«

Jemand stieß sie mit dem Ellenbogen in die Seite, so daß sie schwieg. Aber neben ihr stand nicht einer ihrer Begleiter, sondern ein älterer Mann von freundlichem und gepflegtem Aussehen. Er war altmodisch gekleidet, aber seine Einfachheit war nicht ohne Eleganz, sein langes Haar war im Nacken mit einem Band aus schwarzem

Satin zusammengehalten, das den silbergrauen Haarton hervorhob und auf dem kein Stäubchen Puder zu sehen war.

Als ihn Marianne verwundert ansah, deutete er ein Lächeln an.

»Seien Sie etwas vorsichtiger, Madame«, murmelte er. »Französisch ist eine Sprache, die hier verstanden wird.«

»Ich spreche nicht russisch, aber wenn Sie wünschen, daß wir uns in einer anderen Sprache verständigen, englisch zum Beispiel oder deutsch ...«

Diesmal lächelte der alte Edelmann – das war er ohne Zweifel – ganz offen, was ihm ein wenig von seinem Charme raubte, weil dadurch bedauerliche Schwächen seines Gebisses enthüllt wurden.

»Eine ungebräuchliche Sprache würde Neugier wekken. Das gilt für Englisch. Das Deutsche ist eine Sprache, die die Russen seit Peter III. herzlich verachten.«

»Also gut«, sagte Marianne, »sprechen wir weiter französisch, denn ich hoffe, Monsieur, daß Sie meine Neugier befriedigen werden. Was hat dieser Mann getan?«

Der Unbekannte hob die Schultern.

»Er hat ein doppeltes Verbrechen begangen: einmal ist er Franzose, zum anderen hat er es gewagt, sich darüber zu freuen, als er erfuhr, daß sich Napoleons Armee nähert. Bisher war er ein geschätzter Mann, besonders wegen seiner kulinarischen Begabung. Aber diese unbedachte Äußerung wurde ihm zum Verhängnis.«

»Kulinarische Begabung?«

»Ganz recht. Er heißt Tournais und war Chefkoch des Gouverneurs von Moskau, Graf Rostopchine, der übrigens dort drüben steht und persönlich die Exekution überwacht. Es ist Tournais schlecht bekommen, daß er den Mund etwas weit aufgemacht hat.«

Marianne ballte in ohnmächtigem Zorn die Fäuste. Mußte sie ausgerechnet hier im versöhnlichen Schein der untergehenden Sonne stehen und zusehen, wie ein Mann, ein Landsmann von ihr sogar, dessen einziges

Verbrechen die Treue zu seinem Kaiser war, zu Brei geschlagen wurde? Zum Glück hatte sie keine Zeit mehr, diese Frage zu beantworten, denn die Tortur war beendet.

Auf einen Befehl Rostopchines wurde der bewußtlose, mit Blut überströmte Koch losgebunden und in den Palast getragen.

»Was werden sie mit ihm anstellen?« fragte Jolival, der zu Marianne getreten und dem Gespräch gefolgt war.

»Der Gouverneur hat angekündigt, daß er morgen nach Orenburg verschickt wird, um dort in den Minen zu arbeiten.«

»Aber dazu hat er kein Recht«, widersetzte sich Marianne, sie vergaß wieder einmal alle Vorsicht. »Dieser Mann ist kein Russe. Es ist niederträchtig, ihn wie einen schuldigen Muschik zu behandeln.«

»Deshalb behandelt er ihn als Spion. Tournais, dessen Geschick ich bedaure, denn er ist ein Künstler, dient als Sündenbock. Da die große Schlacht jetzt zu Ende ist, ist es Rostopchine ganz recht, wenn er dem Volk einmal vorführen kann, wie gnadenlos er gegenüber allem sein kann, das irgendwie mit Bonaparte zu tun hat.«

Übrigens benutzte der alte Herr das Wort Bonaparte schon zum zweiten Mal, und diese Wiederholung brachte Marianne auf den Gedanken, er müsse einer jener unbelehrbaren Emigranten sein, die geschworen hatten, nicht wieder nach Frankreich zurückzukehren, solange Napoleon, die Geißel Gottes, dort herrschte. Eine gewisse Vorsicht war also geboten. Trotzdem konnte Marianne nicht dem Verlangen widerstehen, mehr zu erfahren.

»Eine große Schlacht, sagen Sie?«

Der Alte riß die Augen auf, langte nach einem Lorgnon, das an schwarzem Samtband auf seinen Jabot baumelte, setzte es auf die Nasenspitze und betrachte die junge Frau voller Verwunderung. »Ist das möglich? Aber, schöne Dame, bei allem schuldigen Respekt, woher kommen Sie eigentlich?«

»Aus dem Süden dieses Landes, Monsieur, genauer aus Odessa, wo ich die Ehre hatte, Gast des Herzogs von Richelieu zu sein.« Sie fügte noch einige unbestimmte Erklärungen hinzu, die ihr neuer Freund übrigens nicht mehr hörte. Der Name Richelieu ließ ihn in Ehrfurcht erstarren. Er war jetzt ganz von dieser jungen Frau eingenommen, in der er seinesgleichen zu erkennen glaubte. Er wurde plötzlich sehr gesprächig, und nachdem Jolival sich vorgestellt hatte, wobei er die anderen mehr oder weniger im Stand namenloser Diener beließ, war er geradezu unerschöpflich. Durch die angenehme Stimme des Mannes, der sich als Monsieur de Beauchamps vorgestellt hatte, erfuhren die Reisenden, was sich vor fünf Tagen fünfunddreißig Meilen vor Moskau auf der Ebene von Borodino am rechten Ufer des Flusses Kologha, eines Nebenflusses der Moskwa, zugetragen hatte: die russische Armee, die sich bis dahin immer in der Landschaft zu verlieren schien, sobald die Grande Armée anmarschierte, hatte beschlossen Front zu machen, um dem Feind den Zutritt zur Hauptstadt zu verwehren. Um die schnell auf dem Anmarschweg errichteten Verschanzungen war es zu erbitterten Kämpfen * mit erschreckendem Ergebnis gekommen, sofern man den Gerüchten glauben wollte, die von den immer stärker hereinströmenden Verwundeten verbreitet wurden.

»Aber wer hat gesiegt?« fragte Jolival mit einer Unruhe, die er kaum noch verheimlichen konnte.

Der alte Edelmann zeigte ein kleines, trauriges Lächeln.

»Man hat uns gesagt, die Russen. Der Zar hatte ja Barclay und Tolly durch den alten Kutusow, den sieggewohnten ersetzt, und niemand konnte sich eine Niederlage vorstellen. Man hat hier gleich in der Nähe sogar ein Te Deum angestimmt ... aber die Verwundeten berichten etwas anderes: sie sagen, die Armee werde ihnen auf dem Fuße folgen, denn sie sei auf dem Rückzug, und Na-

---

* 50000 Russen und 28000 Angehörige der Grande Armée blieben auf dem Schlachtfeld

poleon nähere sich Moskau. Morgen ... oder übermorgen soll er hier sein. Und weil das bekannt geworden ist, flüchten alle, die eine Möglichkeit dazu haben, aus Moskau. Daher stammt dieses schreckliche Durcheinander in der Stadt. Auch Rostopchine will verschwinden, wie er erklärt hat, doch im Augenblick wartet er noch auf Kutusow, dessen Armee durch die Stadt muß, um dann Richtung Kazan abzuschwenken.«

Finsteren Blickes beobachtete Jason, in welchem Maße Marianne ihre Selbstbeherrschung zu wahren verstand, denn obwohl diese Nachrichten sie mit Freude erfüllten, blieb sie völlig ruhig. Jolival indessen bedankte sich bei dem Alten mit erlesener Höflichkeit für seine Auskünfte und bat ihn, seiner Liebenswürdigkeit die Krone aufzusetzen und ihnen ein Gasthaus zu nennen, »falls noch welche geöffnet sind«, in dem sie unterschlüpfen könnten. Dieser Wunsch löste bei Jason unmittelbaren Protest aus:

»Wir haben keinen Grund, in dieser Stadt zu bleiben, besonders nicht, wenn Bonaparte erwartet wird. Brechen wir noch vor der Dunkelheit auf, an der Straße nach Sankt Petersburg findet sich gewiß eine Unterkunft.«

Monsieur richtete sein Lorgnon auf ihn und betrachtete eine Zeitlang voller Abscheu und Staunen diesen bärigen Muschik, diesen Knecht, der sich nicht nur erlaubte, französisch zu sprechen, sondern auch noch seine Meinung zum besten gab. Offensichtlich war es unter seiner Würde, diesem Flegel zu antworten, also gab sich der alte Herr damit zufrieden, die Achseln zu zucken und sich von ihm abzuwenden. Er richtete seine Antwort an Jolival:

»Sämtliche Straßen, außer denen nach Westen, sind durch Wagen und Kutschen blockiert. Sie schaffen es auf keinen Fall, heute noch von hier fortzukommen. Aber in Kitay Gorod, dessen Mauern Sie dort drüben sehen, gibt es noch eine Chance, Unterkunft zu finden, vielleicht sogar bei ...«

Marianne und ihre Freunde sollten niemals den Namen des Gastgebers erfahren, der in der Lage war, sie zu beherbergen, denn plötzlich stürzte eine wahre Sturmflut über den Platz und richtete sich mit der Geschwindigkeit einer Kanonenkugel gegen das Podest, auf welchen der Gouverneur immer noch stand und einigen Dienern Befehle erteilte. Mehrere tausend mit Knüppeln, Hacken und Heugabeln bewaffnete Männer und Frauen, die wie hungrige Wölfe heulten, stürzten zum Palais Rostopchine. Die mächtige Woge zersplitterte an den Mauern zu Strudeln, von denen einer die kleine Gruppe, die den alten Mann umstand, hinwegschwemmte.

Eine Sekunde später sah sich Marianne, die überzeugt war, daß es sich um einen Aufstand handelte, von ihren Freunden fortgerissen und von einer Flut gestikulierender Arme unwiderstehlich gegen den Fluß hin abgedrängt. Sie glaubte, ihre letzte Stunde sei gekommen und stieß einen gellenden Schrei aus.

»Jason! Ich bin hier!«

Er hörte sie. Mit Fausthieben und Fußtritten schlug er sich zu ihr durch, packte sie beim Handgelenk und versuchte ebenso rücksichtslos wie planlos sich gegen den Strom zu bewegen. Es war unmöglich. Vielleicht sollte man sich besser treiben lassen, sonst konnte man leicht zu Boden geworfen und von tausend Füßen zerstampft werden.

Ohne genau zu wissen, wie es geschah, wurden die jungen Leute wieder über die Kremlbrücke gedrängt, fanden sich schließlich auf einem kleinen Platz wieder, auf dem sich nebst einigen Häusern und einer bombastisch bemalten Kirche auch ein mächtiges Bauwerk mit grünem Blechdach am Ufer des Flusses entlang erstreckte, das Haus der Findelkinder.

Es gab hier viel weniger Menschen als auf der Brücke, denn die große Masse drängte sich auf den Kaimauern der Moskwa, und die atemlose, halb erstickte Marianne setzte sich auf einen Trittstein nieder, wie sie zum Besteigen der Pferde bereitliegen, um etwas zur Besinnung zu kommen. Sie bemerkte erst jetzt, daß außer Jason auch Shankala bei ihr war. Diese hatte eine Hand noch in den

Gürtel des Freibeuters gekrallt, auf diese Art also war es ihr gelungen, mit ihnen Schritt zu halten.

»Wo sind die anderen«, fragte Marianne.

Jason zuckte die Achseln und deutete auf den Platz, der brodelte wie der Krater eines Vulkans kurz vor dem Ausbruch.

»Was sollen wir unternehmen? Wie finden wir sie wieder?«

»Das beste ist, hier in dieser Gegend zu bleiben und zu warten. Auf die eine oder andere Art muß doch dieser Aufruhr einmal zu Ende gehen.«

»Du hast recht«, seufzte sie. »Bleiben wir also und warten wir, bis wir klarer sehen ... falls das in absehbarer Zeit möglich ist. Woran ich fast zweifele, denn ...«

Obwohl sich die Volksmenge auf dem Roten Platz beruhigte und ein wenig lichtete, war es praktisch unmöglich, zur Brücke zu gelangen, weil sie von neuen Verwundetentransporten, die aus drei verschiedenen Straßen herbeiströmten, blockiert war.

»Da kommen wir niemals hinüber«, sagte Marianne ungeduldig. Die Kais sind noch schwarz von Menschen.«

»Um so mehr, als es sich jetzt meistens um Soldaten handelt ... sieh doch nur! Ich sehe da drüben Reiter. Das sind Kosaken!«

Das an weite Ausblicke gewöhnte Auge des Seemanns hatte in der Ferne Soldaten erkannt, wo Marianne nur ein bestimmtes, rötliches Gewoge sah.

»Die ganze russische Armee muß auf dem Rückzug sein«, fuhr Jason fort. »Sie marschiert in die Stadt, gewiß um sie zu verteidigen. Hier dürfen wir nicht bleiben: es besteht die Gefahr, daß wir von den Pferden niedergetrampelt werden.«

»Und wohin willst du gehen? Ich lehne es ab, mich von hier zu entfernen, solange wir nicht mit den anderen zusammen sind.«

»Da auf dem kleinen Platz, ganz in der Nähe, habe ich ein Gasthaus gesehen. Versuchen wir, dahin zu kommen. Du hast doch noch Geld?«

Marianne bestätigte es durch eine Geste. Zwar hatte sie ihren Reisesack im Trubel am Stadttor auch verloren, aber sie hatte es sich zur Gewohnheit gemacht, Geld und ihren berühmten Podaroshna in der Innentasche ihres Kleides zu verwahren. Trotzdem verließ sie ihren Stein nur widerwillig. Es war nicht leicht, an das Gasthaus heranzukommen. Vor der Tür standen ein Mann und zwei Frauen, die Schürzen vorgebunden hatten. Sie halfen den Verwundeten, wuschen eine schmutzige Wunde aus, erneuerten Verbände oder boten anderen Soldaten, die einen Augenblick vor dem Gasthaus verweilten, einen Becher Wein an. Der Eifer und die Fürsorge, die sie den Soldaten zuteil werden ließen, waren bewundernswert. Man spürte, daß sie bereit waren, diesen Unglücklichen alles zu schenken, was ihr Haus nur hergeben mochte. Marianne fragte sich, ob sie fremde Reisende wohl mit derselben Freude aufnehmen würden.

Sie gingen weiter – Shankala immer auf ihren Fersen – und versuchten, sich einen Weg zum Eingang zu bahnen. Eine kurze Unterbrechung in der ständigen Flut der zur Brücke drängenden Menschen erlaubte ihnen, zu den drei Leuten vorzustoßen, deren weiße Schürzen jetzt Blut- und Weinflecken aufwiesen.

Marianne wendete sich an den Mann:

»Wir sind Reisende. Wir kommen aus dem Süden, von sehr weit her. Können Sie uns beherbergen?« fragte sie auf französisch, wobei sie sich jedoch um den englischen Akzent von früher bemühte. Der Mann schien nicht so für die Fremden zu schwärmen, wie man es von einem Hotelier erwarten durfte, denn er sah Marianne mißtrauisch an.

»Woher kommen Sie?« fragte er in derselben Sprache, allerdings mit russischem Akzent, was die Verständigung nicht leichter machte.

»Aus Odessa.«

»Eine ganz schöne Strecke! Und was sind Sie? Italienerin? Französin?«

»Aber nein ... Engländerin!« rief die junge Frau. Sie war verärgert, weil sie lügen mußte, aber noch mehr, weil es ihr so schlecht gelang. »Ich bin Lady Selton, und diese beiden reisen mit mir ... zu meinen Diensten.«

Der Mann wurde freundlicher, er schien beruhigt zu sein. Er deutete sogar ein verbindliches Lächeln an, als er der jungen Frau erklärte, die wenigen Zimmer seines Hauses seien zwar mit Verwundeten belegt, wenn sie aber damit zufrieden sei, sich in einer Ecke des Saales einzurichten, werde es ihm eine Freude sein, ihr eine erstklassige Mahlzeit zu bereiten.

»Morgen«, fügte er hinzu, »werde ich versuchen, für Mylady eine bessere Unterkunft zu finden, die ihrem Geschmack entspricht. Aber diese Nacht ist sie wenigstens vor der Kälte geschützt ... und auch vor den Soldaten, die in Moskau einrücken und für eine junge Dame gerade nicht die beste Nachbarschaft sind.«

»Kommen sie, um Moskau zu verteidigen?«

»Selbstverständlich, Mylady! Wer könnte sich denn vorstellen, daß unser Väterchen Zar es zuläßt, daß der Antichrist seine schmutzigen Pfoten auf die heilige Stadt legt?«

»Aber was bedeutete denn vorhin auf dem Platz die Meuterei?«

»Meuterei? Welche Meuterei?«

»Die ich mit eigenen Augen gesehen habe! Bei Sonnenuntergang war ich vor dem Gouverneurspalast Zeuge einer Auspeitschung. Gleich danach stürzte eine brüllende, bewaffnete Horde auf das Gebäude zu ...«

Iwan Borissowitsch lachte.

»Das war keine meuternde Horde, Mylady. Aber heute morgen ist Bescheid gekommen, daß diese verfluchten Franzosen das Kloster Mojaisk, vierundzwanzig Meilen von hier, besetzt haben. Unsere tapferen Landsleute wollten dem Feind entgegenziehen und haben sich deshalb heute morgen bei der Dorogomilow-Schanze versammelt. Sie warteten darauf, daß der Gouverneur kommen und sich an ihre Spitze setzen würde. Sie haben aber den ganzen Tag vergeblich gewartet und sind deshalb umgekehrt, um zu sehen, was Graf Rostopchine am Kommen gehindert hatte. Übrigens wurden sie natürlich auch durch die Ankunft der Armee zur Rückkehr gezwungen.«

Marianne hütete sich sehr, ihre Gedanken laut werden zu lassen. Offenbar hatte Graf Rostopchine andere Sorgen, als sich an der Spitze einer undisziplinierten Bande Napoleon in den Weg zu stellen ... und sei es auch nur, daß er seinen Koch auspeitschen mußte.

Ohne weiteren Kommentar ließ sie sich in den Winkel eines großen niedrigen und ziemlich dunklen Saales führen. In der Ecke zwischen zwei Fenstern häufte Iwan Borissowitsch auf einigen Bänken Kissen und Bettdecken, die er im Haus auftreiben konnte, dann verkündeten er, das Abendessen werde in Kürze serviert.

Als morgens gegen vier der Himmel sich aufzuhellen begann, gab es auf dem Fluß eine schwere Explosion, so daß man einen Augenblick glauben konnte, der Krieg sei schon in der Stadt. Es war aber nur die große Brücke an der Südwestseite des Kremls, die mit einer blendenden Funkengarbe in die Luft flog. Iwan Borissowitsch kam mit grauem Gesicht und verzerrten Zügen, schüttelte den schlafenden Jason und wendete sich dann zu Marianne:

»Ich bin verzweifelt, Mylady«, sagte er mühsam, »aber Sie müssen aufbrechen!«

»Wir müssen aufbrechen?« schrie Jason und vergaß wieder einmal seine Rolle als Diener aus gutem Haus.

Aber der arme Herbergswirt legte auf solche Feinheiten keinen Wert mehr. Er nickte, Marianne sah sein verzweifeltes Gesicht und Tränen in seinen Augen.

»Ja, sie müssen abreisen«, sagte er mit großer Anstrengung. »Sie müssen Moskau sofort verlassen, Mylady ... Sie sind Engländerin, und dieses Untier, der Korse rückt an. Wenn Sie bleiben, sind Sie in Gefahr. Reisen Sie ab – sofort! Eine schöne Frau wie Sie darf ihnen nicht in die schmutzigen Pfoten fallen!«

»Aber ... ich dachte, all diese Soldaten seien in Moskau eingerückt, um es zu verteidigen.«

»Nein ... sie ziehen nur durch. Sie flüchten ... Ein Soldat hat mir verraten, daß sie nach Riazan gehen.«

Plötzlich schluchzte er laut auf:

»Unsere Armee ist besiegt ... besiegt! Unsere Stadt ist verloren ... wir müssen alle fort, alle! Also gehen Sie. Wir packen nur unsere Sachen und gehen dann auch. Ich habe einen Bruder in Kaluga, zu dem gehe ich.«

»Sie geben Ihr Haus auf?« fragte Jason. »Aber was ist dann mit all den Verletzten in Ihrem Gastzimmer?«

»Man muß sie der Gnade Gottes anvertrauen. Es würde ja nichts helfen, wenn ich mich umbringen lasse, um sie zu verteidigen. Ich habe Familie, an die muß ich denken.«

Eine Diskussion war sinnlos. Die drei Reisenden verließen das Gasthaus und gingen zum Kai, wo sie in ein unbeschreibliches Durcheinander gerieten. Immer noch war die Armee auf dem Durchzug, aber jetzt mischten sich die Moskauer darunter, die so lange in der Stadt ausgehalten hatten und sie jetzt überstürzt verließen. Falls sie und Jason sich von diesem Menschenstrom mitreißen ließen, würden sie sich bald vor den Toren Moskaus wiederfinden und jede Hoffnung verlieren, Jolival, O'Flaherty und Gracchus jemals wiederzusehen. Von der Idee besessen, daß sie auf jeden Fall auf den Platz vor dem Palast Rostopchine zurückkehren müßten, gliederten sie sich in einen Menschenstrom ein, der zur ersten Brücke über die Moskwa drängte, um wenigstens am richtigen Ufer des Flusses zu sein.

»Wenn wir eine Seitenstraße gehen, muß es möglich sein, auf einem Umweg zu diesem Platz zu gelangen«, sagte Jason. »Das Wichtigste ist, daß wir von dem Soldatenhaufen loskommen.«

Aber am anderen Ufer des Flusses war das Gedränge noch wüster. Marianne und Beaufort sahen sich plötzlich zu einer anderen Brücke gedrängt, vielmehr in den toten Winkel zwischen zwei Brücken. An dieser Stelle strömte nämlich ein Nebenfluß, die Jausa in die Moskwa, und das Gewühle auf beiden Brücken war gleich gnadenlos. Doch im ersten Morgenlicht erkannten die beiden Flüchtlinge auf der Jausabrücke den Grafen Rostopchine. Er trug einen Waffenrock mit goldenen Epauletten, hatte eine Nagaika in der Hand und schlug auf alles ein, was in seine Reichweite kam, dazu brüllte er wie ein Besessener, um die Menschen zurückzudrängen. Er versuchte, eine Passage frei zu machen, und Marianne erkannte auch den Grund, denn unter heftigem Beifall und lauten Hochrufen näherte sich eine Gruppe von Generalen auf prächtigen Pferden.

Sie trugen weiße oder dunkelgrüne Dolmane und große, zweispitzige Hüte mit silberfunkelnden Litzen oder schwarzen Hahnenfedern und drängelten sich um einen fetten alten Mann auf einem kleinen grauen Pferd, den sie zu bewachen schienen wie eine kostbare Reliquie oder einen Gefangenen. Der Mann hatte zwar ein freundliches Gesicht, sah jedoch im Augenblick traurig aus. Er trug einen bescheidenen schwarzen Militärrock ohne Orden, um den Hals einen langen Seidenschal und auf dem grauen Haar einen betreßten Hut. Die Menschen, die ihn erkannten, schrien begeistert:

»Kutusow! Kutusow!«

Das also war der berühmte Marschall, der Feind des jungen Bonaparte, den Zar Alexander, der ihn nicht liebte, erst vor zwei Wochen aus seiner ländlichen Verbannung zurückbeordert hatte, und in dem ganz Rußland den Mann des Schicksals und der letzten Stunde zu erkennen glaubte.

Jason, der dank seiner Größe einen Teil der Menge zu überblicken vermochte, entdeckte eine freie Stelle, packte Marianne am Handgelenk und zog sie mit.

»Komm«, rief er, »jetzt kommen wir durch. Wir können dort gegenüber in die Straße hinein.«

Sie rannten los, die Zigeunerin immer hinter sich. Der freie Platz war durch einen Trupp von Kosaken entstanden, die vor einer Klosterpforte haltgemacht hatten. Ein Offizier war abgesessen, um mit einem alten, bärtigen Popen zu verhandeln, der schwarz und abstoßend wirkte wie eine Fledermaus.

Als sie dort anlangten, wogte gerade ein heftiger Schub der Volksmenge gegen den Standort der Kosaken an, und Jason, der verhindern wollte, daß Marianne unter die Hufe der Pferde geriet, zog sie heftig nach vorne, so daß sie gegen den Popen prallte, dem sie auf den Fuß trat.

Als dieser bemerkte, daß er von einer Frau attackiert worden war, stieß er sie mit einem Ausruf des Zornes und der Verachtung zurück, der Offizier aber packte sie brutal am Arm und rief etwas Unverständliches, offensichtlich sollte sie niederknien und um Verzeihung bitten. Jason wollte ihr helfen, aber zwei Kosaken bemächtigten sich seiner. Marianne setzte sich energisch gegen den Offizier zur Wehr, und plötzlich standen sie sich unmittelbar gegenüber ... nur einen Augenblick lang, das das genügte zum Wiedererkennen.

»Tschernyschew!« murmelte die junge Frau.

Er war es wirklich! Genauso blond, genauso schön und elegant, obwohl sein dunkelgrüner Dolman, auf dem das Kreuz der Ehrenlegion fehlte, mit Schmutz und Blut befleckt und sein blasses Gesicht von Strapazen gezeichnet war. Er hatte immer noch diesen Blick einer grausamen Katze, die grünen, zu den Schläfen hin etwas geschlitzten Augen und die hohen Backenknochen, die eine Spur mongolischen Blutes verrieten. Ja, er war immer noch derselbe Mann, der bezaubernde, beunruhigende Graf Alexander Tschernyschew, Spion des Zaren und Liebhaber aller schönen Pariserinnen, wenn es auch nicht leicht war, unter seiner wilden kriegerischen Aufmachung den unbekümmerten Verführer zu erkennen, der sich darauf verstanden hatte, sogar der Fürstin Borghese die Geheimnisse des französischen Imperiums zu entlocken. Doch bei der Erinnerung an ihre letzte Begegnung dachte Marianne an Flucht und versuchte sich von ihm loszumachen.

Verlorene Mühe! Sie wußte seit langem, daß diese schmalen, weißen Hände, die ihren Arm gepackt hielten, hart wie Stahl sein konnten. Auch ihm fiel der Name ein, der zu diesem stolzen Gesicht, zu diesen großen, jetzt vor Schrecken geweiteten Augen gehörte:

»Das ist ja meine Fürstin!« rief er auf französisch. »Mein wertvollster Besitz. Der sagenhafte Smaragd des armen Kameltreibers aus Samarkand. Bei unserer Lieben Frau von Kazan, diese unerwartete Erscheinung ist genau das, was ich brauche, um wieder zu glauben, daß Gott ein Russe ist ...«

Bevor Marianne noch eine Möglichkeit hatte, die Verwirrung abzuschütteln, in welche diese unheilvolle Begegnung sie gestürzt hatte, schloß Tschernyschew sie in die Arme und gab ihr einen Kuß, der seinen Männern begeisterten Beifall, Jason jedoch einen Wutschrei entlockte.

»Laß sie los!« schrie er ohne jede Vorsicht. »Du schmutziger Kosak. Mit welchem Recht erlaubst du dir, sie zu berühren?«

Wider Erwarten ließ Tschernyschew Marianne los und trat auf den Mann zu, der immer noch von zwei Kosaken gehalten wurde. »Ich denke, daß ich das Recht habe, festzuhalten, was mir gehört«, erklärte er von oben herab. »Aber wer hat dir, Muschik, erlaubt, auch nur das Wort an mich zu richten? Etwa die Eifersucht? Bist du vielleicht auch ihr Liebhaber? Dann werde ich dir einen anderen Ton beibringen.«

Er hob die Reitpeitsche, die er in der Hand hatte, und zog sie ihm so brutal über das Gesicht, daß die Gerte sofort eine rote Spur zeichnete. Jason versuchte mit einer verzweifelten Anstrengung, sich aus dem Griff der Kosaken zu befreien, erregte dadurch aber nur ihre Heiterkeit.

»Feigling!« spie er ihm ins Gesicht. »Graf Tschernyschew, du bist ein Feigling! Du schlägst nur zu, wenn du sicher bist, daß dir nichts geschehen kann, und du bist ein Verleumder! Du zögerst nicht, diese Frau zu besuchen, weil sie wehrlos ist!«

»Besudeln? Die Fürstin Sant'Anna? Wieso habe ich sie beleidigt, wenn ich die Wahrheit sage? Beim heiligen Alexander, meinem Schutzpatron, ich will auf der Stelle sterben, wenn ich mit der Behauptung, daß sie mir gehört, die Unwahrheit gesagt habe! Aber ich habe große Lust, dir deine Unverschämtheit mit der Knute zu entgelten, das ist die einzige Behandlung, die deinesgleichen verdient.«

»Sieh mich etwas genauer an. Ich bin keiner von deinen Muschiks. Ich bin der Mann, dem du noch ein Duell schuldest. Erinnere dich nur an den Abend des Britannicus in der Comédie Française.«

Der Russe, der gerade wieder zuschlagen wollte, ließ langsam den Arm sinken, trat ganz nahe an Jason heran, sah ihm prüfend ins Gesicht und brach dann in Gelächter aus.

»Aber zum Teufel, das stimmt ja! Der Amerikaner! Der Kapitän ... Lefort, glaube ich.«

»Ich bin für Beaufort. Da Sie jetzt also wissen, wer ich bin, erwarte ich eine Erklärung oder eine Entschuldigung für das, was Sie vorhin behauptet haben.«

»Schön, ich biete Ihnen meine Entschuldigung an ... aber nur weil ich Ihren Namen verstümmelt habe. Ich habe immer große Schwierigkeiten gehabt, mir fremde Namen zu merken«, fügte er mit einem breiten, spöttischen Lächeln hinzu. »Was diese schöne Dame angeht ...«

Unfähig, das noch länger zu ertragen, stürzte Marianne auf Jason zu:

»Höre nicht auf ihn! Dieser Mann besteht nur aus Bosheit. Ein Spion ... Ein Jämmerling, der seine Freundschaften und Liebschaften immer nur zu seinen Geschäften mißbraucht hat ...«

»Die Geschäfte meines Herrn, Madame, und Rußlands ...«

Er wendete sich an die Männer, die den Piraten immer noch festhielten, und rief irgend etwas, worauf sie ihn sofort losließen. Jason war frei, aber nur, um Marianne, die sich an ihn klammern wollte, von sich zu stoßen.

»Laß! Ich will hören, was er mir zu sagen hat. Und misch dich bitte nicht ein. Das ist eine Angelegenheit zwischen Männern! Also, Monsieur ...«, er trat näher an Tschernyschew heran. »Ich warte immer noch! Sind Sie bereit zuzugeben, daß Sie gelogen haben?«

Der Graf zuckte die Achseln.

»Wenn ich nicht befürchten müßte, Sie noch mehr zu schockieren und schlechten Geschmack zu beweisen, würde ich meinen Männern befehlen, sie nackt auszuziehen; sie könnten dann feststellen, daß sie eine kleine Narbe an der Seite hat ... mein Wappen, das ich ihr nach einer Liebesnacht aufgedrückt habe.«

»Eine Liebesnacht?« rief Marianne außer sich. »Sie wagen diese unwürdige Behandlung, die Sie mich erdulden ließen, eine Liebesnacht zu nennen! Jason, er hat das Fenster eingeschlagen und ist in mein Zimmer eingedrungen. Er hat mich halb ohnmächtig geschlagen, mich dann mit den Schnüren der Vorhänge auf mein Bett festgebunden und vergewaltigt, hörst du? Vergewaltigt wie die Erstbeste, der er in einer eroberten Stadt begegnet. Aber das hat ihm nicht genügt, er wollte mir ein unauslöschliches Mal hinterlassen. Also hat er die Fassung, die du da an seinem Ring siehst, erhitzen lassen ... dieses schwere Wappensiegel, und er hat es mir glühend ins Fleisch gedrückt. Das nennt er eine Liebesnacht!«

Mit einem zornigen Aufschrei, die Fäuste geballt, wollte Jason sich auf Tschernyschew stürzen, um ihn niederzuschlagen, aber der Russe sprang schnell zurück, zog seinen Säbel und setzte ihn dem Angreifer auf die Brust.

»Nur Ruhe bewahren! ... Vielleicht war ich in dieser Nacht etwas zu lebhaft, und ich gebe zu, daß der Ausdruck ›Liebesnacht‹ nicht ganz exakt ist ... wenigstens soweit es mich betrifft. Er dürfte eher für den Mann gelten, der nach mir kam ... der Mann, mit dem ich mich in ihrem Garten geschlagen habe, meine Süße ...«

Krank vor Scham und Verzweiflung schloß Marianne die Augen. Sie sah sich in einem Netz von Halbwahrheiten gefangen, das fürchterlicher war als die schlimmsten Beleidigungen. Jasons Gesicht war jetzt grau geworden. Sogar seine seltsam geweiteten, aber ausdruckslosen Augen schienen ihre Farbe verloren zu haben und sahen aus wie blindes Metall.

»Tschernyschew«, murmelte Marianne. »Sie sind ein Jämmerling!«

»Ich sehe nicht ein, warum. Sie können mich kaum einer Lüge beschuldigen, meine Liebe. Ich brauche nämlich nicht weit zu gehen, um diesen Mann als Zeugen aufzurufen. Er dürfte im Augenblick kaum eine Tagesreise von hier entfernt sein. Er läuft derzeit mit der Truppe des Marschall Viktor hinter Wittgenstein her. Wenn Sie es jedoch wünschen, setzen wir unser interessantes Gespräch später fort, denn meine Truppe versperrt hier einen Teil der Kaimauer und behindert die Nachfolgenden. Ich werde Ihnen Pferde geben lassen ...«

»Das kommt nicht in Frage«, schnitt ihm Jason mit eisiger Kälte das Wort ab. »Ich werde keinen Schritt in ihrer Begleitung tun, es gibt keinen Grund dazu.«

Der Russe kniff die Augen zusammen, bis man nur noch schmale grüne Spalten sah. Immer noch lachend senkte er den Säbel.

»Glauben Sie? Aber ich sehe einen besonderen Grund: Sie haben keine Wahl! Entweder Sie kommen mit mir, und wir regeln unsere Konten heute abend, wenn wir Rast machen, oder ich lasse Sie als Spion erschießen. Denn ich kann mir schwer vorstellen, daß Sie die Reise hierher gemacht haben einzig zu dem Zweck, mir meine schönste Eroberung wieder zuzuführen. Und was Madame angeht, so brauchte ich nur ein Wort in die Menge zu werfen ... wenn ich zum Beispiel sagte, wer sie in Wirklichkeit ist ... und in fünf Minuten hat man sie in Stücke gerissen. Also wählen sie ... aber schnell!«

»Dann sagen Sie doch dieses Wort«, rief Marianne. »Sagen Sie es, damit alles ein Ende hat. Aber keine Macht der Welt kann mich zwingen, Ihnen zu folgen. Sie sind der verräterischste Mensch, den ich kenne. Lassen Sie mich töten. Ich hasse Sie!«

»Sei still«, unterbrach Jason sie brutal. »Ich habe dir schon gesagt, daß es Männersache ist. Und Ihnen möchte ich mitteilen, daß es noch eine dritte Möglichkeit gibt: wir werden uns schlagen, aber jetzt und hier! Sie scheinen vergessen zu haben, daß Sie ziemlich schnell aus Paris verschwanden, kurz nachdem Sie mich herausgefordert hatten, und daß ich ein Recht habe, Sie wie einen Drückeberger zu behandeln.«

»Wenn der Zar befiehlt, gehorche ich. Ich bin vor allem Soldat. Ich mußte fort, und ich habe es bedauert, aber ich sage es Ihnen noch einmal, heute abend sollen Sie Ihr Duell haben.«

»Nein! Sofort, habe ich gesagt! Verflucht, Graf Tschernyschew, es ist nicht leicht, Sie vor die Klinge zu bekommen. Aber vielleicht geht es so ...«

Und mit einer plötzlichen Bewegung versetzte er dem Russen zwei Ohrfeigen. Der erbleichte.

»Nun?« fragte Jason beinahe liebenswürdig, »schlagen wir uns?«

Der Graf schien sich in seiner schönen dunkelgrünen Uniform nicht mehr recht wohl zu fühlen. Mit wächsernem Gesicht und bebenden Nasenflügeln schnappte er nach Luft.

»Ja«, stieß er schließlich zwischen den Zähnen hervor. »Ich brauche Zeit, ein paar Befehle zu geben und dieses Hindernis aus dem Weg zu räumen, dann stehe ich zur Verfügung.«

Gleich darauf machte sich die Sotnia unter freudigen Zurufen der Menge wieder auf den Weg, nur zehn Kosaken und ein junger, bartloser Essaul* blieben zurück. Tschernyschew drehte sich um, wahrscheinlich wollte er sich von dem Popen verabschieden, mit dem er gesprochen hatte, als Marianne störend dazwischen kam, aber der Geistliche war wohl von dem Gespräch nicht sonderlich angetan gewesen, oder es hatte ihn auch die Art gestört, wie der Graf mit der fremden Frau umgesprungen war. Er hatte sich zurückgezogen und das Tor verschlossen, ohne daß es jemand zur Kenntnis genommen hatte. Der Graf zuckte die Achseln und murmelte etwas Unverständliches. Dann wendete er sich seinem Gegner zu:

»Kommen Sie!« befahl er. »Die Straße, die sie da vorne sehen, führt auf einen kleinen, ruhigen Platz zwischen der Klostermauer und den beiden Palastgärten. Für unsere Zwecke ist der Platz wunderbar geeignet. Fürst Asakov wird sich inzwischen um Madame kümmern«, fügte er hinzu und deutete auf den jungen Essaul,

* Hauptmann

der seine militärische Straffheit aufgegeben und der vor Angst halbtoten Marianne seinen Arm geboten hatte.

»Darf ich bitten, Madame«, sagte er ohne die kleinste Spur von Akzent und verbeugte sich mit feinem Anstand, was Tschernyschew zum Lachen brachte.

»Sie dürfen Erhabene Hoheit sagen, Boris. Diese schöne Dame hat Anspruch darauf«, sagte er sarkastisch. Dann deutete er auf die immer noch stumm danebenstehende Shankala. »Und diese da, die aussieht, als sei sie neben Ihnen festgewachsen, wer ist das?«

»Die Kammerfrau der Fürstin«, sagte Jason, ehe Marianne noch Zeit zu einer Antwort gefunden hatte.

»Sie sieht eher wie eine Zigeunerin aus, nicht wie eine ehrbare Kammerzofe. Aber Sie hatten immer schon einen ausgefallenen Geschmack, meine liebe Marianne. Also gut, ich glaube, wir können jetzt gehen.«

Sie gelangten auf einen schattigen Platz, der so still und einsam dalag, als sei es mitten in der Nacht. Mit den geschlossenen Fensterläden und den blinden Mauern wirkte er wie das Panorama von einem ausgestorbenen Planeten, und sogar der Lärm von den nahen Kais schien nicht bis hierher vorzudringen. Eine Sykomore reckte ihre langen Äste über ein vergoldetes Parkgitter, ihr fiederiges Laubwerk warf silberne Reflexe. Der Boden darunter war schön eben.

»Der Platz scheint mir geeignet«, sagte Jason. »Ich hoffe, Sie ergänzen Ihre ... Wohltaten dadurch, daß Sie mir eine Waffe geben?«

Aber schon hakte der Essaul den Säbel vom Portepee und warf ihn Jason zu. Der griff ihn im Flug auf, zog ihn aus dem Futteral, prüfte die Schärfe mit seinem Daumen und ließ die Klinge in der Sonne aufblitzen.

Inzwischen hatte Tschernyschew den Mantel abgeworfen und den Waffenrock aufgeknöpft, den er einem seiner Männer übergab. Dann legte er nach kurzem Zögern auch das Hemd aus feinem Batist ab. Kalt lächelnd tat Jason dasselbe mit seiner Bluse.

Die beiden halbnackten Männer wirkten, als seien sie gleich kräftig gebaut, trotzdem sahen sie recht verschieden aus, der eine mit weißer Haut und rötlichem Haarschopf, der andere mit einer vom Seewind gegerbten Lederhaut. Ohne einen Blick auf die Frau, deretwegen sie sich schlugen, nahmen sie unter der Sykomore Aufstellung, in deren Schatten beide Platz hatten, so daß die Sonne keinen beeinträchtigen konnte.

Auch Tschernyschew prüfte die Schneide seines Säbels und grüßte dann seinen Gegner mit einem höhnischen Lächeln.

»Ich bedaure, Ihnen keine andere Waffe anbieten zu können, vielleicht sind Sie nicht daran gewöhnt.«

Jason schenkte ihm das Lächeln eines ausgehungerten Wolfes.

»Ihre Besorgnis ist rührend, aber haben Sie keine Angst, ich werde mich schnell an diese Waffe gewöhnen. Ein Enterbeil ist erheblich schwerer.«

Er schlug mit der ungewohnten Waffe einige Finten und erhob sie dann zu einem ironischen Gruß an seinen Feind, dessen Blick jedoch auf der totenbleichen jungen Frau ruhte:

»Wollen Sie der Fürstin nicht Lebwohl sagen? Es ist sehr unwahrscheinlich, daß wir dieses Abenteuer beide lebendig überstehen.«

»Nein, ich hoffe am Leben zu bleiben. Aber an Sie habe ich noch eine Bitte: geben Sie mir Ihr Wort, daß Sie Marianne, falls ich sterben sollte, die Freiheit schenken? Ich möchte, daß sie in die Nähe der französischen Linien gebracht wird. Ohne Zweifel wird sie dort den Schutz des Mannes finden, mit dem Sie sich in jener Nacht im Garten geschlagen haben.«

Mariannes Herz krampfte sich zusammen. Der Ton, den Jason angeschlagen hatte, ließ leider keinen Zweifel daran, was er in dieser Minute empfand: in seiner neu geweckten Eifersucht war zugleich eine Spur von Mißtrauen und Verachtung. Sie hatte Angst, er werde vielleicht aus Widerwillen den Tod suchen.

»Es ist alles nicht wahr! Bei der Ehre meines Vaters und dem Andenken meiner Mutter schwöre ich dir, daß General Fournier, um den es sich handelt, für mich weiter nichts ist als ein Freund, der mir zu Hilfe eilte, als ich in großer Bedrängnis war. Er ist der Liebhaber meiner besten Freundin Fortunée Hamelin, und deshalb hat er mich verteidigt. Er war an diesem Abend gekommen, um mir zu danken, weil ich ihm behilflich war, sein Kommando zu bekommen. Ich will auf der Stelle tot sein, wenn das nicht die volle Wahrheit ist! Dieser Teufel da hat die Ritterlichkeit nicht verdient, die Fournier ihm zukommen ließ. Als nämlich die Gendarmen den Zweikampf unterbrachen, erlaubte er ihm die Flucht, Fournier selbst wurde von den Gendarmen abgeführt, er kam nicht einmal ins Haus. Wagen Sie, das Gegenteil zu behaupten, Tschernyschew?«

»Das würde ich nicht riskieren, schließlich war ich ja nicht mehr da. Es ist aber möglich, daß Sie recht haben. Ich bin ja tatsächlich geflohen, als die Gendarmen kamen.«

»Ach, und trotzdem ...?«

Plötzlich war Marianne unendlich erleichtert. Erschöpft setzte sie sich auf den niedrigen Mauersockel des Gitters. Sie dankte Gott aus vollem Herzen, daß der Russe in dem Augenblick, in dem er vielleicht vor dem höchsten Gericht erscheinen mußte, es nicht gewagt hatte, sein Gewissen mit einer zusätzlichen Lüge zu beschweren.

Jason warf ihr einen kurzen Blick zu, ein halbes Lächeln, das die weißen Zähne im Urwald seines Bartes aufblitzen ließ.

»Darüber sprechen wir später. En Garde, Monsieur!«

Asakov hielt Marianne zurück, es blieb ihr nichts mehr, als ein flehendes Stoßgebet zum Himmel, während der Kampf mit einer Wildheit entbrannte, die den gegenseitigen Haß der beiden Männer spiegelte. Tschernyschew schlug sich, als wolle er es schnell hinter sich bringen, mit gepreßten Lippen und wutverzerrtem Gesicht. Er griff ununterbrochen an, die gebogene Klinge seines Säbels schnitt pfeifend durch die Luft wie die Sense eines Mähers vor einer endlosen Wiese.

Jason beschränkte sich im Augenblick darauf, die

Hiebe zu parieren und sich keine Blöße zu geben. Trotz seiner selbstsicheren Worte brauchte er Zeit, sich an die fremde Waffe zu gewöhnen, die vielleicht etwas leichter war als ein Enterbeil, aber kein Stichblatt hatte wie ein Degen. Im übrigen studierte er die Taktik seines Gegners. Die Füße wie mit dem Boden verwachsen und mit unbeweglichem Oberkörper stand er da und glich fast einem der vielarmigen Hindugötzen, denn sein Säbel war überall zugleich.

Trotzdem drängten ihn Tschernyschews unausgesetzte Attacken einen Schritt zurück, und er strauchelte über einen Stein. Marianne stieß einen entsetzten Schrei aus, der Russe aber machte einen Ausfall, der den Amerikaner zerfetzt hätte, wäre er nicht blitzschnell seitlich ausgewichen. Der Säbel streifte seinen Oberkörper, einige Blutstropfen röteten die Haut.

Einen Augenblick lang hatte man glauben können, die überlegene Fechtkunst habe ihn eingeschüchtert, aber die tödliche Bedrohung weckte ihn auf. Erstmalig griff er selbst den Gegner an, der sich verblüfft zurückzog, aber nicht schnell genug, um einem geraden Stich in den Arm auszuweichen. Jason stieß nach, ein mit voller Kraft geführter Hieb traf Tschernyschew an der Schulter. Er stieß einen grimmigen Laut aus, wollte trotz seiner Schmerzen ausholen, aber der Säbel des Korsaren traf seine Brust.

Er taumelte, und während Jason schnell zurücksprang, sank er in die Knie. Er verzog den Mund zu einem verkrampften Lächeln.

»Ich glaube, ich habe mein Teil ...«, röchelte er, dann fiel er in Ohnmacht.

Ein Augenblick des Schweigens und der Ratlosigkeit! Die Kosaken betrachteten den auf der Erde liegenden totenähnlichen Körper, als trauten sie ihren Augen nicht. Aber die Verwirrung dauerte nicht an. Marianne sprang mit einem erlösten Seufzer auf Jason zu, der erschöpft den Säbel fallen ließ, und Asakov bemühte sich um seinen Vorgesetzten.

»Komm«, sagte Marianne atemlos, »laß uns schnell

verschwinden. Du hast in einem ehrlichen Kampf gesiegt, aber wir sollten nicht hierbleiben.«

Der junge Essaul untersuchte den Verwundeten, richtete sich dann auf und sah die beiden mit einer Mischung aus Zorn und Erleichterung an.

»Er ist nicht ... tot«, sagte er. »Sie haben Glück, denn ich hätte Sie auf der Stelle erschießen lassen!«

Jason wollte eben seine Bluse überziehen, wendete sich aber dem jungen Offizier zu und sah ihm fest in die Augen.

»Entspricht das den Regeln des Duells und Ihrer Auffassung von Ehre? Ich habe gesiegt, also bin ich frei!«

»Die Regeln des Duells sind mir gleichgültig, denn wir haben Krieg. Ich werde Sie nicht töten, weil Sie nicht getötet haben, aber ich nehme Sie fest: Sie sind mein Gefangener! Der Ataman hat über Ihr Schicksal zu entscheiden. Nur Madame ist frei!«

»Aber ich will nicht«, widersprach Marianne. »Entweder Sie lassen uns beide frei, oder Sie nehmen uns beide mit. Ich lehne es ab, ihn allein zu lassen.«

Sie klammerte sich an Jason fest, aber zwei Kosaken rissen sie von ihm los, während die anderen Jason überwältigten, ihm die Hände fesselten und ihn mit einem Seil am Sattel eines Pferdes festbanden.

Marianne wurde klar, daß man sie in dieser Stadt allein lassen würde, während man Jason einem Geschick entgegenführte, das vielleicht Tod bedeutete. Sie brach in unkontrolliertes Schluchzen aus. Sie erinnerte sich nicht einmal mehr, warum sie hierher gekommen war, daß sie das Verlangen gehabt hatte, den Kaiser der Franzosen zu treffen und ihn zu warnen, daß sie Arkadius und die übrigen wiederfinden mußte. Sie sah nur noch diese unbarmherzige Mauer aus wilden Kerlen, die sie wohl nie verstehen würden, und die den Mann, den sie liebte, auf immer von ihr trennen würden.

Als die beiden Kosaken sie freigaben, um zu ihren Pferden zu gehen, stürzte sie auf Asakov zu, der gerade Anweisung erteilte, wie sein Vorgesetzter fortgeschafft werden sollte, und warf sich ihm zu Füßen.

»Ich flehe Sie an, nehmen Sie mich mit. Was kann Ihnen das schon ausmachen. Sie haben zwei statt einen Gefangenen, und ich will weiter nichts, als das Schicksal meines Freundes teilen.«

»Vielleicht, Madame. Aber vor dem Kampf ist über Sie, und nur über Sie entschieden worden. Danach ist meine Pflicht, Ihnen die Freiheit zu geben, aber ...«

»Was soll ich damit anfangen? Und berufen Sie sich nicht auf Ihre Pflicht, Monsieur, denn wenn Sie den Sieger eines Duells verhaften, sind Ihnen solche Regeln doch gleichgültig. Ich bitte Sie, Sie können sich nicht vorstellen, was es für mich bedeutet.«

Jasons seltsame kalte und freundliche Stimme schnitt ihr das Wort ab. »Sei still, Marianne. Ich verbiete dir, dich meinetwegen zu erniedrigen. Wenn sich dieser Offizier ehrlos benimmt, ist das seine Angelegenheit. Ich werde nicht den geringsten Versuch unternehmen, ihn daran zu hindern, und dir verbiete ich es gleichfalls.«

»Aber verstehe doch, daß er uns trennen will ... jetzt und hier ... und daß er dich vielleicht vor ein Erschießungskommando stellen wird.«

Er zeigte wieder dieses kleine spöttische Lächeln, das ihr so vertraut war und an dem nur ein Mundwinkel beteiligt zu sein schien. Dann hob er die Schultern:

»Es geschieht, wie Gott es will. Denke an dich selbst. Du weißt ja, daß du dich retten kannst und daß du in dieser Stadt nicht lange allein sein wirst.«

»Aber ich will nicht! Ich will nicht mehr! Ich will bei dir bleiben und dein Schicksal teilen, gleichgültig wie es aussieht.«

Sie machte eine verzweifelte Anstrengung, zu ihm zu gelangen, mit ihm zu gehen, aber schon hatte sich der Kreis der Berittenen um ihn geschlossen. Sie schrie auf wie ein verwundetes Tier.

»Jason! Verlaß mich nicht!«

Sie wendete sich an Asakov, der gleichfalls aufgesessen war.

»Also können Sie nicht verstehen, daß ich ihn liebe?«

Auch er hob nur die Schultern, grüßte spöttisch respektvoll.

»Vielleicht. Aber was beschlossen ist, muß eingehalten werden: Eure ... Erhabene Hoheit ist frei! Auch frei, uns zu folgen, wenn Sie es auf sich nehmen will, von der Menge zertrampelt zu werden oder sich hoffnungslos zu verirren.«

Und ohne sich weiter um sie zu kümmern, setzte sich der kleine Reitertrupp in Bewegung. In seiner Mitte befand sich der Gefangene und der Verwundete, den man so bequem wie möglich auf seinem Pferd festgebunden hatte in der Hoffnung, bald einen Wagen für ihn zu finden. Sie verschwanden in einer Seitenstraße, auf der sie ohne Zweifel zur flüchtenden Armee zurückfinden würden.

Marianne sah ihnen nach. Sie war vor Angst so benommen, daß sie einige Zeit brauchte, um den Sinn von Asakovs Worten ganz zu erfassen. Erst als das letzte Pferd um eine Ecke verschwand, wurde ihr klar, daß, wie der Essaul gesagt hatte, nichts sie daran hinderte, auf eigene Gefahr der Truppe zu folgen. Denn sie hatte es ja soeben gehört: sie war frei!

Sie richtete sich auf, tat einen tiefen Atemzug und ging los in der Richtung, in der die Soldaten verschwunden waren. Sie überquerte den Platz und wollte gerade in die Straße einbiegen, da sah sie Shankala.

Die Zigeunerin stand mit ausgebreiteten Armen im Zugang der ziemlich engen Seitenstraße und versperrte ihr den Weg. Während des ganzen Kampfes hatte Marianne sie völlig vergessen, denn dieses Mädchen hatte eine unglaubliche Begabung, irgendwo im Schatten zu verschwinden, so daß sie stumm und unsichtbar war.

Jetzt aber stand sie da mit einem triumphierenden Lächeln, und Marianne las in ihrem haßerfüllten braunen Gesicht, daß sie um das Recht, ihrem Geliebten zu folgen, kämpfen mußte. Wenn diese Frau wider alles Erwarten dem Manne folgte, der sie doch abgewiesen hatte, so geschah es, weil sie ihn sich einmal zum Herrn erwählt hatte und weil sie ihn der anderen entreißen wollte, die ihn allein für sich beanspruchte.

Marianne ging geradewegs auf die Frau zu, die in ihrem roten Gewand aussah wie das Warnkreuz, das man an die Türen verseuchter Häuser malt. Mit einer herrischen Geste befahl sie ihr, den Durchgang zu räumen:

»Geh da weg!« herrschte sie die Zigeunerin an.

Aber die andere stieß nur ein schrilles Lachen aus, und bevor Marianne sie zur Seite schieben konnte, hatte sie einen Dolch mit kurzer Klinge aus dem Gürtel gerissen, der kurz in der Sonne aufblitzte.

Sie stach zu!

Stöhnend sank Marianne auf die von den Hufen der Pferde festgestampfte Straße. Wieder blitzte die Klinge auf, Shankala wollte sich über sie beugen, um Gewißheit zu haben, daß sie tödlich getroffen sei, aber ein Lärm von der anderen Seite des Platzes her ließ sie aufmerken. Sie verzichtete auf den Gnadenstoß, wendete sich um und rannte hinter den Kosaken her.

DRITTES KAPITEL

Eine Königin vom Theater

Ein scharfer Schmerz riß Marianne aus der nebligen Hülle, zu der die Welt für sie zusammengeschrumpft war. Es war, als berühre jemand sie mit einem glühenden Eisen. Sie suchte sich zu wehren, wollte einem unsichtbaren Henker entkommen, der nicht von ihr ließ.

»Es scheint weniger ernst zu sein, als ich dachte«, bemerkte eine heitere weibliche Stimme mit italienischem Akzent. »Madre mia, sie hat Glück gehabt. Ich glaubte wirklich, sie sei tot.«

»Ich auch«, bestätigte eine zweite Stimme ohne jeden

Akzent. »Auch die Mörderin war nicht sicher. Wenn Sie nicht mit den Fensterläden geklappert und laut geschrien hätten, meine liebe Vanja, dann hätte sie ein zweites Mal zugestochen. Zum Glück konnten wir ihr Angst einjagen.«

Da diese Stimmen nicht aus dem Jenseits zu kommen schienen, öffnete Marianne die Augen, hätte sie jedoch beinahe sofort wieder geschlossen, so sonderbar sahen die beiden Frauen aus, die sich im Schein einer Kerze über sie beugten. Die mit der Kerze, eine nicht mehr ganz junge, hübsche Frau mit rotem Haar, hellem Teint und golden schillernden Augen trug einen samtenen Hüftwulst, gestärkte Halskrause und ein dreispitziges Häubchen wie die Damen der Renaissance. Die andere im purpurnen, typisch römischen Peplum (ärmelloses Gewand), die sich über die Verwundete beugte und ihre Wunde reinigte, hatte feine, regelmäßige Gesichtszüge, sie trug einen hohen Haarknoten mit gleichfalls römisch wirkendem Diadem und feurig glänzendem Diamantschmuck, der weniger antik wirkte. Sie war so hingebungsvoll in ihre Arbeit vertieft, daß die schwarzen Brauen über ihren dunklen Augen zusammengewachsen schienen und daß zwischen ihren roten, gut gezeichneten Lippen die Zungenspitze herauskam.

Sie war mit einem Wattebausch und einer Flasche Kognak bewaffnet und bearbeitete die Wunde mit einer Gründlichkeit, die Marianne ein schmerzhaftes Stöhnen abzwang.

»Sie tun mir weh«, beklagte sie sich.

Sofort hielt die Dame mit dem Diamantenschmuck ein, sah ihre Gefährtin an, und ein breites Lächeln trat an die Stelle ihres besorgten Gesichtsausdrucks.

»Sie spricht französisch, und ganz ohne Akzent«, rief sie mit ihrer wohlklingenden Altstimme. »Seltsam, daß wir sie nicht kennen.«

»Ich bin Französin«, sagte Marianne, »und ich glaube zu verstehen, daß Sie es gleichfalls sind. Aber ich wiederhole, daß Sie mir Schmerzen bereiten.«

Die andere Dame begann zu lachen, wobei sie ihre

kleinen spitzen und etwas unregelmäßigen, jedoch schneeweißen Zähne entblößte.

»Sie sollten sich freuen, daß sie noch Schmerzen verspüren können«, bemerkte sie. »Auf jeden Fall haben wir keine Wahl. Der Dolch dieses Mädchens konnte schmutzig sein, die Wunde muß gesäubert werden.«

»Ist ja schon geschehen«, sagte die Römerin fröhlich. »Ihre Verwundung ist nicht sehr tief. Ich habe sie untersucht, und zum Glück habe ich hier eine wunderbare Heilsalbe. Ich werde Ihnen einen Verband anlegen, und mit ein bißchen Ruhe kommt alles wieder ins Lot.«

Während des Sprechens führte sie aus, was sie mit Worten beschrieb, bestrich zuerst die Wunde mit einer Salbe, deren balsamischer Duft sehr angenehm war, und fertigte dann einen Verband aus einem Wattebausch und einer langen Binde, welche die Rennaissance-Prinzessin von den Resten eines weißen Unterrocks abgerissen hatte. Danach rückte sie für Marianne einige Kissen zurecht, damit ihr Kopf höher lag, nahm wieder die Kognakflasche, goß fingerbreit in ein Glas und ließ es Marianne in einem Zug austrinken.

Aus ihrer erhöhten Lage konnte Marianne jetzt feststellen, daß sie auf einem großen Kanapee lag in einem anscheinend gut proportionierten Raum, der allerdings durch fest zugezogene Vorhänge die Außenwelt hermetisch abriegelte, so daß im Halbdunkel wenig Einzelheiten zu erkennen waren. Immerhin sah sie im Schein der Kerze, daß da allerhand seltsame Gegenstände und ausrangierte Möbelstücke angehäuft waren.

Als sie das Glas geleert hatte, fühlte sie sich nicht mehr so schwach und bemühte sich, den beiden Frauen, die sie mit einer gewissen Angst betrachteten, ein Lächeln zu schenken.

»Danke«, sagte sie. »Ich glaube, daß ich Ihnen sehr verpflichtet bin. Aber wie haben Sie mich gefunden?«

Die römische Dame erhob sich, eine stattliche Gestalt, doch ohne jede Schwerfälligkeit. In ihrem wogenden roten Peplum schritt sie zu einem der Fenster.

»Von diesem Fenster aus haben wir alles beobachtet,

ein bißchen aus der Ferne natürlich, denn Sie waren ja am anderen Ende des Platzes.«

»Sie haben alles gesehen?«

»Alles! Die Kosaken, das unglaubliche Duell, von dem wir allerdings nicht viel verstanden haben ... auch von dem nicht, was danach geschah. Alles war so aufregend und sehr geheimnisvoll! Aber natürlich hätten wir uns niemals eingemischt, wenn dann nicht diese Schlußpointe gekommen wäre, diese Frau, die Sie erdolcht hat. Da haben wir die Vorhänge zur Seite gerissen und so laut geschrien, daß dieses Teufelsweib flüchtete, dann sind wir nach unten gegangen, um nach Ihnen zu sehen. Bitte ... jetzt wissen Sie alles.«

»Nicht ganz! Können Sie mir verraten, bei wem ich bin?«

Die Dame mit der Halskrause lachte.

»Das mußte natürlich kommen! Die Heldin der Tragödie erwacht aus ihrer Ohnmacht und fragt: ›Wo bin ich? Was geht hier vor? Wen höre ich da?‹ Tatsache ist allerdings, daß Sie Grund zu Ihren Fragen haben, denn unser seltsamer Aufzug muß Ihnen ungewöhnlich vorkommen. Also werde ich Sie sofort aufklären: Sie befinden sich hier in den Nebengebäuden des Palais Dolgoruki, das meistens unbewohnt ist und dessen Hausmeister, ein Freund, uns aufgenommen hat. Nun könnte ich unserem Aussehen entsprechend behaupten, daß ich Maria Stuart bin und diese edle Dame Dido heißt, doch ziehe ich es vor, Ihnen zu verraten, daß ich Madame Bursay, die Direktrice des Französischen Theaters in Moskau bin. Und vielleicht werden Sie sich geehrt fühlen, wenn Sie hören, daß die Dame, die vorübergehend ihre Ärztin war, niemand anderes ist als Vanja di Lorenzo, die berühmte Sängerin von der Mailänder Scala ...«

»... und den Italienern in Paris nicht ganz unbekannt. Große Verehrerin und ... persönliche Freundin unseres großen Kaisers Napoleon«, ergänzte Dido mit einer erhabenen Kopfbewegung.

Trotz der Schmerzen in ihrer Schulter und des Kummers, der mit dem Bewußtsein wieder über sie gekommen war, konnte Marianne ein Lächeln nicht unterdrükken.

»Sie auch?« fragte sie. »Signora, ich habe Ihre Stimme und Ihr Talent sehr rühmen hören. Ich selbst bin die Fürstin Sant'Anna und ich ...«

Sie sprach nicht zu Ende. Voller Ungestüm sprang Vanja di Lorenzo auf sie zu, nahm ihrer Freundin die Kerze aus der Hand und leuchtete damit das Gesicht der von ihr Geretteten an.

»Sant'Anna?« rief sie. »Ich wußte doch, daß ich Sie schon irgendwo gesehen hatte. Sie sind vielleicht die Fürstin Sant'Anna, aber vor allem sind Sie die Sängerin Maria Stella, die kaiserliche Nachtigall, die Frau, die einen hochgestellten Gatten einer großen Karriere vorgezogen hat. Ich weiß es, ich war am Abend Ihrer Premiere im Theater Feydeau. Welch eine Stimme! Welch ein Talent! ... und welch ein Verbrechen, das alles aufzugeben ...«

Das Ergebnis dieser Art von Zurechtweisung war verblüffend, denn trotz Vanjas schwerer Vorwürfe war das Eis zwischen den drei Frauen gebrochen. Sie verfügten alle über die erstaunliche Fähigkeit der Theaterleute, sich unter den unmöglichsten Umständen gegenseitig zu erkennen und zu helfen.

Für Madame Bursay sowohl als für Signora di Lorenzo war Marianne keine große Dame mehr, keine Dame der Gesellschaft: sie war ganz schlicht eine der Ihrigen, nicht mehr ... aber auch nicht weniger!

Die Primadonna und die Tragödin saßen bei ihrer neuen Freundin, aßen geräucherten Speck, knabberten gedörrte Aprikosen und unterrichteten sie über die Vorgänge, die sie in diesen verlassenen Palast geführt hatten.

Während Madame Bursay und ihre Truppe am Abend zuvor im großen Stadttheater eine Kostümprobe der Maria Stuart von Schiller abhielten und Vanja das Gewand aussuchte, das sie einige Tage später als Dido tragen sollte, hatte eine wilde Menschenhorde das Theater fast gestürmt. Die Ankunft der ersten Verwundeten von Borodino und die unheilvollen Nachrichten, die sie verbreiteten, hatten die Bevölkerung Moskaus in Raserei versetzt. Wilder Haß gegen die Franzosen war aufgeflackert und hatte wie ein Waldbrand um sich gegriffen. Man war über alles hergefallen, was in der Stadt dieser verfluchten Nation gehörte; die Läden der Kaufleute waren geplündert und zerstört worden, desgleichen die meisten Wohnungen, und es hatte sogar einige Emigranten erwischt, die trotz ihrer napoleonfeindlichen Gesinnung mit zu zahlen hatten.

»Wir waren sehr bekannt«, seufzte Madame Bursay, »und auch sehr beliebt ... bis zu diesem unheilvollen Tag.«

»Unheilvoll?« rief Marianne. »Wenn Napoleon siegreich vorrückt und bald in Moskau einzieht?«

»Ich bin gewiß eine getreue Untertanin Seiner Majestät«, fuhr die Tragödin mit einem müden Lächeln fort, »aber wenn Sie erlebt hätten, was wir gestern durchmachen mußten! Einen Augenblick glaubten wir, man würde uns lebendig im Theater verbrennen. Wir haben gerade noch Zeit gefunden, wie wir gingen und standen durch die Keller zu flüchten ... aber wir haben die Nacht abwarten müssen, ehe wir die unterirdische Deckung verlassen konnten.«

Marianne seufzte.

»Aber was ist aus dem Rest Ihrer Truppe geworden?«

Vanja machte eine hilflose Geste.

»Keiner weiß etwas Genaues. Mit Ausnahme von Louise Fusil und Mademoiselle Anthony, die hier auf der anderen Seite des Hofes einquartiert sind, und außer dem jungen Lekain, der augenblicklich unterwegs ist, um Neuigkeiten zu erfahren, wissen wir von keinem etwas. Wir können weiter nichts als hoffen, daß sie sich gut aus der Affäre gezogen und einen Unterschlupf gefunden haben, der ihnen erlaubt, in verhältnismäßiger Sicherheit abzuwarten, bis der Kaiser in Moskau einzieht.«

»Sie haben ein großes Risiko auf sich genommen, als Sie nach draußen gingen, um mich zu holen«, sagte Marianne. »Weiß Gott, was geschehen wäre, wenn man sie überrascht hätte.«

»Daran haben wir nicht einmal gedacht«, rief Vanja lachend. »Was da auf dem Platz geschah, war so packend! Fast wie ein Akt aus einer Tragödie. Und uns war ziemlich langweilig ... also haben wir nicht gezögert. Übrigens glaube ich, daß in diesem Stadtviertel keiner mehr wohnt.«

Nachdem sich die beiden Frauen Marianne anvertraut hatten, mußte sie natürlich auch einen Teil ihrer eigenen Geschichte preisgeben. Sie machte es so kurz wie möglich, denn sie fühlte sich sehr erschöpft und schon von den Vorboten des Fiebers geschüttelt, das auf die Verletzung zurückzuführen war. Vor allem aber quälte sie die Angst um Jasons Schicksal und das Bedauern, daß sie ihre Freunde nicht wiedergefunden hatte. Als sie dem inneren Aufruhr nicht mehr gewachsen war und zu weinen begann, setzte sich Vanja auf den Rand ihres Lagers und legte ihre kühle Hand auf die Stirn der neuen Freundin.

»Jetzt haben wir genug geredet. Sie haben Fieber und müssen sich ausruhen. Wenn heute abend der Haushüter kommt, werden wir ihn bitten, ein Zimmer aufzuschließen, damit Sie wenigstens ein Bett haben. Bis dahin sollten Sie nicht mehr an Ihre Freunde denken, denn Sie können nichts für sie tun. Wenn erst die französische Armee in der Stadt ist, werden alle Versteckten wahrscheinlich wieder zum Vorschein kommen.«

»Falls es dann noch eine Stadt gibt«, sagte eine dumpfe Stimme aus der Tiefe des Zimmers. Die Frauen wendeten sich dahin um.

»Ah, Lekain! Da bist du endlich«, rief Madame Bursay. »Was gibt es Neues?«

Ein hübscher, blonder junger Mann von etwa dreißig Jahren mit etwas rundlichem Gesicht und fast weiblichem Charme trat aus der Dunkelheit. Er trug einen recht eleganten, aber sehr verschmutzten Leinenanzug und wirkte mitgenommen. Er musterte die drei Frauen nacheinander mit seinen blauen Augen und bemühte sich um ein Lächeln.

»Je mehr ich in der Fremde sehe, um so mehr liebe ich meine Heimat«, rezitierte er, fuhr dann mit seiner normalen Stimme fort: »Es sieht nicht gut aus. Ich zweifle, ob der Kaiser rechtzeitig nach Moskau kommt, um uns zu retten. Meine Verehrung, Madame«, sagte er dann zu Marianne gewendet. »Ich weiß nicht, wer Sie sind, aber Sie sind ebenso bleich wie schön.«

»Sie ist eine Kollegin, die ich zufällig getroffen habe«, versicherte Vanja. »Die Signora Maria Stella vom Theater Feydeau. Aber erzählen Sie, mein Junge, erzählen Sie. Was gibt es denn noch so Bedrohliches?«

»Geben Sie mir zuerst etwas zu trinken. Meine Zunge ist wie ein ausgedörrter Schwamm. Sie ist riesengroß.«

»Sie wird noch größer, wenn du trinkst«, bemerkte Madame Bursay und gab ihm einen Krug Bier, den er mit halb geschlossenen Augen und dem Ausdruck vollkommener Glückseligkeit austrank. Ohne übertriebenen Wert auf gute Formen zu legen, schnalzte er mit der Zunge, verschlang, fast ohne zu kauen, eine Scheibe Speck, griff nach einem zweiten Bier, ließ sich dann mit seinem vollen Gewicht in einen schon nicht mehr ganz heilen Sessel fallen, der laut knirschte, und stieß einen tiefen, unheimlichen Seufzer aus.

»Selbst wenn der Leib dem baldigen Untergang geweiht ist«, murmelte er, »so ist es dennoch ein erhebendes Gefühl, ihn zu ernähren.«

»Nun«, brummte Vanja, »Sie sind heute recht lustig. Aber was bringt Sie auf den Gedanken, daß wir alle ... wie sagten Sie? ... einem baldigen Untergang ...«

»Dieser verdammte Rostopchine hat sämtliche Gefängnisse öffnen lassen, bevor er geflohen ist. Das ganze Gesindel, das darin saß, die Banditen, Diebe und Mörder, das alles ist auf die Stadt losgelassen und denkt nicht daran, sie zu verlassen, ehe sie gründlich ausgebeutet ist. Ich habe eine Bande gesehen, die durch das Erlösertor in den Kreml eindrang ... ich schwöre, daß keiner daran dachte, die Ikone am Eingang zu ehren, und daß sich auch keiner gefunden hat, der sie zur Ordnung rief*.

---

* bis zum Ende der Zarenherrschaft wurde jeder bestraft, der diesem Christusbild seine Verehrung verweigerte

Es ist vorauszusehen, daß sie auch den Palästen einen Besuch abstatten.«

»Und Sie sitzen da herum und philosophieren«, schrie Vanja wütend. »Wir müssen den Hausmeister unterrichten, ihm sagen, daß er Türen und Fenster verbarrikadieren soll, wir müssen ... was weiß ich sonst noch ...«

Lekain lachte trocken und trostlos.

»Der Hausmeister? Der ist weit, falls er nicht schon im Gedränge festsitzt. Als ich zurückkam, sah ich, daß er mit einem vollbeladenen Karren losfuhr. Falls wir uns also verteidigen müssen, sind wir auf uns selbst angewiesen. Ich vermute aber, daß wir in diesem Abstellraum nicht viel zu befürchten haben.«

Marianne, die dem Gespräch ihrer neuen Freunde schweigend gefolgt war, machte einen Einwand:

»Wenn ich richtig verstanden habe, befindet sich dieser Raum in der Nähe der Eingangspforte. Diese Leute werden aber ganz selbstverständlich die ersten Fenster und Türen einschlagen, auf die sie treffen. Wir hätten größere Aussicht, ihnen zu entkommen, wenn wir uns in die Gesindekammer zurückziehen würden.«

Der junge Schauspieler, der sie schon einige Zeit mit offensichtlichem Vergnügen betrachtet hatte, lächelte sie auf eine Art an, die er wohl für verführerisch hielt.

»Madame, ich sagte vorhin schon, daß Sie ebenso bleich wie schön sind, ich darf ergänzen, daß Sie ebenso klug wie bleich und schön sind. Die Hängeböden der Domestiken im Dachstuhl scheinen mir wirklich für unseren Rückzug ein interessanter Platz zu sein ... unter der Voraussetzung natürlich, daß diese Besessenen nicht auf die Idee kommen, Feuer zu legen, in welchem Falle wir unfehlbar geröstet würden. Und falls ...«

»Es gibt kein ›falls‹ «, schnitt ihm Vanja das Wort ab. »Wir müssen tun, was der Augenblick verlangt. Und«, fügte sie hinzu, indem sie den roten Peplum mit einer vornehmen Geste neu auf der Schulter drapierte, »ich lasse mich lieber braten als vergewaltigen!«

»Sie haben einen seltsamen Geschmack«, erklärte Lekain mit einer komischen Grimasse. »Eben die vollendete Dido! Mit einer Schwäche für Scheiterhaufen! Aber wie dem auch sei, ich glaube, daß Madame recht hat: wir müssen umziehen. Da der Hausmeister fort ist, müßte es möglich sein, das Hauptportal zu öffnen und nach oben zu gehen. Vielleicht bekommen wir nicht einmal schlimmen Besuch, denn Moskau ist groß und hat viele Paläste, aber sicherer ist es dort, auf jeden Fall. So haben wir vielleicht die Möglichkeit, bis zur Ankunft der Franzosen durchzuhalten. Wir müssen die anderen benachrichtigen.«

Er ließ seinen Worten sofort die Tat folgen, verließ die Rumpelkammer, ging quer über den Hof und klopfte an die Türe der Unterkunft, in welcher die beiden anderen Schauspielerinnen einquartiert waren. Marianne warf die Decken zurück und versuchte aufzustehen. Vanja trat näher und beugte sich zu ihr herab.

»Wie fühlen Sie sich? Glauben Sie, daß Sie gehen können ... drei Stockwerke hoch klettern? Wir werden Ihnen nach Kräften beistehen.«

Die junge Frau sah die Italienerin mit einem blassen Lächeln an.

»Es muß wohl gehen. Ich fühle mich etwas schwach, aber ich glaube, daß ich es schaffe. Habe ich sehr viel Blut verloren?«

»Doch etwas. Aber Sie müssen eine gute Natur haben, es hörte ziemlich bald auf zu bluten. Kommen Sie, ich werde Sie stützen.«

Sie legte einen Arm um die gesunde Schulter, faßte Marianne um die Taille und half ihr auf die Beine. Es war ein recht schmerzhaftes Unternehmen, einen Augenblick lang hatte die Verwundete den Eindruck, die Mauern stürzten über ihr zusammen und alles Blut strömte in ihre Füße.

»Trinken Sie noch einen Schluck Kognak«, riet Madame Bursay, die erschreckt feststellte, wie mitgenommen sie war.

»Aber dann werde ich betrunken.«

»Unwichtig! Wenn sie erst einmal oben sind, machen

wir Ihnen ein Lager, und Sie können schlafen. Hauptsache, Sie kommen gut hin.«

Gehorsam trank Marianne noch einen Fingerbreit des stark duftenden Alkohols. Es kehrte ein wenig Farbe in ihre Wangen zurück, dankbar blickte sie ihre Helferinnen an.

»Gehen wir!« sagte sie einfach.

Madame Bursay machte aus dem zerrissenen Unterrock ein Bündel für die Lebensmittel und lud sich das Bettzeug auf, während Vanja und Marianne mit kleinen, vorsichtigen Schritten zur Türe gingen.

Im Hof trafen sie wieder auf Lekain. Mit Hilfe der beiden jungen Frauen, deren eine wie eine Soubrette, die andere wie ein Page gekleidet war, bemühte er sich, das schwere Eisengatter zu schließen, das bei Nacht den Palast sicherte. Als sie das geschafft hatten, waren alle drei rot im Gesicht und atemlos, machten sich aber trotzdem sogleich mit aller Kraft an die Arbeit, den Haupteingang des eigentlichen Palastes, eine Doppeltüre aus schwerem Eichenholz mit Kolonnaden-Vorbau zu öffnen. Lekain schaffte es schließlich mit Hilfe einiger Werkzeuge, die er im Abstellraum gefunden hatte. Die kleine Truppe verschob die Formalitäten gegenseitiger Vorstellung auf später und drang ohne Zögern in die prunkvolle Halle ein. Ihre Stimmen hallten wider, fast wie in einer Kirche.

Unwillkürlich war Madame Bursay von diesem schönen Raum stark beeindruckt, sie stieß ein leises, spöttisches Lachen aus und flüsterte:

»Ich glaube, mit unserem Theaterkrempel machen wir unter soviel Gold und Marmor keine gute Figur.«

»Nur nicht so bescheiden!« widersprach Vanja. »Was mich betrifft, ich fühle mich hier zu Hause. Man muß die Dinge nur von ihrer guten Seite nehmen.«

Und um ihre Geringschätzung für den Geist dieses von seinen Bewohnern aufgegebenen Ortes zu bekunden, stimmte sie mit ihrer schönen Stimme die Arie des Alfonso aus Così fan tutte an:

Fortunato l'uom che prende
Ogni cosa per buon verso ...

wobei sie Marianne keinesfalls losließ, sondern sie sorgsam die monumentale Freitreppe hinauf geleitete.

Louise Fusil, die mit dem Pagengewand, die von ihren Kollegen auch Rossignolette (kleine Nachtigall) genannt wurde, gesellte ihre frische Stimme spielerisch zu der Stimme der Italienerin, und die übrigen Schauspieler packte jene Verzückung, die Künstler gerade in kritischen Momenten über sich selbst emporheben kann, sie begleiteten den Gesang, indem sie die Instrumente eines großen Orchesters imitierten. Marianne versuchte einzustimmen, aber sofort schmerzte ihre Schulter so sehr, daß sie es aufgab.

So gelangten sie also in einer fast übermütigen Stimmung in die höheren Regionen und zu den Kammern der Dienstboten, die allerdings einen Vergleich mit den unteren Etagen nicht aushielten: da war nur blankes Holz, Strohsäcke und primitives Mobiliar. Trotzdem empfand Marianne es als große Erleichterung, sich auf einem der Betten ausstrecken zu können, das zwar keine Laken, dafür aber den Vorteil hatte, recht sauber zu sein, was man von den übrigen nicht immer sagen konnte.

Vanja richtete sich bei ihr ein, die anderen besetzten die benachbarten Zimmerchen, dann erteilte Lekain sich selbst die Genehmigung, ganz allein die Keller des Palastes zu inspizieren. Solange noch der Hausmeister dagewesen war und es übernommen hatte, seine unfreiwilligen Gäste zu ernähren, war das natürlich unmöglich gewesen.

Als er zurückkam, war er beladen wie ein Hausierer. Er ging tief gebückt unter zwei schweren Körben, von dem einer Brennholz und einige Küchengeräte enthielt. In dem anderen waren Lebensmittel, aus denen die staubigen Hälse einiger mit vornehmen Wachssiegeln verschlossenen Flaschen emporragten.

»Ich habe Wunderdinge entdeckt«, verkündete er triumphierend. »Seht euch das an: Champagner, Kaviar, Dörrfisch, Zucker und ... Kaffee!«

Die von Schmerzen und Aufregung erschöpfte Marianne war schon im Begriff gewesen einzuschlafen, aber das letzte Wort machte sie hellwach.

»Kaffee?« rief sie und stützte sich auf einen Ellenbogen, »ist das wahr?«

»Ja, es ist wahr! Riechen Sie nur diesen köstlichen Duft, schöne Dame«, antwortete Lekain und hielt ihr ein Säckchen aus kräftiger Leinwand unter die Nase, das er soeben geöffnet hatte. »Und ich habe das Nötige mitgebracht, um für alle Kaffee zu bereiten. Im Augenblick werden Sie ihn genießen können. Haben Sie Vertrauen, und Sie werden erleben, daß ich ein genialer Kaffeekoch bin.«

Amüsiert und dankbar lächelte sie ihn zu.

»Vor allem sind Sie ein großartiger Mann. Ich weiß nicht, ob die kommende Nacht die letzte meines irdischen Lebens sein wird, aber ich danke Ihnen, daß sie mit einer Tasse Kaffee beginnt. Nichts liebe ich mehr ...«

Und sie trank mit großem Genuß, denn Lekain hatte ihn wirklich köstlich zubereitet, trotz Vanjas Wachsamkeit, die befürchtete, danach werde sie kein Auge schließen können. Aber da Marianne im Haus des Iwan Borissowitsch schon eine Nacht durchwacht hatte, schlief sie nach der dritten Tasse trotz allem sofort ein.

In der tiefsten Nacht erwachte sie von einem ausdauernden Geräusch mit dem Bewußtsein von Gefahr. Sie hatte das beklemmende Gefühl eines Menschen, der in einer gänzlich fremden Umgebung wach wird, und erinnert sich auch nicht, wo sie war ...

Dann erkannte sie vor dem rechteckigen Lichtfleck des Fensters Vanja di Lorenzo mit ihrem Diadem und Federschmuck.

»Ist etwas geschehen?« fragte Marianne und dämpfte instinktiv ihre Stimme.

»Wir haben Besuch! Das war übrigens vorauszusehen,

denn dieser Palast ist einer der schönsten und reichsten in der Stadt.«

»Wie spät ist es?«

»Ein Uhr morgens, vielleicht etwas später.«

Mit geringeren Schmerzen, als sie befürchtet hatte, glitt Marianne vom Bett und gesellte sich zu der Sängerin, konnte aber draußen nicht viel erkennen außer den Lichtreflexen, die auf den Bäumen des Gartens tanzten. Dagegen wurde das Geräusch von Minute zu Minute stärker: man unterschied jetzt Rufe, Gelächter, Liedfetzen, die schon recht betrunken klangen, manchmal zersplitterte auch ein Glas, oder ein dumpferer Laut verkündete, daß unten ein Möbelstück zerschmettert wurde.

»Von wo sind sie hereingekommen?« fragte Marianne.

»Sie sind auf das Stalldach geklettert«, sagte hinter ihr Lekains beklommene Stimme. »Ich habe sie dabei beobachtet. Es waren zwei Kerle mit Seilen, an denen Haken befestigt waren. Als sie drinnen waren, haben sie die Riegel aufgemacht.«

»Was machen wir bloß?« murmelte Louise Fusil, die hinter Lekain aufgetaucht war. »Ich frage mich, ob es richtig war, uns hierher zu verziehen. Gewiß kommen sie auch zu den Gesindekammern herauf, wenn sie unten alles ausgeplündert haben. Vielleicht hätten wir uns besser im Park verstecken sollen!«

»Im Park? Sehen Sie doch!«

Auf dem englischen Rasen vor der Terrasse, von der aus man zweifellos in die Salons gelangte, war wieder eine Menschengruppe aufgetaucht. Im Schein, der von ihnen mitgeführten Fackeln erkannten die Flüchtlinge Männer mit finsteren Gesichtern und ungepflegten Bärten, die erbärmlich mit zerrissenen Blusen oder von Bindfaden zusammengehaltenen Fetzen bekleidet waren. Sie waren mit Forken, Gewehren und Messern bewaffnet und schlichen lautlos wie lauernde Katzen auf den Palast zu, in dem alle Lichter brannten wie zu einem Fest.

»Diese da sind über das Gatter oder über eine Mauer gestiegen«, seufzte Lekain, »damit ist uns der Rückzug abgeschnitten.«

»Nicht unbedingt«, antwortete Vanja. »Es gibt zwei Dienertreppen, eine auf jeder Seite dieses Korridors. Lekain bezieht Posten an der einen, ich an der anderen, wenn dann einer von uns hört, daß man heraufkommt, gibt er Alarm, und wir versuchen über die andere Treppe in den Park zu entkommen.«

»Einverstanden! Hoffen wir bloß, daß sie nicht auf beiden Treppen gleichzeitig heraufkommen.«

»Immer der gleiche Optimist«, murrte Vanja. In unwandelbar königlicher Haltung begab sie sich auf den Posten, den sie sich selbst zugeteilt hatte.

Die vier zurückbleibenden Frauen trennten sich gleichfalls. Mademoiselle Anthony und Madame Bursay begaben sich in eines der Zimmer, das nach vorne hinaus lag, während Louise Fusil und Marianne blieben und klopfenden Herzens in den Park hinaus horchten.

Gleich darauf wurde der Lärm infernalisch. Lautes Geheul wurde in Abständen von schweren Schlägen unterbrochen, die im ganzen Gebäude widerhallten, und obwohl es gewiß fest gebaut war, klang es wie bei einem Erdbeben.

»Man könnte glauben, daß sie die Mauern einreißen«, sagte Marianne mit klangloser Stimme.

»Vielleicht tun sie das wirklich«, murmelte Louise Fusil, »aber ich möchte eher annehmen, daß sie sich gegenseitig verdreschen!«

Tatsächlich hörte man nicht nur mehr Siegesrufe, Freudenrufe oder das Randalieren von Betrunkenen. Schmerzensschreie und Stöhnen mischten sich hinein. Offensichtlich wollten die Banditen, die durch den Park gekommen waren, ihre Brüder überreden, die Beute mit ihnen zu teilen. Die Horcher aber, die diesen Ausdruck nackter Bestialität erlebten, packte ein Grauen, denn sie konnten sich ausmalen, daß die Minute, in der diese entfesselte Meute sie entdeckte, ihre letzte sein würde.

Marianne spürte ihren dumpfen Herzschlag, ihre

Hände waren eiskalt geworden, fast hatte sie die Schmerzen in ihrer Schulter angesichts der neuen Bedrohung vergessen. Sie trat auf den mittleren Korridor, der an beiden Enden unmittelbar bei den Treppenausgängen ein rundes Fenster hatte. Vanja und Lekain standen unbeweglich da, jedes an seiner Treppe, und horchten angespannt in die Dunkelheit.

»Noch nichts?« flüsterte Marianne.

Sie schüttelten beide gleichzeitig den Kopf, ohne etwas zu sagen ... Dann hörte man plötzlich ein Gerenne, und der Lärm verzog sich nach draußen, als habe der Palast ihn ausgespuckt.

»Man könnte glauben, daß sie verschwinden«, sagte plötzlich Mademoiselle Anthony und nahm sich zusammen, um die in ihrer Stimme zitternde Freude nicht allzu laut werden zu lassen. »Ich sehe viele Männer, die auf die Straße rennen.«

»Hier auf der Parkseite ist kein Mensch«, antwortete Madame Fusil wie ein Echo. »Sie halten es wohl für überflüssig, wieder über das Gatter zu steigen. Wir werden sehen!«

Die beiden Horchposten kamen heran, und alle versammelten sich in dem Zimmer, in dem Marianne geschlafen hatte. Wie in Krämpfen spie der Palast weiter Menschen aus, struppige, zerlumpte Kerle, wahre Teufel, die sich in Wein und wohl auch im Blut gewälzt hatten. Aber die Freude der Komödianten, als sie ihre gefährlichen Angreiferverschwinden sahen, war von kurzer Dauer: nur einige Sekunden, bis Louise Fusil einen erstickten Schrei ausstieß: »Feuer! Sie haben Feuer gelegt!«

Es war nicht zu leugnen! Ein roter Schein drang vom Erdgeschoß in den Park, und statt des Lärms drang ein regelmäßiges Sausen zu ihnen herauf. Sie beobachteten auch, wie die letzten, die aus dem Palast flüchteten, mit einem Fluch ihre Fackeln dorthin zurückwarfen, als wollten sie das Feuer noch mehr anfachen.

»Rückzug!« schrie Lekain. »Wir müssen nach unten, wir flüchten uns in den Park.«

Sie rannten zu der Treppe, die ihnen vom Herd des Feuers am weitesten entfernt schien. Vanja wollte die junge Frau stützen, wie sie es zuvor getan hatte, aber Marianne lehnte ab.

»Der Kaffee und der Schlaf haben mir gutgetan. Reichen Sie mir nur Ihren Arm ... wir müssen schnell machen ...«

Sie tasteten sich im Dunkeln die enge Treppe hinab, stießen sich an den Wänden und nahmen beängstigt wahr, daß die Hitze mit jeder Sekunde größer wurde. Auf Höhe des ersten Stockwerks hatten sie den Eindruck, durch einen Schmelzofen zu gehen, so erstickend heiß wurde es in der engen Treppenröhre.

»Die Flammen müssen ganz nahe sein«, sagte Vanja schluckend.

»Ein Glück ... daß der Palast ... aus Stein ist. Wenn er ... aus Holz wäre ... wie viele andere ... wären wir schon gar.«

»Auch ein Trost«, bellte Lekain, der ständig wie ein Kutscher fluchte, »die Treppe ist aus Holz!«

Wirklich hatte ein fahlroter Lichtschein das Treppenhaus ein wenig erhellt, und als sie um die letzte Windung bogen, erkannten die Unglücklichen, daß die ersten Stufen in Flammen standen und schwarze Rauchwirbel aufstiegen, die sie ersticken würden.

»Da kommen wir nicht durch«, stöhnte Louise Fusil, »wir müssen hier sterben ...«

»Nie im Leben!« zeterte Vanja. »Rafft eure Röcke fest zusammen, und dann nichts wie durch! Los, wir haben nur ein paar Minuten. Wenn eure Kleider Feuer fangen, rollt euch draußen im Gras oder im Sand. Ich springe! Wer mich liebt, folgt mir!«

Und ohne Marianne Zeit zu einer Meinungsäußerung zu lassen, umschlang sie sie mit einem Arm, raffte mit dem anderen ihren Peplum und stürzte sich mit ihr durch die Flammen.

Marianne schloß die Augen. Einen Moment lang glaubte sie, ihre Lungen hätten Feuer gefangen und hielt den Atem an. Aber Vanjas Schwung riß sie mit. Sie wurde mehr getragen als gestützt, und die Glut setzte ihr nur wenig zu, obwohl ihr Rock Feuer gefangen hatte. Daß sie dann vor Schmerzen laut aufschrie, das lag an ihrer Schulterwunde, denn nachdem Vanja mit ihr über die Terrasse gerannt war, wälzte sie sich mit ihr im Gras herum, um die Flammen zu ersticken.

Nacheinander tauchten die anderen auf, auch ihre Kleider hatten Feuer gefangen, und sie wälzten sich vor Schmerzen schreiend im Gras, aber zum Glück hatte es keine ernsthafte Verletzung gegeben. Eine Weile saßen sie da im Gras, stöhnend, atemlos, halb ohnmächtig, dann sahen sie einander ungläubig an, denn sie vermochten das Glück ihrer Rettung noch nicht zu fassen.

»Toll!« seufzte Madame Bursay, »wir sind durchgekommen. Wir sind alle hier, und anscheinend noch ziemlich heil.«

»Dann wollen wir versuchen, es auch zu bleiben«, sagte Lekain, »aber das wird schwierig, wenn wir hierbleiben. Wir müssen verschwinden, ehe der Palast zusammenkracht.«

Das schöne Haus des Fürsten Dolgoruki brannte jetzt in seiner ganzen Ausdehnung, vor ihnen hatte sich eine Feuerwand aufgerichtet, die eine unerträgliche Glut ausstrahlte. Der flackernde Schein blendete sie und leuchtete bis in die letzten Winkel des großen Parks.

»Madonna!« ächzte Vanja, »wo bleiben nur die Feuerwehren dieser Stadt? Wenn niemand dieser Feuersbrunst Einhalt gebietet, kann das ganze Stadtviertel abbrennen.«

Es war, als hätte sie ein Signal gegeben. Kaum war das letzte Wort verklungen, da zerbarst der Himmel, mit apokalyptischem Dröhnen stürzten gewaltige Wassermassen auf Moskau herab und setzten den Garten der Dolgoruki augenblicklich unter Wasser. Sofort waren die Flüchtlinge durchnäßt, aber sie mußten zugleich von der Brandstelle fort, aus der jetzt heißer Dampf emporwölkte. Binnen weniger Sekunden war eine Art von riesigem Heizkessel entstanden.

Naß bis auf die Haut suchten Marianne und die

Schauspieler nach Schutz, aber nirgends fand sich ein Unterschlupf, und die vor Nässe triefenden Bäume nützten ihnen wenig.

»Wir müssen raus hier«, rief Mademoiselle Anthony, »sonst holen wir uns den Tod!«

Das war wirklich leichter gesagt als getan. Die Mauern und Gitter, die den Garten umschlossen, boten keinen anderen Ausweg als eine niedrige Pforte mit Schlössern wie ein Geldschrank, die ohne Hilfsmittel unmöglich zu öffnen waren.

»Die Banditen sind doch vorhin herein gekommen, wieso können wir da nicht hinaus«, fragte Louise Fusil.

»Sie sind über die Mauer gekommen«, gab Lekain zurück. »Ich diene Ihnen gerne als Trittleiter, damit Sie hinaufklettern können, wenn Sie bereit sind, mir dann auch zu helfen ... Wenn ich auch noch nicht sehe, wie das möglich ist.«

Statt zu antworten nahm Vanja, die endlich ihr Diadem und die nassen Federn, die ihr ins Gesicht fielen, abgenommen hatte, das Ende ihres Peplums von der Schulter und rollte das lange, breite Seidenband von ihrem Körper ab, unbekümmert darum, daß sie nun im Unterrock und ärmellosen Leibchen dastand.

»Wenn ich erst oben bin, werfe ich euch das zu. Es ist sehr solide und wird halten. Anschließend klettern wir daran auf der anderen Seite hinab.«

So ausgestattet machten sie sich munter an das Hindernis heran. Vanja kletterte als erste hinauf, setzte sich rittlings auf die Mauer und beugte sich vor, um Marianne zu helfen, die von den anderen Frauen mühsam auf Lekains Schultern gehoben wurde. Dann packte die Sängerin auf der gesunden Seite ihr Handgelenk und zog sie nach oben. Die übrigen folgten, Lekain selbstverständlich als letzter.

Der Abstieg ging dank dem zusammengedrehten Peplum der Dido ohne Schwierigkeiten in der gleichen Reihenfolge vor sich. Als sie aber drüben war, schienen Mariannes Kräfte restlos erschöpft, sie war einer Ohnmacht nahe. Während sich die anderen noch mit Vanjas

Hilfe abseilten, mußte sie sich an die Mauer lehnen. Ihr Herz ging schwer und unregelmäßig, ihr Kopf war völlig leer, und sie spürte nicht einmal den Regen, der immer noch in Strömen herunterkam.

»Es geht wohl nicht besonders«, fragte Vanja, deren Mitleid durch ihr trostloses Aussehen geweckt worden war.

»Nicht besonders. Wohin gehen wir jetzt?«

»Ehrlich, ich habe keine Ahnung. Von unseren zahlreichen Freunden ist wohl keiner übriggeblieben.«

»Sehr wahr!« bemerkte Madame Bursay. »Es müßte aber möglich sein, sich in einem anderen leerstehenden Haus einzunisten. Es gibt deren doch so viele.«

»Die unbewohnten Häuser bergen unangenehme Überraschungen«, brummte Lekain und versuchte, den Kragen seiner Jacke hochzuschlagen, um ein bißchen vor dem Regen geschützt zu sein.

»Warum versuchen wir nicht, unsere Kollegen zu finden«, schlug Louise Fusil vor, »seit wir getrennt sind, muß ich immer an sie denken. Ich habe mich gefragt, ob sie vielleicht Zuflucht im Palais Narischkin gefunden haben. Der Fürst war sehr an der kleinen Lamiral interessiert.«

»Santa Madonna, denkt doch ein bißchen nach!« Vanja mischte sich ein. »Euer Palais Narischkin liegt auf der anderen Seite der Stadt. Das schafft diese Unglückliche niemals! Ich habe eine bessere Idee: der Pfarrer von Saint-Louis-des-Français.«

»Pfarrer Surugue?« fragte Lekain mit deutlicher Abneigung. »Eine absurde Idee!«

»Warum? Er ist Franzose und ein Mann Gottes. Ich kenne ihn, er wird uns aufnehmen. Er ist die Großherzigkeit in Person.«

»Vielleicht. Das ändert aber nichts daran, daß er ein Priester ist und daß ich die nicht liebe. Im übrigen sind Klerus und Schauspieler zwar nicht mehr so ein übles Gespann wie zu Molières Zeiten, aber herzliche Beziehungen unterhalten sie auch heute noch nicht ... Ich gehe nicht hin.«

»Ich auch nicht«, sagte Madame Bursay, »man weiß nicht, ob …«

»Wie ihr wollt, ich gehe hin«, erklärte Vanja und legte Marianne den Arm um die Taille. »Geht ihr, wohin ihr wollt, ihr wißt immer, wo ich zu finden bin. Außerdem habt ihr recht. Nicht mit eurem Mißtrauen gegen Pfarrer Surugue, aber daß ihr nicht in Massen hingeht. Wahrscheinlich wird er schon von Flüchtlingen überschwemmt.«

»Ich will nicht der Anlaß sein, daß Sie sich trennen«, seufzte Marianne verzweifelt. »Bringen Sie mich zu diesem Priester und gehen Sie wieder zu ihren Freunden. Es wäre unklug, Ihr Ensemble einer Fremden wegen zu sprengen.«

»Sie sind keine Fremde, und Sie sind eine Sängerin wie ich, außerdem sind Sie eine Fürstin der Toskana, und die Toskana ist meine Heimat. Gründe genug! Also vorwärts! Und ihr anderen haltet euch gut, Gott sei mit euch.«

»Bis Saint Louis könnten wir immerhin mitkommen«, schlug Madame Bursay vor, »also brechen wir zusammen auf. Weit ist es ja nicht, und wir könnten uns in der Kirche so lange unterstellen, bis der Regen aufhört.«

Da man sich auf diese Weise geeinigt hatte, wanderten sie zusammen durch die leeren Straßen bis zu der Kapelle, die wie die römisch-katholische Pfarrei den pompösen Namen Sankt Ludwig der Franzosen führte. Sie stand am Ortsrand von Kitay Gorod neben einem Haus mittlerer Größe, das, wie die anderen Häuser dieses Viertels, aus Holz erbaut war, an seiner linken Seite jedoch einen von einer Ziegelmauer eingehegten Garten besaß. Über dem durch zwei Vorlegestufen erhöhten Eingang brannte eine Laterne mit einem Glasschutz, der den Regen abhielt, und warf ihr Licht auf ein bescheidenes Kreuz in italienischer Form. Das war das Pfarrhaus.

Vanja half Marianne mit Lekains Hilfe die beiden Stufen hinauf, ergriff den kupfernen Klopfer und hämmerte auf den Türflügel ein, indes die anderen, die festgestellt hatten, daß die Kirche verschlossen war, es vorzogen, ihren Weg fortzusetzen.

Ein kleiner Mann im schwarzen Gewand eines Küsters, mit einem Käppchen auf dem grauen Haar und einer Kerze in der Hann, machte auf.

»Sie müssen der Mesner sein«, sagte Vanja in ihrem Französisch mit dem klangvollen italienischen Akzent. »Wir möchten den Pfarrer Surugue für diese verwundete Dame und mich um Hilfe bitten.«

Der Anblick einer Frau in etwas spärlichem Unterrock schien den Küster von Saint Louis nicht sonderlich zu überraschen. Er machte die Türe weit auf:

»Treten Sie schnell ein, Madame«, sagte er nur. »Ich sage dem Herrn Pfarrer Bescheid.«

Marianne, die völlig apathisch den Kopf gegen die Schulter ihrer Begleiterin gelehnt hatte, richtete sich beim Klang seiner Stimme auf, sie und der kleine Mann starrten einander recht verblüfft an. Der Küster von Saint Louis war Gauthier de Chazay.

VIERTES KAPITEL

Die Feuersbrunst

Der Blickwechsel dauerte nur einen Augenblick. Marianne öffnete schon den Mund. Sie würde sprechen, irgend etwas sagen, vielleicht laut werden ... Aber der seltsame Küster wendete sich sehr schnell ab, sagte noch einmal, er werde Pfarrer Surugue unterrichten, und verschwand mitsamt der Kerze. Die beiden Frauen standen bei völliger Dunkelheit in einem engen Vorraum, der nach Weihrauch, Suppe und abgestandenem Kohl duftete.

Marianne faßte sich wieder. Ihr war klar, daß ihr Pate nicht von ihr erkannt werden wollte ... vielleicht weil

Vanja bei ihr war, vielleicht auch aus einem anderen Grund ... Dunkle Gründe standen ihm immer in großer Zahl zur Verfügung, wie es dem Meister eines religiösen Ordens zustand, der zwar geheim, darum aber nicht weniger mächtig war. Er war also incognito hier. Vielleicht versteckte er sich ... aber wovor?

Trotz ihrer Müdigkeit war Mariannes Neugier ständig wach und unersättlich, sie hatte sogar eine belebende Kraft. Zu welchem Zweck versteckte sich ein römischer Kardinal, erst recht der General der Jesuiten, nach dem Papst also der mächtigste Mann der Kirche (vielleicht auch vor dem Papst, seit Napoleon diesen zum Gefangenen gemacht hatte) unter dem bescheidenen Gewand des Küsters einer kleinen Kirche?

Gewiß hatte Gauthier de Chazay, seit sie ihn kannte, Kleiderstaat und Luxus immer verachtet. In der Erinnerung seines Patenkindes erschien er stets in einem äußerst schlichten, schwarzen Gewand.

Und das schwere Purpurwand, das er am Tage des großen Skandals in den Tuilerien getragen hatte, wirkte bei ihm nur wie eine groteske Verkleidung. Diesmal aber war sein schwarzes Gewand nicht nur äußerst bescheiden, sondern auch von zweifelhafter Sauberkeit.

»Gott verzeih mir«, dachte Marianne, »aber ich glaube, daß mein Pate weder rasiert noch gewaschen war. Ein richtiger Muschik!« Sie hatte keine Gelegenheit, die Richtigkeit ihrer Beobachtungen zu prüfen, denn nicht er kam zurück, sondern ein Priester mittleren Alters in Soutane mit einem freundlichen Gesicht und ein paar grauen Haarlocken, die eine beginnende Kahlköpfigkeit verdecken sollten. Als er die beiden Frauen in ihren durchnäßten Kleidern auf der Bank des Vorzimmers sitzen sah, hob er die Hände zum Himmel:

»Meine armen Kinder!« rief er mit leicht südländischem Akzent, der ein wenig Sonne in die trostlose Diele zu bringen schien, »auch ihr kommt, um hier Zuflucht zu suchen. Aber mein Haus ist voll! Die Hälfte aller in Moskau lebenden Franzosen hat sich hier eingefunden. Wo könnte ich euch bloß noch unterbringen?«

»Wir brauchen nicht sehr viel Platz, Padre«, bat Vanja. »Ein Eckchen in Ihrer Kirche zum Beispiel ...«

»Auch überfüllt! Ich habe die Türe zur Straße schließen müssen, damit keiner mehr hineinkommt. Eine Person mehr und alle ersticken!«

»Dann hier! Wenn es nur um mich ginge, ich wäre vollkommen zufrieden mit dieser Bank. Aber meine Begleiterin ist verwundet und am Ende ... etwas wie eine Matratze vielleicht ...«

Der Priester machte eine verzagte Geste.

»Ich hätte Ihnen das alles nicht gesagt, wenn ich auch nur noch eine Matratze hätte, die ich Ihnen anbieten kann. Aber die Matratze meines Küsters Guillaume habe ich der ersten Verkäuferin der Madame Aubert gegeben, die ein Kind erwartet. Und die meine ...«

»Ich verstehe, an die Ihrige können Sie sich kaum noch erinnern«, sagte Marianne und versuchte zu lächeln. »Wenn Sie aber ein bißchen Stroh hätten, auf dem wir uns ausstrecken können, würde es völlig genügen. Wir sind Schauspielerinnen und nicht immer weich gebettet.«

»Aber gewiß! Auf keinen Fall kann ich Sie von meiner Türe fortweisen ... in dieser schrecklichen Nacht und bei diesem Wetter. Kommen Sie mit mir.«

Sie gingen aus dem Vorraum durch einen Korridor. Auf beiden Seiten vernahm man hinter den geschlossenen Türen allerlei Geräusche: das Murmeln von Gebeten, Flüstern, Schnarchen, jedenfalls hatte man den Eindruck, das Haus der Priesters habe seine Verpflichtung als Asyl ganz erfüllt. Am Ende des Ganges stieß der Geistliche unmittelbar neben dem Eingang zur Küche eine niedrige Türe auf.

»Das hier ist ein Verschlag, in dem eigentlich allerlei Gerät abgestellt wird. Ich werde Ihnen aber etwas Stroh besorgen, und ich glaube, es ist Platz genug, daß Sie sich beide ausstrecken können. Ich bringe Ihnen auch etwas, damit sie sich abtrocknen und erwärmen können.«

Zwischen Besen, Kübeln und verschiedenem Gartengerät machten die beiden Frauen es sich verhältnismäßig bequem: sie bekamen ein Bund Stroh, das sie auf dem Boden ausbreiteten, ein Handtuch, mit dem sie sich abtrocknen konnten, und zwei große Tücher, in die sie sich einwickelten, nachdem sie ihre durchnäßten Kleider ausgezogen und an einer aufrecht stehenden Gartenharke zum Trocknen aufgehängt hatten. Ihr Gastgeber wünschte ihnen gute Nacht, dann tranken sie mit viel Genuß einen Krug Glühwein mit Zimt, den er ihnen zum Schluß gebracht hatte.

Beide Frauen schliefen sehr schnell ein, aber Mariannes Schlaf war unruhig und gestört. Alle Ereignisse der letzten Tage, die Angst, die Begegnung mit Tschernyschew, das Duell, Jasons Verhaftung, der tückische Angriff der Zigeunerin, ihre Verwundung und schließlich der Brand des Palastes und die Flucht im strömenden Regen, das alles kehrte als Alptraum zu ihr zurück. Ihr von körperlichen Zwängen befreiter Geist flatterte umher wie ein Vogel im Käfig und fand keine Ruhe. Wieder war Angst in ihr, jene Angst, gegen die wie ein Bote der Vorsehung ein malerischer Engel in flammendem Peplum und mit einem grotesken Federschmuck aufgestanden war.

Und wieder kehrte jener Traum zurück, der sie schon so oft gequält hatte: Das Meer … das Meer in wildem Aufruhr baute eine schäumende Schranke auf zwischen ihr und einem Schiff, das mit vollen Segeln dem Horizont zustrebte. Trotz der wilden Fluten versuchte Marianne aus allen Kräften, es zu erreichen. Sie kämpfte, sie kämpfte bis zur Erschöpfung und mit äußerster Anspannung ihres Willens, bis sich im Augenblick des Ertrinkens eine riesige Hand auf den Ozean herabsenkte, um sie vor dem Untergang zu bewahren. In dieser Nacht nun war der Ozean rot, und die rettende Hand erschien nicht. Statt dessen berührte irgend etwas Unsichtbares die Schläferin und schüttelte sie leicht … und die sofort aufschreckende Marianne sah, daß ihr Pate sich über sie beugte, um sie sanft zu wecken.

»Komm«, flüsterte er, »gehen wir in den Korridor. Ich muß mit dir sprechen.«

Der Korridor war fast dunkel, nur ganz wenig von einem bei der Haustüre brennenden Öllämpchen erhellt, so daß man sehen konnte, daß er ganz leer war. Trotzdem drückten sich Marianne und der Kardinal in ihre Türnische.

»Verzeih mir, daß ich dich geweckt habe«, sagte der Kardinal. »Wie ich sehe, bist du verwundet.«

»Nichts Ernstes! Ich habe einen Stoß bekommen ... im Gedränge«, log die junge Frau, die weder Lust noch den Mut hatte, sich auf lange Erklärungen einzulassen.

»Um so besser! Denn du mußt morgen früh dieses Haus verlassen ... und Moskau bei dieser Gelegenheit auch. Moskau vor allem! Ich kann mir auch absolut nicht vorstellen, was du hier willst. Ich dachte, du wärst auf dem Meer, unterwegs nach Frankreich.«

Seine Stimme klang dürr und etwas krächzend, sein säuerlicher Atem roch nach Fieber, und der Ton, den er anschlug, war ohne jede Zärtlichkeit, im Gegenteil ausgesprochen ärgerlich.

»Ich könnte Ihnen Ihre Frage zurückgeben«, antwortete Marianne. »Was sucht der als Küster verkleidete Kardinal von San Lorenzo in dem Augenblick in Moskau, in dem der Kaiser auf die Stadt zumarschiert?«

Sie erkannte trotz der Dunkelheit, daß die Augen des Prälaten zornig blitzten.

»Das geht dich nichts an! Und für Erklärungen haben wir keine Zeit. Verschwinde, sage ich dir! Fliehe aus dieser Stadt, denn sie ist verdammt!«

»Durch wen? Und wozu? Glauben Sie, Napoleon sei so wahnsinnig, sie zu zerstören? Das ist nicht sein Stil! Er haßt Zerstörung und Plünderung. Wenn er Moskau einnimmt, hat Moskau nichts zu fürchten.«

»Stell mir jetzt keine Fragen, Marianne. Tu, was ich dir befehle. Es geht dabei um dich ... um dein Leben! Wer ist die Frau, die du da bei dir hast?«

»Vanja di Lorenzo, eine berühmte Sängerin. Und eine Frau mit Herz.«

»Ich kenne die Sängerin, ihr Herz nicht. Gleichgültig: es ist mir lieber, wenn du nicht allein bist, und sie muß die Stadt kennen ... Morgen früh ... oder jetzt gleich, denn es wird bald hell, brecht ihr von hier auf. Sage ihr, sie soll dir die Straße zeigen, auf welcher die Deportierten nach Sibirien gebracht werden. In Kuskovo geht ihr zum Schloß des Grafen Scheremetiew. Es ist nicht weit, ungefähr anderthalb Meilen. Der Graf ist ein Freund. Sag ihm, daß du mein Patenkind bist. Er wird dich aufnehmen, und du wartest da, bis ich nachkomme.«

»Soll ich ihm auch sagen, daß ich die Fürstin Sant'Anna und eine Freundin des Kaisers bin? Ich fürchte, der Empfang wird dann nicht sehr herzlich sein«, bemerkte Marianne voller Ironie.

Dann fuhr sie entschlossen fort:

»Nein, mein Pate! Ich werde nicht nach Kuskovo gehen, wo ich nichts zu suchen habe. Vergeben Sie mir, wenn ich Ihnen zum ersten Mal in meinem Leben, und ganz entschieden, nicht gehorche.«

Die kalte, dürre Hand des Kardinals griff im Halbdunkel nach der ihren.

»Welch ein Eigensinn!« grollte er. »Warum willst du bleiben? Um ihn zu sehen, nicht wahr? Gestehe nur, daß du auf Bonaparte wartest!«

»Ich habe keinen Grund, es nicht zu gestehen, um Ihre Worte zu brauchen. Ja, ich hoffe dem Kaiser zu begegnen, denn ich will mit ihm sprechen.«

»Worüber?«

In letzter Sekunde witterte Marianne die Gefahr. Fast hätte sie vergessen, daß Gauthier de Chazay einer der ärgsten Feinde des korsischen Cäsaren war, und in aller Harmlosigkeit ausgeplaudert, was sie Napoleon zu sagen hatte. Sie faßte sich und antwortete nach kurzem Zögern:

»Über meine verlorenen Freunde. Ich bin hergekommen mit Jolival, Jason Beaufort und seinem Zweiten Offizier, einem irischen Seemann. Ich habe sie alle verloren: Jolival und O'Flaherty gestern in einem Gedränge auf dem Roten Platz an der Moskwa ... und Jason haben die Russen als Gefangenen mitgenommen, weil er Graf Tschernyschew in einem Duell verwundet hat.«

Sie glaubte, der Kardinal werde zerspringen.

»Wahnsinn! Dreimal Wahnsinn! Ein Duell in einer von Panik geschüttelten Stadt mit einem Favoriten des Zaren! Worum ging es in diesem Duell?«

»Um mich«, schrie Marianne außer sich und ohne weiter ihre Stimme zu dämpfen. »Sie sollten endlich aufhören, meine Freunde für Prahlhänse und die Ihren für Musterknaben zu halten. Bei Graf Scheremetiew besteht jedenfalls die geringste Aussicht, Jolival und Craig P'Flaherty zu finden. Auch nicht den armen Jason. Weiß Gott, was die Kosaken mit ihm angestellt haben. Ob er überhaupt noch lebt?«

Ihre brüchig gewordene Stimme beeindruckte den Kardinal und besänftigte ihn auf der Stelle.

»Aber gewiß – falls er seinen Gegner nicht getötet hat. Wenn er aber stirbt ... Auf jeden Fall könnte Scheremetiew dir behilflich sein, ihn wieder zu finden. Er hat großen Einfluß und zahllose Freunde in der Armee. Ich bitte dich, geh zu ihm.«

Aber nach kurzem inneren Kampf schüttelte sie den Kopf.

»Nicht bevor ich Jolival gefunden habe. Danach werde ich vielleicht zu ihm gehen. Ich kann nicht anders handeln. Als Gegenleistung bitte ich Sie, da Sie doch mächtig und einflußreich sind, versuchen Sie in Erfahrung zu bringen, was mit Jason geschehen ist. Unter dieser Bedingung ... werde ich in Kuskovo auf Sie warten.«

Sie hütete sich zu erwähnen, daß sie auf Jolival angewiesen war, um die Mission, die sie freiwillig übernommen hatte, zu erfüllen und Napoleon zu unterrichten, daß davon auch ihre Reise nach Amerika abhing. Der Kardinal zögerte mit der Antwort. Schließlich sagte er achselzuckend:

»Sag mir, wo und wie dieses dumme Duell zustandekam. Wohin, glaubst du, haben die Kosaken deinen Amerikaner gebracht?«

»Ich weiß es nicht. Sie haben gesagt, der Ataman

werde über sein Los entscheiden. Was das Duell angeht ...«

Sie schilderte es in kurzen Worten, erwähnte auch den Namen des Fürsten Asakov und wartete auf die Antwort ihres Paten. Der murmelte erst nach längerem Nachdenken:

»Ich glaube zu wissen, wo sich Ataman Platow befindet. Ich will versuchen, Genaueres zu erfahren. Aber du tust, was ich dir sage! Versuche, deine Freunde zu finden, wenn du Wert darauf legst, aber richte dich so ein, daß du vor morgen abend Moskau verlassen hast. Es geht um dein Leben!«

»Aber wieso denn?«

»Das kann ich dir nicht sagen. Ich habe nicht das Recht dazu. Ich bitte dich aber, auf mich zu hören: morgen, am 15. September, mußt du abends in Kuskovo sein! Wir sehen uns dort wieder.«

Ohne ein weiteres Wort drehte Gauthier de Chazay sich um und ging fort. Seine kleine, schwarze Gestalt schien sich im Dunkel des Korridors aufzulösen ... Marianne ging wieder in ihren Unterschlupf, wo Vanja immer noch schlief. Sie legte sich neben sie. Es war eine Erleichterung, daß sie die Suche nach Jason jemand anvertraut hatte, der mächtig genug war, ihn auch zu finden, und sie bemühte sich, die geheimnisvolle Gefahr zu vergessen, die sie bedrohte. Außerdem war es bis dahin fast noch ganze sechsunddreißig Stunden. Sie schloß die Augen, und diesmal fand sie einen traumlosen Schlaf.

Das Schmettern von Trompeten weckte sie. Als sie die Augen aufschlug, sah sie beim Schein einer Kerze – denn der Verschlag hatte kein Fenster – wie sich Vanja mühselig in ein schwarzes Kleid zwängte, das für sie zwar etwas knapp war, aber besser zu den augenblicklichen Lebensumständen paßte und auch weniger auffällig schien, als die Gewänder einer antiken Königin. Es hatte damit seine Schwierigkeiten, denn die Sängerin hatte vergessen, den Gürtel aufzumachen und fluchte in mehreren Sprachen zugleich. Marianne beeilte sich, sie zu befreien, löste den Knoten und zog das Kleid nach unten.

»Danke«, stöhnte Vanja, als sie rot und mit wirrem Haar aus der erstickenden Umhüllung auftauchte. »Ich verdanke diese elegante Toilette der Freigebigkeit unseres Gastgebers, der sie mir soeben gebracht hat. Wahrscheinlich ist es die Gabe einer mildtätigen Dame ... allerdings nicht mildtätig genug, eine neue Robe zu verschenken«, fügte sie mit einer Grimasse hinzu. »Außerdem liebe ich ihr Parfum nicht ... auch nicht den Duft, den sie damit kaschieren wollte.«

Der Schlaf und Vanjas Salbe hatten Wunder getan. Mariannes Schulter war zwar steif, tat aber nicht mehr so weh, und sie war sicher, kein Fieber zu haben.

»Wie spät ist es?« fragte sie.

»Also wirklich, ich habe keine Ahnung. Meine Uhr ist im Theater geblieben, und in diesem Käfig ahnt man nicht einmal, ob es schon hell ist. Ich hätte den Pastor fragen sollen.«

Dieser erschien im gleichen Augenblick mit einem Tablett, auf dem sich zwei Tassen mit dampfendem schwarzen Tee, saurer Rahm und einige Scheiben Schwarzbrot befanden.

»Es ist Mittag«, sagte er, »leider ist das alles, was ich Ihnen anbieten kann. Verzeihen Sie mir.«

»Schon verziehen, Pastor«, sagte Vanja ein wenig unpassend, »auch das schönste Mädchen der Welt kann nicht mehr geben als es hat.«

Aber der Pfarrer schien durch den Vergleich nicht beleidigt zu sein, und ohne ihn näher zu erläutern, wechselte die Sängerin schnell das Thema, indem sie sich erkundigte, was die Trompeten zu bedeuten hätten, die immer noch zu hören waren.

»Was sollen sie viel bedeuten?« seufzte der Pfarrer und zuckte die Achseln. »Da ist die Armee Bonaparte, die in Moskau einzieht.«

Dieses ›Bonaparte‹ sagte Marianne mehr als eine lange Diskussion. Wieder einer, der den Kaiser nicht in seinem Herzen trug. Wohl einer der Gründe, daß der ewige Verschwörer Gauthier de Chazay bei ihm wohnte ... doch sie lächelte ihn voll Dankbarkeit an.

»Wir werden Sie nicht mehr länger behelligen, Herr Pfarrer. Wenn die Franzosen da sind, haben wir nichts mehr zu befürchten.«

Sie beeilten sich mit ihrem Frühstück, dankten dem Geistlichen für seine Gastfreundschaft und verließen das Pfarrhaus.

Als sie auf die Straße traten, hatte eine freundliche Herbstsonne den nächtlichen Sturm vertrieben, von dem nur noch große Pfützen, abgebrochene Äste und zerschmetterte Blumentöpfe zeugten, aber in der Umgebung der Kirche war kein Mensch auf der Straße.

»Gehen wir zum Roten Platz«, schlug Vanja vor. »Er ist das Herz von Moskau, dahin werden die Truppen marschieren. Ich könnte mir vorstellen, daß der Kaiser im Kreml wohnen will.«

Durch menschenleere Straßen, in denen nur hin und wieder eine Gestalt sich am Fenster eines Hauses oder auf der Türschwelle zeigte, gelangten die beiden Frauen ans Ufer der Moskwa und folgten ihm bis zum Regierungsviertel. Sie stellten fest, daß es nur noch zwei Brükken gab, die übrigen acht waren gesprengt worden, und ihre Trümmer lagen im Flußbett.

Diese verlassene, wie tot wirkende Stadt machte einen beklemmenden Eindruck. Kein Laut war zu hören, außer gelegentlichen Trompetensignalen, die immer näher kamen, und in der Ferne das Rollen der Trommeln und Kanonen. Obwohl die beiden Frauen zufrieden waren, daß sie sich wieder im Freien bewegen und Marianne fast ohne Schmerzen gehen konnte, färbte die niederdrückende Stimmung der Umgebung auf sie ab, so daß sie schweigend weitergingen.

Der riesige Rote Platz tat sich vor ihnen auf, menschenleer bis auf zwei Nachzügler der russischen Armee, die vor dem rot, blau und golden leuchtenden Bildnis Sankt Basils des Glücklichen knieten, und ein paar Ochsen, die wohl dem Fleischer entkommen waren und noch nicht recht an ihre unerwartete Freiheit zu glauben vermochten.

Aber hinter den Zinnen des Kreml tauchten verdächtige Gestalten auf, die Marianne an die verflossene Nacht erinnerten.

»Ich sehe noch nicht viel von den Franzosen«, flüsterte sie. »Wo bleiben sie nur? Man hört sie, aber man sieht sie nicht.«

»Aber ja!« rief die Sängerin, die ans Ufer getreten war. »Sehen Sie doch, sie gehen durch die Furt.«

Wirklich ritt an der Westseite des Kreml ein Regiment Kavallerie durch die Moskwa, die an dieser Stelle nicht sehr tief war, denn den Pferden reichte das Wasser gerade bis zur Brust.

Marianne beugte sich über die Brustwehr und riß vor Staunen die Augen auf.

»Franzosen? Sind Sie sicher? Ich kann sie nicht erkennen.«

Vanja ließ ein fröhliches Lachen hören.

»Noch keine Franzosen, aber doch die Grande Armée! Das sind die polnischen Husaren, die Zehnerhusaren des Oberst Uminski! Dann kommen die preußischen Ulanen des Majors von Werther ... und dann? Ich glaube, das sind die Württemberger Jäger, und dann mehrere Regimenter französische Husaren ... Ja, sie sind es! Ich erkenne ihre Federbüsche. Ist es nicht wundervoll, sie hier wiederzusehen?«

Fasziniert und von der Begeisterung ihrer Gefährtin mitgerissen beobachtete auch Marianne, wie die berittenen Truppen in guter Ordnung den Fluß überquerten. Neben ihr beugte sich Vanja über die Brüstung, die Hände an den Stein geklammert, mit weit aufgerissenen Augen und geblähten Nüstern, fast hätte sie vor Erregung mit den Füßen getrampelt. Plötzlich schrie sie laut auf und reckte den Arm:

»Oh, sehen Sie doch ... dorthin ... der Kavalier, der in umgekehrter Richtung an der Kolonne entlangreitet ... im Galopp durch die Moskwa!«

»Der Mann in Grün? Mit den weißen Federn, die fast ebenso groß sind wie er selbst?«

»Ja! Oh, ich erkenne ihn unter Tausenden! Das ist der

König von Neapel ... Murat, der schönste Kavalier des Kaiserreichs!«

Vanja schien plötzlich so glücklich zu sein, daß Marianne sie mit einem halb erheiterten, halb neidischen Blick ansehen mußte.

»Sie legen eine besondere Wertschätzung für den König von Neapel an den Tag«, bemerkte sie lächelnd.

Die Sängerin wendete sich zu ihrer Freundin um, sah ihr offen in die Augen, und mit einem Stolz, der nicht ohne Größe war, erklärte sie einfach: »Er ist mein Liebhaber! Ich gehe für ihn durchs Feuer!!«

»Das wäre wirklich schade! Außerdem haben wir das gerade hinter uns. Kein Mann, sei er auch noch so strahlend, verdient es, daß eine Frau wie Sie sich seinetwegen opfert! Bleiben Sie am Leben, und wenn Sie sich geliebt wissen, freuen Sie sich Ihres Glücks.«

»Oh! Ich bin sicher, daß er mich liebt! Es gibt aber so viele Frauen, die ihn umschwärmen ...«

»Angefangen mit seiner Ehefrau. Haben Sie keine Angst vor der schrecklichen Caroline?«

»Warum soll ich Angst vor ihr haben? Sie ist nicht übel, aber wenn ihr Bruder nicht der Kaiser wäre, dann wäre sie niemals Königin geworden, und keiner würde sie beachten. Sie kann nicht einmal singen. Und es gibt Aufregenderes als eine treue Ehefrau.«

Offenbar sprach die Primadonna von etwas sehr Verächtlichem, und ihre Logik war schwer zu widerlegen.

So nahm Marianne als verständnisvolle Zuschauerin an der Begegnung Vanjas mit ihrem königlichen Liebhaber teil. Als sein weißes Pferd auf dem Platz erschien, stürzte die Italienerin mit solchem Schwung darauf zu, daß sie fast unter die Hufe geraten wäre. Ohne die Geistesgegenwart Murats, der sie mit einem Freudenschrei um die Taille packte und zu sich heraufhob, wäre die Unglückliche schlecht davongekommen. Ohne sich um ihre Umgebung zu kümmern, küßten der König und die Sängerin sich leidenschaftlich, wechselten einige Worte, küßten sich erneut, dann ließ der König sie so selbstverständlich, wie er sie hochgehoben hatte, wieder zur Erde gleiten.

»Auf morgen«, rief er. »Gehen Sie zum Kreml und fragen Sie nach General Durosnel. Er wird Ihnen sagen, wo ich einquartiert bin.«

Er wollte sich entfernen, aber Marianne stürzte hinzu:

»Sire«, rief sie, »Kann Eure Majestät mir vielleicht sagen, ob der Kaiser Ihr folgt?«

Murat zügelte sein Pferd, blickte Marianne einigermaßen verblüfft an und brach in Lachen aus.

»Wie? Sie sind hier? Sie ebenfalls? Teufel, schöne Dame, ich hoffe, daß der Kaiser diese angenehme Überraschung gebührend zu schätzen weiß.«

»Aber werde ich ihn sehen, Sire? Folgt er Ihnen? Ich muß mit ihm sprechen!«

»Um seiner Moral willen hoffe ich, daß Sie nichts anderes wollen als mit ihm sprechen. Er ist zur Zeit auf dem Vogelberg, aber ich glaube nicht, daß er heute abend nach Moskau kommt. Bevor er kommt, muß ich die Stadt visitieren und hinter Kutusows Armee her. Hat der alte Fuchs einen großen Vorsprung?«

»Er ist gestern abend hier durchgekommen, aber seine Armee defilierte noch die ganze Nacht in Richtung Riazan. Es gibt sogar noch einige Nachzügler.«

»Prächtig! Vorwärts, ihr Herrn, die müssen wir fassen. Und was Ihr Anliegen betrifft, Madame, versuchen Sie nicht mehr, Napoleon heute abend noch zu erreichen. Morgen wird er im Kreml sein, wo heute seine Unterkunft vorbereitet wird. Gedulden Sie sich ein wenig, er wird dann um so glücklicher sein, Sie zu sehen.«

Und Murat griff nach seiner absurden Mütze, schwenkte sie zum Gruß, spornte sein Pferd durch einen Zuruf an, und im Galopp entfernte er sich mit seiner Truppe an der Ufermauer der Moskwa entlang ... entschwand Vanjas Blicken, deren Augen wie zwei Sterne glänzten.

»Morgen«, seufzte sie. »Wie lange das noch ist! Was fangen wir nur bis dahin an? Ich glaube nicht, daß Sie

Lust haben, nach Saint-Louis-des-Français zurückzukehren.«

»Unter keiner Bedingung! Ich möchte versuchen, meine Freunde zu finden. Macht es Ihnen etwas aus, mit mir zum Gouverneurspalast zu kommen? Dort haben wir uns vor fast zwei Tagen verloren.«

Also begaben sich die beiden Frauen zum Palast des Gouverneurs, vor dem sich einige Personen angesammelt hatten, um die Ankunft der Eroberer zu erleben. Eine elegante Frau mit einigen weit einfacher gekleideten Mädchen löste sich aus der Menge und lief auf eine Gruppe von Reitern zu, die abgesessen vor den Pforten von Sankt Basilius standen, und deren Uniformen verrieten, daß es sich um höhere Offiziere handelte.

»Kommen Sie, Mesdemoiselles«, rief sie, »haben Sie keine Angst, es sind die Unsrigen! Wir wollen sehen, ob sie mir meinen armen Gatten wiedergeben können, den die Wilden mitgeschleppt haben.«

»Ich habe den Eindruck, daß die Russen mehr Geiseln mitgenommen haben, als man dachte«, bemerkte Vanja. »Diese Frau ist Madame Aubert, die berühmte französische Modistin. Sie hat in letzter Zeit nicht verheimlicht, wie sehr die Nachrichten vom Kriegsschauplatz sie freuten ... da hat Rostopchin sich wohl gerächt und ihren Mann festnehmen lassen.«

Aber Marianne hörte nicht mehr. Unter den Leuten, die vor dem Palast standen, hatte sie Craig O'Flaherty erkannt. Mit gesenktem Kopf, trüber Miene, die Hände auf dem Rücken ging er langsam über den Platz wie jemand, der auf etwas wartete, aber an nichts mehr glaubte.

Mit einem Freudenschrei warf Marianne sich ihm buchstäblich an den Hals. Sie hatte die Wunde vergessen, die sich sofort durch einen heftigen Schmerz bemerkbar machte. Der Freudenschrei ging in ein Stöhnen über, was O'Flaherty übrigens nicht bemerkte.

»Da sind Sie endlich!« schrie er und hob sie mit gestreckten Armen hoch wie eine leichte Puppe. »Beim heiligen Patrick, ich dachte schon, ich würde Sie niemals wiedersehen! Wo ist Beaufort?«

Marianne berichtete ihm schnell ihre Abenteuer nach der Trennung, stellte Vanja vor, die auf den Iren großen Eindruck zu machen schien, und fuhr dann hastig fort:

»Jetzt wissen Sie soviel wie ich. Ich hoffe, bald etwas von Jason zu erfahren. Aber können Sie mir wenigstens sagen, was aus Gracchus und Jolival geworden ist?«

»Gracchus streunt auf der Suche nach Ihnen durch die Stadt, und was Jolival betrifft, der ist da drinnen«, und er deutete mit dem Daumen über die Schulter auf das Palais Rostopchine. »Bei dem Durcheinander vor ein paar Tagen haben ihn einige dieser jungen Leute in Frack, die so gern mit dem Säbel herumfuchteln, als Franzosen erkannt. Sie haben ihn verfolgt, und dabei ist er so unglücklich gestürzt, daß er sich das Bein gebrochen hat.«

»Ist er ... mein Gott, ich hoffe, sie haben ihn nicht umgebracht.«

»Nein, ich habe einen der Burschen gestellt, ihm sein Spielzeug abgenommen und unseren Freund befreit. Es ging ihm nicht sehr gut. Unser Glück war aber, daß wir einen Arzt fanden, gleichfalls Franzose, der sich verstekken mußte, weil er der Leibarzt des Gouverneurs war und nicht wußte, welches Schicksal sein Herr ihm zugedacht hatte. Er sah, wie Jolival stürzte, und sein hippokratischer Eid war zum Glück stärker als seine Angst. Er ist uns zu Hilfe gekommen und hat mir geholfen, den Verletzten in den zum Palast gehörenden Stall zu tragen, wo er sich selbst versteckt hatte. Die Pferde waren schon nicht mehr da ... als Rostopchine und seine Bande sich dann verzogen hatten, sind wir ein paar Stunden später seelenruhig bei ihm eingezogen. Im Augenblick«, fügte er lachend hinzu, »macht unser lieber Vicomte es sich im Bett des Gouverneurs bequem. Aber kommen Sie, Ihre Gegenwart ist für ihn noch das beste Heilmittel.«

In einer Fensternische saß Arkadius auf einem riesigen Sessel in einem Berg von Kissen, hatte das verletzte Bein auf einem gepolsterten Schemel stillgelegt und beherrschte von seinem Sitz aus den riesigen, prunkvollen Raum.

Offensichtlich langweilte sich der Vicomte. Der Empfang fiel entsprechend aus: Marianne begrüßte er mit einem Freudenschrei und Vanja zeremoniell wie eine Infantin von Spanien. Durch seine mündlich geäußerte Fürsorge und die viel wirksamere des Doktor Davrigny, der jetzt alleiniger Herr des Palastes war, wurde den beiden Frauen das sehr schöne Zimmer der Gräfin Rostopchine eingeräumt, das neben dem Saal lag.

Während Vanja dann mit Davrigny verschwand, aus Diskretion oder um Neuigkeiten zu erfahren, wobei sie aber verkündete, sie wolle nach ihren Theaterkollegen fahnden, blieben Marianne und Jolival mit Craig allein.

Marianne erzählte ausführlich das verhängnisvolle Abenteuer, das Jason und ihr widerfahren war, dann von ihrer Nacht bei Pfarrer Surugue und der seltsamen Begegnung in dessen Haus.

»Ich kann durchaus nicht verstehen, welche Gefahr uns bedroht und warum ich dem Kardinal versprechen mußte, Moskau vor morgen abend zu verlassen« seufzte Marianne zum Schluß. »Ich habe vielmehr den Eindruck, wenn der Kaiser erst hier ist, haben wir nichts mehr zu fürchten.«

Aber Jolival teilte keinesfalls diese Zuversicht. Im Gegenteil, je mehr Marianne berichtete, um so tiefere Falten gruben sich in seine Stirn.

»Der Kardinal ist einer der am besten informierten Menschen, die ich kenne«, sagte er dumpf. »Er schwätzt nicht. Wenn er uns zur Flucht rät, hat er seinen Grund. Auch Doktor Davrigny hat ein paar sonderbare Gerüchte gehört, ihnen aber nur geringe Bedeutung beigelegt, weil er die Vorliebe der Russen für große Tragödien kennt. Aber was Sie berichten, gibt allem ein neues Gewicht.«

»Welche Gerüchte waren das?«

»In ihrem verletzten Nationalstolz sollen die Stadtväter – und natürlich auch der Gouverneur – beschlossen haben, Moskau zum Besten des Reiches zu opfern.«

»Zu opfern?«

»Ja, im buchstäblichen Sinne des Wortes. Moskau sollte der Scheiterhaufen sein, auf welchem die Armee Napoleons dem Dünkel des Zaren zum Opfer gebracht werden soll. Es heißt, seit einigen Wochen gebe es in Worontsovo auf dem Besitz des Fürsten Repnine, etwas sechs Werst von hier entfernt, eine Art Arsenal, wo Sprengladungen, Brandsätze und was weiß ich noch hergestellt werden. Die sollen dann mit einem Ballon, wie die Herren de Montgolfier ihn gebaut haben, über die Stadt getragen und entzündet werden.«

»Welch ein Irrsinn«, rief Marianne erschüttert. »Vor ein paar Tagen glaubten die Russen noch, bei Borodino gesiegt zu haben, und obwohl sie sich gestern geschlagen sahen, waren sie überzeugt, Kutusow werde sich in der Stadt festsetzen und sie bis zum Letzten verteidigen.«

»Ich weiß. Deshalb glaubte Davrigny ja auch nicht an diese Gerüchte. Aber den Rat des Kardinals müssen wir ernst nehmen. Das beste wäre, Sie reisen noch heute abend ab, mein liebes Kind.«

»Davon kann nicht die Rede sein. Ihr Bein ändert die Situation. Sie können sich nicht bewegen, also bleibe ich bei Ihnen, und wenn es wirklich eine Gefahr geben sollte ... werden wir ihr gemeinsam begegnen. Sie vergessen den Kaiser. Wenn ich das richtig verstanden habe, kommt er morgen in die Stadt. Ich muß ihn unter allen Umständen sehen und mit ihm sprechen.«

»Könnten Sie diesen verfluchten Brief nicht O'Flaherty anvertrauen? Er kann ihn ebensogut überbringen, wie ich es getan hätte.«

»Sicher«, warf der Ire ein, »ich stehe ganz zu Ihren Diensten.«

Doch Marianne wollte nichts davon hören.

»Danke, Craig, aber ich muß ablehnen. Sie würden nicht einmal zu Napoleons Kammerdiener vordringen. Ich kann ihn erreichen. Und wenn die Stadt morgen abend wirklich ernsthaft bedroht ist, muß ich ihn davon unterrichten. Diese Gefahr ist ernster, als worüber ich mit ihm sprechen wollte, denn falls die Russen Moskau wirklich in Brand setzen sollten, besteht die Möglichkeit, daß es sowohl für den Kaiser als auch für die Armee keine Rückkehr mehr gibt.«

Jolival war nicht der Mann, der sich leicht geschlagen gab, wenn es um Mariannes Sicherheit ging. Er fing an, seinen Standpunkt mit Nachdruck zu verteidigen, aber O'Flaherty setzte die Diskussion ein Ende, indem er darauf hinwies, es dauere nur noch vierundzwanzig Stunden, bis die Gefahr, falls es eine solche überhaupt gebe, erkennbar werde, daß Marianne also ausreichend Zeit habe, Napoleon zu sehen und sich dann mit ihren Freunden zum Schloß des Grafen Scheremetiew zu begeben.

»Ich werde schon ein Fahrzeug auftreiben, Vicomte, um Sie dorthin zu schaffen«, versicherte er mit seinem üblichen Optimismus. »Und sollte es in Moskau kein Pferd mehr geben, auch gut, dann ziehen Gracchus und ich Sie selbst. Versuchen wir jetzt, einen beinahe friedlichen Abend zu erleben und auf die angenehme Musik der Trompeten zu horchen, die von der Reiterei des Königs von Neapel veranstaltet wird. Danach werden wir dann endlich einmal ruhig schlafen können.«

Sie hatten kaum Zeit, diesen weisen Ratschlag zu bedenken, da wurden die »angenehmen Trompeten« vom Lärm einer marschierenden Truppe, lauten Befehlen und dem Rasseln abgestellter Waffen übertönt.

»Was kommt da auf uns zu?« fragte Jolival ungeduldig und beugte sich so weit wie möglich vor, um aus dem Fenster sehen zu können.

»Nichts, oder doch fast nichts«, antwortete Craig. »Bloß ein ganzes Regiment! Grenadiere, glaube ich, jedenfalls sehe ich einen Wald von Bärenfellmützen. Die Grande Armée schickt sich an, uns militärisch zu besetzen.«

Einen Augenblick später trat ein großer blonder Junge mit blauen Augen in Jolivals Zimmer und grüßte militärisch. Seine saubere, frisch gebürstete Uniform wies eine gewisse Eleganz auf, die Bärenmütze trug er unterm Arm. Als er die Gegenwart einer Frau bemerkte, schenkte er ihr ein strahlendes Lächeln, das seine kräftigen Zähne unter dem rötlichen Schnurrbart aufblitzen ließ.

»Adrien Jean-Baptiste-François Bourgogne«, verkündete er mit hallender Stimme, »geboren in Condé-sur-Escaut, Unterfeldwebel der Gardeschützen. Recht schönen Abend, die Herrschaften.«

»Die Garde?« schrie Marianne auf. »Soll das bedeuten, der Kaiser ist in Moskau eingezogen?«

»Nein, Madame! Das bedeutet einzig, daß wir eingezogen sind und von hier aus das Viertel rings um die alte Burg besetzen werden. Der Kaiser ist noch nicht innerhalb der Stadtbefestigungen.«

»Was führt Sie hierher, Sergeant, wollen Sie Quartier machen?« fragte Jolival.

»Ja, wenn es Sie nicht stört. Das scheint hier der Palast des Gouverneurs zu sein.«

»Stimmt, aber ich bin es nicht. Wir sind nur Flüchtlinge, Franzosen und ...«

»Das vermute ich. Also, meine Herrn, Madame, wir haben nicht die Absicht, Sie zu behelligen. Wir werden uns im Erdgeschoß, in der Vorhalle und im Hof einquartieren und versuchen, Sie nicht zu sehr am Schlaf zu hindern. Ich wünsche Ihnen gute Nacht. Sie können beruhigt beide Augen schließen, wir bewachen Sie. Von dem Gesindel, das sich noch in dieser Stadt herumtreibt, haben Sie nichts mehr zu befürchten.«

Aber die Nacht verlief viel weniger ruhig als der brave Unterfeldwebel es ihnen gewünscht hatte. Außer der Tatsache, daß Vanja nicht zurückkam, was Marianne sehr beunruhigte, gab es ganz in der Nähe mehrere Explosionen.

Gracchus war mit den Männern des Sergeanten, der ihm sofort sympathisch war, die halbe Nacht auf Patrouille gewesen. Als er früh am Morgen zurückkam, erfuhren sie von ihm, im Stadtteil an der Jausa sei ein Haus in die Luft geflogen, ein Teil des Bazars von Kitay Gorod stehe in Flammen, und in der Nähe der Petersbrücke, einer der wenigen noch erhaltenen, sei ein Schnapsladen bis auf die Grundmauern niedergebrannt. Das Feuer konnte nicht gelöscht werden, denn, so sagte er wörtlich, »es gibt in der ganzen Stadt keine einzige intakte Feuerspritze mehr. Es sind überhaupt nur zwei Pumpen vorhanden, und die sind unbrauchbar.«

Die letzte Einzelheit verstärkte die Besorgnisse der im Palais Rostopchine Versammelten. Das Verschwinden der Feuerwehren unterstrich auf unheimliche Weise die Gerüchte, die sie von Doktor Davrigny (der auch noch nicht zurückgekehrt war) erfahren hatten, und die Warnungen des Kardinals.

»Das gefällt mir nicht«, sagte Jolival. »Vor Anbruch der Nacht müssen wir Moskau verlassen haben. Machen Sie sich auf die Suche nach einem Fahrzeug, mein lieber Craig. Und Sie, Marianne, versuchen, den Kaiser zu sehen, sobald er erscheint.«

»Nach Ansicht des Sergeanten kommt er sehr früh«, warf Gracchus ein. »So gegen sechs oder sieben vielleicht.«

»Um so besser, dann sind Sie früher fertig, mein Kind, und Napoleon ist rechtzeitig unterrichtet. Kommen Sie dann zurück, so schnell Sie können. Gracchus soll Sie begleiten, denn man weiß nicht, was einer jungen, schönen Frau ohne Verteidiger unter all diesen Soldaten zustoßen kann.«

Um sechs Uhr betrat Marianne, von Gracchus begleitet, den Hof des Palastes. Der Sergeant in kleinem Dienstanzug, der gerade die über den Biwakfeuern brodelnden Suppenkessel inspizierte, begrüßte sie mit freundschaftlichem Respekt. Voller Stolz zeigte er ihnen vier grimmig aussehende Burschen, die sorgfältig gefesselt in einer Ecke des Hofes auf der Erde lagen.

»Wir haben diese Nacht gute Arbeit geleistet, Madame. Diese vier Handwerksburschen haben wir gefaßt, als sie in dem Haus dort drüben Feuer legten. Es waren Frauen im Haus, die zum Glück gerettet wurden. Leider haben wir einen Mann verloren.«

»Was werden Sie mit ihnen machen?« fragte Gracchus.

»Sie werden natürlich erschossen! Wenn man sich

überlegt, daß diese Brüder, wie man uns verraten hat, Polizeibeamte sind ... unvorstellbar ...«

»Sergeant«, warf Marianne ein. »Sie sollten sich Gewißheit verschaffen, ob nicht noch viele von dieser Sorte frei herumlaufen. Es geht das Gerücht, der Gouverneur habe den Befehl hinterlassen, Moskau in Brand zu setzen.«

»Das ist uns bekannt, Madame. Es ist auch mehrmals versucht worden, aber wir haben Ordnung geschaffen. Seien Sie unbesorgt, schöne Dame, unser Väterchen Sieg weiß, was er tut.«

»Ach, haben Sie etwas gehört? Ist er angekommen?«

»Der Kaiser? Noch nicht! Aber es dauert nicht mehr lange. Hören Sie doch ... Die Musik! Sie spielen ›La Victoire est à nous‹. Weit ist er nicht mehr ...«

Marianne raffte ihre Röcke und stürzte nach draußen. Der Regierungsplatz bot einen unerwarteten Anblick: Fast sah es aus, als bereite sich die Truppe auf ein Kostümfest vor, denn die Soldaten gefielen sich in allerlei exotischen Verkleidungen. Einige Männer hatten sich in Felle gehüllt, so daß sie aussahen wie Bären, andere waren als Kalmücken, Chinesen, Tataren, Türken oder Perser verkleidet, manche gingen auch als Grandseigneurs aus der Zeit der Großen Katharina. Zwischen Bergen von Lebensmitteln aller Art – Bratwürsten, Schinken, angestochenen Fässern, Fischen, Mehl, Zuckerwaren – vollzog sich eine groteske Maskerade, ein Karneval, mit dem die Soldaten versuchten, sich für die Wochen des Leidens und des endlosen Marsches zu entschädigen. Vielleicht hatte es so auf dem Markt von Samarkand ausgesehen, als Dschingis Khan es eroberte.

Dann war plötzlich alles zu Ende. Trommelwirbel, gebrüllte Befehle übertönten den Tumult. Die Männer schälten sich aus ihren Verkleidungen, gaben sich wieder militärisch und versuchten, die auf dem Platz angehäuften Lebensmittel nach Möglichkeit zu verstecken. Noch einmal klang der Marsch auf, den der Musikzug der Garde spielte, dann sank Grabesstille über den Platz, ähnlich jener, in die Moskau vor vierundzwanzig Stunden versunken war. Noch ein Waffenklirren, noch ein Befehl, dann plötzlich erdröhnte der Platz von Jubelrufen: der Kaiser war erschienen!

Unwillkürlich hielt Marianne den Atem an, hob sich auf die Zehenspitzen, um besser sehen zu können. Er ritt auf Emir, einem seiner Lieblingspferde, langsam, nachdenklich, in der Uniform der Jäger, die er bevorzugte, und die linke Hand zwischen zwei Westenknöpfen. Sein Blick war einzig auf die mächtige rote Festung gerichtet, in die er bald einziehen würde und die im Schein der aufgehenden Sonne feurig zu leuchten begann. Er hob die Hand, um den Männern zu danken, die ihm fanatisch zujubelten, dann verschwand der ganze Beritt durch das Erlösertor, gefolgt vom Ersten Jägerschwadron, das am Tor sofort Wache bezog.

»Glauben Sie, daß man uns hineinläßt, Mademoiselle Marianne?« fragte Gracchus beunruhigt. »Mit unseren strapazierten und nicht ganz sauberen Kleidern machen wir keinen guten Eindruck.«

»Ich wüßte keinen Grund, daß man uns nicht hineinläßt. Ich habe den Großmarschall bemerkt. Ich werde ihn herausbitten. Also gehen wir!«

Ohne zu zögern wendete sie sich dem großen Turm zu, der über der Erlöserpforte aufragte. Aber wie Gracchus vorausgesehen hatte, wollte man sie nicht einlassen, obwohl sie ihnen Namen und Stand genannt hatte.

»Es liegen noch keine Befehle vor«, erklärte ihr ein junger Leutnant, der kaum Zeit gehabt hatte, vom Pferd zu steigen. »Sie müssen warten!«

»Aber ich verlange ja weiter nichts, als daß sie Großmarschall Duroc unterrichten. Ich bin mit ihm befreundet.«

»Mag sein, aber dann lassen Sie ihm Zeit, richtig anzukommen, und uns lassen Sie Zeit, die Befehle abzuwarten.«

Marianne zögerte kurz, als der junge Offizier dann aber so tat, als habe er sie völlig vergessen, wagte sie einen zweiten Vorstoß. Ohne mehr Erfolg als beim ersten Mal. Die Diskussion drohte sich hinzuziehen, da erschien zum Glück eine betreßte Gestalt unter der mächtigen Wölbung des Tores.

Marianne erkannte den Mann sofort.

»Da ist ja Hauptmann Tobriant, rufen Sie ihn«, sagte sie in befehlendem Ton.

»Sie sind nicht im Bilde, Madame. Es heißt Major! Er ist Kommandeur einer Schwadron geworden, und ich glaube nicht ... Heda! Kommen Sie zurück!«

Marianne war des Palaverns müde. Sie war unter dem ausgestreckten Arm des Leutnants, der ihr den Eingang verlegen wollte, durchgeschlüpft und lief auf dessen vorgesetzten Offizier zu. Wirklich kannte sie Tobriant schon lange, seit jenem berühmten Abend in Malmaison nämlich, als Jason und sie Napoleon von dem Attentat unterrichteten, das der Chevalier de Bruslart geplant hatte. Seitdem war der hübsche Offizier häufig Gast im Salon des Hauses d'Asselnat gewesen, und er brauchte nur eine Sekunde, um die bleiche, bescheiden gekleidete junge Frau, die da auf ihn zustürzte, zu erkennen.

»Sie? Wie kommen Sie denn hierher? Bei meiner Ehre, Madame, ich hatte keine Ahnung, daß Sie in Rußland sind, und ich glaube, daß auch der Kaiser ...«

»Ihn muß ich sehen, Tobriant! Ich flehe Sie an, lassen Sie mich ein. Sie kennen mich: ich bin keine Verrückte und keine Schwärmerin, aber es ist lebensnotwendig, daß ich Seine Majestät sofort spreche! Ich habe ihm Dinge von größter Wichtigkeit zu sagen. Es geht um unser aller Leben.«

Er sah ihr einen Moment in die Augen und schien überzeugt zu sein. Ohne ein weiteres Wort faßte er den Arm der jungen Frau.

»Kommen Sie«, sagte er.

Dann wendete er sich an seinen Untergebenen.

»Lassen Sie den Jungen, der die Fürstin Sant'Anna begleitet, herein, Breguet, er ist ihr Kutscher.«

»Das konnte ich nicht annehmen«, stammelte der Leutnant. »Ein Kutscher ohne Wagen und Pferde ... das ist ebenso schwierig wie eine Prinzessin in den Kleidern ihrer Zofe.«

»Das wird auch nicht von dir verlangt.« Er wendet sich lächelnd der jungen Frau zu: »Ich hoffe bloß, daß ich mich in diesem Ungetüm von einem Palast zurechtfinde. Vielleicht kennen Sie sich besser aus als ich?«

»Durchaus nicht. Auch ich bin gerade erst angekommen.«

In Begleitung des Offiziers schritt sie durch Höfe und Gärten, an Kirchen und Palästen vorbei bis zum größten Gebäude, einer erstaunlichen Mischung aus Gotik und »Moderne«, dessen Hauptteil von der Zarin Elisabeth erbaut wurde.

»Ist der Kaiser zufrieden?« fragte Marianne, während sie die breite Freitreppe hinaufstiegen.

»Sie möchten wissen, ob er gute Laune hat«, gab der Offizier lachend zurück. »Ich glaube schon. Als er vorhin in die Burg einritt, habe ich ihn rufen hören: ›Also bin ich endlich in Moskau ... im alten Zarenpalast, im Kreml!‹ Es war ein Glück, daß er ihn so einfach nehmen konnte, denn als wir bei unserer Ankunft die Stadt gänzlich verlassen vorfanden, befürchteten wir eine schlimme Enttäuschung. Aber nein ... der Kaiser nimmt an, daß sich die Menschen aus Angst verstecken und wieder zum Vorschein kommen, sobald sie feststellen, daß er ihnen gutgesinnt ist.«

Marianne schüttelte traurig den Kopf.

»Sie werden nicht wieder zum Vorschein kommen, mein Freund. Diese Stadt ist eine riesige Falle ...«

Mehr sagte sie nicht dazu. Sie befanden sich jetzt in einer ausgedehnten Galerie, in welcher der Zeremonienmeister Comte de Ségur und der Präfekt des Palastes Marquis de Bausset, die am Vorabend eingetroffen waren, um die Unterkünfte vorzubereiten, damit beschäftigt waren, den vielen Menschen, die um sie versammelt waren, Quartiere anzuweisen.

Alle waren so sehr beschäftigt, daß man den Ankömmlingen keinerlei Beachtung schenkte. Tobriant sah den Mameluken Ali mit gekreuzten Armen unbeweglich vor einer geschnitzten Türe stehen und trat auf ihn zu.

»Ist der Kaiser hier?« fragte er.

Ali nickte und teilte ihnen dann mit, der Kaiser befinde sich mit seinem Kammerdiener in seinem Zimmer.

»Constant?« fragte Marianne, »den muß ich sprechen. Um Himmels willen, rufen Sie ihn! Sagen Sie ihm, die Fürstin Sant'Anna sei hier, und sie wünsche, sofort zu Seiner Kaiserlichen Majestät vorgelassen zu werden.«

Sekunden später erschien der flämische Diener, der schon lange eine Schwäche für Marianne hegte, und fiel ihr fast weinend in die Arme.

»Madame! Fürstin! Erhabene Hoheit! Welch unerwartete Freude! Aber durch welchen Zufall ...«

»Später, mein lieber Constant, später. Ich will den Kaiser sehen! Ist das möglich?«

»Aber gewiß. Wir haben noch keine Zeit gehabt, Fragen des Protokolls zu erörtern. Und er wird sich freuen. Kommen Sie! Kommen Sie schnell!«

Eine Türe, eine Zimmerflucht, wieder eine Türe, und von Constants triumphierender Stimme wie eine Siegerin angekündigt, befand sich Marianne plötzlich in einem großen, mit allerhand Gepäckstücken verstellten Zimmer. In der Nähe des Bettes, dessen Baldachin mit einem doppelköpfigen Adler und einer Kaiserkrone geschmückt war, beschäftigte sich Napoleon mit Durocs Hilfe damit, das Bildnis eines blonden Kindes an die Wand zu heften.

Marianne sank zum Hofknicks nieder, die beiden Männer drehten sich um.

Es entstand ein Schweigen, das so voller Überraschung war, daß die fast auf den Knien liegende junge Frau nicht den Kopf zu heben wagte. Dann vernahm sie Napoleons Stimme:

»Wie? Sie sind es wirklich?«

»Ja, Sire, ich bin es! Verzeihen Sie mir, daß ich fast gewaltsam bei Ihnen eingedrungen bin, aber ich habe einen weiten Weg hinter mich gebracht, um Sie zu erreichen.«

Wieder Stille, diesmal aber wagte sie den Blick zu heben, ihn anzusehen, im gleichen Augenblick aber empfand sie große Enttäuschung und Unruhe. Nach dem was Murat gesagt hatte, nach dem herzlichen Empfang Tobriants und Constants Begeisterung war sie auf Freude, auf ein Willkommen gefaßt gewesen. Aber nichts von allem! Schlagartig setzte der Kaiser sein mürrisches Gesicht auf. Mit gerunzelter Stirn und finsterer Miene starrte er sie an, wobei er mechanisch die Hände hinter dem Rücken verkrampfte. Und da er anscheinend nicht daran dachte, sie zum Aufstehen aufzufordern, murmelte sie:

»Ich hatte die Ehre, Eurer Majestät mitzuteilen, daß ich einen weiten Weg hinter mir habe. Ich bin müde, Sire.«

»Sie sind ... oh, gewiß! Bitte, stehen Sie auf. Geh, Duroc. Laß uns allein und gib acht, daß ich nicht gestört werde.«

Das Lächeln, das ihr der Großmarschall schenkte, als er an ihr vorbeikam, tröstete Marianne ein wenig. Sie hatte sich etwas mühsam erhoben, zu lange war sie nicht mehr daran gewöhnt, tiefe Reverenzen zu erweisen.

Napoleon hatte indessen in diesem fremden Palast die Gewohnheit aufgenommen, die ihr aus Saint-Cloud und den Tuilerien vertraut war. Er stampfte über die mit schweren Teppichen belegten Dielen, dabei warf er gelegentlich einen Blick aus den Fenstern, die auf die Moskwa hinausgingen und einen Blick auf die südlichen Stadtteile erlaubten. Als die diskret ins Schloß gezogene Tür ihm verriet, daß er mit Marianne allein sei, stellte er das Auf- und Abgehen für einen Augenblick ein und betrachtete die junge Frau.

»Für eine Dame der Gesellschaft sind Sie sonderbar ausstaffiert«, bemerkte er trocken. »Ihr Kleid ist doch wahrhaftig zerrissen. Und schmutzig. Und obwohl Ihre Haare nicht allzu unordentlich sind, schauen Sie trotzdem fast häßlich aus. Was wollen Sie?«

Gedemütigt von dem rüden Ton dieser Worte spürte Marianne, wie ihr das Blut ins Gesicht stieg.

»Meiner Kleidung geht es wie mir, Sire. Sie hat von

Odessa aus Dreiviertel Rußland durchquert, um Sie zu erreichen. Und wenn sie auch Löcher hat, jedenfalls hat sie dies hier aufbewahrt.«

Sie nahm den Brief und die Note des Zaren aus der Innentasche, trotz widrigster Umstände hatte sie die Schriftstücke in gutem Zustand durchgebracht – ebenso wie den immer noch an ihrem Hemd befestigten Diamanten.

»Was ist das?« murrte Napoleon.

»Ein Brief des königlichen Prinzen von Schweden an seinen guten Freund, den Zaren«, sagte sie und betonte jede Silbe, damit er nicht vorgeben konnte, er habe sie nicht verstanden. »Ein Brief, in dem, wie Majestät sehen wird, dieser republikanische Ex-General seltsame Ratschläge erteilt. Außerdem, Sire, finden Sie hier eine Note gleicher Herkunft, welche die Wünsche des hohen Herrn und den zu zahlenden Preis erläutert.«

Er riß ihr den Brief aus der Hand, sah sie noch einmal prüfend an und überflog das Geschriebene. Marianne bemerkte, wie sich bei der Lektüre seine Nasenflügel blähten und eine kleine Ader an seiner Schläfe anschwoll. Da sie seine Zornausbrüche kannte, erwartete sie, er werde gleich in Verwünschungen ausbrechen, aber nichts dergleichen geschah. Er warf Brief und Note auf das Bett wie einen Putzlumpen.

»Woher haben Sie das?« fragte er nur.

»Vom Schreibtisch des Herzogs von Richelieu, Sire ... aber vorher hatte ich ihn gehörig betäubt, und nachher habe ich im Hafen von Odessa einige Schiffe in Brand gesetzt!«

Diesmal sah er sie staunend an, eine Augenbraue war bis zum Haaransatz hochgezogen.

»Betäubt?« fragte er. »In Brand gesetzt?«

Dann brach er plötzlich in Lachen aus und reichte ihr die Hand. »Setzen Sie sich hier auf das Kanapee, Fürstin, und erzählen Sie es mir. Wahrhaftig, Sie sind die erstaunlichste Frau, der ich je begegnet bin. Man beauftragt Sie mit einer Mission, und Sie versagen vollständig. Dafür übernehmen Sie eine andere Mission, mit der kein

Mensch Sie betraut hat, und da sind Sie unglaublich erfolgreich.«

Er wollte sich schon neben sie setzen, als ein schüchternes Klopfen an der Türe ihn auffahren ließ.

»Ich habe verlangt, daß ich nicht gestört werde«, schrie er.

Constant streckte vorsichtig den Kopf durch den Türspalt.

»General Durosnel ist da, Sire. Er besteht darauf, empfangen zu werden. Er sagt, es sei von äußerster Wichtigkeit.«

»Er auch? An diesem Morgen scheint ja alles wichtig zu sein. Soll eintreten!«

Der Offizier trat ein, salutierte und sprach, ohne seine unfehlbar straffe Haltung aufzugeben:

»Sire, Verzeihung. Aber Eure Majestät muß sofort erfahren, daß meine Gendarmen nicht ausreichen, in einer Stadt dieser Größe für Ordnung zu sorgen. Es hat diese Nacht mehrere Brände gegeben, überall treiben sich dunkle, bewaffnete Gestalten herum, auf meine Leute wird geschossen ...«

»Und? Was schlagen Sie vor?«

»Sofort einen Gouverneur zu ernennen, Sire. Die Elite-Gendarmerie genügt nicht. Wenn Eure Majestät es erlaubt, so wage ich den Vorschlag, dem Herzog von Trevise den Titel und die nötigen Vollmachten anzuvertrauen.«

»Marschall Mortier?«

»Ja, Sire. Die Junge Garde, die er kommandiert, hat bereits im Kreml und in den wichtigen Zugangsstraßen Fuß gefaßt. Es wäre dringend erforderlich, ihm die höchste Befehlsgewalt über Moskau zu übertragen.«

Napoleon überlegte einen Augenblick.

»Gut«, sagte er, »einverstanden. Schicken Sie mir Berthier! Ich werde ihm die nötigen Befehle geben. Danke, General ... nun zu Ihnen, Marianne«, fuhr er fort und wandte sich wieder Marianne zu. »Erzählen Sie mir ein wenig von Ihren Erlebnissen, das wird mich beruhigen.«

»Sire«, sagte die junge Frau heftig und legte die Hände zusammen als wolle sie beten. »Ich bitte Euch Majestät, das auf später zu verschieben, denn ich habe noch eine ernstere Mitteilung zu machen.«

»Noch ernster? Mein Gott, was denn noch?«

»Sie sind in dieser Stadt in Gefahr, Sire! In höchster Gefahr! Wenn Sie meinen Rat hören wollen, bleiben Sie keine Sekunde länger in diesem Palast ... auch nicht in Moskau. Denn morgen ist vielleicht nichts mehr von Moskau übrig ... und von Ihrer Grande Armée ...«

Er sprang so heftig auf, daß das Kanapee federte und Marianne sich erschreckt festhalten mußte.

»Was soll denn das? Sie sind ja krank!«

»Das wäre mir lieber, Sire ... aber leider befürchte ich, daß ich nur zu recht habe ...«

Und da er nicht mehr antwortete, beeilte sie sich, ihm alles mitzuteilen, was sie im Palast Rostopchine erfahren hatte: das Arsenal von Worontsovo, der Ballon, die leeren Gefängnisse, deren gefährliche Insassen jetzt frei waren, die von der Bevölkerung verlassene Stadt ...

»Sie kommen nicht zurück, Sire! Es hat schon letzte Nacht mehrere Feuersbrünste gegeben. Heute abend fängt das wieder an ... vielleicht schon früher, und da es in Moskau keine einzige Feuerspritze mehr gibt, befinden Sie sich in tödlicher Gefahr. Sire, ich beschwöre Sie, hören Sie auf mich ... verlassen Sie Moskau! Gehen Sie, ehe es zu spät ist! Ich weiß, daß jeder, der überleben will, vor dem Abend aus der Stadt sein muß.«

»Sie wissen, behaupten Sie? Woher wissen Sie es?«

Sie antwortete nicht sofort, und als sie sich dazu entschloß, sprach sie langsam, wählte sorgfältig die Worte, um ihren Paten nicht bloßzustellen.

»Vorgestern ... habe ich bei einem katholischen Priester um Asyl nachsuchen müssen. Dort waren Flüchtlinge ... Emigranten, nehme ich an, denn ich habe gehört, wie einer von ihnen seine Kameraden drängte, Moskau um jeden Preis vor heute abend zu verlassen.«

»Die Namen dieser Leute?«

»Sire ... ich weiß es nicht. Ich bin erst drei Tage hier, ich kenne niemanden.«

Er antwortete nicht, offensichtlich erwog er ihre Bedenken, kam schließlich auf sie zu und setzte sich wieder.

»Sie dürfen dieses Gerede nicht so wichtig nehmen. Es stammt, wie Sie richtig vermuten, von Emigranten, von Menschen, die mich hassen, und die immer schon ihre Wünsche mit der Wirklichkeit verwechselt haben. Die Russen sind nicht so dumm, meinetwegen ihre heilige Stadt einzuäschern. Übrigens schreibe ich heute abend an den Zaren und biete ihm Frieden an. Um Sie aber ganz zu beruhigen, werde ich Befehl geben, Moskau mit einem feinen Kamm durchzukämmen. Aber ich bin ganz sicher ... Diese schöne Stadt zu verbrennen, wäre mehr als ein Verbrechen ... nämlich ein Fehler, wie Ihr guter Freund Talleyrand sagen würde. Jetzt erzählen Sie mir Ihre Erlebnisse, ich bestehe darauf ...«

»Das kann sehr lange werden.«

»Gleichgültig! Ich habe das Recht, mich ein wenig auszuruhen. Constant, Kaffee! Viel Kaffee und Kuchen dazu, wenn du welchen auftreiben kannst.«

Marianne erzählte so kurz und klar wie nur möglich die unglaubliche Odyssee, die sie seit Florenz erlebt hatte, ohne etwas zu verheimlichen. Sie enthüllte ihm also auch ohne Zögern das Geheimnis des Fürsten Sant' Anna und den Grund, warum dieser edle Herr für seinen Sohn kaiserliches Blut gewollt hatte. Aber wenn sie auch nicht zögerte, so empfand sie doch einen Augenblick lang Angst bei dem Gedanken, was Napoleon dazu sagen würde. Sie wurde schnell beruhigt.

Als sie nach kurzem Atemholen ihre Erzählung wieder aufnehmen wollte, fühlte sie, wie sich die Hand des Kaisers auf ihren Arm legte.

»Ich habe dir einmal vorgeworfen, daß du dich ohne meine Zustimmung verheiratet hast, Marianne«, sagte er und bediente sich unwillkürlich des vertrauten Du von einst, das er mit unnachahmlicher Sanftheit aussprach.

»Heute bitte ich dich deswegen um Verzeihung. Ich hätte für dich niemals einen Gatten von solchem Format finden können.«

»Wie? Eure Majestät ist nicht verletzt? Darf ich daraus schließen, daß sie ...«

»Daß du einen außergewöhnlichen Mann geheiratet hast. Einen Menschen, wie man ihn selten trifft. Ich hoffe, daß du das verstehst.«

»Gewiß, es ist offensichtlich. Aber ...«

Bei diesem Wort richtete er sich hoch auf, zog ein Knie auf das Kanapee und griff nach ihrem Kinn, damit sie ihm in die Augen sehen mußte.

»Aber ... was?« sagte er mit der metallisch klingenden Stimme, die gewöhnlich wenig Gutes verhieß. »Willst du mir am Ende wieder von deinem Amerikaner anfangen? Nimm dich in acht, Marianne, ich habe auch dich immer für eine ungewöhnliche Frau gehalten. Ich würde nicht gerne meine Ansicht ändern.«

»Sire«, rief Marianne ängstlich, »ich bitte Sie! Ich ... ich habe Ihnen noch nicht alles erzählt.«

Er ließ sie los, ging ein paar Schritte zurück.

»Dann sprich, ich höre!«

Einen Augenblick lang hatten sie sich wieder verstanden wie ehedem, aber die Stimmung schlug um. Napoleon marschierte wieder im Zimmer umher, aber er marschierte langsam, mit gesenktem Kopf und schien dem, was er hörte, nachzugrübeln. Als Marianne dann endlich schwieg, wendete er sich ihr wieder zu und blickte sie lange mit seinen graublauen Augen an, die nicht mehr zornig flackerten.

»Und was beabsichtigst du jetzt?« fragte er teilnahmsvoll.

Sie zögerte einen Augenblick, denn da sie die Gegenwart des Kardinals de Chazay in Moskau wohlweislich verschwiegen hatte, konnte sie unmöglich eingestehen, daß sie die Absicht hatte, auf das Gut des Grafen Scheremetiew zu reisen. Napoleon hätte diese Art, zum Feind überzulaufen, mit einiger Berechtigung für Desertion halten müssen.

Sie senkte den Kopf, um seinem durchdringenden Blick auszuweichen und murmelte:

»Ich denke ... heute abend aus Moskau zu verschwinden. Mein Freund Jolival hat sich ins Palais Rostopchine geflüchtet. Er hat sich ein Bein gebrochen und könnte im gegebenen Falle nicht schnell fliehen.«

»Und wohin wollt ihr?«

»Ich ... weiß noch nicht ...«

»Du lügst!«

»Sire!« widersprach sie empört und wütend, weil sie fühlte, daß sie errötete.

»Widersprich nicht! Ich sage dir, daß du lügst, und du weißt es sehr gut. In Wirklichkeit willst du dich auf die Spur der Kosaken setzen. Du willst trotz Wind und Wetter diesen Beaufort wiederfinden, in den du vernarrt bist, daß es schon an Idiotie grenzt. Ist dir nicht klar, daß er dein Untergang sein wird? Marianne, du bist wie die Kinder. Sie wünschen sich immer das, was sie nicht haben, und je schwieriger es zu erreichen ist, um so eigensinniger bestehen sie darauf. Für einen wertlosen Gegenstand, den sie nicht bekommen können, verzichten sie auf das schönste Spielzeug und die wertvollsten Gegenstände. Für den Widerschein eines Sterns im Brunnen können sie sterben. Du bist ihnen ähnlich ... Du bist bereit, für ein Spiegelbild im Wasser dein Land aufzugeben ... für etwas, das du niemals besitzen wirst und das dich zerstört.«

Sie widersprach, aber mit etwas geringerem Eifer als zuvor.

»Er ... liebt mich auch!«

»Das sagst du schon etwas leiser ... weil du dessen nicht wirklich sicher bist. Und mit Grund! Was er vor allem liebt, das ist sein Spiegelbild in deinen Augen. Oh, gewiß, er kann dich auf seine Art auch lieben, aber gib zu, daß er es dir nicht sehr glaubwürdig bewiesen hat ... Hör auf mich, Marianne, gib diesen Gedanken auf. Verzichte auf diese unselige Liebe. Du mußt aufhören, ein Leben zu führen, das nicht das deine ist ... nur für einen anderen Menschen, durch einen anderen Menschen zu leben ...«

»Ich kann nicht! Ich kann nicht!«

Er antwortete nicht, trat ein paar Schritte zur Seite, die Augen der jungen Frau füllten sich mit Tränen. Napoleon trat schnell an die Wand, griff nach dem Portrait, das er zuvor so sorgfältig befestigt hatte, und gab es ihr in die Hand.

»Sieh, das ist mein Sohn! Gérard hat das Bild gemalt, und Bausset hat es mir gerade vor dem Einmarsch in Moskau aus Paris mitgebracht. Ich habe keinen kostbareren Schatz. Sieh nur, wie schön er ist!«

»Sehr schön, Sire!«

Durch Tränen der Verzweiflung blickte sie auf das Bildnis eines wunderschönen, blonden Kindes, das trotz Spitzen und Rosengirlanden seiner Babykleidung schon einen klugen, ernsthaften Ausdruck zeigte. Die Stimme des Kaisers war jetzt gedämpft und vertraulich, darum nicht weniger eindringlich:

»Du hast auch einen Sohn. Und du hast mir gesagt, er sei wunderbar. Du behauptest, du könntest nicht aufhören, Beaufort zu lieben, aber fällt es dir so leicht, Marianne, deinen Sohn nicht mehr zu lieben? Du weißt, daß es nicht wahr ist! Wenn du auf der sinnlosen Suche nach einem unerreichbaren Glück beharrst, auf der Verfolgung eines Mannes, der einer anderen gehört – vergiß nicht, daß es eine Senhora Beaufort gibt, auch wenn du es nicht wahrhaben willst –, wenn du also darauf bestehst, dann wird eines Tages das Verlangen nach diesem Kind unerträglich werden ... besonders, wenn du noch mehr Kinder hast, denn dann erst weißt du, daß dir die Liebe dieses einen fehlt.«

Marianne konnte es nicht mehr ertragen. Sie ließ das Bild fallen und warf sich auf das Sofa. Krampfhaftes Schluchzen erschütterte ihren ganzen Körper. Kaum vernahm sie noch die Stimme Napoleons, der jetzt murmelte:

»Weine! Das brauchst du jetzt ... und warte hier, bis ich zurückkomme.«

Sie weinte eine ganze Weile, ohne sich dessen recht bewußt zu sein, und ohne noch zu wissen, weshalb. Sie hätte nicht einmal sagen können, auf wen sich ihre Verzweiflung bezog, und nach wem sie am meisten verlangte: nach dem Mann, dem sie nach wie vor anhing, oder nach dem Kind, an das sie so unvermittelt erinnert worden war.

Dann spürte sie, daß jemand versuchte, sie aufzurichten, daß eine besorgte Hand ihre Stirn und Wangen mit Eau de Cologne netzte, das sie zum Niesen brachte.

Sie öffnete die Augen und erkannte Constant, der sich so ängstlich über sie beugte, daß sie ihn trotz ihres Kummers anlächelte.

»Es ist schon lange her, daß Sie für mich gesorgt haben, mein lieber Constant.«

»Das ist wahr, Madame. Ich habe es oft bedauert. Fühlen Sie sich besser? Ich habe Ihnen Kaffee gebracht.«

Sie nahm eine Tasse heißen Kaffee und trank sie fast in einem Zug leer, empfand aber sofort eine gewisse Erleichterung. Als sie bemerkte, daß außer ihr nur der treue Diener im Zimmer war, fragte sie: »Wo ist der Kaiser?«

»Im Nebenzimmer, da hat man seinen Arbeitsraum vorbereitet. Es sieht so aus, als seien längs des ganzen Ufer eines Flusses, den man Jausa nennt, neue Feuersbrünste ausgebrochen, ganz in der Nähe des Palastes Nalachow, wo der König von Neapel mit seinem Stab eingezogen ist.«

Sie sprang auf und lief zum Fenster, aber es lag an der falschen Seite, und sie konnte nur im Osten eine leichte Rauchwolke erkennen.

»Ich habe ihm gesagt, daß es so kommen würde«, rief sie nervös. »Diese neuen Brandstiftungen zwingen ihn vielleicht, die Stadt zu verlassen.«

»Das würde mich sehr wundern«, bemerkte Constant. »Aufgeben? Dieses Wort ist Seiner Majestät unbekannt. Ebenso wie das Wort Rückzug. Er weiß nicht einmal, was das heißt, oder was das Wort Gefahr bedeutet ... Sehen Sie einmal diese Mappe an, Madame«, fuhr er fort und zeigte Marianne einen Aktendeckel aus Saffianleder, den er einem Reisekoffer entnommen hatte. »Sehen Sie den goldenen Lorbeerkranz, der darauf eingraviert ist?«

Sie nickte. Constant fuhr mit dem Finger fast zärtlich über die Gravur und seufzte:

»Dies ist genau der Kranz, den er sich am Tag der Weihe in Notre Dame selbst aufs Haupt gesetzt hat. Beachten Sie das Muster der Blätter; sie sind alle zugespitzt wie die Pfeile der alten Bogenschützen, und wie sie sind sie auch immer nach vorn gerichtet, niemals zurück ...«

»Aber sie können zerstört werden! Was geschieht mit ihnen, mein armer Constant, wenn es ringsum zu brennen beginnt?«

»Sie sind eine Strahlenkrone, Fürstin, die im Unglück noch heller strahlt. Eine Art flammender Lorbeer ...«

Er wurde unterbrochen, weil der Kaiser schnellen Schrittes hereinkam, verbeugte sich tief und zog sich in den Hintergrund des Gemaches zurück. Der Kaiser sah finster aus, seine Brauen lagen wie ein zusammenhängender Riegel über den stählern blitzenden Augen.

Marianne glaubte, daß sie überflüssig sei und wollte sich verbeugen.

»Mit Erlaubnis Eurer Majestät ...«

Er blickte sie böse an.

»Sparen Sie sich Ihre Reverenz, Fürstin. Es kommt nicht in Frage, daß Sie verschwinden! Ich verlange, daß Sie hier bleiben. Ich erinnere Sie daran, daß Sie verletzt sind. Also wünsche ich nicht, daß sie sich auf unmöglichen Straßen herumtreiben und allerlei kriegerischen Abenteuern ausgesetzt sind.«

»Aber, Sire ... das ist unmöglich!«

»Warum? Wegen Ihrer ... Voraussagen? Haben Sie Angst?«

Sie hob leicht die Schulter, eher müde als widersetzlich.

»Eure Majestät weiß, daß es nicht so ist. Aber ich habe in der Galerie meinen jungen Kutscher zurückgelassen, und im Palais Rostopchine warten meine alten Freunde auf mich, die sich gewiß Sorgen machen.«

»Das ist unnötig. Meines Wissens sind Sie bei mir nicht in Gefahr, und im Palais Rostopchine sind die Truppen des Duc de Trévise einquartiert. Ihre Freunde sind also nicht schutzlos. Aber meinetwegen! Ich will nicht, daß Sie sich ängstigen und glauben, Sie müßten hier ausreißen. Wer hat Sie hergebracht?«

»Major de Tobriant.«

»Noch ein alter Freund«, stellte der Kaiser mit sarkastischem Lächeln fest. »Sie haben entschieden eine ganze Menge davon! Also gut. Ich werde veranlassen, daß er Ihren Jolival holt und diesen ... ich glaube, Sie sprachen von einem Irländer. Sie kommen hierher, Gott sei Dank kann man in diesem Palast ganze Völkerschaften unterbringen ... Constant kümmert sich um Sie, und heute abend soupieren wir zusammen. Das ist keine Einladung, Madame«, fügte er hinzu, als er bemerkte, daß Marianne eine abwehrende Geste machte, »das ist ein Befehl!«

Sie mußte gehorchen. Nach einer tiefen Verbeugung folgte sie dem Kammerdiener des Kaisers, der sie mit der Sicherheit eines Mannes, der längst daran gewöhnt ist, sich auch in den größten Palästen zurechtzufinden, durch zwei Korridore und über eine schmale Treppe in ein freundliches Gemach führte, dessen leicht angestaubte Fenster sich oberhalb der Fenster der kaiserlichen Suite befanden.

»Morgen suchen wir ein paar Frauen, die hier Ordnung schaffen«, sagte er mit einem ermutigenden Lächeln. »Für heute abend bitte ich Madame la Princesse um Nachsicht.«

Als sie allein war, versuchte Marianne sich etwas zu beruhigen und von der Beklemmung zu erholen, die ihr Herz bedrängte. Alles was ihr Napoleon gesagt hatte, wirbelte in ihrem Kopf herum, hinterließ schmerzhafte Spuren, warf Fragen auf, die zu beantworten sie sich nicht imstande fühlte.

So mußten Stunden vergangen sein, denn die Sonne

stand schon tief, als jemand an der Tür klopfte, und Constant erschien. Er sah, wie sie da aufrecht auf einem kleinen Stuhl mit starrer Lehne saß und rief:

»Oh, ich glaube, Madame hat sich keinen Augenblick ausgeruht. Sie sieht sehr erschöpft aus ...«

Sie bemühte sich um ein Lächeln, schaffte es nicht, strich mit der Hand über ihre eiskalte Stirn:

»Es stimmt, ich bin müde. Wie spät kann es sein?«

»Schon nach sechs, Madame. Und der Kaiser bittet Eure Erhabene Hoheit ...«

»Mein Gott!« Und ich habe noch nicht daran gedacht, ein wenig Toilette zu machen.«

»Das ist unwichtig. Seine Majestät hat Madame etwas zu zeigen ... etwas sehr Ernstes ...«

Ihr Herz setzte aus.

»Ernst? Meine Freunde?«

»Sind gut angekommen, seien Sie ohne Sorge. Kommen Sie jetzt schnell.«

Diesmal führte er sie in eine Art Diele, in der eine seltsame Szene auf sie wartete: mehrere Männer waren um eine Tragbahre versammelt, auf welcher ein in rotes Tuch gehüllter Körper lag. Der Kaiser stand in der Nähe mit einem vornehm aussehenden Mann, den Marianne nicht kannte. Etwas davon entfernt bemerkte sie Jolival in einem viel zu großen Hausrock, der auf einer Bank lag. Der sehr blasse Gracchus stand neben ihm.

Erfreut trat sie auf die beiden zu.

»Gott sei Dank, da seid ihr ...« begann sie. Aber Napoleon befahl sie mit einer Geste zu sich hin.

»Man sagte mir, daß Ihnen diese Frau bekannt ist. Sie soll versucht haben, Sie zu töten ... ist das richtig?«

Mariannes Augen weiteten sich. Der in rotes Tuch gehüllte Körper war Shankala ... aber in einem derartigen Zustand, daß die junge Frau eine Regung des Mitgefühls nicht unterdrücken konnte. Sie hatte ein Totengesicht, ein Blutfaden floß aus dem Mundwinkel, und die Zigeunerin atmete nur mit großer Mühe.

»Ihre Schulter ist zerschmettert«, sagte der Kaiser.

»In spätestens einer Stunde ist sie tot, und das ist das beste für sie: denn damit entgeht sie dem Strang. Wollen Sie hören, was sie zu sagen hatte?«

Marianne blickte ratlos erst in Napoleons strenges Gesicht, dann auf die wachsbleiche Zigeunerin.

»Ja gewiß ... aber wie ist sie hergekommen?«

Gracchus wagte aus seiner Ecke schüchtern zu antworten:

»Als Monsieur Craig mit dem Wagen zurückkam, hat er sie am Kai der Jausa gefunden, kurz bevor es dort brannte. Sie lebte noch, und er nahm sie mit, in der Hoffnung, etwas Näheres über Monsieur Beaufort zu erfahren. Er kam gerade mit ihr an, als der Kommandeur und ich diese Herren und Monsieur le Vicomte abholen wollten, und er bat, sie zu Ihnen zu bringen ... weil ... weil es wichtig zu sein schien.«

Marianne glaubte zu verstehen. Mit der geballten Faust unterdrückte sie einen leisen Aufschrei.

»Jason! Mein Gott! Sie haben ihn getötet!«

»Leider nicht!« murmelte Napoleon. »Er lebt. Hören Sie also auf, sich dieses Menschen wegen zu quälen. Hören Sie lieber zu, was man Ihnen zu sagen hat. Dies ist Baron d'Ildeville, mein Dolmetscher. Es ist ihm gelungen, diese Frau zum Sprechen zu bringen und zu verstehen, was dieser brave Junge nicht recht erfaßt hatte. Sprechen Sie, Baron.«

»Nein, Sire, ich bitte Sie«, warf Jolival ein. »Erlauben Sie, daß ich es ihr sage. Es ist weniger peinlich. Für den Baron sind wir Fremde, was nicht heißen soll, daß ich für seine Hilfe nicht sehr dankbar wäre.«

Der Baron d'Ildeville verneigte sich voller Verständnis, trat dann mit Napoleon, der seinen Arm faßte, einige Schritte zur Seite.

Marianne wendete sich ihrem alten Freund zu.

»Also, Jolival, was haben Sie mir Schlimmes zu sagen?«

»Ach, nicht viel im Grunde«, antwortete er achselzukkend, »und es ist auch nicht sonderlich schlimm ... außer für Sie, leider!«

»Erklären Sie! Worum geht es? Ich höre, Jason ist nicht erschossen worden.«

»Nein, er ist vollkommen gesund, im Augenblick befindet er sich wahrscheinlich auf der Reise nach Sankt Petersburg. In Kutusows Quartier nahe Moskau, wohin die Kosaken ihn gebracht hatten, hat man ihn zu einem Offizier des Generalstabs gebracht ... einem gewissen Oberst Krilov ...«

»Krilov? Das ist doch der Name von Freunden, die er aufsuchen wollte.«

»Zweifellos ist das einer von ihnen. Shankala hat darüber nicht viel sagen können, aber sie sah Jason Arm in Arm mit einem russischen Offizier. Die beiden schienen sich großartig zu verstehen. Die Zigeunerin nahm an, die Gefahr sei vorüber und ging zu Jason. Der hat sie zuerst fortgejagt, sich dann besonnen, sie zurückgerufen und sie durch den Dolmetscher dieses Krilov befragt. Er wollte wissen, wo Sie sind, warum sie nicht mehr bei Ihnen war ...«

»Und was hat sie geantwortet?«

»Sie wüßte es nicht. Sie hätte Sie aus dem Blick verloren, plötzlich seien Sie um eine Straßenecke verschwunden gewesen.«

»Und das hat er geglaubt?« rief Marianne verdutzt.

»Offensichtlich. Er hat nicht weiter nachgeforscht. Er hat Shankala nur sagen lassen, er wisse jetzt Bescheid, und ist mit seinem neuen Freund fortgegangen. Aber sie ist zäh. Sie ist im Lager geblieben. Schwierig war das nicht: Es gibt noch mehr Frauen bei der Truppe. Keiner hat sich um sie gekümmert, und so konnte sie einiges erfahren, denn es hatte Aufsehen erregt, daß ein als Muschnik verkleideter Amerikaner plötzlich vom Himmel gefallen war ... Sie hörte, daß Oberst Krilov die Erlaubnis bekommen hatte, ihn selbst nach Petersburg zu begleiten und seiner Familie anzuvertrauen. Auf diesem Weitermarsch wollte Kutusow die Frauen dann nicht mitnehmen und hat sie in die Stadt zurückgeschickt. Shankala mußte wohl oder übel mit den anderen zurückkehren. Das ist im großen und ganzen ihre Geschichte.«

»Aber das ist doch unmöglich«, rief Marianne, die ihren Ohren nicht trauen wollte. »Jason wird versuchen, mich zu finden. Er ist ganz sicher noch nicht fort.«

»Bevor Shankala das Lager verließ, hat sie gesehen, wie er zu Pferde stieg. Er ist schon weit ...«

»Das ist nicht wahr! Es ist unmöglich! Diese Frau lügt!«

Sie hörte von der Bahre her einen Seufzer und drehte sich um. Sie sah, daß die Zigeunerin sie aus halb geöffneten Augen anblickte und glaubte, auf ihren farblosen Lippen ein schwaches Lächeln zu erkennen.

»Ich sage Ihnen, daß sie lügt«, wiederholte sie.

»Man lügt nicht im Angesicht des Todes«, sagte Jolival feierlich.

Gracchus beugte sich über die Frau, die anscheinend etwas sagen wollte.

Man hörte ein Gemurmel, das mit einem rauhen Stöhnen ausklang. Die gelbe Hand, die Gracchus ergriffen hatte, wurde plötzlich schlaff, das Gesicht erstarrte.

»Sie ist tot«, flüsterte der junge Mann.

»Was hat sie gesagt? Hast du etwas verstanden?«

Er nickte, wendete dann den Blick ab.

»Sie hat gesagt: ›Vergeben Sie mir, Fräulein Marianne.‹ Sie hat noch gesagt: ›Verrückt ... genauso verrückt wie ich!‹ «

Einen Augenblick darauf mußte sich Marianne mit leerem Kopf und schwerem Herzen auf das Souper mit Napoleon vorbereiten. Der Kaiser zog sie mit sich auf die Terasse des Palastes hinaus. Duroc war gekommen, um zu melden, daß sich das Feuer in einigen Stadtvierteln ausbreitete, und Napoleon hatte die Serviette, die er gerade aufgenommen hatte, beiseite geworfen, war aufgestanden und mit den übrigen Tischgästen auf die Freitreppe hinausgetreten. Was er sah, entlockte ihm einen Fluch.

Der Wind trieb schwarze Rauchwolken vor sich her, die einen üblen Geruch von Schwefel und Bitumen mit sich brachten. Im Osten schlugen aus einem langen Straßenzug Flammen hoch, am Kai der Moskwa begann ein großes Lager zu brennen.

»Das sind Getreidevorräte«, sagte jemand, »und es hat an der Seite des Bazars angefangen. Wenn ich nicht irre, sind es die Läden mit Öl und Talk ... zum Glück ist der Wind nicht sehr stark, sonst würde ich bezweifeln, daß sich das Feuer eindämmen läßt.«

»Unsinn!« murmelte der Kaiser. »Ich sehe da ein ganzes Regiment mit Eimern und Fässern in Tätigkeit. Möglich, daß es keine Pumpen mehr gibt, aber Wasser gibt es im Fluß noch reichlich!« Er schmetterte ein paar Befehle und ging dann zu Marianne, die sich mit vor der Brust gekreuzten Armen ein paar Schritte entfernt hatte und, ohne es recht zu sehen, auf das beängstigende Schauspiel starrte.

»Ich beginne zu glauben, daß Sie recht haben könnten ... wenigstens zum Teil. Diese Schafsköpfe wollen uns sämtlicher Lebensmittel berauben.«

Sie sah ihn mit leerem Blick an und schüttelte den Kopf.

»Damit werden sie sich nicht zufrieden geben, Sire, seien Sie dessen gewiß. Für mich hat das aber kaum noch Bedeutung ... das ist jetzt Ihre Angelegenheit!«

»Törichtes Geschöpf!« knurrte er durch die Zähne. »Glaubst du denn, ich würde dir erlauben, hier zu sterben? Du bist ein tapferer kleiner Soldat, Marianne, und ich liebe meine Soldaten wie meine Kinder. Entweder wir beide sterben hier zusammen ... oder wir ziehen uns gemeinsam aus der Affäre. Aber vorerst ist an Sterben noch nicht zu denken.«

Und als sie ihn mit einem Lächeln ansah, das trauriger war, als Tränen sein können, fügte er leise hinzu:

»Glaub mir doch! Dein Leben ist noch nicht zu Ende. Im Gegenteil, jetzt liegt es offen vor dir. Ein langes, erfülltes Leben. Ich weiß, daß du leidest. Ich weiß auch, daß du mich für einen Schwätzer hältst. Aber der Tag wird kommen, an dem du einsiehst, daß ich recht hatte. Vergiß jetzt endlich diesen Beaufort ... Er verdient dich nicht. Denke an dein Kind, das ohne dich leben muß. Es kann dir soviel Freude schenken! Und denke auch an jenen anderen ... dessen Namen du trägst. Er ist deiner würdig ... und er liebt dich wahrhaft ...«

»Sind Sie ein Wahrsager, Sire? Woher wollen Sie das wissen? Wer sagt es Ihnen?«

»Niemand ... außer meiner Menschenkenntnis. Alles was er getan hat, kann er nur aus Liebe getan haben. Versuche nicht, den Stern aus dem Brunnen zu fischen. Auch in der Nähe blühen Rosen. Laß sie nicht verwelken, versprich es mir ...«

Er trat von ihr weg, aber sein Blick ruhte weiter auf ihr. Er ging zu den anderen und warf einen Blick auf die Stadt. Die Flammen schienen zu ersterben und der Rauch verzog sich. Aber gebannt war die Gefahr noch nicht.

Wieder drehte der Kaiser sich zu ihr hin.

»Nun«, sagte er, »ich warte. Und Kopf hoch!«

Marianne machte eine tiefe Verbeugung.

»Ich werde es versuchen, Sire. Sie haben mein Wort.«

Zweiter Teil

Winterstürme

FÜNFTES KAPITEL

Kassandra

Das Bett, dessen Decken leicht schimmelig rochen, war hart wie ein Brett. Marianne wälzte sich lange darauf herum, ohne Schlaf zu finden, obwohl sie sehr müde war.

In Gedanken war sie auf der Straße nach Sankt Petersburg, folgte dem Manne, der seine Geliebte ohne den geringsten Gedanken daran, was ihr zustoßen konnte, so leichtherzig und eigensüchtig aufgegeben hatte. Und dennoch gelang es ihr nicht, ihm wirklich böse zu sein, so blind und rückhaltlos liebte sie ihn. Sie kannte seinen unnachgiebigen Charakter und fand leicht eine Entschuldigung für ihn.

Marianne verheimlichte sich auch nicht, daß sie ohne das Versprechen, das Napoleon ihr abgerungen hatte, und das sie schon halb bedauerte, alles getan hätte, um aus diesem Palast zu entkommen, der ihr wie ein Gefängnis vorkam. Wie gerne wäre sie dem Beispiel des Iren Craig O'Flaherty gefolgt, der nicht bei Jolival und Gracchus im Palast geblieben war. Kaum hatte er die wenigen Worte gehört, die Gracchus über Jasons Schicksal aus Shankala herausgeholt hatte, da stand sein Entschluß schon fest.

»Da Sie jetzt mit den Ihrigen in Sicherheit sind«, erklärte er Jolival, »bitte ich um Ihre Erlaubnis, meiner eigenen Wege gehen zu dürfen ... das heißt zum Meer, also nach Sankt Petersburg. Ich ersticke auf den endlosen Straßen dieses Riesenlandes. Ich brauche Luft und Wasser. Und ich werde Beaufort ja leicht wiederfinden, ich brauche nur nach dem Haus seiner Freunde Krilov zu suchen. Selbst wenn ich den ganzen Weg zu Fuß gehen muß, während er reitet, werde ich ihn noch antreffen, denn es dauert sicher einige Zeit, bis er in See stechen kann.«

Der stets verständnisvolle Jolival hatte ihm seine Freiheit gegeben, Napoleon hatte ihm großzügig ein Pferd geschenkt, unter den gegebenen Verhältnissen ein unerhörtes Wertobjekt, er hatte Jolival noch Grüße an Marianne aufgetragen und war abgereist. Sein Aufbruch war für Marianne eine große Versuchung. Ein gegebenes Wort ist etwas sehr Gebrechliches, man findet so leicht einen Grund, es zu vergessen. Und schließlich hatte sie Napoleon keinen Eid geleistet. Sie hatte nur versprochen, »es zu versuchen« ... aber was versuchen? Freiwillig auf diesen Traum vom Glück zu verzichten, dem sie seit so vielen Jahren schon nachhing?

Doch versuchte sich tief in ihrem Inneren noch eine andere, vorerst sehr schüchterne Stimme Gehör zu verschaffen. Es war die Stimme, die sie zum ersten Mal vor dem Bildnis eines kleinen, blonden Jungen vernommen hatte ... Plötzlich war das blonde Bild von einem dunklen Gesichtchen überlagert worden, sie glaubte den sanften Druck eines seidenweichen Haarschopfs an ihrer Brust zu fühlen, und ein winziges Händchen hatte sich um ihren Finger gekrallt, als wolle es ihn ewig festhalten ... Sebastiano!... Zum ersten Mal seit jener schrecklichen Nacht, in der er verschwunden war, wagte Marianne, seinen Namen auszusprechen ... Wo war er zu dieser Stunde, da seine Mutter hartnäckig darum kämpfte, zu sich selbst zu finden? An welchen verborgenen Platz hatte Fürst Corrado ihn verschleppt?

Eine Woge der Verzweiflung, die ihr schon früher manche schlaflose Nacht bereitet hatte, drohte, sie zu überspülen, aber das Gefühl, daß etwas Ungewöhnliches vor sich gehe, entriß sie plötzlich ihrem Kummer. Sie öffnete die Augen und nahm staunend wahr, daß eine Art Morgenröte das Zimmer erfüllte.

Sie sprang aus dem Bett, stürzte ans Fenster und stieß einen Schrei des Entsetzens aus: das ungewöhnliche Licht, fast so hell wie der Tag, war das brennende Moskau! Im Süden und Osten gab es Brandherde, die mit nichts vergleichbar waren, das sie bisher gesehen hatte. Der Wind trieb sie mit großer Eile voran, und sie verschlangen die Holzhäuser wie Strohhalme.

Plötzlich kamen ihr wieder die Beschwörungen ihres Paten ins Gedächtnis! Wie hatte sie das nur vergessen können? Sie kleidete sich hastig an, schlüpfte in die Schuhe und lief hinaus. Im Palast herrschten Stille und Dunkelheit, die sie beängstigten. Die Galerie war nur schwach von einer Laterne erhellt. Schweigen ringsum.

Sie mußte Alarm geben. Marianne stürzte die Treppe hinab und in die große Halle, in der die Posten standen. Sie rannte auf die kaiserlichen Gemächer zu und stieß an der Türe fast mit Caulaincourt zusammen, der anscheinend auch zum Kaiser wollte.

»Gott sei Dank, Herzog, daß Sie da sind! Ich hatte schon die Hoffnung aufgegeben, daß in diesem Palast jemand wach ist. Die Stadt brennt und ...«

»Ich weiß, Fürstin. Ich habe es gesehen! Mein Kammerdiener hat mich vor fünf Minuten geweckt.«

»Der Kaiser muß unterrichtet werden!«

»Es eilt nicht. Die Feuersbrunst sieht gefährlich aus, aber sie bedroht nicht den Kreml. Ich habe meinen Diener geschickt, um den Großmarschall zu unterrichten. Wir werden mit ihm überlegen, was zu tun ist.«

Die Gefaßtheit des Oberstallmeisters wirkte beruhigend. Marianne ließ sich seufzend auf eine mit Genueser Samt verkleidete Bank fallen und sah ihn so furchtsam an, daß er ein Lächeln nicht unterdrücken konnte.

»Sie sind sehr blaß, Marianne, ich weiß auch, daß Ihre Verletzung noch nicht ganz geheilt ist. Sie sollten besser wieder ins Bett gehen.«

Sie schüttelte den Kopf, die mächtigen Feuerherde standen ihr noch vor Augen, die sie Minuten vorher gesehen hatte, und eine wahnsinnige Angst preßte ihr die Kehle zusammen.

»Das kann ich nicht. Aber ich flehe Sie an, unterrichten Sie sofort den Kaiser! Die ganze Stadt wird brennen!

Ich weiß es, ich bin dessen sicher ... Man hat es mir verraten.«

»Wer hätte Ihnen so etwas sagen können, meine liebe Marianne?« sagte hinter ihr Durocs schläfrige Stimme, der offensichtlich rücksichtslos aus dem Schlaf gerissen worden war.

»Ein Priester ... den ich vorgestern in Saint-Louis-des-Français, wo ich untergeschlüpft war, getroffen habe. Er und alle, die dort versammelt waren, haben mich beschworen zu fliehen, die Stadt zu verlassen. Sie ist verurteilt! Rostopchine hat alle Gefängnisse öffnen lassen, die Kanaille ist losgelassen, man hat sie betrunken gemacht und bezahlt, damit sie Moskau in Brand setzt!«

»Aber das ist doch widersinnig!« brach Caulaincourt los. »Ich kenne die Russen gut, und ...«

»Sie kennen die Diplomaten, Herzog. Sie kennen Ihresgleichen, aber Sie kennen nicht das russische Volk. Es ist seit vielen Tagen auf der Flucht, es gibt seine Stadt auf, seine heilige Stadt! Und der Gouverneur hat geschworen, daß Sie Moskau nicht behalten werden, gleichgültig, welcher Mittel er sich bedienen müsse.«

Über ihren Kopf hinweg sahen die beiden Würdenträger sich bedenklich an.

»Warum haben Sie es nicht früher gesagt?« unterbrach schließlich der Großmarschall das Schweigen.

Sie zuckte die Achseln.

»Ich habe versucht es zu sagen. Ich habe versucht, den Kaiser zu unterrichten, aber er hat mir nicht zugehört. Sie kennen ihn ja. Aber jetzt muß er gerettet werden. Ich schwöre Ihnen, daß er in Gefahr ist! Wecken Sie ihn! Wecken Sie ihn sofort, sonst muß ich es selbst tun!«

Sie stand auf, sie wollte auf die geschlossene Türe zustürzen, aber Caulaincourt faßte sie am Arm.

»Ich bitte Sie, Fürstin, beruhigen Sie sich. So tragisch ist die Lage noch nicht ... und der Kaiser ist hundemüde! Seit drei Nächten schläft er nicht mehr, und es waren harte Tage. Lassen wir ihn noch etwas schlafen, und haben Sie dafür Verständnis. Wir werden folgendes tun: Sie, Duroc, unterrichten den Gouverneur und alarmieren die Garde. Ich besorge mir ein Pferd und werde die Lage untersuchen. Ich werde alle notwendigen Hilfskräfte herbeischaffen. Auf jeden Fall muß sofort gehandelt werden! Sämtliche verfügbaren Truppen haben das Feuer zu bekämpfen!«

»Handeln Sie! Verlangen Sie aber von mir nicht, daß ich schlafen gehe, das könnte ich nicht. Ich bin jetzt zu erregt.«

»Dann treten Sie hier ein«, sagte Duroc und öffnete das Vorzimmer zu den kaiserlichen Gemächern. »Ich werde Sie Constant anvertrauen, die nötigen Befehle erteilen – er könnte Ihnen einen Kaffee servieren – und kehre dann zu Ihnen zurück.«

Der fragliche Salon war ein sehr großer Raum, der durch einen von zwei schweren Säulen gestützten Bogen zweigeteilt war. Zwischen den Seitenwänden und den Säulen gab es bronzene Gitter, der Durchgang in der Mitte war frei.

Marianne wanderte umher und betrachtete das Mobiliar. Dann trat sie, während sie auf den versprochenen Kaffee wartete, an ein Fenster und lehnte die Stirn gegen die Scheiben, um das Panorama der bedrohten russischen Hauptstadt in sich aufzunehmen. Der Wind stand wechselnd aus Norden und Westen, er war stärker geworden, trieb die Flammen der Stadtmitte zu, stürzte sich mit wütender Gewalt auf die noch unversehrten Häuser, aus denen bald neue Flammenwirbel emporloderten. Der Dämon des Feuers hatte sich Moskaus bemächtigt, und niemand konnte voraussagen, ob es gelingen würde, ihm seine Beute zu entreißen.

Zugleich mit dem Kaffee kam auch Duroc. Die beiden alten Freunde tranken schweigend, fast mit rituellen Bewegungen, jeder in Gedanken verloren und bemüht, seine Unruhe zu verbergen. Doch die Gedanken der Prinzessin und des Großmarschalls gingen ohne Zweifel in dieselbe Richtung: diese Stadt, nach der sie – wenn auch aus verschiedenen Gründen – so sehr verlangt hatten, erschien ihnen jetzt wie die Kinnladen eines Raubtiers, die im Begriff standen, zuzuschnappen und sie zu zermalmen.

Etwa eine halbe Stunde nach Mitternacht brach in einem bisher noch dunkel daliegenden Stadtviertel eine neue Feuersbrunst aus, bald darauf in einem weiteren Stadtteil.

»Das Feuer greift um sich«, bemerkte Duroc mit knarrender Stimme.

»Der Kreis schließt sich! Ich bitte Sie noch einmal, mein Freund, wecken Sie den Kaiser, solange noch Zeit ist. Ich habe Angst ... ich habe große Angst! Diese Menschen sind entschlossen, in Moskau keinen Stein auf dem anderen zu lassen.«

Er wehrte zornig ab.

»Aber nein! Es ist unmöglich! Eine Stadt von diesen Ausmaßen brennt nicht so einfach ab. Sie regen sich auf, weil einige Vorstädte brennen, aber unsere Soldaten sind am Werk, und sie werden bald auch die Brandstifter erwischt haben ... ja, es sind Brandstifter unterwegs!«

»Daran haben Sie gezweifelt? Sie sind ja alle blind! Seit Stunden versuche ich Ihnen schon zu erklären, daß Sie in Lebensgefahr sind, aber Sie hätten mich am liebsten für verrückt erklärt. Ich komme mir vor wie Kassandra, die sich bemüht, den Trojanern Vernunft beizubringen ...«

Durocs unsicherer Blick veranlaßte sie, die antiken Vergleiche nicht fortzusetzen. Es war klar, daß sich der Großmarschall derzeit nicht für Troja interessierte und daß Kassandra die letzte war, über deren Verdienste er streiten wollte. Caulaincourts Rückkehr gab dem Gespräch eine andere Wendung.

Der Herzog von Vicenza hatte Spuren von Ruß im Gesicht. Seine Uniform war durch Funkenflug angesengt und durchlöchert, er machte einen finsteren Eindruck.

»Es steht ziemlich schlecht«, gab er zu. »Meine Erkundung im weiteren Umkreis des Kreml bringt mich zu der Überzeugung, daß wir mit einer Katastrophe rechnen müssen. Das Feuer greift überall um sich. Im Norden gibt es weitere Brandstellen, und der Wind nimmt ständig zu. Aber es gibt Schlimmeres ...«

»Schlimmeres?« brummte Duroc. »Ich kann mir nicht denken, was schlimmer sein könnte.«

»Die Pumpen! Wir haben fast keine finden können, und was wir aufgetrieben haben, ist unbrauchbar.«

»Und das hat Sie immer noch nicht von der Zuverlässigkeit meiner Mitteilungen überzeugt?« rief Marianne erregt. »Worauf warten Sie denn sonst noch? Ich sage und wiederhole Ihnen, daß das alles gewollt, geplant und bis in die kleinste Einzelheit vorbereitet ist, daß die Russen auf Befehl ihres Gouverneurs Moskau selbst in Brand stecken. Und Sie hören mir immer noch nicht zu. Flüchten Sie, zum Teufel! Wecken Sie den Kaiser und ...«

»Fortlaufen? Nein, Madame«, schnitt ihr Caulaincourt das Wort ab. »Wir haben uns nicht unter so großen Mühen und Opfern bis hierher durchgeschlagen, um wegen der paar brennenden Holzbuden wie Hasen wegzulaufen. Es ist nicht das erste Mal, daß man auf dem Weg vor uns die Häuser abbrennt.«

»Aber ganz sicher das erste Mal, daß man sie hinter Ihnen abbrennt! Verzeihen Sie, Herzog, daß ich eine frische Wunde aufreiße, aber mir geht es einzig um den Kaiser und seine Armee!«

»Ich weiß es, Madame, und seien Sie versichert, daß ich es Ihnen nicht nachtrage.«

Marianne brach die Auseinandersetzung ab, sie war zu sehr erregt für ein Gespräch. Sie trat ein paar Schritte zur Seite. Wieder einmal war sie betroffen über die Feststellung, wie unmöglich es ist, die Männer davon abzuhalten, mit gesenktem Kopf in ihr Verderben zu laufen. Inzwischen erkundigte Duroc sich weiter: »Wie ist die Lage in der Stadt?« fragte er.

»Die Truppen stehen unter Waffen. Die restlichen Einwohner verhalten sich angesichts des Feuers eigenartig: sie verlassen weinend ihre Häuser und sammeln sich in den Kirchen. Die laufen fast über!«

»Und hier?«

»Außer dem Kaiser ist alles wach. Die Galerien sind voll von ratlosen Menschen. Angst greift um sich, und nach meiner Ansicht haben wir mit einer Panik zu rechnen. So sehr ich es bedaure, aber vielleicht ist es doch an der Zeit, Seine Majestät zu wecken.«

»Ach? Also doch?« Marianne konnte diese Bemerkung nicht unterdrücken.

Caulaincourt wendete sich mit ernstem Gesicht zu ihr hin.

»Die Lage erfordert es, Madame. Aber wir wecken den Kaiser nicht um zu fliehen, sondern weil seine Gegenwart wie üblich die ratlosen und aufgeregten Menschen hier im Palast beruhigen wird ... Sie an erster Stelle, Fürstin.«

»Gleichgültig, was Sie denken, Herzog, ich bin für Panik nicht anfällig. Ich halte es nur für selbstverständlich, daß man den Hausherrn weckt, wenn es im Haus brennt! Wie spät ist es?«

»Gleich vier. Also gehen Sie, Duroc!«

Der Großmarschall begab sich in das kaiserliche Gemach, dessen Türe Constant schon aufhielt. Marianne hatte keine Lust, weiter bei Caulaincourt zu bleiben, der offenbar nicht vor lauter Sympathie zu ihr überströmte, sie beschloß, nach Jolival und Gracchus zu suchen. Bei diesem lauten Durcheinander konnten sie unmöglich noch schlafen. Ihr Schlaf wurde ja nicht behütet wie der des Kaisers, und vielleicht waren sie ihretwegen schon in Sorge. Sie wollte nach oben gehen, kam aber nicht weit.

Kaum war sie in der großen Halle, in der es von Offizieren, Soldaten und Dienern nur so wimmelte, da sah sie Jolival auf einer Bank sitzen, und neben ihm stand Gracchus auf derselben Bank, reckte sich die Zehenspitzen aus und schien in der Menge angestrengt nach jemand zu suchen. Mariannes Auftauchen entlockte beiden einen Ausruf der Erleichterung.

»Teufel auch«, brummte Jolival, der die ausgestandene Angst mit schlechter Laune tarnte. » Wo zum Henker sind Sie geblieben? Wir haben uns gefragt, ob Sie nicht da draußen irgendwo in diesem Feuermeer seien und versuchten ...«

»... von hier wegzulaufen? Auf der Straße nach Sankt Petersburg? Und Sie beide hier sitzen zu lassen? Kennen Sie mich so schlecht, meine Freunde?« fragte sie vorwurfsvoll.

»Es wäre durchaus entschuldbar gewesen, zumal Sie wußten, daß Gracchus bei mir ist. Sie hätten sich für die Freiheit und die Flucht ans Meer entscheiden können.«

Mit einem kleinen, traurigen Lächeln legte sie ihrem alten Freund einen Arm um die Schulter, küßte ihn dann impulsiv auf beide Wangen.

»Genug, Jolival! Sie wissen genau, daß Sie und Gracchus mir in dieser Stunde als einzige geblieben sind. Was habe ich auf der Straße nach Sankt Petersburg zu suchen? Dort bin ich gewiß nicht erwünscht! In diesem Augenblick denkt Jason nur an eines: ein Schiff, das ihn schnell nach Amerika bringt ... in den Krieg, in ... alles, was uns trennt. Und Sie erwarten, daß ich ihm nachlaufe?«

»Waren Sie nicht doch einen kleinen Augenblick lang in Versuchung?«

Sie zögerte keinen Augenblick.

»Aufrichtig, ja! Aber ich habe nachgedacht. Wenn Jason meine Gegenwart so sehr wünschte wie ich die seine, dann wäre er zu dieser Stunde in Moskau und würde in allen Himmelsrichtungen nach mir suchen.«

»Und wer sagt Ihnen, daß es nicht der Fall ist?«

»Spielen Sie jetzt nicht den Advocatus Diaboli, mein Freund. Sie wissen so gut wie ich, daß es nicht so ist. Jason entfernt sich von uns, seien Sie dessen sicher. Das ist schließlich die gerechte Bezahlung für meine Dummheit. Was hatte ich es nötig, ihn in Odessa aus dem Gefängnis zu holen und ihm bis hierher zu folgen? Hätte ich ihn Richelieu überlassen ...«

Wilder Stimmenlärm, unter dem Marianne sofort Napoleons metallisch klingendes Organ erkannte, unterbrach ihre selbstkritischen Erörterungen. Im nächsten Augenblick wurde die Türe zur Suite des Kaisers fast aus den Angeln gerissen, und Napoleon stand auf der Schwelle: noch im Hausrock, mit wirrem Haar, und die Schlafhaube, die er sich abgerissen hatte, in der Hand.

Augenblicks herrschte Schweigen! Während der Kaiser mit herrischem Blick die Menge überflog, wagte niemand zu flüstern.

»Was haben Sie hier alle zu gackern wie alte Weiber? Warum hat man mich nicht informiert? Und warum sind Sie nicht auf Ihren Posten? Überall brennt es, weil meine Truppen nicht Ordnung halten können und die Bewohner der Stadt ihre Häuser aufgeben!«

»Sire!« widersprach ein großer Blondling mit hübschem Gesicht und goldenen Backenbärtchen, »die Menschen sind dieser Feuersbrunst ebenso ausgeliefert wie wir. Die Moskowiter haben selbst ...«

»Schweigen Sie! Ich höre, daß die Stadt geplündert wird. Soldaten brechen die Türen auf, dringen in die Keller ein. Man stiehlt Tee, Kaffee, Pelze, Wein, Wodka ... das hört auf! Marschall, als Gouverneur von Moskau haben Sie diese Unordnung abzustellen!« Der so gescholtene Marschall Mortier wollte protestieren, machte dann aber auf dem Absatz kehrt, ging zur Treppe und verschwand mit zwei Offizieren seines Generalstabs, während Napoleon schrie:

»Die Moskowiter! Die Moskowiter! Die sollen es jetzt gewesen sein! Ich kann mir nicht denken, daß diese Leute ihre eigenen Häuser abbrennen, bloß um zu verhindern, daß wir einmal hier übernachten.«

Marianne drängte sich entschlossen zu ihm durch.

»Und trotzdem, Sire! Es ist so! Ich flehe Sie an, mir zu glauben. Ihre Soldaten sind an der Tragödie unschuldig. Einzig Rostopchine ...« Der Kaiser schien sie mit einem Blick zu zerschmettern.

»Sie sind noch hier, Madame! Eine ehrsame Frau liegt um diese Zeit in ihrem Bett. Gehen Sie schlafen!«

»Um abzuwarten, bis das Feuer meine Bettdecke angreift und ich zur höheren Ehre des Kaisers, der immer recht hat, in Flammen aufgehe? Ich bedanke mich, Sire!

Wenn Sie nicht auf mich hören wollen, möchte ich lieber verschwinden!«

»Und wohin, bitte?«

»Das ist gleichgültig, nur weg von hier! Ich habe keine Lust zu warten, bis man aus diesem verdammten Palast nicht mehr hinaus kann. Ich will nicht verbrennen, ich bin jung und möchte noch etwas leben ... Also mit Ihrer Erlaubnis ...«

Sie machte ihre Reverenz. Aber die Erinnerung an den siegreichen Feldzug hatte Napoleon beruhigt. Er beugte sich plötzlich vor, packte die junge Frau am Ohr und zog so heftig daran, daß sie einen leisen Protestlaut hören ließ. Dann sagte er lächelnd:

»Nun beruhigen Sie sich, Fürstin. Sie können mir nicht einreden, daß Sie Angst haben. Nicht Sie! Und es ist Ihnen in aller Form untersagt, unsere Gesellschaft zu verlassen. Wenn dieser Platz geräumt werden muß, gehen wir zusammen, nehmen Sie aber zur Kenntnis, daß es zur Zeit nicht in Frage kommt. Alles was ich Ihnen erlaube: Sie dürfen sich noch etwas ausruhen und frisch machen. Um acht Uhr frühstücken wir zusammen.«

Aber es war ihr nicht bestimmt, so bald wieder in ihr Zimmer zu kommen. Als sich die unruhige Menge langsam aus der Galerie verzogen hatte, kam im Eilschritt ein von General Durosnel geführter Trupp Soldaten, die Männer in einer Art grüner Uniform mit sich führten und ein paar struppige Muschiks, die wie Gefangene aussahen. Hinter ihnen lief der kaiserliche Dolmetscher Lelorgne d'Ildeville. Der Kaiser, der gerade wieder in sein Zimmer gehen wollte, wendete sich ihnen unwillig zu.

»Was gibt es denn noch? Wer sind diese Leute?«

Durosnel gab Auskunft.

»Man nennt sie Butechniks, Sire. Es sind Polizisten, die eigentlich die Ordnung auf den Straßen aufrecht erhalten sollten. Sie wurden mit Fackeln in den Händen erwischt, als sie gerade ein Lager mit Weinen und Spirituosen in Brand stecken wollten. Diese Bettler waren dabei und halfen ihnen.«

Napoleon fuhr auf, sein finsterer Blick suchte nach Marianne.

»Sie sind dessen sicher?«

»Völlig, Sire! Außer den Soldaten, die sie festgenommen haben, gibt es weitere Zeugen: einige polnische Kaufleute aus der Nachbarschaft, die gleich ebenfalls hier eintreffen werden.«

Es entstand ein Schweigen. Napoleon schritt mit auf dem Rücken zusammengelegten Händen langsam vor der Gruppe der erschreckten Gefangenen auf und ab und warf den Männern von Zeit zu Zeit einen Blick zu, der sie unwillkürlich den Atem anhalten ließ. Plötzlich blieb er stehen.

»Was haben sie zu ihrer Verteidigung zu sagen?«

Der Baron d'Ildeville trat vor.

»Sie behaupten übereinstimmend, der Gouverneur Rostopchine habe ihnen befohlen, die ganze Stadt anzuzünden, bevor er ...«

»Das ist nicht wahr!« schrie der Kaiser. »Das kann nicht wahr sein, weil es sinnlos wäre. Diese Männer lügen. Sie wollen nur die Schuld an dem Verbrechen von sich abwälzen, weil sie glauben, dann mit unserer Nachsicht rechnen zu können.«

»Dann müßten sie sich abgesprochen haben, Sire. Gleichgültig wie viele von ihnen man zusammenfängt, sie werden alle dasselbe sagen.«

Tatsächlich brachte Sergeant Bourgogne, jetzt schon ein alter Bekannter Mariannes, eine weitere Gruppe von Gefangenen. Diesmal kam ein alter Jude im Gewand eines Leviten mit, das an mehreren Stellen Brandflecken hatte. Unter vielen Verbeugungen und Seufzern erläuterte er ausführlich, daß er ohne das Dazwischentreten des Sergeanten und seiner Männer mitsamt seinem Lebensmittelgeschäft verbrannt wäre.

»Unmöglich!« wiederholte Napoleon, »das ist unmöglich!«

Aber seine Stimme klang nicht mehr so sicher. Es war, als wolle er sich durch ständige Wiederholung selbst überzeugen.

»Sire«, sagte Marianne leise, »diese Männer werden Moskau eher auslöschen, bevor sie es Ihnen überlassen. Das ist vielleicht eine primitive Regung, aber auch Anhänglichkeit. Wenn es sich um Paris handelte, was würden Sie ...«

»Paris? Paris niederbrennen, wenn der Feind es einmal besetzen sollte? Wahrhaftig, Madame, Sie müssen krank sein! Ich würde mich nicht unter Ruinen begraben lassen! Primitive Regungen, Sagen Sie? Diese Burschen mögen wilde Skythen sein, aber das gibt ihnen nicht das Recht, das Werk zahlloser Generationen dem Hochmut einer einzigen zu opfern. Im übrigen ...«

Aber Marianne hörte ihm nicht mehr zu. Gebannt beobachtete sie zwei Männer, die am Eingang der Galerie diskutierten. Der eine war der Zeremonienmeister des Hofes, Comte de Ségur. Der andere war ein kleiner Priester in schwarzer Soutane, den sie zwar ohne Schwierigkeiten, nicht jedoch ohne Beklemmung erkannte. Was suchte Kardinal de Chazay bei dem Manne, den er stets bekämpft hatte? Was hatte er zu sagen?

Sie fand keine Zeit, nach einer Antwort zu suchen. Schon kam Ségur mit seinem Begleiter auf die Gruppe zu, in deren Mitte Napoleon neue Befehle erteilte. Er verlangte, daß Streifen in alle bisher noch nicht vom Feuer erfaßten Stadtteile geschickt werden sollten, um die Häuser zu durchsuchen und weitere Typen aufzugreifen, die denen ähnelten, die stumpf wie eine Herde vor ihm standen.

»Was machen wir mit diesen hier?« fragte Durosnel.

Das Urteil war unbarmherzig:

»Wir können uns keine Gefangenen leisten! Hängt sie auf oder erschießt sie, wie ihr wollt. Jedenfalls sind es Verbrecher!«

»Sire, sie waren nur Instrumente.«

»Ein Spion ist auch nur ein Instrument, trotzdem hat er weder Gnade noch Barmherzigkeit zu erwarten. Sie haben meine Erlaubnis, Rostopchine zu fangen ... und ihn gleichfalls aufzuhängen. Allez!«

Die Gruppe zog ab und gab dem Zeremonienmeister

mit seinem Begleiter Gelegenheit, sich Napoleon zu nähern. Ségur trat auf Napoleon zu.

»Sire«, erklärte er, »dies hier ist Pfarrer Gauthier, ein französischer Priester, der Eure Majestät mit den Problemen vertraut machen will, die Moskau im Augenblick bewegen. Er behauptet, Informationen aus erster Quelle zu haben.«

Ohne daß sie den genauen Grund hätte angeben können, setzte Mariannes Herzschlag kurz aus, und sie glaubte zu spüren, wie sich eine eiserne Faust um ihre Kehle krampfte. Während Ségur noch sprach, war sie dem Blick ihres Paten begegnet, einem Blick von so einschüchternder Härte, daß es ihr kalt über den Rücken lief. Niemals hatte sie diese eisige Kälte bei ihm erlebt, diese absolute Autorität, die ihr wortlos verbot, sich in das Folgende einzumischen. Das hatte nur Sekunden gedauert, dann senkte der Priester wieder den Blick mit dieser gespielten Demut, als fürchte er sich, mit den Großen dieser Erde zu sprechen.

Napoleon befragte ihn:

»Sie sind Franzose, Monsieur l'Abbé? Ohne Zweifel Emigrant?«

»Keineswegs, Sire! Ich bin ein bescheidener Priester, aber wegen meiner Lateinkenntnisse hat mich der Graf Rostopchine schon vor einigen Jahren auserwählt, seinen Kindern diese edle Sprache beizubringen … und natürlich auch französisch!«

»Eine Sprache, die mindestens ebenso edel ist, Monsieur l'Abbé. Sie haben also bei dem Manne gedient, von dem man mir sagt, er sei ein Brandstifter … was ich immer noch nicht glauben kann!«

»Es wird unvermeidlich sein, Sire. Ich versichere … Eurer Majestät, daß die Befehle des Gouverneurs genauso gelautet haben, wie man sie ihr beschrieben hat: die Stadt ist bis auf ihre Grundmauern einzuäschern … dieser Palast eingeschlossen!«

»Das ist unvernünftig! Reiner Irrsinn!«

»Nein, Sire … russisch! Es gibt für Eure Majestät nur eine Möglichkeit, diese alte erhabene Stadt zu retten.«

»Die wäre?«

»Aufbrechen! Sofort räumen! Noch ist es Zeit. Kehren Sie nach Frankreich zurück, verzichten Sie darauf, sich hier einzurichten, und das Feuer hört auf.«

»Woher haben Sie diese Gewißheit?«

»Ich habe die Befehle des Grafen gehört. Er hat einige Vertraute hier, die wissen, wo die Pumpen versteckt sind. In einer Stunde kann alles vorbei sein ... wenn Majestät sofort ihren Rückzug bekanntgeben will.«

Atemlos und mit verkrampften Händen folgte Marianne diesem Gespräch, das ihr völlig unverständlich war, und suchte zu ergründen, warum ihr Pate die kaiserliche Armee retten wollte, indem er vorgab, Moskau retten zu wollen. Zugleich fiel ihr ein Satz ein, den der Duc de Richelieu in Odessa über den Kardinal geäußert hatte: Er geht nach Moskau, und sollte dieser elende Korse bis dahin gelangen, so hat er eine große Aufgabe zu erfüllen.

Der Korse war da. Und vor ihm stand ein Mann, dessen geheime Macht ihm unbekannt war, ein Mann mit einer »großen Aufgabe«, ein Mann, der seinen Untergang geschworen hatte ... Und jetzt machte die sanfte, ruhige Stimme des Kardinals Marianne Angst. Sie hörte Napoleon mit leicht drohendem Unterton sagen: »Sofort meinen Rückzug bekanntgeben? Wem eigentlich?«

»Der Nacht, Sire! Einige von der Palastmauer aus gegebene Befehle würden genügen, denn sie werden gehört ...«

Das darauf entstehende Schweigen war so vollkommen, daß Marianne fürchtete, man werde ihr Herzklopfen hören.

»Monsieur l'Abbé, für einen einfachen Priester scheinen Sie mir erstaunlich gut unterrichtet zu sein«, sagte Napoleon langsam. »Sie sind Franzose und befinden sich hier unter Franzosen. Wir sind Sieger, und Sie sollten stolz sein. Statt dessen kommen Sie hierher und sprechen von feiger Flucht!«

»Es ist nicht feige, vor den Elementen zu fliehen, Sire, auch nicht für einen Eroberer! Ich bin Franzose, gewiß, aber ich bin auch ein Mann Gottes, und ich denke an all Ihre Männer, die sterben werden, wenn Sie gegen Gott kämpfen.«

»Wollen Sie mir jetzt sagen, Gott sei ein Russe?«

»Gott gehört allen Völkern an. Die Armee dieses Volkes haben Sie besiegt, aber das Volk selbst bleibt bestehen, und es stößt sie mit all seinen Kräften zurück, selbst wenn es mit Ihnen untergehen müßte. Glauben Sie mir, gehen Sie!«

Das letzte Wort knallte wie ein Peitschenhieb, so befehlend, daß Marianne erbebte. Gauthier de Chazay mußte von Sinnen sein, daß er dem Kaiser der Franzosen gegenüber einen solchen Ton wagte, und sie erkannte auch keinen Sinn in diesem tollkühnen Vorgehen. Glaubte er wirklich, Napoleon werde Moskau aufgeben, weil er es so einfach verlangte? Man brauchte nur dessen bleiches Gesicht, das Zittern der Nasenflügel und das vorgeschobene Kinn zu sehen, um zu wissen, daß es nicht gut ausgehen konnte. In der Tat schien Napoleon plötzlich eine sonderbare Beklemmung abzuschütteln und schrie erbost:

»Ich respektiere Ihr Gewand, Monsieur, aber Sie sind wahnsinnig. Verschwinden Sie aus meinem Blickfeld, ehe meine Geduld restlos erschöpft ist!«

»Nein! Ich gehe nicht fort! Zuvor müssen Sie wenigstens einmal in Ihrem Leben gehört haben, was Sie erfahren sollen, ehe der Hochmut Sie und die Ihrigen in den Abgrund reißt. Einst haben Sie das blutende, von den Ausschreitungen der Revolution besudelte, von den Händlern und Profitjägern des Direktoriums ausgebeutete Frankreich gerettet. Sie haben es aufgerichtet, ausgefegt, gereinigt, und Sie sind mit ihm groß geworden. Ja, ich, der ich nie zu Ihren Anhängern gehört habe, bestätige, daß Sie groß gewesen sind!«

»Ich bin es also nicht mehr?« fragte Napoleon spöttisch.

»Sie haben aufgehört, es zu sein, seit dem Tage, an dem Sie Frankreich nicht mehr dienten, sondern sich seiner bedienten! Durch ein Verbrechen haben Sie sich zum

Kaiser gemacht, und um Ihre frevlerische Macht zu wahren, rauben Sie dem Land alljährlich die besten seiner Söhne und lassen sie auf den Schlachtfeldern Europas sterben.«

»Dann wenden Sie sich an Europa, Monsieur, denn es hat verhindern wollen, daß Frankreich wieder Frankreich wird, ein größeres und mächtigeres Frankreich, als es je gegeben hat!«

»Europa hätte es ertragen, wenn Frankreich sich selbst treu geblieben wäre, aber Sie haben es aufgebläht, überfüttert mit Königreichen und Eroberungen, deren es nicht bedurfte. Aber Sie brauchen Throne für Ihre Brüder, nicht wahr, und Reichtümer für Ihre Familie? Und um diese papierenen Königreiche zu gründen, haben Sie die ältesten Familien Europas zerstört, vertrieben, ausgerottet!«

»Sie sagen es! Die alten Geschlechter! Sie waren tot, erschöpft, am Ende! Warum stört meine Krone Sie? Weil Sie zu denen gehören, die mich zu einem verzichtenden Mönch stempeln wollen, der den Thron für diese ausgepumpten Bourbonen retten sollte!«

»Nein!«

Das war ein Aufschrei, der Marianne gänzlich verwirrte. Was ging eigentlich vor? Gauthier des Chazay, der Geheimagent des Comte de Provence, der sich Louis XVIII. nennen ließ, verleugnete seinen Herrn? Sie fand nicht Zeit zum Überlegen.

»Nein«, wiederholte der Kardinal. »Ich gestehe, daß ich es lange gewünscht habe ... ich wünsche es nicht mehr aus Gründen, die ich hier nicht nenne. Ich halte es für möglich, daß ich sogar Sie anerkannt hätte. Aber Sie haben aufgehört, Ihrem Land zu dienen. Sie denken nur noch an Ihre Eroberungen, und wenn man Sie gewähren läßt, werden Sie Frankreich entvölkern, um Alexander dem Großen zu gleichen. Sie werden nach Indien marschieren und die Krone Akbars erobern! Nein! Genug! Gehen Sie! Fliehen Sie, solange noch Zeit ist! Versuchen Sie Gott nicht!«

»Lassen Sie Gott, wo er ist! Ich habe Ihnen zu lange

zugehört. Sie sind nur ein alter Narr. Verschwinden Sie, wenn Sie nicht wünschen, daß ich Sie festnehmen lasse!«

»Lassen Sie mich festnehmen, wenn es Ihnen Vergnügen bereitet, aber den Zorn Gottes halten Sie nicht auf. Seht nur! Seht alle hin!« Die Leidenschaft, die in diesem gebrechlichen Körper lebte, war so mitreißend, daß sich alle mechanisch dem Fenster zuwendeten, auf das sein Arm mit einer prophetischen Geste deutete.

»Seht nur, das Feuer des Himmels fällt auf euch herab! Wenn ihr nicht vor dem Abend aus der Stadt seid, wird kein Stein auf dem anderen bleiben, und ihr alle werdet unter den Trümmern begraben! Ich sage euch, die Wahrheit ...«

»Genug!«

Bleich vor Zorn ging Napoleon mit geballten Fäusten auf seinen Gegner zu.

»Ihre Unverschämtheit ist so groß wie Ihre Verrücktheit! Wer schickt Sie? Was haben Sie hier zu suchen?«

»Niemand schickt mich ... außer Gott! Und ich habe nur Ihr Bestes gewollt ...«

»Schluß jetzt! Wem wollen Sie das einreden? Sie gehören zu Rostopchine, nicht wahr? Und länger, als Sie zugeben wollen. Und Sie haben gedacht – Sie und Ihre Geldgeber – es genügte, hierher zu kommen und mir Ihre Verwünschungen ins Ohr zu blasen, damit ich fortlaufe wie ein altes, abergläubisches Weib und Sie alle über mich lachen können? Ich bin kein altes Weib, Priester! Die Angst, die Sie in Ihren dunklen Beichtstühlen bei schlichten Seelen wecken, kann mich nicht erschüttern! Ich werde nicht abrücken. Ich habe Moskau erobert, und ich behalte es!«

»Dann werden Sie ihr Reich verlieren! Und Ihr Sohn, dieses Kind, das Sie in Sünde mit einer Prinzessin zeugten, die sich für Ihre Gemahlin hält, doch nichts als Ihre Konkubine ist, wird niemals regieren! Und das ist gut, denn gelangte es einmal an die Macht, so könnte es nur über eine verwüstete Welt herrschen.«

»Duroc!«

Die völlig benommenen und entsetzten Zuhörer machten mechanisch Platz, um den Großmarschall des Palastes durchzulassen.

»Sire?«

»Verhaften Sie diesen Mann! Er wird eingesperrt! Er ist Spion in russischem Sold. Einsperren und meine Befehle abwarten. Ehe ich diesen Palast verlasse, ist er tot!«

»Nein!«

Mariannes angstvoller Schrei ging im Tumult unter. Schon liefen Soldaten herbei, umringten den Kardinal und fesselten ihm die Hände auf dem Rücken. Während man ihn fortschaffte, rief er noch:

»Du stehst am Rande des Abgrunds, Napoleon Bonaparte! Fliehe, bevor er sich unter deinen Füßen auftut, um dich und die Deinen zu verschlingen ...«

Empört stürzte Napoleon unter schrecklichen Flüchen auf seine Gemächer zu, mit ihm einige seiner Vertrauten, die den Vorfall laut besprachen. Marianne mischte sich unter sie, und erreichte den Kaiser an der Schwelle seines Zimmers, ehe die Türe hinter ihm zuschlagen konnte.

»Sire«, rief sie, »ich muß mit Ihnen sprechen.«

Gerade als er in seinem Ankleidezimmer verschwinden wollte, fuhr er herum, und sein finsterer Blick schien sie zu zerschmettern. »Man hat diesen Morgen schon etwas zuviel mit mir gesprochen, Madame. Viel zuviel! Ich dachte, ich hätte Sie zu Bett geschickt. Gehen Sie und lassen Sie mich in Ruhe!«

Sie beugte ein Knie, als wolle sie ihm zu Füßen fallen, und hob die gefalteten Hände.

»Sire!... Ich bitte Sie inständig ... ich beschwöre Sie, tun Sie, was der Priester gesagt hat. Rücken Sie ab.«

Er griff nach dem ersten Gegenstand, der ihm in die Hände fiel, zufällig eine chinesische Vase und schleuderte sie durch den Raum. Gerade in diesem Augenblick richtete Marianne sich auf. Die Vase traf sie an der Schläfe, und sie sank mit einem Röcheln auf den Teppich.

Der scharfe Duft englischer Salze drang ihr ins Bewußtsein. Sie hatte unerträgliche Kopfschmerzen. Dann hörte sie die weiche Stimme des unentbehrlichen Constant, der respektvoll feststellte: »Oh, wir kommen zu Bewußtsein! Darf ich Eure Erhabene Hoheit fragen, wie sie sich fühlt?«

»So schlecht wie möglich!... und nicht sehr erhaben, mein lieber Constant. Nicht ein bißchen!« Dann erinnerte sie sich plötzlich, was zwischen ihr und Napoleon vorgefallen war: »Wie war es nur möglich, daß der Kaiser ... hat er mich töten wollen?«

»Gewiß nicht, verehrte Prinzessin, aber Sie waren sehr unvernünftig. Wenn Seine Majestät in einer gewissen Verfassung ist, sollte man nicht in seine Nähe kommen ... oder ihm gar Ratschläge erteilen ... und nach dem, was vorgefallen war ...«

»Ich weiß, Constant, ich weiß. Aber es ist so ernst ... und dringend! In diesen offensichtlich unsinnigen Vorschlägen des ... Priesters war viel Wahres! Sie wissen es so gut wie ich.«

»Im Dienste Seiner Majestät habe ich keine persönliche Meinung, Madame«, antwortete Constant zwiespältig. »Ich füge jedoch hinzu, daß der Kaiser, als er sah, wie Ihre Hoheit ohnmächtig wurde, einigermaßen beunruhigt ... und besorgt war.«

»Und ... dieser Mann von vorhin ... der Spion ... wissen Sie, was mit ihm geschehen ist?«

Der Großmarschall hat soeben darüber Bericht erstattet. Man hat ihn vorläufig hier im Kreml in einen Turm gesperrt, den man Turm des Geheimnisses nennt ... übrigens kann man ihn hier vom Fenster aus sehen.«

Trotz ihrer Kopfschmerzen folgte Marianne einem unwiderstehlichen Impuls, stand von ihrem Lager auf und trat an eines der Fenster. Von diesem Stockwerk aus überblickte man den ganzen Bereich des Kreml. Der Turm des Geheimnisses, Tsainitskie Bachnia, der älteste, denn er wurde im 15. Jahrhundert erbaut, lag dem Fenster am nächsten. Drohend, wie ein stämmiger Henkersknecht, stand er mit seiner Masse altersschwarzer Ziegel zwischen Palast und Fluß. Aber vom Turm aus glitt Mariannes Blick ganz selbstverständlich zur Stadt hinüber, und sie stieß einen erschreckten Ruf aus. Das Feuer kam schnell näher!

Jenseits des schmalen Bandes der Moskwa sah sie eine einzige Glut, die wie eine Sturmflut vorwärtsdrängte. An den Flußufern waren ganze Regimenter bei der Arbeit. Sie bildeten Ketten vom Fluß zu den Brandherden und reichten einander Eimer zu, die lächerlich klein waren wie Fingerhüte. Es war, als schleppten die Bewohner von Liliput winzige Fässer heran, um den Durst des Giganten Gulliver zu stillen ... Andere standen auf den noch erhaltenen Dächern und versuchten trotz des heißen Luftwirbels, der ihnen ins Gesicht schlug, mit Besen und nassen Tüchern brennendes Stroh und Holzteile unschädlich zu machen, die unaufhörlich herabregneten, während dichte schwarze Rauchvorhänge allmählich die Landschaft verhüllten.

»Ist das noch vernünftig«, sagte Marianne tonlos, »einen einzelnen Mann einzusperren, wenn wir doch alle zusammen untergehen werden? Wie lange können wir dieser Katastrophe widerstehen?« Constant zuckte die Achseln.

»Dieser Elende wird kaum genug Zeit haben, sich an sein Gefängnis zu gewöhnen«, rief er in einer zornigen Aufwallung, die bei dem großen, duldsamen Flamen ganz ungewohnt war. »Der Befehl des Kaisers steht fest: heute abend tritt ein Gericht unter Vorsitz des Gouverneurs von Moskau, Herzog von Trévise, zusammen. Ehe es Nacht wird, ist der Mann für sein unvorstellbares Verbrechen abgeurteilt. Aber die Ereignisse könnten uns auch zwingen, die Angelegenheit schneller zu regeln. Zwar sind die Mauern dieser alten Festung solide, und wir befinden uns auf einem Hügel, aber das Feuer kreist uns bedenklich ein. In Kürze wird Seine Majestät die Abwehrmöglichkeiten inspizieren und sich über die Größe der Gefahr Klarheit verschaffen. Sollte sich dabei herausstellen, daß wir den Palast räumen müssen, so entscheidet sich das Schicksal dieses Mannes natürlich vor unserem Ausmarsch.«

Marianne war von panischer Angst gepackt. Nur noch wenige Stunden ... vielleicht nur Minuten, wer konnte es wissen, dann würde das Urteil gefällt, unwiderruflich, wie das fallende Beil der Guillotine. Dann würde Gauthier de Chazay ausgelöscht sein ... für immer! Diesen Gedanken konnte Marianne weniger ertragen als ein glühendes Eisen auf ihrer Haut. Sie liebte ihn! Er war ihr Pate, beinahe ihr Vater, denn beider Leben waren eng verknüpft, einander durch unsichtbare Bande der Zärtlichkeit verbunden. Was dem einen geschah, traf auch den anderen.

Trotz allen Grübelns vermochte Marianne nicht zu verstehen, was diesen zugleich weisen und weltklugen Mann, diesen Kirchenfürsten, der ohne Verdacht zu erregen Macht ausüben konnte wie ein weltlicher Fürst, veranlaßt hatte, sich so selbstmörderisch persönlich einzusetzen. Obwohl er Napoleon haßte, sah ihm das nicht ähnlich.

Schnelle Schritte, unter denen in einem benachbarten Salon die Dielen knarrten, rissen sie aus ihren Überlegungen, denn sie kündigten den Kaiser an. Im nächsten Augenblick war er da, stand einen Augenblick auf der Schwelle, kam lebhaft auf sie zu, als er sie in der Fensternische bemerkt hatte. Ohne ihr Zeit zum Begrüßungszeremoniell zu lassen, ergriff er ihre Schultern und umarmte sie dann mit unerwarteter Zärtlichkeit:

»Verzeih mir, kleine Marianne! Ich wollte dir nicht wehtun. Nicht dich wollte ich treffen ... eher ... ich weiß selbst nicht: das Schicksal vielleicht, oder die menschliche Dummheit. Aber dieser elende Narr hatte mich um meine Fassung gebracht. Ich glaube, ich hätte jeden erwürgt, der mir in die Nähe gekommen wäre ... Leidest du noch sehr?«

Ihre verneinende Geste war eine Lüge, sie bemühte sich sogar angestrengt um ein Lächeln.

»Wenn dieses Wehwehchen«, sagte sie und führte eine Hand an die schmerzende Stelle, wo die Vase sie getroffen hatte, »dazu beitragen konnte, die Nerven Eurer

Majestät zu beruhigen, bin ich sogar glücklich. Ich bin nur ... Ihre Dienerin.«

»Sei doch nicht gar so feierlich! Wenn du sagen willst, daß du mich liebst, sprich es frei aus, ohne die geschraubten Floskeln der höfischen Sprache. Es wäre besser, wenn du mir sagst, was du denkst: daß ich ein Rohling bin. Das wissen wir beide ja längst. Jetzt sag mir, was ich tun kann, damit du mir wirklich verzeihst. Du kannst alles von mir verlangen, sogar die Erlaubnis ... noch mehr Dummheiten zu machen! Willst du Pferde? Eine Eskorte, die dich nach Sankt Petersburg bringt? Willst du ein Schiff? Du kannst sofort mit genügend Geld nach Danzig abreisen und dort auf deinen Seeräuber warten, der ohne Zweifel bald aufkreuzen wird ...«

Sein Vorschlag war ebenso unerwartet wie großartig, fast packte sie ein Schwindel! Leben und Freiheit waren ihr geschenkt, nur ein Wort, und in der nächsten Minute würden sich die Pforten des Kreml für sie öffnen. In einer gut bewachten Kutsche konnte sie mit Jolival und Gracchus zu dem Hafen im Norden reisen, wo sie die zerrissenen Fäden wieder verknüpfen und Europa endgültig den Rücken kehren konnte, um einem neuen Leben entgegen zu streben, in dem nur noch die Liebe zählte ... Aber dieses Wort durfte sie nicht aussprechen, denn es kam einem zweiten Todesurteil für ihren Paten gleich.

Der Hoffnungsschimmer erlosch. Langsam befreite sie sich aus der Umarmung des Kaisers, senkte den Kopf und murmelte:

»Verzeihen Sie mir, Sire. Das einzige, das ich von Ihnen erbitten möchte, ist das Leben des Priesters Gauthier.«

»Was?«

Er war erschreckt zurückgewichen, als sei er von einer Kugel getroffen. Dann sah er sie verblüfft an. Sie war in ihrem schlichten braunen Kleid zu Boden gesunken, das Gesicht von Schmerz verzerrt, mit tränenden Augen und die Hände wie zum Gebet gefaltet.

»Irrsinn!« murmelte er. »Das Leben dieses Spions!

Dieses jämmerlichen, fanatischen Priesters! Er hat mich und die Meinen seinem rachelüsternen Gott opfern wollen.«

»Ich weiß es, Sire ... Dennoch will ich nichts anderes als dieses Leben.«

Er kam wieder näher, faßte ihre Schultern und veranlaßte sie, sich zu erheben. Sein Gesicht war hart, seine Augen hatten wieder die Farbe des Stahls angenommen.

»Vorwärts, steh auf! Erkläre dich! Aus welchem Grund willst du gerade dieses Leben? Was bedeutet dir Abbé Gauthier? Sprich endlich, ich muß es wissen!«

»Es ist mein Pate, Sire!«

»Wie?... Was sagst du?«

»Ich sage, daß der Abbé Gauthier in Wirklichkeit der Kardinal von San Lorenzo ist, Gauthier de Chazay ... mein Patenonkel, der Mann, der an mir Vaterstelle vertreten hat. Und ich bitte Eure Majestät, mir zu verzeihen, daß ich mich für einen Mann einsetze, der mir trotz seiner unklugen Worte sehr lieb ist.«

Das folgende Schweigen war so vollkommen, daß jeder den Atem des anderen hören konnte. Napoleons Arme sanken wie kraftlos am Körper herab. Dann steckte er wieder eine Hand zwischen zwei Westenknöpfe, legte die andere auf den Rücken und begann in dieser für ihn so bezeichnenden Haltung auf und ab zu marschieren. Er schien nachzudenken.

Es dauerte eine Weile. Marianne respektierte seine Selbstvergessenheit. Plötzlich blieb der Kaiser stehen und wendete sich ihr wieder zu.

»Warum? Warum hat er das getan?«

»Ich weiß darüber nichts, Sire. Ich gebe Ihnen mein Wort. Seit es geschehen ist, geht mir diese Frage durch den Kopf, aber ich habe keine annehmbare Antwort gefunden. Er ist ein ruhiger, gesetzter Mann von großer Intelligenz und ein treuer Diener Gottes. Vielleicht war es eine vorübergehende Geistesverwirrung.«

»Daran glaube ich nicht. Da ist etwas anderes. Dieser Mann sieht nicht aus, als sei er geistig gestört. Vielmehr glaube ich, daß du ihn schlecht kennst und deine Zuneigung dich blind macht. Er haßt mich ganz einfach, das habe ich in seinen Augen gesehen.«

»Das ist wahr, Sire, er haßt Sie! Aber, Sire, als er Ihnen diesen zweifellos unverschämten Rat erteilte, versuchte er vielleicht ... Ihr Leben zu retten!«

»Ach was! Gehörte er nicht zu diesen aufrührerischen Kardinälen, die ich vertreiben ließ, weil sie sich weigerten, an meiner Hochzeitsfeier teilzunehmen?«

»Alles was Eure Majestät sagt, ist richtig«, sagte sie mühsam, »dennoch bitte ich, Gnade walten zu lassen. Haben Sie mir nicht versprochen ...«

»Das nicht! Wie konnte ich so etwas ahnen? Verrückt! Alle Frauen sind verrückt! Außerdem ... ich will ihn nicht begnadigen, kein Mensch würde dafür Verständnis haben. Wenn es sich um einen Russen handelte, wäre es vielleicht möglich. Aber ein Franzose ... tausendmal nein! Und daß er es gewagt hat, von meinem Sohn zu sprechen, das werde ich ihm nie verzeihen! Dieses Kind zu verfluchen! Dieser Schurke!«

»Sire!« bat Marianne.

»Ich habe nein gesagt! Jammern Sie nicht! Es ist genug, verlangen Sie etwas anderes von mir.«

Sie merkte, daß sie es nur schlimmer machte, er wollte nichts mehr davon hören. Der Mameluk Ali erschien, um zu melden, daß das Pferd des Kaisers gesattelt sei. Hinter ihm tauchte Duroc auf mit einem Sack voll böser Meldungen: das Feuer hatte den Küchentrakt des Palastes erfaßt, der Funkenflug ging zum Arsenal hinüber, und der starke Wind machte die Gefahr unabwendbar. Napoleon wendete sich ungehalten Marianne zu.

»Nun, Madame? Ich warte!«

Ihre Widerstandskraft war gebrochen. Wieder sank sie in die Knie.

»Erlauben Sie mir wenigstens, Sire, einen Augenblick mit ihm zu sprechen, ihn ein letztes Mal zu umarmen. Mehr verlange ich nicht.«

»Es ist gut.«

Er trat schnell an den offenen Sekretär, der in einer

Ecke stand, kritzelte etwas auf ein Papier, so nervös, daß die Feder laut kratzte, und reichte es Marianne.

»Sie haben eine halbe Stunde Zeit, Madame, keine Minute mehr, denn es ist möglich, daß wir hier früher räumen müssen als ich dachte. Danach treffen wir uns hier.«

Er ging schnell hinaus zu der Eskorte, die im Vorzimmer auf ihn wartete. Marianne blieb allein im kaiserlichen Gemach zurück, das ohne seinen Bewohner einen banalen und niederdrückenden Eindruck machte wie ein gewöhnliches Hotelzimmer.

Noch einmal blickte sie sich darin um, nachdenklich, das Papier, das er ihr gegeben hatte, fest in der Hand, dann eilte auch sie schnell hinaus, um nach Gracchus und Jolival zu suchen. Sie hatte ihnen Befehle zu erteilen.

SECHSTES KAPITEL

Monsieur »de« Beyle

Außerhalb des Palastes herrschte eine erstickende Atmosphäre. Beizende Rauchwirbel trieben durch Höfe und Vorhallen. Zum Schutz vor Rauch und Funkenflug, doch auch noch aus einem anderen Grund hüllte sich Marianne trotz der großen Hitze in ihren schweren Mantel und zog dessen Kapuze bis zu den Brauen herab. Außerdem hielt sie ein großes, angefeuchtetes Taschentuch vor ihr Gesicht. Sie hatte es mit Eau de Cologne getränkt, das sie von Napoleons Toilettentisch geborgt hatte. So ausgerüstet lief sie die grasbewachsene Anhöhe zwischen dem Vorplatz des Palastes und der Kremlmauer hinauf, die auf der Höhe des Flußufers erbaut war. Aus der Nähe betrachtet wirkte der Turm des Geheimnisses weniger eindrucksvoll. Er war nur halb so hoch wie die anderen Türme. Zarin Katharina II. hatte einst den Abbruch sämtlicher Türme befohlen; als dieser Turm zur Hälfte abgetragen war, hatte sich die Arbeit als zu kostspielig erwiesen und war eingestellt worden. Immerhin war soviel von ihm übriggeblieben, daß es ein solides Gefängnis ergab.

Die zwei Grenadiere, die den Eingang bewachten, hatten sich in einen dunklen Winkel neben dem Treppenaufgang zurückgezogen. Die Kaiserliche Signatur unter dem handschriftlichen Befehl nötigte ihnen eine Ehrenbezeugung ab. Dann führte einer die junge Frau nach oben vor eine niedrige, bogenförmige Türe, die mit schweren Riegeln gesichert war wie ein Stadttor. In respektvoller Haltung, doch nicht ohne Stolz klappte er dann eine schwere goldene Taschenuhr, die wohl noch nicht lange in seinem Besitz war, auf und verkündete gewichtig:

»In einer halben Stunde werde ich die Ehre haben, Madame wieder abzuholen. Der Befehl Seiner Majestät ist streng.«

Marianne nickte. Seit sie im Turm war, hatte sie sich gehütet laut zu sprechen. Sie hatte den Wächtern nur das Papier gezeigt, ohne etwas zu sagen, und zu Gott gebetet, es möge sich nicht um Analphabeten handeln. Sie hatte Glück gehabt.

Das Gefängnis, ein alter Bunker mit einer Schießscharte, hatte kaum Licht, aber Marianne erkannte den Insassen sofort. Er saß auf einem großen Stein neben dem Lichtspalt und trotz der hereindringenden Rauchschwaden strengte er sich an zu erkennen, was draußen vorging. Sein Gesicht war bleich, an der Schläfe hatte er einen großen, blutigen Fleck. Bei Mariannes Eintritt wendete er sich ein wenig um.

Eine Weile sahen sie sich an, er mit beinahe verärgertem Gesichtsausdruck, während sie ihren Kummer nicht verheimlichen konnte. Endlich seufzte der Kardinal und fragte:

»Warum bist du gekommen? Falls du mir die Begnadigung bringst ... ich zweifle nicht daran, daß du dich darum bemüht hast ... dann sollst du wissen, daß ich sie nicht will. Ohne Zweifel hast du zuviel dafür bezahlt.«

»Ich bringe nicht Ihre Begnadigung. Der Kaiser hat meine Bitte abgewiesen ... und ich unterhalte schon längst nicht mehr die Beziehungen zu ihm, auf die Sie anspielen.«

Der Gefangene ließ ein unfrohes Lachen hören, zuckte die Schultern, antwortete aber nicht.

»Aber es ist wahr«, sagte Marianne. »Ich habe ihn um Gnade angefleht. Gott weiß wie sehr! Es sieht aber so aus, als werde kein Mensch in einem so schweren Falle und unter den gegebenen Umständen für seine Nachricht Verständnis aufbringen.«

»Er hat ja recht! Jetzt eine Schwäche zu zeigen, das wäre der schlimmste Fehler, den er begehen könnte. Im übrigen, um das noch einmal zu sagen, ziehe ich den Tod einer Begnadigung vor.« Marianne ging langsam auf den Gefangenen zu. Aus der Nähe bot er einen herzzerreißenden Anblick. Er sah abgekämpft aus und sehr viel älter als an jenem Abend im Korridor des Pfarrhauses von Saint-Louis-des-Français. Plötzlich ließ sie sich auf die Knie fallen, ergriff seine kalten Hände und küßte sie.

»Pate«, sagte sie unter Tränen, »mein lieber Pate, warum haben Sie das getan? Warum mußten Sie ihm das alles ins Gesicht schleudern? Das war ... das war eine ...«

»Dummheit, nicht wahr? Du magst es nur nicht aussprechen.«

»Ein Fehler jedenfalls. Was haben Sie sich erhofft, als Sie Napoleon beschimpften? Wollten Sie seine Armee veranlassen, Moskau und Rußland zu verlassen?«

»Tatsächlich, das wollte ich! Das wollte ich mit all meinen Kräften erreichen. Du kannst nicht ahnen, wie sehr ich wünschte, daß er von hier verschwindet, daß er heimkehren sollte, als es noch Zeit war, und ohne weiteres Unheil zu säen.«

»Das kann er nicht! Sonst würde er allein dastehen. Es gibt treibende Kräfte ... alle, die sich an den Eroberungen bereichern. All diese Männer, für die Moskau eine Art Golkonda ist ... die Marschälle!«

»Glaubst du? Die wollen alle zurück! Die meisten träumen von der Heimkehr! Das ist nicht ihr Krieg, sie haben nicht die rechte Witterung für ihn, und vor allem brauchen sie ihn nicht. Ihre pompösen Titel und ihre Güter haben sie schon, dazu Reichtümer, die sie endlich genießen wollen. Das ist doch menschlich! Wenn ich Napoleon überzeugt hätte, würde seine Armee morgen schon abrücken ...«

»Vielleicht. Aber warum mußten Sie persönlich auftreten? Es gibt doch genug beredte Männer, die das Risiko auf sich nehmen konnten ... unter den Tausenden, die Ihnen unterstellt sind.«

Er fuhr zusammen und musterte sie mit einem Blick, in dem sich Überraschung und Neugier mischten.

»Was willst du damit sagen?«

»Daß ich weiß, wer Sie sind, welche Macht Sie in der Welt repräsentieren. Sie sind der Mann, den man den Schwarzen Papst nennt!«

Er preßte ihre Hände, daß sie schmerzten, um sie zum Schweigen zu bringen, dabei sah er ängstlich zur Türe.

»Schweig! Es gibt Worte, die man niemals ausspricht! Woher weißt du es?«

»Von Jolival. Als Sie in Odessa dem Herzog von Richelieu einen gewissen Ring zeigten, ist es ihm klar geworden.«

Wieder zuckte der Kardinal mit einem kleinen, traurigen Lachen die Achseln.

»Ich hätte mich vor den scharfen Augen deines Freundes hüten müssen. Er ist ein wertvoller Mensch und sehr verständig, ich bin froh, daß ich dich seinem Schutz anvertrauen kann.«

Ungeduldig, fast zornig antwortete Marianne:

»Lassen Sie Jolival aus dem Spiel. Von ihm ist nicht die Rede. Ich will wissen, warum Sie sich plötzlich zum Propheten und Richter gewandelt haben. Sie hatten nie die geringste Vorstellung von Napoleons Charakter. So wie Sie vorgegangen sind, mußten Sie sich ja ein Todesurteil einhandeln, denn er konnte nicht anders: Sie wie einen Feind und Spion zu behandeln.«

»Und wer sagt, daß ich nicht beides bin? Sein Feind bin ich immer gewesen, und wenn ich das Wort auch nicht liebe, so gestehe ich doch gerne, daß ich wie ein Spion mein Leben lang im Geheimen, im Dunkeln zu wirken versuchte.«

»Darum verstehe ich erst recht nicht, warum Sie nun plötzlich Licht, Öffentlichkeit und Aufsehen suchen mußten.«

Er überlegte kurz, sagte dann fast gleichgültig:

»Ich gebe zu, daß ich mich im Charakter des Korsen getäuscht habe. Ich setzte auf seine lateinische, mittelmeerische Herkunft. Ich weiß, daß er abergläubisch ist! Eigentlich konnte ich keine tragischere Kulisse und keinen günstigeren Augenblick finden, als inmitten dieser Feuersbrunst, um ihn zu beeindrucken ... und zur Vernunft zu bringen.«

»Diese Feuersbrunst haben Sie mehr oder weniger gewollt, denn Sie waren unterrichtet.«

»Das ist richtig, ich war auf dem laufenden, und ich bekam Angst, als ich dich hier sah. Deshalb mußte ich eingreifen ... auch, als ich all diese Männer sah, diese gewaltige Armee, in der ich auch einige der Unsrigen erkannte ...«

»Sie wollen sagen ... Männer vom alten Adel?«

»Ja ... Ségur, Montesquiou ... sogar ein Mortemart ... ich gestehe, daß mein Herz blutete. Auch sie habe ich retten wollen, die ihr Schicksal mit dem dieses verderblichen, wahnsinnigen Genies gekoppelt haben. Ich will dir nicht verheimlichen, daß ich hergekommen bin, um ihn und seine Anhänger zu vernichten. Ich habe, Gott verzeih mir, sogar daran gedacht, ihn ermorden zu lassen!«

»Oh! Nein! Nicht das! Nicht Sie!«

»Warum nicht? Die Männer, deren Werk ich fortsetze, sind im Lauf der Geschichte nicht vor dieser Sünde zurückgeschreckt, wenn das Wohl der Kirche es erforderte. Denke an Heinrich IV. und andere. Aber ich gebe dir mein Wort, daß ich meine Meinung geändert habe. So habe ich ihn denn nur mit dem äußersten Nachdruck angefleht, er möge abrücken, nach Frankreich zurückkehren, diese endlosen Kriege beenden und endlich in Frieden regieren.«

Marianne sah ihn mit großen Augen an, als habe sie einen Kranken vor sich.

»In Frieden regieren? Napoleon? Aber Pate, das meinen Sie nicht im Ernst! Wie können Sie ernsthaft verlangen, daß er in Frieden regiert, da Sie selbst doch immer noch Anhänger des achtzehnten Ludwig sind?«

Gauthier de Chazay lächelte unmerklich, schloß einen Moment die Augen und sah sein Patenkind dann mit einem Blick an, in dem sie zum ersten Mal Ratlosigkeit und Verzweiflung erkannte.

»Ich diene niemand anderem als Gott, Marianne. Und Gott haßt den Krieg! Ich habe alles aufs Spiel gesetzt, weißt du: entweder hatte ich Erfolg ... oder ich verlor mein Leben ... an dem mir nichts mehr liegt.«

Marianne stieß einen entsetzten Schrei aus.

»Das ist nicht Ihr Ernst! Sie, ein Kirchenfürst, ein mächtiger und hochgeehrter Mann ... Sie wollen sterben?«

»Vielleicht! Du mußt bedenken, Marianne, daß ich in der bevorzugten Stellung, die ich erreicht habe, vieles erfahren habe, und besonders die Ordensgeheimnisse. Das schrecklichste von allen ist mir erst kürzlich offenbart worden, es hätte mich fast getötet: der wahre König von Frankreich ist nicht der, dem ich so lange gedient habe. Er ist ein anderer, der gut versteckt ist, und dem dieser ein grauenhaftes Schicksal zugedacht hat. Ein Verbrechen!«

Plötzlich hatte Marianne das Gefühl, als sei er nicht mehr bei ihr, als entschlüpfte er ihr in eine Art Besessenheit, sei nicht mehr ansprechbar, weil er im Geiste Dinge sah, neben denen die Umwelt verblaßte. Sie mußte ihn zurückrufen, mußte versuchen, seine rätselhaften Worte zu verstehen.

»Wollen Sie sagen ... wenn man zuließe, daß Ludwig XVIII. auf den Thron gelangt, so wäre er auch nur ein Thronräuber? Schlimmer als Napoleon? Das würde aber doch heißen, daß der Sohn Ludwigs XVI. und der Marie Antoinette, dieser unglückliche Ludwig XVII., von dem es heißt, er sei im Elend gestorben ...«

Der Kardinal sprang auf und legte der jungen Frau seine Hand auf den Mund.

»Schweig!« befahl er streng. »Es gibt Geheimnisse, die töten, und du hast kein Recht, dich mit diesem zu belasten! Wenn ich ein paar Worte darüber verloren habe, geschah das, weil du meinem Herzen nahe stehst und deshalb das Recht hast, meine Handlungsweise zu verstehen. Nur eines sollst du wissen: Was ich in den Geheimpapieren meines noch nicht lange verstorbenen Vorgängers entdeckt habe, das hat mich den großen Irrtum meines Lebens erkennen lassen. Unbewußt habe ich mich zum Komplizen eines Verbrechens gemacht, und das ertrage ich nicht mehr. Ohne meinen Glauben ... ohne dieses Gewand hätte ich mich vielleicht selbst getötet. Dann dachte ich daran, mein Leben zu opfern, indem ich der Welt einen großen Dienst erwies. Hätte ich Napoleon zum Rückzug bewegt, ihn von seinen tödlichen Irrtümern geheilt, dann könnte ich in Frieden scheiden ... sogar glücklich, denn wenigstens würden dann diese ständigen Kriege aufhören, die das Land zum Weißbluten bringen, das ich fast so sehr liebe wie Gott ... und dem ich so schlecht gedient habe. Nun, ich habe versagt ... und sterbe trotzdem!«

Marianne stand erregt auf.

»Ja«, sagte sie, »und das wird schon bald sein, wenn Sie nicht auf das eingehen, was ich Ihnen anbiete.«

»Das ist?«

»Die Freiheit! Nein«, fügte sie schnell hinzu, als sie bemerkte, daß er eine abwehrende Geste machen wollte, »ich habe nicht gesagt Begnadigung! Heute abend tritt ein Gericht zusammen, und ehe die Nacht anbricht, sind Sie tot ... wenn Sie nicht tun, was ich sage.«

»Wozu noch? Ich sage dir, ich habe versagt.«

»Ganz genau! Und ich sage Ihnen, daß es idiotisch ist, für nichts zu sterben! Gott, der nicht gewollt hat, daß man Sie versteht, hat ebenso wenig Ihren Tod gewollt, sonst hätte er mich nicht hergeführt.«

Das gespannte Gesicht des Gefangenen lockerte sich etwas auf. Zum ersten Mal lächelte er ihr zu, und in diesem Lächeln erkannte sie die frühere Heiterkeit und Spottlust wieder.

»Und wie willst du mich vor den Gewehren des Erschießungskommandos bewahren? Bringst du mir Flügel?«

»Nein, Sie werden sofort hier verschwinden ... und die Soldaten salutieren!«

Sie erläuterte ihm in aller Eile ihren Plan, der sehr einfach war: der Kardinal sollte ihren Mantel anziehen und die Kapuze so weit wie möglich in das Gesicht ziehen wie jemand, der seinen Kummer verbergen will. Dazu würde auch das Taschentuch seine Rolle spielen, das sie bei der Ankunft vor dem Gesicht gehabt hatte. Wenn dann der Posten kam, um zu melden, daß die halbe Stunde vorüber sei ... Der Kardinal unterbrach sie entrüstet:

»Du willst an meiner Stelle hier bleiben? Und du erwartest, daß ich darauf eingehe?«

»Warum nicht? Es besteht doch kaum die Gefahr, daß sie mich erschießen! Gewiß werden meine guten Beziehungen zum Kaiser ein wenig darunter leiden ... aber das ist jetzt ohne Bedeutung. Wir sind weit weg von Paris ... und als Franzosen müssen wir ein wenig zusammenhalten.«

»Aber es ist Unsinn, es kann nicht klappen!«

»Warum nicht? Wir haben ungefähr dieselbe Statur, wenn ich keine hohen Absätze trage. Sie sind auch so schlank wie ich, und bei dem schlechten Licht hier im Gefängnis ist der Unterschied zwischen Ihrer schwarzen Soutane und meinem dunklen Kleid nicht zu erkennen. Ich bitte Sie inständig, Pate, tun Sie was ich sage. Nehmen Sie den Mantel und gehen Sie, denn Sie haben noch soviel zu tun ...«

»Zu tun? Ich habe dir doch gesagt ...«

»Wenn ich Sie recht verstanden habe, müssen Sie eine

große Ungerechtigkeit wieder gutmachen. Sie müssen diesem Unglücklichen dienen! Er hat sonst niemanden, der es tun könnte. Da Ihnen ein schreckliches Staatsgeheimnis bekanntgeworden ist, müssen Sie handeln. Gehen Sie, gleich kommt der Posten, und ich schwöre, daß ich nicht gefährdet bin! Sie wissen es selbst. Also tun Sie, was ich Ihnen sage, sonst bleibe ich hier bei Ihnen und erkläre mich zu Ihrer Komplizin!«

»Das wird keiner glauben«, sagte er lachend. »Du vergißt, daß du ihn gerettet hast.«

»Ach, hören Sie auf zu sticheln! Es geht um Ihr Leben, und Sie wissen, daß es für mich auf dieser Welt nichts Wertvolleres gibt.« Schon hatte sie ihen Mantel ausgezogen und ihn ihrem Paten um die Schultern geworfen, der ihn gehorsam annahm. Als sie ihm dann die Kapuze über das Gesicht ziehen wollte, hielt er sie auf, schloß sie in die Arme und küßte sie mit unendlicher Zärtlichkeit. Seine feuchten Wangen sagten ihr, daß er weinte.

»Gott segne dich, mein Kind! Du hast an einem einzigen Tag mein Leben und meine Seele gerettet. Gib auf dich acht. Wir werden uns wiedersehen, denn ich werde dich zu finden wissen ... selbst in Amerika!«

Sie half ihm, sein Gesicht mit der Kapuze zu verhüllen, und zeigte ihm, wie er das Tuch halten sollte. Übrigens drang immer mehr Rauch in den Kerker ein, und es wirkte ganz natürlich, daß er das Taschentuch vor den Mund hielt.

»Vor allem verstellen Sie Ihre Stimme, wenn man mit Ihnen spricht, meine Stimme haben sie nicht gehört. Und geben Sie sich schmerzgebeugt, das macht immer Eindruck. Oh!« sie erinnerte sich plötzlich des kostbaren Gegenstandes, den sie immer noch in einem Lederbeutelchen auf dem Leib trug. »Wünschen Sie, daß ich Ihnen jetzt den Diamanten übergebe?«

»Nein, behalte ihn. Und halte dich an meine Anweisungen. Er gehört dem, von dem ich dir gesprochen habe. In vier Monaten wird ein Mann in die Rue de Lille kommen und ihn abholen. Du hast es doch nicht vergessen?«

Sie schüttelte den Kopf, drängte ihn auf die Türe zu, hinter der man schon die eisenbeschlagenen Stiefel des Postens hörte, der die Treppe heraufkam.

»Seien Sie vorsichtig«, flüsterte sie noch. Dann lief sie und warf sich auf das Strohlager, das statt eines Bettes im dunkelsten Winkel des Gefängnisses eingerichtet war. Dort machte sie sich möglichst unkenntlich, indem sie ihr Gesicht halb in der Armbeuge, halb im Stroh barg wie ein Mensch in größter Verzweiflung und wartete mit angstbebendem Herzen ...

Die Riegel klirrten, die Türangeln kreischten, dann sagte die grobe Stimme des Soldaten:

»Es ist Zeit, Madame ... tut mir leid.«

Ein dünner Seufzer, der dem schauspielerischen Talent des Kardinals alle Ehre machte, antwortete ihm. Dann wurde die Türe geschlossen, die Schritte entfernten sich. Aber Marianne wagte noch nicht sich zu bewegen. Gespannt horchte sie nach draußen, jede Sekunde darauf gefaßt, einen wütenden Ausruf, Kampflärm oder Verfolgung zu hören. Im Geiste verfolgte sie jeden Schritt des Gefangenen und seines Begleiters: Die Treppe, das erste Podest, der nächste Treppenlauf, am zweiten Posten vorbei, die Pforte des Turmes ...

Als sie unten die schwere, eisenbeschlagene Türe gehen hörte, atmete sie auf. Gauthier de Chazay war jetzt draußen, er mußte nur noch unerkannt eines der drei Tore des Kreml passieren.

Endlich stand sie auf und tat einige Schritte. Sofort brachte der ätzende Qualm sie zum Husten. Sie riß einen Streifen von ihrem Unterrock ab, tauchte ihn in den Wasserkrug, der, wie in Gefängnissen üblich, in einer Ecke stand und hielt das nasse Tuch an ihr brennendes Gesicht. Ihr Herz hämmerte so wild, daß sie glaubte, sie müsse Fieber haben, sie zwang sich jedoch, ruhig zu überlegen. Was würde geschehen, wenn man nachher kam, um den Gefangenen abzuholen? Gewiß würde man ihr nichts antun, denn sie war eine Frau, aber man würde sie sofort zum Kaiser bringen ... und trotz ihres Mutes verursachte ihr dieser Gedanke einen Schauder. Sie würde eine böse Viertelstunde durchzustehen haben. Aber das Leben eines Menschen, besonders wenn es sich um Gauthier de Chazay handelte, war schon einige Unannehmlichkeiten wert ... selbst dieses erstickende Gefängnis ... Zum Glück hatte Jolival nicht viel Umstände gemacht, als sie ihm ihren Entschluß mitteilte. Er hatte sich bereitwillig ihren Vorschlägen gefügt. »Es ist besser, wenn Sie vor dem Zorn des Kaisers in Sicherheit sind«, hatte sie gesagt. »Gracchus soll alles vorbereiten, damit Sie aus dem Kreml verschwinden können. Sie könnten vielleicht wieder in Rostopchines Palast ziehen ... sofern die fortschreitende Feuersbrunst Sie nicht zwingt, Moskau ganz zu verlassen. In diesem Falle treffen wir uns in der ersten Poststation auf dem Weg nach Paris.«

Nachdem diese Frage geregelt war, übersah sie geflissentlich, wie Gracchus enttäuscht sein Gesicht verzog, und erwähnte beiläufig, daß, wer sich ihren Befehlen nicht unterordnen wolle, in ihrem Dienst nichts zu suchen habe.

Am ärgsten war das Warten ... diese ganze Zeit, die verstreichen würde, bis man die Flucht entdeckte. Es mochte gegen Mittag sein, und wenn sich der Kaiser nicht entschloß, den Kreml zu räumen, konnte es noch sechs oder sieben Stunden dauern, ehe wieder jemand in ihr Gefängnis kam. Sechs oder sieben Stunden! Sechs bis sieben Ewigkeiten!

Wieder stieg ihr die Angst in die Kehle, wie bei einem kleinen Mädchen, das man in die dunkle Besenkammer gesperrt hat. Wenn doch schon alles vorüber wäre! Andererseits sagte sie sich natürlich, daß der Kardinal um so größere Aussichten hatte, je länger ihre Qual dauerte. Sie mußte geduldig sein, und, wenn möglich, auch ruhig.

Plötzlich fiel ihr ein, daß sie seit dem vorigen Abend noch nichts gegessen hatte. Sie holte sich den Wasserkrug und das Stück Brot, das in einer Mauernische lag.

Die Hitze wurde immer unerträglicher, und als die junge Frau zu der Schießscharte trat, die das Fenster ersetzte, stellte sie entsetzt fest, daß fast nur noch Flammen zu sehen waren. Der ganze Süden der Stadt mußte jetzt schon erfaßt sein. Vielleicht war der Kreml schon völlig eingeschlossen. Und weil sich das Feuer im Fluß spiegelte, sah es aus, als brenne auch das Wasser.

Sie nahm sich zusammen, sie ging langsam in ihrem Gefängnis auf und ab, um ihre Ungeduld zu zügeln und sich zu beruhigen. Plötzlich blieb sie stehen und horchte nach draußen. Ihr Herzschlag beschleunigte sich. Man kam!... Schwere Schritte auf der Treppe, wie von bewaffneten Soldaten. Marianne schloß daraus, daß die Gerichtssitzung vorverlegt war, daß man den Gefangenen abholte. Ohne Zweifel hatte sich der Kaiser entschlossen, den Kreml aufzugeben.

Fieberhaft überlegte sie, wie weit der Flüchtling gekommen sein konnte. Den Mauergürtel des Kreml mußte er schon hinter sich haben. Aber sie war so erregt gewesen, daß sie sich vielleicht in der Zeit verschätzte. Hatte er sich wirklich in Sicherheit bringen können?

Als die Schlösser und Riegel klirrten, richtete sie sich auf, preßte die Hände zusammen, daß die Gelenke knackten, wie sie es meistens tat, wenn sie eine innere Bewegung meistern wollte. Sie hörte, daß jemand hereinkam, dann eine kalte, aber wohklingende junge Stimme:

»Mein Herr, die Richter erwarten Sie. Wollen Sie mir folgen!«

Während der kurzen Haft war ihr nur wenig Zeit zum Überlegen geblieben, sie hatte nicht bedacht, wie sie sich verhalten sollte, wenn die Vertauschung entdeckt würde. Doch instinktiv spielte sie auf Zeitgewinn, hatte sich beim Eintreten des Mannes in den dunkelsten Winkel ihres Gefängnisses zurückgezogen und der Türe den Rükken zugekehrt.

Als sie angesprochen wurde, drehte sie sich langsam um und sah zwei Grenadiere im Türrahmen stehen, vor ihnen einen jungen Hauptmann, der ihr unbekannt war.

Die junge Frau kam ein paar Schritte näher, sie trat in das Licht, das aus dem Treppenhaus hereinfiel. Ein dreifacher Ausruf der Verblüffung ... aber schon hatte Marianne sich entschlossen. Sie raffte ihre Kleider, sprang zwischen den beiden Soldaten durch auf die Treppe und rannte hinab, ehe sich die drei Männer von ihrem Schrecken erholt hatten. Als sie an der Wache vorbeilief, hörte sie den jungen Hauptmann schreien:

»Zum Teufel! Hinterher, ihr Hundsfötter! Packt sie!«

Es war schon zu spät. Zum Glück für Marianne war die Pforte des Turms offen geblieben. Sie war schon draußen, ehe die Posten merkten, was vorging. Mit einem Triumphschrei tauchte sie in den Rauch wie in einen bergenden Nebel, lief einfach geradeaus, ohne sich um Hindernisse zu kümmern, ohne Ziel, denn zunächst einmal will der Flüchtling einen möglichst großen Abstand von seinen Verfolgern gewinnen. Aber es führte kein gebahnter Weg zur Esplanade hinab, und schon hörte die Flüchtende hinter sich die Schreie der Verfolger, die ihr bedenklich nahe waren.

Sie kannte den Kreml und seine Ausgänge nicht. Soweit sie es durch den Dunst sehen konnte, wimmelte es auf der Esplanade von Menschen. Wenn sie nicht zwischen zwei Feuer geraten wollte, mußte sie sich auf die eine oder andere Art verstecken.

Im wehenden Rauch erkannte sie auf der Anhöhe in der Nähe des Palastes einen dicht belaubten Baum, gewiß einige hundert Jahre alt, seine Zweige hingen bis zur Erde herab. Sein Laubwerk war so dicht, daß es unmöglich schien, darin einzudringen, und der Wind rauschte im Geäst, als habe ein Krähenschwarm sich dort niedergelassen.

Angetrieben vom Sturm, der jetzt aus dem Süden kam, gelangte Marianne blitzschnell auf die Anhöhe und arbeitete sich durch die Äste zum Stamm des Baumes vor. Nach wenigen Sekunden, die ihr allerdings wie Ewigkeiten vorkamen, saß sie rittlings auf einem dicken Ast und war nun praktisch unsichtbar geworden. Es war höchste Zeit! Kaum eine halbe Minute später sah sie unter sich den jungen Hauptmann vorbeikommen. Er lief wie ein Hase, schrie aus vollen Lungen nach der Wache und wehrte nicht einmal den Funkenflug ab, den ihm ein Windstoß ins Gesicht trieb.

Mariannes Erleichterung war von kurzer Dauer. Die

Gefahr war zwar nicht mehr so akut, aber darum nicht weniger groß, denn während ihres kurzen Aufenthalts im Turm hatte sich der Brand in der Stadt erschreckend ausgebreitet. Der Äquinoktialsturm brachte einen wahren Feuerregen über den Kreml, Funkenregen, Strohfackeln, brennende Holzteile, das klapperte auf den Blechdächern des Palastes und auf den kupfernen Wölbungen der Kirchen wie Ambosse unter den Hämmern unsichtbarer Schmiede. Zusammen mit dem Geschrei der Menschen ergab das eine schauderliche Symphonie. Die ganze Stadt heulte aus dieser Atmosphäre, in der man Feuer zu atmen glaubte, zum gleichfalls brennenden Himmel empor.

Der grüne Dom, den der Baum über ihrem Kopf bildete, schützte Marianne vor diesem Feuersturm, aber wie lange würde es dauern, bis auch der Baum Feuer fing?

Die Flüchtige bog die Zweige etwas auseinander und konnte nun den Platz zwischen Palast und Arsenal überblicken. Er wimmelte von Soldaten, die sich unter Einsatz ihres Lebens abmühten, Pulverfässer und Wergballen vor dem Feuer zu schützen. Der Trakt der Pferdeställe war schon unmittelbar bedroht, man hörte das erschreckte Wiehern der Pferde, und eine Armee von Stallburschen war bemüht, dort eine Panik zu verhindern.

»Jesus!« murmelte Marianne, »hilf mir hier heraus.«

Dann sah sie plötzlich den Kaiser. Zu Fuß, ohne Kopfbedeckung, mit in die Stirne hängender schwarzer Haarsträhne und flatternden Rockschößen stürzte er auf das bedrohte Arsenal zu, hinter ihm Berthier, Gourgaud und der Prinz Eugen. Ein höherer Offizier, General Lariboisière, stellte sich ihm entgegen und versuchte verzweifelt, ihn von diesem offensichtlich gefährlichen Weg abzuhalten. Napoleon ging um ihn herum. Dann wollte eine Gruppe von Kanonieren, die Munitionskisten in Sicherheit brachte, ihn aufhalten, fast kniefällig baten sie, er möge umkehren. In diesem Augenblick tauchte Murats grotesker Federbusch bei den Pferdeställen auf und schwamm auf der bewegten Flut der Soldaten zum Kaiser hin. In ihrem Vogelnest hörte Marianne jemand rufen:

»Sire! Bitte zurück!«

Übrigens mußte sie in diesem Augenblick die beiseite geschobenen Äste loslassen und sich zurückwerfen, um einem brennenden Holzstück zu entgehen, das durch den Baumwipfel herabfiel.

»Hier kann ich nicht lange bleiben«, murmelte sie verzweifelt. »Es muß eine Möglichkeit geben, hier heraus zu kommen!«

Die Erlöserpforte, die einzige, die ihr bekannt war, kam nicht in Frage, denn sie war von Kanonen versperrt, die vom Regierungsplatz herangeschafft worden waren. Als sie sich nun suchend umschaute, entdeckte sie am Fuß eines großen Turmes, dessen spitzgiebeliges Dach eine benachbarte Kirche weit überragte, ein Portal, durch das Soldaten eine Kette gebildet hatten, um Eimer voll Wasser von der Moskwa bis zu den Dächern des Kreml weiterzureichen. Es waren Pioniere, also nicht die Soldaten, denen sie soeben entkommen war. Auch von den Offizieren, welche die Eimerkette überwachten, war ihr keiner bekannt ... und außerdem hatte sie keine andere Wahl!

Sie ließ sich nach unten gleiten, aber kaum hatte sie den Boden berührt, da warf ein Windstoß sie um, und sie rollte den Abhang hinunter bis zur Umfassungsmauer, ihre Schulter schmerzte so sehr, daß ihr die Tränen kamen. Einen Augenblick blieb sie wie betäubt im Gras ausgestreckt liegen. Ihr Schädel brummte, die Kopfschmerzen waren verstärkt wieder da, sie hatte den Eindruck, in ihrem Kopf werde eine Kirchenorgel gespielt. Dann war sie wie durch ein Wunder plötzlich wieder auf den Beinen und stand dem sonderbarsten weiblichen Wesen gegenüber, das ihr je begegnet war, einer rotgesichtigen Matrone, die stolz über einem auf der Stirne geknoteten roten Tuch eine Grenadiermütze trug, deren Pelz so vom Feuer zerfressen war, daß er aussah wie ein

Getreidefeld, das von nachlässigen Schnittern abgeerntet worden war.

An dem kleinen Fäßchen, das die Frau am Schulterriemen trug, erkannte Marianne die Marketenderin. Sie mochte um die Vierzig sein. Nachdem sie Marianne aufgehoben hatte, staubte sie sie ab, schüttelte ihr Kleid aus und klopfte ihr auf den Rücken, um sie von Halmen und Ästchen zu befreien, die sich im Stoff festgesetzt hatten.

»Na bitte«, sagte sie voller Zufriedenheit, als sie ihr Werk für beendet erachtete, »jetzt siehst du wieder nach etwas aus, meine Schöne! Aber du hast eine komische Art zu reisen ... einmal ganz von dieser Beule abgesehen, die älter sein muß als fünf Minuten, denn sie ist schon hübsch blau!« Damit deutete sie auf die Schwellung, die Marianne der etwas zu heftigen Berührung mit einer chinesischen Vase, dem Werkzeug des kaiserlichen Zorns, verdankte. »Und wohin wolltest du, daß es so eilig war?«

Marianne schob ein paar Haarsträhnen zurück, die aus dem Knoten geschlüpft und ihr ins Gesicht gefallen waren. Sie zuckte die Achseln und deutete auf den lodernden Himmel.

»Bei solchem Wetter hat man es eilig«, sagte sie. »Ich wollte raus hier! Ich habe schon so etwas wie einen halben Baumstamm an den Kopf bekommen und fühle mich nicht sehr wohl!«

Die Frau machte große Augen.

»Und du bildest dir ein, jenseits der Mauer ist es besser? Armes Kind! Du hast wohl noch nicht kapiert, daß die Rußkis aus dieser verflixten Stadt ein Freudenfeuerchen machen. Wahrscheinlich gefiel sie ihnen nicht mehr. Aber du hast recht, du bist ziemlich mitgenommen. Außer deinem blauen Fleck hast du keine Farbe mehr. Warte mal, ich geb dir einen Schnaps, du wirst sehen, er ist großartig, der weckt Tote auf!«

Großzügig hakte sie einen Becher von ihrem Gürtel los, füllte ihn zur Hälfte aus ihrem Fäßchen und hielt ihn ihrem Schützling an die Lippen. Marianne wagte nicht abzulehnen, um so weniger, als sie dringend einer Aufmunterung bedurfte. Sie trank einen Schluck ... und glaubte das ganze Feuer verschluckt zu haben. Hustend, spuckend und halb erstickt mußte sie noch einmal die freundliche Hilfe der Marketenderin in Anspruch nehmen, die ihr großzügig lachend so heftig auf den Rücken schlug, daß es einen Ochsen umgeworfen hätte.

»Du bist eine Dame, das sieht man. Du bist nichts gewöhnt!«

»Er ist ... wohl etwas stark. Aber, wie Sie sagten, ich fühle mich besser. Vielen Dank, Madame.«

Die andere lachte so laut, daß sie sich die Seiten halten mußte.

»Also wirklich! Es ist das erste Mal, daß mich einer Madame nennt. Ich bin nicht Madame, mein Täubchen! Ich bin Mutter Tambouille, die Marketenderin von denen da«, sagte sie und deutete mit dem Daumen auf die Soldaten in der Eimerkette. »Ich wollte ihnen ein Tröpfchen bringen, um sie anzufeuern, da rollst du mir vor die Füße. Aber im Ernst, du hast mir noch nicht verraten, warum du in diesen Bratofen zurück wolltest.«

Marianne mußte nicht einmal überlegen. Der Schnaps schien ihre Geisteskräfte wieder gestärkt zu haben.

»Ich bin die Nichte des Pfarrers Surugue von Saint-Louis-des-Français«, schwindelte sie, »man hatte mir gesagt, mein Onkel sei zum Kreml gegangen, um den Kaiser zu sehen, also wollte ich ihn suchen, aber ich habe ihn nicht gefunden. Jetzt eben wollte ich nach Hause gehen.«

»Die Nichte eines Pfarrers! Gott bewahre! Und ausgerechnet mir muß dieses arme Häschen in die Quere laufen! Aber du Dusselchen, weißt du denn, ob du überhaupt noch ein Zuhause hast?«

»Vielleicht nicht ... aber ich muß trotzdem nachsehen. Mein Onkel ist alt ... und schlecht zu Fuß. Ich muß ihn finden, sonst kommt er um.«

Die Mutter Tambouille stieß einen Seufzer aus, der siegreich den Sturm übertönte.

»Bist du nicht ein bißchen dickköpfig, wie? Du erinnerst mich an meine Eselin Lisette. Aber wenn du Jeanne d'Arc spielen willst? Meinetwegen«, seufzte sie. »Gehen wir, wenn du darauf bestehst. Ich bringe dich noch zum Tor.«

Seite an Seite gelangten sie zu der Pforte, durch die sich immer noch die Eimerkette zog. Die Marketenderin wurde mit einer Flut fröhlicher Zurufe empfangen, die leicht anzüglich wurden, sobald sie sich auf ihre neue Gehilfin erstreckten. Mariannes Erscheinung wirkte auf diese Herrn sehr anregend, sie sparten nicht mit Zweideutigkeiten oder eindeutigen Einladungen, die sogar der Mutter Tambouille zu grob erschienen.

»Seid still, ihr Schandmäuler!« brüllte sie. »Wen glaubt ihr vor euch zu haben? Diese Kleine ist kein Sofapüppchen, sie ist die Nichte eines Pfarrers! Wenn ihr schon keinen Respekt vor Unterröcken habt, respektiert wenigstens die Religion. Und macht mal etwas Platz, damit sie hinaus kann!«

»Hinaus? Dann täten wir ihr einen schlechten Dienst«, sagte ein Pionier mit einem wunderschönen, karottenroten Bart, der die junge Frau mit den Blicken verschlungen hatte, als sei er behext. »Draußen brennt es überall! Sie würde geröstet, und das wäre verdammt schade, gerade bei eines Pfarrers Nichte!«

»Das habe ich ihr alles schon gesagt! Also hau ab und laßt sie durch. Und macht nicht an ihr rum!«

»Können wir leider nicht«, brummte ein junger Kerl, der schwitzte wie ein Holzfäller, »dann müßten wir die Eimer loslassen.«

Denn sie hatten über dem Geplänkel keine Zeit verloren. Die Eimer wanderten weiter wie zuvor, nur daß sich ihr Inhalt ein wenig über ihre Füße ergoß, wenn die Marketenderin ihnen von ihrem famosen Schnaps einschenkte und ihn selbst in ihre Kehlen goß, damit die Arbeit weiterging. Da aber niemand Anstalten machte, ihr den Weg frei zu geben, kam der diensthabende Offizier, der nicht am Gespräch teilgenommen hatte, auf Marianne zu und nahm ihre Hand.

»Kommen Sie, Mademoiselle, und seien Sie ihnen

nicht böse: sie möchten Sie nicht fortlassen. Sie haben übrigens recht, es ist sehr unvorsichtig!«

»Vielen Dank, Herr Leutnant, aber ich muß unbedingt zu meinem Onkel. Er ist meinetwegen sehr in Sorge.«

An der Hand des aufmerksamen Soldaten gelangte Marianne durch das Tor, nicht ohne Schwierigkeiten, denn der Boden war vom verschütteten Wasser aufgeweicht. Draußen bedankte sie sich und unterdrückte einen Seufzer der Erleichterung, weil sie endlich den Mauern der Zitadelle entkommen war.

Im nächsten Augenblick tauchte sie in die wilde Geschäftigkeit ein, die auf dem großen Platz vor dem Regierungsgebäude herrschte. Die dort am Vorabend stationierten Truppen suchten ihre Geschütze und vor allem ihre Munition in Sicherheit zu bringen, andere suchten die Gebäude zu retten. Fahrzeuge aller Art standen herum, Kaufmannswagen, Herrschaftskutschen, die mit allen möglichen Gütern vollgepackt waren, denn unter dem Vorwand, möglichst viel vor dem Feuer zu retten, plünderten die Soldaten aus Herzenslust.

Von allen Seiten gestoßen und geschoben oder vor den Rädern eines Fahrzeugs flüchtend, gelangte Marianne schließlich doch zum Palais Rostopchine. Auf der Schwelle lief sie dem Sergenten Bourgogne in die Arme, der ihr den Zutritt verbot.

Sie erschrak, als sie ihn erkannte, denn er war während der Szene zwischen Napoleon und Gauthier de Chazay mit einer Gruppe gefangener Butechniks in der Galerie gewesen. Er mußte den Angriff des Prälaten miterlebt haben ... Aber sie beruhigte sich sofort wieder: er war dann wohl sofort wieder auf seinen Posten hier im Palast zurückgekehrt und konnte über den weiteren Verlauf nicht unterrichtet sein.

»Wohin wollen Sie, kleine Dame?«, fragte er mit seiner üblichen Biederkeit.

»Ich möchte hinein. Sie erinnern sich, als Sie ankamen, wohnte ich in diesem Haus ... mit meinem Onkel. Er war am Bein verletzt.« Er lächelte treuherzig.

»Gewiß kenne ich Sie. Ich glaube sogar, Sie heute früh

im Kreml gesehen zu haben ... aber in dieses Haus dürfen Sie nicht hinein. Es brennt zwar nicht, aber es ist gefährdet und auf Befehl Seiner Majestät beschlagnahmt. Übrigens müssen alle Zivilisten die Stadt verlassen!«

»Aber ich bin hier mit meinem Onkel verabredet. Er muß hineingegangen sein. Haben Sie ihn nicht gesehen?«

»Der Herr mit dem gebrochenen Bein? Nein, ich habe niemand gesehen.«

»Aber er muß hier sein! Vielleicht ist er hineingegangen, ohne daß Sie ihn gesehen haben.«

»Das ist unmöglich, meine liebe Dame! Seit vier Stunden halte ich mit meinen Männern hier Wache. Wenn jemand gekommen wäre, hätte ich ihn so sicher gesehen wie ich Adrien-Jean-Baptiste-François Bourgogne aus Condé-sur-Escaut bin! Wenn Ihr Onkel im Kreml war, muß er noch dort sein. Solange der Kaiser da ist ...«

Aber Marianne ging schon mit einem blassen Lächeln des Dankes davon, hinüber zur Kirche Sankt Basils des Glücklichen. Sie mußte einen Augenblick allein sein und ihre Lage überdenken. Wo konnten Gracchus und Jolival geblieben sein? Wenn der Sergeant sie nicht gesehen hatte, dann waren sie zweifellos auch nicht hierhergekommen.

»Das ist eine Binsenweisheit!« murmelte Marianne. »Aber was kann sie aufgehalten haben? Und wo soll ich jetzt bloß nach ihnen suchen?«

Sie sprang gerade noch rechtzeitig zur Seite, als ein mit Möbeln und Stoffballen beladener Karren auf sie zurollte, dessen Bremsen für die Belastung zu schwach waren, und der nun den Abhang herunterrollte, auf dem die Kirche stand. Mechanisch preßte sie sich an den runden Aufbau aus Ziegeln, der den Moskowitern bei Hinrichtungen als Schafott diente. Als die Gefahr vorbei war, stieg sie zur Kirche hinauf, wo sie einen Augenblick der Besinnung zu finden hoffte, selbst wenn die Kirche von betenden Flüchtlingen überfüllt sein sollte. Niemals hatte sie so sehr der göttlichen Hilfe bedurft, als in diesem Augenblick, in dem sie sich allein in einer unbekannten, feindlichen Stadt wußte.

Was sie dann jedoch vernahm, als sie die Stufen zum Portal hinanstieg, war nicht das Gemurmel von Bittgebeten, sondern das Fluchen von Stallknechten und das Wiehern von Pferden: Sankt Basilius der Glückliche war in einen Pferdestall verwandelt worden.

Diese Feststellung machte sie derart betroffen, daß sie auf dem Absatz kehrt machte und fortlief, als sei sie der Pest begegnet. Empörung und Zorn erfüllten sie so sehr, daß sie ihre eigenen Sorgen beinahe vergaß. Kein Mensch hatte das Recht zu einer solchen Handlungsweise. Selbst wenn sie Katholikin und jene orthodox waren, so verehrten sie doch mit kleinen rituellen Unterschieden alle denselben Gott. Sie war keine Frömmlerin, nicht einmal besonders kirchenfreundlich, aber der Glaube war tief in ihr verankert, und was sie gesehen hatte, traf sie empfindlich. Napoleon war also nicht damit zufrieden, daß er die Kardinäle verjagt, den Papst gefangen und durch seine Wiedervermählung die Gebote übertreten hatte, er erlaubte seinen Soldaten sogar, das Haus des Herrn zu schänden! Zum ersten Mal kam Marianne der Gedanke, seine Sache könne vielleicht dem Untergang geweiht sein. Die harten Worte, die Kardinal de Chazay zuvor gesprochen hatte, fanden plötzlich ein erstaunliches Echo in ihr, als seien es Worte eines Propheten gewesen.

Einen Augenblick war sie unschlüssig, was jetzt zu unternehmen sei. Wohin sollte sie sich unter diesem brennenden Himmel und inmitten dieses Höllentreibens wenden? Der Gedanke an ihren Paten und die Lügen, womit sie soeben Madame Tambouille abgespeist hatte, förderten ihren Entschluß. Warum sollte sie nicht Wahrheit daraus machen? Gewiß hatte sich der Kardinal nach Saint-Louis-des-Français geflüchtet oder auch weiter zum Schloß Kuskovo, wo sie beim Grafen Scheremetiew verabredet gewesen waren. Das war die Lösung. Wenn Gracchus und Jolival unauffindbar waren, mußte sie so handeln.

Nachdem Marianne sich entschlossen hatte, raffte sie den Saum ihres Kleides und schlug ihn, wie eine Bäuerin, die sich vor dem Regen schützen wollte, über den Kopf, damit ihr die brennenden Teilchen nichts anhaben konnten, die der Wind immer noch vor sich her trieb. Dann machte sie sich an die Aufgabe, den Platz zu überqueren und in das Viertel der Lubjanka zu kommen, in dem die französische Kirche stand.

Aber trotz aller Bemühungen gelang es ihr nicht, sich dem Strom der Fahrzeuge und Soldaten zu widersetzen, der den wenigen noch vom Feuer verschonten Toren zustrebte. Sie hörte jemand auf französisch rufen, daß nur noch die Straße nach Tver passierbar sei, aber ihr bedeutete das nichts. Sie wollte nicht mit diesen Leuten gehen, sie wollte ihren Paten finden.

Plötzlich stieß sie einen Freudenschrei aus. Ein Trupp Soldaten, der aus einer Seitenstraße kam, hatte die Menge geteilt, und für den Bruchteil einer Sekunde hatte sie eine Gestalt bemerkt, deren Anblick ihren Herzschlag beschleunigte, einen grauhaarigen Mann in einem großen, dunklen Mantel, der dem glich, den sie kurz zuvor dem Kardinal über die Schultern geworfen hatte. Da war er, da vor ihr!

Statt weiter gegen den Strom zu kämpfen, ließ sie sich von ihm treiben. Das Gegenteil wäre der sichere Tod gewesen, sie wäre unter die Karrenräder oder die Hufe der erregten Pferde geraten, die von den Kutschern kaum noch gebändigt werden konnten. Sie bemühte sich mit aller Kraft, den Mann mit dem dunklen Mantel zu erreichen.

Plötzlich hatte man das Gefühl, die bisher so enge Straße sei unendlich breit geworden. Die Menschenkarawane überquerte einen breiten Boulevard mit prächtigen Häusern. In diesem Augenblick verließ der Mann den Zug und stürzte den Boulevard hinab, obwohl er in geringer Entfernung gleichfalls schon durch Brände versperrt war. Sofort setzte sich Marianne auf seine Spur, rief ihn an aus voller Lungenkraft, konnte sich jedoch durch das Prasseln des Feuers und das Heulen des Windes nicht bemerkbar machen. Sie begann zu laufen, ohne auf ihre Umgebung zu achten und bemerkte nicht einmal, daß eine trunkene Soldateska im Begriff stand, all diese schönen Häuser auszuplündern. Der Kardinal vor ihr – er war es wirklich, denn ein Windstoß hatte sie unter dem Mantel die schwarze Soutane erkennen lassen – begann so schnell zu laufen, daß Marianne die größte Mühe hatte ihm zu folgen.

Trotzdem kam sie ihm näher ... aber dann war er plötzlich verschwunden. An der Stelle, wo sie ihn zuletzt gesehen hatte, stieß sie auf ein hohes, vergoldetes Gitter, hinter dem ein paar schwindsüchtige Bäume standen. Sie versuchte das Tor zu öffnen, aber es leistete so starken Widerstand, als sei es niemals offen gewesen. Dann bemerkte sie einen Glockenzug und hängte sich daran ... nichts geschah, niemand kam. Der Flüchtende war verschwunden, als habe sich unter seinen Füßen der Boden aufgetan und ihn verschlungen.

Kraftlos ließ sich Marianne auf einen der Ecksteine des Gatters fallen und blickte sich um. Überall Rufe, Geschrei, zerberstendes Glas, trunkene Lieder. Die Stadt brannte, das Feuer kam mit jedem Augenblick näher, aber trotzdem gab es Männer, welche die Keller plünderten und sich betranken, statt zu fliehen.

Aus den Seitenstraßen tauchten Gruppen von Frauen und halbnackten Kindern auf, die sich weinend oder vor Entsetzen laut schreiend auf dem noch ungefährdeten, breiten Boulevard zusammenrotteten. Marianne bemerkte darunter eine große Frau, die ähnlich gekleidet war wie die Marketenderin, nur daß sie statt der Fellmütze eine Polizeikappe mit einem rotseidenen Troddel aufhatte. Dieses Weib führte sich so schändlich auf, daß Marianne ihre trostlose Lage vergaß. Mit einem Kavalleriesäbel bewaffnet verlegte diese Megäre den aus einer Seitenstraße hereinströmenden Flüchtlingen den Weg, tastete sie einzeln ab und nahm ihnen alles fort, was sie für sich gerettet hatten. Schon hatte sie einen ganzen Haufen – Schmuckstücke, Geldbeutel – zusammengebracht. Die armen

Menschen, die das Feuer im Rücken hatten, ließen sich wortlos ausrauben.

Eine Gruppe tauchte auf, die bestand aus einem alten Mann, der am Stock ging, einem jungen Mädchen, zwei Kindern und zwei Männern, die auf einer Bahre eine offensichtlich schwerkranke Frau trugen. Bevor sie an Abwehr denken konnten, hatte sich das Mannweib auf die Bahre gestürzt und begann die Kranke mit einer solchen Rücksichtslosigkeit zu durchsuchen, daß Marianne es nicht länger ertrug und hinzustürzte.

Voller Haß und Verachtung fiel sie über die Frau her, packte das graue Haar, das unter der Polizeimütze vorkam, riß sie daran so brutal zurück, daß sie stürzte und bearbeitete sie dann mit den Fäusten. Nie hatte sie in diesem Maße den Wunsch verspürt, zu beißen, zu verwunden, zu töten. Sie schämte sich, sie schämte sich entsetzlich, daß diese Menschen Landsleute von ihr waren, und sie mußte es ihnen zeigen.

Aber die Frau brüllte wie ein angestochenes Schwein, und sofort eilten auch ein paar mehr oder weniger betrunkene Soldaten herbei. »Halt aus, Muttchen«, rief einer, »wir kommen ...«

Marianne sah sich verloren. Die Leute, denen sie so unvorsichtig zu Hilfe gekommen war, hatten sich schnell verzogen, als sie die Räuberin am Boden liegen sahen. Sie hatte allein mit vier wüsten Kerlen zu tun, die sie von ihrem Opfer zurückrissen. Dieses erhob sich mit blutender Nase und spie fluchend einige Zähne aus. Dann taumelte die Frau auf den Säbel zu, der ihr entfallen war.

»Danke, Jungens!« bellte sie. »Haltet sie gut fest! Ich steche ihr jetzt ein Auge aus, damit sie lernt ...«

Schon stürzte sie mit vorgestreckter Waffe auf Marianne zu, aber plötzlich stürzte sie vor ihr zu Boden. Der Riemen einer Peitsche hatte sich um ihre Füße gewickelt und sie gefällt wie einen Baum. Dazu erklärte eine spöttische, etwas näselnde Stimme:

»Ihr Burschen da! Verschwindet! Sonst macht ihr mit meiner Peitsche oder einem Erschießungskommando Bekanntschaft! Und dieses Dreckstück nehmt ihr mit!«

Sie ließen es sich nicht zweimal sagen. Im selben Augenblick war Marianne frei und stand dem Manne gegenüber, der sie gerettet hatte und soeben aus einer Kalesche stieg, die allerdings derzeit eher wie ein Möbelwagen aussah.

»Sind Sie verletzt?« fragte er, während die junge Frau mechanisch ihren Rock abklopfte und die durcheinander geratenen Haare zurückwarf.

»Nein ... ich glaube nicht. Danke Monsieur! Ohne Sie ...«

»Ich bitte Sie! War doch selbstverständlich! Schon peinlich genug, daß einen dieses verfluchte Feuer von einer Unterkunft zur anderen jagt, dazu muß man dann noch feststellen, daß man einem Volk von Wilden angehört! Aber ...« Plötzlich unterbrach er sie, blickte Marianne aufmerksam an und rief: »Aber ich kenne Sie! Madame, es steht in den Sternen, daß dies die denkwürdigste Nacht meines Lebens sein soll! Wer hätte auch erwarten können, im brennenden Moskau einer der schönsten Frauen von Paris zu begegnen?«

»Sie kennen mich?« fragte Marianne beunruhigt. Sie sagte sich, daß diese Art von Begegnung nach allem, was sich im Kreml abgespielt hatte, für sie durchaus nicht so wünschenswert sein konnte. »Sie machen mich neugierig, Monsieur ...«

»... de Beyle – zu Ihren Diensten, Madame! Untersuchungsrichter im Staatsrat, gegenwärtig Attaché im Dienste des kaiserlichen Armee-Intendanten Graf Mathieu Dumas. Mein Name sagt Ihnen nichts, denn ich hatte noch nicht die Ehre Ihrer Bekanntschaft. Aber ich habe sie an einem Abend in der Comédie Française gesehen. Man gab den *Britannicus,* und Sie sind in Ihrer Loge in Begleitung dieses großen Schurken Tschernyschew erschienen. Ein rotes Gewand ... so rot, wie die Flammen da, aber unendlich viel liebreizender! Aber bleiben wir nicht hier, das Feuer rückt näher. In diesem Karren ist zwar kein Platz mehr, aber ein Eckchen ist für Sie frei.«

»Also ich ... ich weiß nicht wohin. Ich wollte nach Saint-Louis-des-Français.«

»Da kommen Sie nicht mehr hin! Außerdem weiß keiner von uns, wohin er geht. Wichtig ist einzig, daß wir durch die winzigen Löcher, die noch offen sind, aus der Stadt schlüpfen.«

Während er sprach, half er Marianne, den Berg von Gepäck zu ersteigen, zu dem übrigens einige Flaschen, ein Fäßchen Wein und eine große Zahl zumeist wunderschön gebundener Bücher gehörten. Es lag dort übrigens schon ein anderer Passagier, ein beleibter Mann mit grünlicher Gesichtsfarbe, der nicht mehr sehr am Leben zu hängen schien.

Er sah Marianne ausdruckslos an. Als ihm klar wurde, daß sie mitfahren würde, stieß der dicke Mann einen tiefen Seufzer aus, ließ seinen Bauch los, den er mit beiden Händen festgehalten hatte und schob seinen schweren Körper auf eine Seitenwand des Fahrzeugs zu, um der jungen Frau Platz zu machen. Dabei versuchte er zu lächeln, was ihm jämmerlich mißlang.

»Monsieur de Bonnaire de Giff, zweiter Richter«, stellte Beyle vor. »Er leidet an einer schrecklichen Ruhr«, fügte er in einem Ton hinzu, der so sardonisch klang, daß für Sympathie oder eine Spur von Mitgefühl kein Platz mehr war. Offenbar war ihm sein Passagier ebenso lästig wie widerlich. Marianne versuchte zu lächeln, sagte ein paar freundliche Worte, und der Kranke dankte ihr mit einer Art Stöhnen.

Monsieur de Beyle setzte sich in Mariannes Nähe, dann befahl er dem Kutscher, den Boulevard hinunterzufahren, bis man sich wieder in die Reihe der Flüchtenden eingliedern konnte.

Ihr Begleiter schien sich übrigens so wohl zu fühlen, als befinde er sich in einem Salon. Er erzählte, das Feuer habe ihn von der sehr angenehmen Abendtafel im Palais Apraxine aufgejagt und gezwungen, nach einer anderen Unterkunft zu suchen.

»Wir haben schon zwei oder drei Fluchthäfen angesteuert«, sagte der Richter mit der näselnden Stimme, an der eine heftige Erkältung schuld war, und schien sich köstlich zu amüsieren, »aber jedesmal ist dieses teuflische Feuer uns nachgelaufen. Unter anderem hausten wir auch im Palais Soltikoff, ein tolles Haus mit einem erstklassigen Weinkeller und einer Bibliothek, in der ich eine sehr seltene Ausgabe der Schwänke von Voltaire entdeckt habe. Sehen Sie nur«, fuhr er fort und zog ein Bändchen mit wertvollem Einband aus der Tasche, das er liebevoll streichelte. Dann steckte er es schnell wieder ein, lehnte sich gegen das Weinfäßchen zurück und murmelte: »Ich befürchte, daß uns leider kein anderer Ausweg mehr bleibt als das freie Feld ... falls wir es erreichen! Sehen Sie nur, mir scheint, es geht nicht mehr weiter.«

Als nämlich die Kalesche den endlosen Flüchtlingsstrom schon fast erreicht hatte, wurde sie von Reitern und Fahrzeugen zurückgedrängt, die aus einer Straße auftauchten und buchstäblich ein Handgemenge anzettelten.

»Die Vorboten des Königs von Neapel«, knurrte Beyle. »Die haben uns noch gefehlt! Was sich der große Murat alles erlaubt! Anhalten, Franz«, befahl er dem Kutscher, »ich will einmal nachsehen.«

Wieder sprang er vom Wagen und lief auf die streitenden Menschen zu. Marianne sah, daß er mit drei betreßten und hochdekorierten Männern sprach, die offenbar den Zug zum Halten brachten, um Platz für die Verpflegungswagen ihres Herrn zu schaffen. Als er zurückkam, war er grün vor Wut.

»Nun, schöne Dame«, brummte er, »ich fürchte, wir werden hier lebendigen Leibes gebraten, damit Murat seine Garderobe in Sicherheit bringen kann. Wir sind ja fast allseits vom Feuer eingeschlossen, bald wird auch die Straße nach Tver bedroht sein ... und außerdem kommt gleich der Kaiser hier durch.«

Marianne schluckte.

»Der Kaiser? Sind Sie sicher?«

Er blickte sie verwundert an.

»Aber ja! Der Kaiser! Dachten Sie, er wollte im brennenden Kreml umkommen? Er wollte zuerst nicht fort, wie ich hörte, aber dann hat er diesen verdammten Palast durch ein Tor, das auf das Ufer hinausgeht, verlassen. Er hat beschlossen, auf ein Schloß vor der Stadt zu flüchten ... Petrovski oder so ähnlich. Wir warten also, bis der Kaiser vorbei ist, dann fädeln wir uns hinter ihm ein und ... aber wo wollen Sie hin?«

Tatsächlich hatte Marianne sich zur Erde gleiten lassen.

»Vielen Dank für Ihre Freundlichkeit und die Hilfe, die Sie mir angedeihen ließen, Monsieur l'Auditeur, aber ich muß hier aussteigen.«

»Hier? Aber hier ist doch nicht Saint-Louis-des-Français! Und sagten Sie nicht, Sie wüßten nicht wohin? Ich beschwöre Sie, Prinzessin«, fuhr er fort und war plötzlich sehr ernst, »begehen Sie keine Dummheit. Diese Stadt ist verloren, wir sind es auch und erleben vielleicht den Abend nicht mehr. Ersparen Sie mir die Selbstvorwürfe, ich hätte Sie mitten in der Gefahr alleingelassen. Ich weiß nicht, warum Sie plötzlich ihre Ansichten geändert haben, aber Sie sind eine persönliche Freundin des Kaisers und ...«

Sie blickte ihm gerade in die Augen.

»Lassen Sie sich belehren, Monsieur de Beyle. Ich bin nicht mehr Freundin des Kaisers. Ich kann Ihnen nicht sagen, was vorgegangen ist, aber wenn Sie mir weiterhin behilflich sind, gefährden Sie Ihre eigene Stellung. Folgen Sie dem Kaiser, das ist Ihr Recht und Ihre Pflicht ... aber lassen Sie mich meiner Wege gehen.«

Sie wendete sich schon ab um fortzugehen, aber er packte sie beim Arm.

»Madame«, sagte er, »ich unterscheide sehr wohl zwischen dem Dienst, den ich einer Frau leisten darf und dem Dienst für das Reich. Bisher hatte ich nicht den Vorzug, einer Ihrer Freunde zu sein. Erlauben Sie mir, daß ich die unerhörte Gelegenheit wahrnehme, die das Schicksal mir bietet. Wenn Sie den Kaiser nicht sehen wollen, werden Sie ihn nicht sehen.«

»Das genügt nicht, Monsieur«, sagte sie mit gezwungenem Lächeln. »Ich will auch nicht, daß der Kaiser mich sieht.«

»Ich werde alles nach Ihren Wünschen einrichten. Ich bitte Sie, Prinzessin, stoßen Sie meine helfende Hand nicht zurück ... verweigern Sie mir nicht die Freude, wenigstens einen Augenblick lang Ihr Beschützer sein zu dürfen ...«

Ihre Blicke kreuzten sich, und plötzlich hatte Marianne das Gefühl, daß sie diesem Unbekannten rückhaltlos vertrauen könne. Er war ein Sohn der Dauphiné, ein verläßlicher Menschenschlag. Sie streckte ihm spontan die Hand entgegen, einerseits um eine Art Pakt mit ihm zu schließen, andererseits, damit er ihr wieder auf den Wagen half.

»Einverstanden«, sagte sie. »Ich vertraue Ihnen. Seien wir Freunde!«

»Wunderbar! Das müssen wir feiern! Schlagen wir die Wartezeit tot, indem wir etwas trinken. Wir haben da ein paar Respekt heischende Flaschen! Hallo, Bonnaire, trinken Sie nicht alles weg«, rief er seinem Passagier zu, als er bemerkte, daß dieser mit Leichenbittermiene eine Flasche austrank, deren Alter man an einer dicken Staubschicht ablesen konnte.

»Ich trinke ja nicht zum Vergnügen«, sagte der Angesprochene und setzte die Flasche kurz ab. »Guter Wein ist nämlich das Beste, um Dysenterie zu bekämpfen!«

»Mein Gott«, rief Beyle entsetzt, »wenn Sie Vosne-Romanée mit Opium verwechseln, dann fahren wir doch gleich zum Friedhof. Reichen Sie mir eine Flasche herüber und versuchen Sie einen Becher aufzutreiben.«

Aber nachdem Marianne ein Glas getrunken hatte, überließ sie die Flasche ihrem neuen Freund. Er war hier nicht der einzige Trinker. Allenthalben sah sie Leute, die Flaschen leerten, einige tranken sogar im Gehen.

Plötzlich tauchte das Geleit des Kaisers auf und war wie ein Blitz auch schon vorbei. Ganz kurz sah man seinen schwarzen Hut aus dem Dunst auftauchen, dann verschwand er auf einer Woge weißer Federbüsche in die Straße, deren Häuser nun auch schon Feuer fingen.

»Wir sind dran!« erklärte Beyle. »Es wird Zeit, daß wir fortkommen.«

Da aber sein Kutscher gleichfalls die Zeit mit Trinken zugebracht hatte, griff er selbst nach den Zügeln, fluchte wie ein Tempelritter und lenkte sein Gespann auf die Straße nach Tver. Wieder hatte der Wind gedreht, blies jetzt aus Südwest, ohne indes an Stärke verloren zu haben. Der Zug der Flüchtlinge, die vom Wind betäubt und vom Funkenflug, der sich auf Haut und Kleidern festsetzte, beinahe geblendet waren, kam bald nur noch schrittweise voran.

Der langen Kette von mit Kriegsbeute beladenen Fahrzeugen, die im allgemeinen Gedränge nur gelegentlich einen Schritt voran kamen, schien sich langsam Panik zu bemächtigen. Man hörte das Geheul jener, die neben brennenden Häusern zu halten gezwungen waren und nun unter fürchterlichen Flüchen auf ihre Pferde einhieben, um nicht zu verbrennen. Dazwischen allenthalben bewaffnete Soldaten, die ihre Flucht unterbrachen, um die Türen der noch intakten Häuser einzuschlagen, aus denen sie dann mit Beutegut beladen wieder herauskamen. Die einen hatten sich mit kostbaren Stoffen behängt, andere keuchten trotz der Hitze unter schweren Fuchs- und Zobelpelzen dahin. Einige trugen sogar Frauenkleider oder hatten sich kostbare Kaschmirschals wie Gürtel um den Leib gewunden. Wer hinfiel, war verloren, denn sofort streckten sich zehn Hände nach ihm aus, nicht um ihm beim Aufstehen zu helfen, sondern um ihn seines Besitzes zu berauben. Im roten Feuerschein schienen alle Gesichter von Angst, Grausamkeit oder Gier entstellt. Der Kaiser war vorbei, er hatte Moskau verlassen, und nichts hemmte mehr diese Männer, denen während ihres langen Marsches die russische Hauptstadt wie eine Art Gelobtes Land vorgeschwebt war, wie ein Füllhorn, das sie mit Reichtümern überschütten sollte.

Um nichts mehr sehen zu müssen, legte Marianne das Gesicht auf die Arme. Sie wußte nicht mehr, was stärker war in ihr, Angst oder Scham, nur eines wußte sie, daß sie hier in der Hölle war!

Als sie endlich die Mauern Moskaus hinter sich lassen

konnten, war es finstere Nacht, und ein großer, fahler Vollmond stieg am Horizont auf. Der lange, zu einem schmalen Faden zusammengepreßte Flüchtlingsstrom stob hinter dem Tor in alle Winde auseinander wie Sekt, wenn der Korken herausschießt. Sie hatten zwar alle dieselbe Richtung, aber beliebig viele Wege durch offenes Gelände.

Beyle, der einen erschöpften Eindruck machte, hielt das Gespann auf einer Erhebung an und trocknete sich die Stirn mit dem Ärmel. »Wir sind draußen, Madame«, murmelte er. »Ich glaube, wir sollten der Vorsehung danken, daß wir diesem grausigen Schlund entkommen sind.«

»Was sollen wir jetzt tun«, seufzte Marianne und trocknete ihre Augen, die diesmal vom Rauch tränten.

»Ein Plätzchen finden, wo man schlafen kann. Noch sind wir zu nahe, bei dieser Hitze kann kein Mensch schlafen.«

Ein Hustenanfall schnitt ihm das Wort ab, er besänftigte ihn mit einem ordentlichen Schluck Kognak.

»Könnten wir nicht doch hier bleiben«, bat Marianne. »Ich bin am Ende!«

Es war nur zu wahr. Ihr Körper hatte zu lange den Schlaf entbehrt, und sie bewegte sich nur noch unter größter Willensanstrengung. »Es ist zwar sehr warm hier, aber müssen wir wirklich mit all diesen Leuten rennen?« Sie deutete auf die Flüchtlingskolonnen, die in der Nacht verschwanden. »Wo wollen sie eigentlich hin?« Beyles sarkastisches Lachen verriet deutlich seine Trunkenheit. Er zuckte verächtlich die Achseln.

»Wo sie schon seit Jahren hinlaufen ... wo auch die stumpfsinnigen Hammel des alten Panurg hingelaufen sind: sie suchen ihren Hirten! Man hat ihnen gesagt, der Kaiser werde sich nach Petrov ... sowieso begeben, also marschieren sie nach Petrovsowieso, ohne zu überlegen, ob sie dort Unterkunft oder etwas zu essen finden werden. Die meisten werden draußen übernachten, wenn es sein muß in Sturm und Regen, sie erstarren in Ehrfurcht, wenn sie nur in der Nähe ihres Gottes sind, wie tibetanische Mönche vor ihrem Buddha! Aber Sie haben recht, es hat wenig Sinn, mit ihnen zu gehen! Ich sehe da in einiger Entfernung einen kleinen Wald und einen Weiher, vielleicht können wir uns dort einrichten. Im übrigen glaube ich auch dieses Schloß zu erkennen ...«

Wirklich erkannten sie am Ende des Weges, der jetzt breit und gut befestigt war, eine Fülle von Lichtern. Es waren die Fenster eines großen Backstein-Bauwerks von bizarrer Architektur, das stilistisch etwa dem französischen Baustil zwischen Ludwig XIV. und Ludwig XV. mit griechischen Einsprengseln entsprechen mochte. In der Nähe gab es einige ansehnliche Häuser, auf welche die Flüchtlinge aus Moskau zuströmten, während es unmittelbar um Petrovskoje eine Art Ordnungsdienst zu geben schien, der soweit möglich die Ruhe des Kaisers gewährleisten sollte.

Beyle lenkte sein Gespann wie angekündigt an einen Teich, in dem sich ein kleines Wäldchen aus Tannen und Birken spiegelte. Das Gehölz wurde von dem unglücklichen Bonnaire mit größter Erleichterung begrüßt. Kaum hielt die Kalesche, da verschwand er im dichten Gebüsch.

Mit Hilfe der Bediensteten, die noch aufrecht stehen konnten, organisierte Beyle eine Art Biwak. Er ließ die Kalesche entladen, so daß man sich lang darin ausstrekken konnte, dann richtete er das Verdeck auf, um das Innere gegen Feuchtigkeit und nächtliches Geziefer zu schützen.

Marianne nahm an diesen Vorbereitungen nicht teil, sie saß am Ufer des Teiches, die Füße im Schilf und die Arme um die Knie geschlungen. Sie fühlte sich so zerschlagen, daß ihr ganzer Körper schmerzte, aber ihre Nerven kamen nicht zur Ruhe. In ihrem Kopf wirbelten die Gedanken wie auf einem Karussell, ziellos und ohne jeden logischen Zusammenhang.

Hinter sich hörte sie ihren neuen Begleiter lachen.

»Mir scheint, Wittgenstein versperrt mit seiner Armee einige Meilen von hier die Straße nach Sankt Petersburg. Wenn sie wüßten, daß der Kaiser praktisch ohne jeden

Schutz ganz in ihrer Nähe ist, könnten sie der Versuchung nicht widerstehen.«

Bonnaire war aus seinem Gebüsch hervorgekommen und antwortete etwas, das sie nicht verstand, weil es ständig von Niesen unterbrochen war, dann fuhr er jedoch verständlich fort:

»Ich hoffe in unser aller Interesse, daß wir hier nicht festwachsen. Ich habe keine Lust, in Kriegsgefangenschaft zu geraten.«

Marianne entnahm dem Gespräch nur das eine: diese Straße, die so breit und schön war, daß sie wie eine Einladung wirkte, führte also nach Sankt Petersburg. Es war die Straße, auf die sie verzichtet hatte, als sie in den Kreml ging (war das erst gestern gewesen oder schon vor einigen Monaten?), an die sie jedoch unablässig gedacht hatte. War diese Rast am Rande eines so verlockenden Weges vielleicht ein Wink des Schicksals? Und mußte nicht auch das Feuer, das sie aus Moskau vertrieben hatte, im Plan der Vorsehung liegen? Es ist so leicht, an eine Fügung Gottes zu glauben, wenn sie den eigenen Wünschen entgegenkommt ...

»Ich fürchte, ich kann Ihnen kein großes Festmahl bieten«, sagte neben ihr Beyles freundschaftliche Stimme. »Unsere Reichtümer an Lebensmitteln beschränken sich auf rohen Fisch, den mein Kutscher Gott weiß wo aufgetrieben hat, einige Feigen und Wein.«

Marianne gab sich mit Feigen und etwas Wein zufrieden. Kein besonders guter Wein. Die Flaschen waren unterwegs draufgegangen, deshalb mußten sie jetzt das Fäßchen anzapfen. Es enthielt einen sehr jungen Weißwein, der so herb war, daß die Zunge zu schrumpfen schien und der Gaumen pelzig wurde. Dennoch tranken Beyle, Bonnaire und die Diener erhebliche Mengen davon, und als der Untersuchungsrichter erklärte, es sei endlich Schlafenszeit, war die ganze trunkene Gesellschaft in ausgelassener Stimmung.

Aber als Mann von Welt, der auch einen Schluck vertragen konnte, blieb Beyle klar genug, Marianne zum

Wagen zu bringen, wo sie sich auf dem Boden der Kalesche niederlegen konnte. Sie wollte aber noch nicht sofort schlafen gehen.

»Ich bin zwar müde«, sagte sie zu ihm, »aber ich bin noch zu aufgewühlt. Ich werde mich noch ein wenig unter die Bäume setzen. Gehen Sie nur zur Ruhe und kümmern Sie sich nicht um mich, ich werde mich später hinlegen.«

Er drängte sie nicht weiter, wünschte ihr gute Nacht, und während es sich Bonnaire, der jetzt wie ausgehöhlt wirkte, auf der vorderen Bank bequem machte, richtete er sich auf dem Kutschersitz ein, rollte sich in seinem Mantel wie eine Kugel zusammen und war fast sofort eingeschlafen. Die betrunkenen Diener lagen schon irgendwo am Ufer des Teiches verteilt und schnarchten, daß der Himmel einzustürzen drohte.

Mit einem Schlag war Marianne allein inmitten dieses Schnarchkonzerts und der ausgestreckten Männer, die im fahlen Mondlicht aussahen wie Gefallene auf einem Schlachtfeld. In der Ferne leuchteten die Fenster von Petrovskoje, als werde dort ein Fest gefeiert.

Es wurde kühl, deshalb holte sie von ihrem Schlafplatz die Pferdedecke, die Beyle ihr zur Verfügung gestellt hatte. Als sie sich das Tuch aber über den Rücken warf, machte sie eine falsche Bewegung, die Verwundung an ihrer Schulter schmerzte erneut. Außerdem war ihre Stirn glühend heiß ... ein Schauder lief über ihren Körper, und sie hüllte sich enger in das grobe, nach Stall riechende Tuch.

Die in der Nähe vorbeiführende Straße faszinierte sie, ihre Füße schmerzten, die Muskeln ihrer Beine wollten nicht mehr, und ihr Leib zitterte im ständig zunehmenden Fieber. Aber sie ging auf diese Straße zu, erreichte sie und folgte ihr ... Schritt für Schritt, wie in einem Traum.

Hinter ihr lag die brennende Stadt, die ihr im Grunde gleichgültig war. Sie war nur Hindernis auf Mariannes Weg nach Paris. Der Weg vor ihr aber war frei, und dieser Weg führte nach Sankt Petersburg.

»Jason«, murmelte sie, und ihre Augen füllten sich mit Tränen. »Warte auf mich, Jason! Warte auf mich!«

Das letzte Wort hatte sie hinausgeschrien, und sie begann trotz ihrer Schwäche zu laufen. Eine unbekannte Kraft trieb sie an, gegen die sie sich nicht zu wehren vermochte. Sie mußte auf dieser Straße weitergehen, weiter durch die Nacht ... auf das blaue Meer, auf die Sonne zu, um den frischen, nach Meerwasser und Jod duftenden Wind zu schmecken.

Etwas stieß sie an, so daß sie auf die Knie stürzte, das sich sofort an ihr festklammerte, etwas, das weinte und unter Schluchzen rief:

»Mama! Mama!... Wo bist du, Mama?«

Sie schob dieses Etwas von sich zurück und sah, es war ein kleiner brauner Junge mit einem runden Gesichtchen, dem schwere dunkle Locken in die Stirn hingen. Er blickte sie mit großen, verzweifelten Augen an, wollte sie umarmen.

»Mein Kleiner? Du mein Kleiner ... hab keine Angst! Ich bin ja hier. Wir gehen zusammen nach Hause. Ich muß nicht nach Sankt Petersburg!«

Marianne nahm das Kind auf den Arm, das sofort seine Hände um ihren Hals legte. Wie eine Schlafwandlerin und vor Fieber taumelnd ging sie langsam zum Wagen zurück, um auf den nächsten Tag zu warten.

»Wir gehen nach Hause«, wiederholte sie. »Wir gehen bald zusammen nach Hause.«

SIEBTES KAPITEL

»Man muß das Leben anpacken!«

Während am anderen Morgen Moskau weiterbrannte wie ein Kohlenlager und Napoleon in Petrovskoje wütend aus dem Fenster auf das ungeschwächte Feuer starrte, lag Marianne mit schwerem Fieber am Ufer des Teiches und machte ihre Gefährten im Unglück völlig ratlos, als sie anfing zu delirieren.

Das Kind, das sie in der Nacht aufgeklaubt hatte, schlief friedlich an ihrer Brust, und dieser unerwartete Zuwachs verwirrte die Herrn Richter nur noch mehr. Ihnen selbst ging es übrigens auch nicht besonders. Nach einem ausgiebigen Schlaf, den er dem Alkohol verdankte, waren Bonnaires Ruhranfälle verstärkt zurückgekehrt. Auch Beyles Schnupfen hatte sich nicht gebessert, er hatte jetzt zusätzlich Leberbeschwerden.

»Das ist dieser Mist von Weißwein, von dem wir gestern allerdings auch etwas zuviel getrunken haben«, stellte er fest, befaßte sich dann trotz seiner Beschwerden aber sofort mit der neuen Lage. Unter einem oberflächlichen Gehabe verbarg sich in Wirklichkeit ein Mann von großer Entschlußkraft, der im gegebenen Augenblick Entscheidungen treffen konnte.

Er stellte dies sofort unter Beweis, indem er mit Fußtritten und Eimern kalten Wassers aus der Pfütze die Diener hochjagte, die trotz Brummschädels wohl oder übel an die Arbeit mußten. Inzwischen war der Kleine aufgewacht und hatte angefangen zu weinen, weshalb ihn Bonnaire mit einigen Feigen tröstete. Nur Marianne, die Beyle, sobald er ihren Zustand erkannte, in die Pferdedecke eingewickelt hatte, konnte zum allgemeinen Wohlbefinden nichts beitragen.

»Wir haben jetzt zwei wichtige Aufgaben«, stellte Beyle fest. »Wir versuchen, die Mutter dieses Kindes zu finden, die vielleicht nicht sehr weit ist, und dann für diese unglückliche junge Frau eine Unterkunft aufzutreiben, gleichgültig, wie sie aussieht, nur ein Bett muß darin sein.«

»Ich würde auch einen Arzt nicht für ganz überflüssig halten«, bemerkte Bonnaire, »wir könnten alle drei einen brauchen.«

»Mein Lieber, man muß mit dem auskommen, was man hat. Unter den Umständen, in denen wir uns befinden, einen Arzt auftreiben, das ist fast so, als wollte man mitten im Winter auf einem beschneiten Feld Mohnblumen pflücken. Zum Teufel ja«, brach er plötzlich los und trat gegen die Räder seiner Kalesche, was etwas lächerlich aussehen mochte, ihn jedoch sehr erleichterte, »was hatte ich bloß in diesem trostlosen Land verloren? Wenn mir jetzt der Teufel erschiene und den Vorschlag machte, er werde mich nach Italien, nach Mailand oder an einen dieser herrlichen Seen bringen, wenn ich dafür meine Seele eintauschte, ich würde nicht nur mit Freuden zustimmen, ich hätte sogar noch das Gefühl, den Ärmsten betrogen zu haben. François!« brüllte er dann ohne Übergang, »nehmen Sie dieses Kind auf den Arm, bringen Sie es zum Schloß und fragen, ob es jemand gehört. Erkundigen Sie sich auch, ob es irgendwo ein freies Bett gibt.«

Er überließ Marianne Bonnaires Obhut, schwang sich auf eines der ausgespannten Pferde und ritt selbst auf Erkundung. François kam als erster und allein zurück. Er hatte die Mutter des Kindes ohne große Schwierigkeiten entdeckt. Sie war die Frau eines französischen Konditors, der die ganze Nacht seinen Jungen suchte, den sie im Gewühle verloren hatten. Aber ein freies Bett gab es nicht auf drei Meilen im Umkreis. Nur ein paar Lebensmittel verdankte er der Dankbarkeit der Konditorsfrau: trockenen Kuchen, nicht weniger trockenes Obst, Käse und Räucherschinken.

Da Beyle nicht so bald zurückkam, taten Bonnaire und François ihr Bestes in Mariannes Pflege. François entdeckte eine Quelle und brachte Wasser, der Richter bemühte sich ziemlich erfolglos, der jungen Frau etwas zu essen einzugeben. Sie wurde von Fieberschauern geschüttelt, klapperte mit den Zähnen und murmelte zusammenhanglose Sätze, wahrscheinlich Reflexe der ausgestandenen Ängste, die Bonnaire in Gewissensnöte brachten. Denn es war darin vom Kaiser die Rede, von einer Verschwörung, von Schloß Kuskovo, einem Kardinal, einem maskierten Prinzen, einem gewissen Jason, dem Herzog von Richelieu, dem schwedischen König und dem amerikanischen Krieg, so daß sich der arme Bonnaire fragte, ob Beyle nicht zufällig eine fürchterliche Spionin aufgelesen habe. Also begrüßte er die Rückkehr seines Vorgesetzten mit großer Erleichterung.

»Sie können sich nicht vorstellen, wie ich auf Sie gewartet habe. Wie ist die Lage?«

Der junge Mann zuckte mit einem beredten Seufzer die Achseln und wendete sich an den Kutscher.

»Haben Sie etwas gefunden, François?«

»Nicht das geringste, Monsieur, außer der Mutter des Kindes. In der Umgebung des Schlosses ist alles besetzt, und die Bedingungen sind derart, daß eine Kranke unmöglich Ruhe finden kann. Hier ist es zumindest still.«

»Sie sind verrückt, mein Freund«, widersprach Bonnaire. »Die Dame glüht vor Fieber, und ich bin sicher, daß das Fieber noch steigt. Hierbleiben ist unmöglich, aber wohin wir gehen sollen ...«

»Oh, das ist sehr einfach«, fiel Beyle ruhig ein. »Wir gehen nach Moskau zurück.«

Nachdem die Flut von Widersprüchen gegen diesen offenbar unsinnigen Vorschlag verklungen war, erläuterte er. Gewiß, die Stadt war zu zwei Dritteln zerstört, aber das Feuer nahm nicht mehr zu. Im Gegenteil, es zeigte rückläufige Tendenz. Die von Napoleon zurückgelassenen Truppen hatten in ihrem Kampf gegen das Wüten wahre Wunder vollbracht, und so hatte Beyle trotz der rauchenden Trümmer ohne große Schwierigkeiten das französische Viertel erreichen können. In Saint Louis hatte er Pfarrer Surugue so ruhig angetroffen wie gewöhnlich, soeben las er für seine beachtliche Gemeinde die Messe, mahnte sie zur Ruhe und segnete sie.

»Die Einfriedung hinter der Kirche ist voller Flüchtlinge«, fuhr er fort, »aber der größte Teil des Viertels steht noch. Den Pionieren ist es sogar gelungen, die Brücke der Marschälle zu retten, und weil der Wind wieder gedreht hat, treibt er das Feuer jetzt höchstens von da weg. Wenn wir also in die Stadt zurückkehren, wird es möglich sein, ärztliche Hilfe zu finden. Das Große Hospital steht noch. Ich bin dem begabten Baron Larray begegnet, der seit Beginn des Brandes mit seinen Helfern in Moskau geblieben ist. Allerdings hat er unheimlich zu tun.«

»Viele Verbrennungen?«

»Weniger als Verwundungen durch Brüche. Sie können sich nicht vorstellen, wie viele Menschen aus Angst vor dem Feuer aus dem Fenster gesprungen sind!« Und seinen Dienern rief er zu: »Beladet vorsichtig den Wagen, ohne die Kranke zu sehr zu belästigen, wir kehren um!«

Es war schnell geschehen. Sie ließen einen Teil dessen, was sie mitgeschleppt hatten, zurück, denn Beyle versicherte, es gebe in der Stadt Vorräte genug, um die ganze Armee noch eine Zeitlang zu ernähren.

Mit Hilfe des Pfarrers von Saint Louis, der ihnen Häuser nennen konnte, die vor dem Brand schon von ihren Bewohnern verlassen worden waren, fanden sie Quartier in einem ziemlich kleinen, aber komfortabel eingerichteten Haus in der Nähe des alten Gefängnisses Lubjanka. Es war Eigentum eines italienischen Tanzmeisters, der zum Haus des Fürsten Gallitzin gehörte und mit seinem Herrn geflüchtet war. Da es einen recht bescheidenen Eindruck machte, war es den Plünderungen entgangen.

Es gab dort allerdings schon eine Bewohnerin. Als Beyle in das Haus trat, stieß er auf eine Frau mittleren Alters in einem Hofgewand aus pfauenblauem Satin und mit einem golddurchwirkten Turban auf dem Kopf, die im Vestibül inmitten einer Weinlache auf den Fliesen lag und schnarchte wie eine verschnupfte Dogge. Offenbar war sie betrunken, aber dem Richter kam diese Kreatur gerade recht: sie war eine Frau, und der brauchte eine Frau, die Marianne versorgte. Wenn man sie wieder zur Besinnung brachte, war sie vielleicht brauchbar.

Einige Kübel Wasser aus dem Brunnen im Hof und ein paar Ohrfeigen wirkten Wunder. Vielleicht lag die Frau auch schon lange da und hatte ausgeschlafen. Jedenfalls riß sie eines der vorstehenden, malvenfarbenen Augen auf, dann das andere, setzte sich aufrecht hin, richtete mechanisch ihren schönen, durchnäßten Turban, der aus einem endlosen Tuchstreifen bestehen mußte, und dann schenkte sie ihrem Angreifer ein verführerisches Lächeln.

»Was kann ich für dich tun, mein Süßer?« fragte sie in gutem Französisch, aber mit einem schauerlichen slawischen Akzent.

Diese Redewendung unterrichtete den jungen Mann zur Genüge über den Beruf der Dame. Offensichtlich war sie eine Prostituierte, aber es gab keine Auswahl. Man verhandelte. Die Frau erklärte, sie heiße Barbe Kaska, sei Polin und dachte nicht im geringsten daran zu verheimlichen, daß sie den ältesten Beruf der Welt ausübte. Sie hatte sich in diesem Haus eingerichtet, weil das Haus, in dem sie mit einigen Kolleginnen gewohnt hatte, seit sie im Gefolge der polnischen Truppen in Moskau angekommen war, bis auf die Grundmauern abgebrannt war.

Als Henri Beyle sie fragte, ob sie bereit sei, für eine Weile auf ihre beruflichen Aktivitäten zu verzichten, um eine kranke Dame zu pflegen, fragte Barbe mit tugendhafter Miene:

»Ist sie Ihre Dame?«

»Ja«, log der junge Mann, weil er langatmige Erklärungen für unsinnig hielt. »Sie ist draußen ... in einem Wagen ... und sie ist sehr krank ... ein heftiges Fieber mit Delirium. Ich weiß mir keinen Rat mehr. Wenn Sie mir helfen, ist es nicht Ihr Schaden.« Statt zu antworten erhob sich Barbe aus der Lache, ging auf Zehenspitzen um ein paar Flaschenscherben herum, raffte ihr von Wasser triefendes Pfauenblaues und schritt in königlicher Haltung zur Türe. Der Anblick Mariannes, die mit rotem Gesicht und geschlossenen Augen zitternd dalag, entlockte ihr einen mitleidigen Ausruf:

»Mein Gott! Armes Täubchen! Wie elend sie ist!«

Es folgten zahlreiche Ausrufe, Beschwörungen, Anrufungen aller Heiligen des polnischen Kalenders. Dann sauste sie mit angeborenem Instinkt, der aus jeder Frau eine Krankenpflegerin macht, in das Haus zurück, um nach einer Möglichkeit zu suchen, die Kranke gut zu betten.

In den folgenden Stunden dankte Beyle dem Himmel, der ihm dieses erstaunliche Wesen geschickt hatte, denn bald war sie unersetzlich. In Minuten hatte sie die ganze Wohnung des Italieners untersucht und alles Brauchbare zusammengetragen. Im Nu brannte unter dem dunklen Küchengewölbe ein Feuer. Die Küche befand sich im Untergeschoß, gleich neben dem schon erwähnten Keller, der außer Wein auch noch erhebliche Vorräte enthielt wie Zucker, Honig, Tee, Mehl, Trockenfrüchte, Zwiebel, Pökelfleisch und ähnliches ... Barbe stellte alles sicher und bestimmte dann, als erstes müsse man der Kranken eine große Tasse heißen Tee einflößen. Als dann die Diener des Richters in der Küchentüre erschienen, jagte sie alle hinaus und erklärte, für sie sei kein Platz in dem kleinen Haus, sie sollten ihr Glück anderswo versuchen.

Natürlich war auch für Bonnaire kein Platz im Haus. Da er selbst Pflege brauchte, begab er sich zum Großen Hospital. Beyle richtete sich nach Möglichkeit in dem Gemeinschaftsraum ein, der als Salon und Speisezimmer gedient haben mochte.

Als er dann leise an die Türe klopfte, hinter der die Polin und Marianne schon eine Weile alleine waren, erwartete ihn ein ungewöhnliches Schauspiel. Die Polin saß auf dem Bett, Mariannes Kopf auf ihrem Schoß. Sie hatte ihr den Mund aufgemacht und untersuchte im Schein einer Kerze ihre Rachenhöhle. Beyle stürzte hinzu:

»Was soll das? Was machen Sie denn?«

»Ich will sehen, warum sie dieses Fieber hat! Da drinnen ist es so rot wie feurige Kohlen.«

»Na und? Was haben Sie vor?«

Ohne alle Aufregung stellte Barbe die Kerze auf den Nachttisch zurück, bettete Mariannes Kopf wieder auf das Kissen und trat auf den jungen Mann zu.

»Was getan werden muß«, versicherte sie. »Sie können sich denken, Monsieur, seit ich mit den Soldaten auf die Schlachtfelder ziehe, habe ich mehr als einen gepflegt und viel dabei gelernt. Und ehe ich, na ... Pech hatte, war ich Kammerzofe der Fürstin Lubomirska. Und mein Vater (Gott sei seiner armen Seele gnädig!) war Apotheker auf der Domäne Janowiec, ich weiß also, wovon ich spreche. Fieber wie dieses habe ich oft erlebt. Lassen sie mich also machen und ruhen Sie sich aus. Ich nehme an, daß Ihr Diener, dieser große Holländer, der etwas dümmlich aussieht, Ihnen etwas zu essen machen kann.«

Mit ihrem strohgelben Haar, das sie unter ein Kopftuch gepreßt hatte, den malvenfarbenen Augen und dem breitflächigen Gesicht, das für eine Frau etwas zu grob, doch nicht ohne Reiz war, wirkte Barbe irgendwie überzeugend. Wenn er dazu ihre beachtlichen Reverenzen in Erwägung zog, so ließ Beyle ihr lieber freie Hand. Zudem fühlte er sich selbst ja auch nicht sehr wohl, also räumte er das Feld und beschränkte sich darauf, die Pflegerin um etwas Tee zu bitten, falls sie, wie angekündigt, für Marianne welchen aufgießen würde.

»Ich habe Leberbeschwerden«, vertraute er ihr an und kam sich vor wie beim Arzt. »Wahrscheinlich wird er mir wohltun.«

»Wenn Sie nicht einen ganzen Eimer Sahne hineintun, kann er Ihnen nicht schaden, im Gegenteil. Ach«, seufzte sie, »ich glaube, es war Zeit, daß ihr mich gefunden habt. Ihr seid alle nicht ganz auf der Höhe. Wie ist übrigens Ihr Name?«

»Ich bin Monsieur de Beyle, Staatsrat«, antwortete er mit dem Nachdruck, mit dem er den nach seiner Ansicht recht eindrucksvollen Titel immer aussprach.

Aber Barbe genügte das keineswegs.

»Was sind Sie? Graf, Marquis, Baron?« fragte sie feinschmeckerisch, als lese sie eine Speisekarte im Restaurant.

Beyle errötete bis zum Ansatz seiner schwarzen Haare.

»Nichts von allem«, sagte er verdrießlich. »Aber meine Ämter sind mindestens soviel wert wie ein Adelstitel.«

»Ach!« stieß die Polin hervor. Dann schloß sie die Türe des Zimmers ohne jede weitere Bemerkung mit einem Achselzucken, das deutlich den Grad ihrer Enttäuschung verriet.

Aber enttäuscht oder nicht, Barbe blieb die ganze Nacht in Mariannes Kammer und arbeitete wie ein Knecht. Sie bekämpfte das Fieber mit den bescheidenen Medikamenten, die ihr zur Verfügung standen, flößte der Kranken viele Tassen eines leichten Tees ein, den sie mit Honig gesüßt und mit einem grauen Pulver versetzt hatte. Davon hatte sie ein ganzes Blechdöschen voll, das sie in einer Tasche ihres Unterrocks mit sich trug, in der sie auch ihre wertvollsten Besitztümer versteckt hielt (das waren im Augenblick eine Perlenschnur und ein paar Ringe, die beim Besuch einer verlassenen Wohnung irgendwie an ihr haften geblieben waren). Sie ging sogar soweit, Marianne mit Hilfe eines eigens geschärften Küchenmessers zur Ader zu lassen. Beyle hätte diesen Augenblick kaum ertragen, wenn er Zeuge geworden wäre, aber sie ging mit einer Ruhe und Meisterschaft ans Werk, daß ein in Ehren ergrauter Apotheker vor Neid erblaßt wäre.

So erreichte sie schließlich, daß Marianne gegen Mitternacht in einen Schlaf fiel, der nichts mehr mit der Bewußtlosigkeit des Deliriums zu tun hatte. Die wohltätige Ärztin aber setzte sich in einen Lehnstuhl, den sie mit Kissen aufgepolstert hatte, und stärkte sich moralisch mit dem Rest des Tees, in den sie einen ordentlichen Schuß alten Armagnac gab. Sie hatte davon eine ganze Flasche in einem kleinen Schrank gefunden, in dem der italienische Tanzmeister auch seine Partituren und ein paar Bücher aufbewahrte. Es war schon heller Tag, als Marianne langsam wieder zu sich kam. Als sie sich in einem fremden Bett, in ungewohnter Umgebung neben einer unbekannten Frau wiederfand, glaubte sie, ihre Fieberträume seien noch nicht zu Ende.

Aber es duftete in der Kammer nach kaltem Tee, Alkohol und Rauch, der auch bei geschlossenen Läden immer noch durch die Fensterritzen drang. Das graue Paket mit dem menschlichen Gesicht, das da im Lehnstuhl hockte, schnarchte lauter, als es in Träumen üblich war. Sie war also wach, sie spürte auch ihren Körper wieder.

Und dieser vermittelte ihr das unangenehme Gefühl in diesem Bett festzukleben. Als das Fieber nachließ, mußte sie entsetzlich geschwitzt haben. Laken und Hemd waren von Schweiß getränkt. Sie richtete sich mühsam im Bett auf. Diese einfache Bewegung belehrte sie, daß ihr Körper zwar noch sehr geschwächt, ihr Geist aber wieder klar war. Also versuchte sie ihre Gedanken zu ordnen und herauszufinden, wie sie in diese Kammer gelangt war, in welcher der Vorhänge wegen Halbdunkel herrschte, so daß sie nur wenige Einzelheiten erkannte.

Ihre Erinnerungen stellten sich schnell wieder ein: die Flucht durch das brennende Moskau, der Kampf mit der betrunkenen Megäre auf dem Boulevard, Beyles Kalesche, der Teich bei dem kleinen Wald, ihr irrsinniger Marsch in Richtung auf das Meer, das sie zu rufen schien, das Kind, das sie in den Armen gehalten hatte ... Aber an dieser Stelle vernebelte sich das Gedächtnis, sie erinnerte sich an nichts Greifbares mehr, nur an einen endlosen Weg, an Abgründe, an gespenstische Figuren und böse Fratzen ... Ihr Mund war trocken. Auf dem Nachttisch stand ein halbvolles Wasserglas. Sie streckte ihre Hand danach aus, aber diese Hand war ohne jede Kraft. Nie hätte Marianne geglaubt, daß ein Glas Wasser so schwer sein könnte. Es glitt ihr aus den Fingern und zerschellte am Boden.

Sofort fuhr das graue Bündel aus dem Lehnstuhl hoch wie der Teufel aus der Kiste.

»Wer da? Wo sind Sie?«

»Verzeihen Sie, daß ich Sie geweckt habe«, murmelte Marianne beschämt, »aber ich hatte Durst ... ich wollte trinken.«

Statt zu antworten sprang die Frau ans Fenster und zog die Vorhänge zurück. Ein Sonnenstrahl hüllte das Zimmer in Licht und enthüllte auch das Gesicht der jungen Frau mit ihrem durch die dunklen Ringe noch größer scheinenden Augen. Barbe trat zu ihr, stützte die

Fäuste in die Hüften und sah sie mit einem breiten Lächeln prüfend an.

»Sieh einmal an! Es geht also wieder? Junge Dame, Sie haben beschlossen, wieder unter die Lebenden zurückzukehren? Bei der heiligen Bronislawa, das ist eine gute Idee! Ich werde diese Neuigkeit sofort Ihrem Gatten melden.«

»Meinem Gatten?«

»Gewiß! Ihrem Gatten. Er schläft im Zimmer nebenan. Sie haben zwar Fieber gehabt, aber doch wohl nicht so, daß Sie Ihren Ehemann vergessen haben, nicht wahr?«

Hätte diese Frau nicht so starken Akzent gesprochen, so wäre kaum ein Unterschied zwischen ihr und Mutter Tambouille, Mariannes früherer Bekanntschaft gewesen, aber offenbar war sie Russin oder etwas Ähnliches. Und nicht ganz klar im Kopf, denn was sollte diese Fabelei von einem Ehemann?

Sie blieb nicht lange im Unklaren, denn das seltsame Wesen kam bald zurück und schleppte ihren Freund von vorgestern hinter sich her, der vor Müdigkeit taumelte und kaum die Augen aufhalten konnte. Sie mußte ihn mit Gewalt aus dem Bett gezogen haben. »Na?« schrie sie triumphierend und deutete auf die junge Frau, die sich im Bett etwas aufgerichtet hatte. »Habe ich sie nicht gut gepflegt?«

Beyle wischte sich die Augen und lächelte höflich.

»Das ist wahr? Beinahe ein Wunder! Meine liebe Barbe, ich bitte in aller Form um Verzeihung. Sie sind eine sehr bemerkenswerte Frau. Wollen Sie Ihre Güte nicht dadurch krönen, daß Sie uns etwas Warmes zurechtmachen? Am liebsten Kaffee, wenn Sie zufällig welchen finden sollten.«

Sie begann zu lachen, drehte sich kokett in ihrem Kittel und den vorlugenden Unterröcken, schob einige Haarsträhnen, die ihr ins Gesicht gefallen waren, unter das Tuch zurück und ging zur Türe. »Ich verstehe, Sie möchten sie ein bißchen trösten. Vor mir brauchen Sie sich nicht zu genieren, wissen Sie. Ich weiß Bescheid ...«

Damit ging sie hinaus. Beyle trat näher an das Bett heran. Er ergriff Mariannes Hand und führte sie mit einer eleganten Geste an den Mund, als befinde er sich in einem Salon.

»Fühlen Sie sich besser?«

»Fast so stark wie ein neugeborenes Reh, aber es geht mir wirklich besser. Sagen Sie mir doch, wo wir sind, und wer diese Frau ist.«

»Eine Art gestrauchelter Engel, so unglaublich das auch klingt. Ich werde der Vorsehung immer dankbar sein, die sie uns über den Weg geführt hat.«

Er erzählte ihr schnell, was geschehen war, seit Marianne das Fieber gepackt hatte, und er brachte sie sogar zum Lachen mit der Schilderung, wie er Barbes Bekanntschaft gemacht hatte.

»Sie hat mich gefragt, ob Sie meine Frau wären, und ich hielt es nicht für nötig, ihr Einzelheiten mitzuteilen.«

»Das war richtig so. Es vereinfacht alles. Aber was unternehmen wir jetzt?«

Er zog den Lehnstuhl, in dem Barbe geschlafen hatte, näher ans Bett und setzte sich hin.

»Zunächst einmal werden wir gemeinsam das Frühstück einnehmen, das man uns serviert, wie es einem ordentlichen Ehepaar zusteht. Danach sehen wir weiter. Dieses Haus ist jedenfalls nicht so übel, und ich denke, wir können eine Zeitlang hier wohnen. So viele Häuser gibt es nicht mehr in Moskau, die noch stehen und nicht von Truppen besetzt sind. Sie müssen sich erholen, und wenn ich Sie recht verstanden habe, wünschen sie sich von der Umgebung des Kaisers fernzuhalten.«

Eine leichte Röte stieg in Mariannes Wangen, zugleich empfand sie tiefe Dankbarkeit. Dieser fast unbekannte Mann hatte sich ihr gegenüber verhalten wie ein verständnisvoller und sehr zurückhaltender Freund.

»Allerdings! Und ich glaube, es wird Zeit, Ihnen einige Erklärungen zu geben.«

»Das eilt nicht! Ich bitte Sie! Sie sind noch sehr schwach. Und das wenige, das ich für Sie tun konnte, verpflichtet Sie zu nichts, Madame.«

In ihrem freundlichen Lächeln lag ein wenig Spott.

»Das ist nicht meine Ansicht! Ich bin Ihnen die Wahrheit, die ganze Wahrheit schuldig! Sind Sie denn nicht mein Ehemann? Es dauert nicht lange.«

Sie berichtete ihm mit klaren Worten, was sich im Kreml zugetragen hatte, und warum sie es bis auf weiteres vermeiden mußte, Napoleon in die Hände zu fallen.

»Wenn Sie schon einmal in seiner Nähe waren«, sagte sie zum Schluß, »dann wissen sie, was ich meine. Er wird mir nicht verzeihen, daß ich dem Mann zur Flucht verholfen habe, den er für einen gefährlichen Spion hielt. Jetzt ist mein einziger Wunsch, möglichst schnell meine Freunde zu finden ... und Moskau so unauffällig wie möglich zu verlassen.«

»Ohne Zweifel wollen Sie nach Italien zurück. Wie sehr ich sie beneide«, seufzte er mit komischem Ernst. »Und wie gerne ich wirklich für Ihren Ehemann gelten würde, um Sie dahin begleiten zu dürfen. Ich liebe nichts so sehr wie Italien! Aber vorerst sollten Sie sich keine Sorgen machen. Einmal haben wir keine Ahnung, was der Kaiser nach dieser Katastrophe beschließen wird, zum anderen sind Sie hier völlig in Sicherheit. Und außerdem ... kommt gerade das Frühstück«, schloß er, als gerade in diesem Augenblick Barbe mit einem riesigen Tablett und stolz wie eine Galionsfigur an einem spanischen Segler ins Zimmer rauschte.

Trotz ihrer noch leicht entzündeten Kehle gelang es Marianne, ein wenig gekochten Schinken zu essen, dazu jenen Kohl, der hier sehr leicht zu beschaffen war. Dieses Gemüse war das Nationalgericht der Russen, Kohl wurde in der Umgebung von Moskau auf riesigen Flächen angebaut. Marianne schwärmte nicht dafür, aber sie zwang sich, etwas davon zu essen, um schnell wieder zu Kräften zu kommen. Während Beyle dann fortging, um, wie er sagte, nachzusehen, wie es draußen aussah, ließ die junge Frau durch Barbe ihr Hemd und ihr Bettzeug wechseln, denn beides war mit einem unangenehmen Schweißgeruch behaftet. Aber als ihr Barbe das Hemd über den Kopf zog, legte Marianne instinktiv eine

Hand auf das Lederbeutelchen, das sie immer noch am Hals trug, und in dem sich die Träne aus Diamant befand. Sie hatte noch einen Auftrag zu erfüllen.

Aber Barbe war diese Geste nicht entgangen. Sie blickte die junge Frau etwas bitter lächelnd an.

»Ich behaupte nicht, daß ich ein Unschuldslamm bin«, sagte sie, »aber ich bin ehrlich! Es stimmt, ich habe während des Brandes ein paar Klunkern aufgelesen, aber nur, weil es ein Verbrechen gewesen wäre, sie verderben zu lassen. Aber Ihre Reliquien werde ich Ihnen nicht stehlen.«

Marianne entnahm diesen Worten, daß Barbe den Inhalt des Beutelchens nicht untersucht hatte. Das sprach für sie, denn sie hatte wohl angenommen, es seien Reliquien darin, wie die wahrhaft frommen Seelen sie bei sich tragen, ein wenig Erde aus dem Heiligen Land oder ein anderer Talisman. Es tat ihr leid, sie unabsichtlich gekränkt zu haben.

»Nehmen Sie es mir nicht übel«, sagte sie versöhnlich. »Es ist mir seit drei Tagen allerhand zugestoßen. Ich hatte diesen Beutel ganz vergessen und wollte nur feststellen, ob ich ihn verloren hatte.«

Als der junge Richter am späten Nachmittag zurückkam, brachte er ein ganzes Bündel von Neuigkeiten mit. Darunter die wichtigste: der Kaiser hatte besichtigt, was von der Stadt noch übriggeblieben war, und sich dann gegen vier Uhr wieder in den Kreml begeben. Während seines Rittes durch die verwüsteten Straßen, wo von den Häusern, Palästen und Kirchen nur noch geschwärzte, rauchende Stümpfe übriggeblieben waren, hatte seine Laune sich verfinstert. Als er dann in Viertel gelangte, die noch in etwa erhalten waren, brach er buchstäblich in Raserei aus, als er sah, daß dort immer noch geplündert wurde. Der Pöbel der Stadt hat sich mit den mehr oder weniger betrunkenen Soldaten verbrüdert, um zu erbeuten, was noch übrig war. Der Kaiser erließ strengste Befehle, denen gleich einige Verurteilungen folgten.

»Das war nicht der rechte Augenblick, sich an Seine Majestät heranzumachen und zu erkunden, was er mit einer rebellischen Fürstin vorhatte«, schloß Beyle. »Übrigens hat mir Generalintendant Dumas, den ich traf, geraten, in der Wohnung zu bleiben, bis er mich morgen oder später rufen läßt. Die Versorgung der Stadt scheint große Schwierigkeiten zu machen, notfalls müssen von außerhalb Lebensmittel herangeschafft werden.«

Aber die Versorgung der Armee und der Stadt interessierten Marianne wenig. Sie wünschte vor allem zu erfahren, was aus Jolival und Gracchus geworden war, und wollte so schnell wie möglich wieder mit ihnen vereint sein. Trotz Beyles freundschaftlicher Hilfsbereitschaft fühlte sie sich ohne die beiden verloren und hatte das Gefühl, daß sie nur zu dritt etwas erreichen konnten. Sie streunten jetzt schon so lange gemeinsam über die Straßen dieser Erde, daß sie ohne ihre Hilfe nicht den kleinsten Versuch einer Rückkehr nach Frankreich unternehmen konnte. Dies alles vertraute sie offenherzig ihrem Pseudo-Gatten an, der ihre Ungeduld nach Möglichkeit zu dämpfen versuchte.

»Ich weiß, was Sie empfinden. Um Ihnen die Wahrheit zu sagen«, vertraute er ihr an, »als ich Ihnen auf dem Boulevard begegnete, suchte ich verzweifelt nach einer alten Freundin, um die ich mir Sorgen machte. Die Baronin Barkoff, eine mit einem Russen verheiratete Französin, der ich seit langem verbunden bin. Sie scheint verschwunden zu sein, und ich habe keine Ruhe, bis ich sie gefunden habe. Wenn aber nicht gerade ein Wunder geschieht, muß man eben abwarten, bis wieder Ordnung herrscht. Sie können sich nicht vorstellen, wie es in dieser Stadt aussieht ... in dem, was von ihr übrig ist. Man darf auch nicht zuviel erhoffen ...«

»Sie wollen sagen, daß wir Glück gehabt haben, einer der größten Katastrophen aller Zeiten lebendig zu entkommen?«

»So ungefähr! Fassen wir uns in Geduld. Zuerst müssen alle zurückkehren, die geflohen sind. Nur dann können wir mit einiger Aussicht auf Erfolg nach unseren Freunden suchen.«

Marianne war zu sehr Frau, um nicht die Frage zu stellen, die ihr ganz natürlich vorkam:

»Diese Madame von Barkoff ... Sie lieben sie?«

Er lächelte ein wenig traurig, strich dann mit seiner sehr gepflegten schmalen Hand über die Stirn, als wolle er eine Wolke vertreiben. »Ich habe sie geliebt!« sagte er endlich. »So sehr, daß wohl etwas übriggeblieben ist. Sie hieß damals Melanie Guilbert. Sie war ... sehr nett! Jetzt ist sie verheiratet, und ich liebe eine andere. Aber wir fühlen uns immer noch durch zarte Bande verbunden, und ich bin in Sorge um sie. Sie ist so zerbrechlich und wehrlos ...«

Er war wirklich sehr bedrückt, und Marianne streckte ihm impulsiv beide Hände entgegen. Sie empfand für diesen ihr vorgestern noch unbekannten Mann jetzt warme Sympathie, ja geradezu Freundschaft.

»Sie werden sie wiederfinden ... auch die andere, die Sie lieben. Wie heißt sie?«

»Angelina! Angelina Bereyter! Sie ist Schauspielerin.«

»Sie muß sehr schön sein. Erzählen Sie mir von ihr, dann wird Ihnen das Warten nicht so lang. Gestern sagten Sie, daß Sie mein Freund sein wollten. Wollen wir heute diese Freundschaft besiegeln ... eine wirkliche Freundschaft, die Sie auch für einen Mann empfinden könnten!«

»Sind Sie dafür nicht doch etwas zu schön? Ich bin auch nur ein Mann, Madame!«

»Nicht für mich, da Sie eine andere lieben. Auch mein Herz ist nicht frei. Sie sollen mein Bruder sein ... und ich heiße Marianne. Ein Ehemann muß schließlich den Vornamen seiner Frau kennen.« Statt zu antworten küßte er beide Hände, die sie ihm gereicht hatte, lief dann, vielleicht um seine innere Bewegung zu verraten, schnell aus dem Zimmer und sagte, er werde ihr Barbe schicken.

Die Erholungspause, auf die der Generalintendant Beyle Hoffnung gemacht hatte, dauerte nur eine Nacht. Im Morgengrauen des nächsten Tages hämmerte ein Bote an der Haustür und meldete, er werde auf der Intendantur verlangt. Der Kaiser wollte keine Minute verlieren, Moskau neu zu beleben.

»Die Befehle überschlagen sich«, sagte der Bote. »Es gibt Arbeit für Sie!«

Er hatte recht. Beyle kam erst am Abend hundemüde zurück.

»Ich weiß nicht, welcher Dummkopf behauptet hat, die Zerstörung dieser verdammten Stadt hätte Napoleon umgeworfen«, vertraute er Marianne an. »Er ist von einer mörderischen Geschäftigkeit! Er ist heute dreimal durch die Ruinen geritten und verstreut seine Befehle wie Hagel im April. Der Kreml muß in Verteidigungszustand versetzt werden, desgleichen alle befestigten Klöster der Umgebung. Desgleichen sind alle Poststationen zu befestigen, um einen regelmäßigen Stafettendienst nach Frankreich zu gewährleisten. Nach Polen ist Befehl an den Herzog von Bassano und General Konopka ergangen, ein Korps von 6000 polnischen Lanzenreitern zu organisieren (polnische Kosaken, wie Seine Majestät sie nennt) und sie in Eilmärschen hierher zu schicken, weil wir anscheinend nicht mehr stark genug sind. Alle Truppen operieren in der Nähe der Straße, um den Weg nach Paris freizuhalten ...«

»Aber Sie müssen sich doch nicht allein um all das kümmern! Ich dachte, sie wären mit der Lebensmittelversorgung beauftragt.«

»Richtig. Ich muß Männer in die Umgebung schicken, um all diesen Kohl zu ernten und das andere Gemüse, das nicht eingebracht worden ist. Das restliche Heu muß eingebracht werden, Hafer für die Pferde besorgt und Kartoffeln geerntet werden, außerdem müssen wir die einzige Mühle, die nicht abgebrannt ist, wieder in Betrieb setzen. Vorräte an Öl und Biskuit anlegen, versuchen, Mehl aufzutreiben, das knapp wird ... ach, was weiß ich sonst noch alles! So wie er jetzt in Schwung ist, bringt er es fertig, uns zum Beutemachen in die Ukraine zu schicken!«

»Er befürchtet eben, daß die Armee hungern muß. Das ist eine sehr verständliche Sorge.«

»Wenn es nur das wäre«, rief der junge Mann zornig, »dann würde ich ja kein Wort verlieren. Aber über all dem vergißt er nicht, alte Rechnungen zu begleichen.«

»Was wollen sie damit sagen?«

»Das hier!«

Und Beyle zog einen ziemlich großen Bogen Papier aus der Tasche, den er auf dem Bett der jungen Frau ausbreitete. Es war eine doppelte Suchmeldung, die an den Mauern der Stadt angeschlagen werden sollte. Fünftausend Pfund Belohnung waren für den ausgesetzt, der den Priester Gauthier, von dem eine genaue Personenbeschreibung beigefügt war, lebend oder tot auslieferte, und weitere tausend Pfund für die Auffindung der Fürstin Sant'Anna, »der persönlichen Freundin des Kaisers, die während des Brandes verschollen war«. Auch dazu gab es eine gute Beschreibung.

Sie las alles durch, sah ihren Freund dann mit einem schmerzdunklen Blick an.

»Er läßt mich suchen ... wie eine Verbrecherin!«

»Nein, nicht als Verbrecherin! Und das ist ja das Niederträchtige! Dieses Wort ›Freundschaft‹ ist eine Falle für harmlose Gemüter, die sie nun ohne Gewissensbisse ausliefern können. Das ist ziemlich ... gemein, wenn Sie meine Ansicht hören wollen.«

»Es bedeutet, daß er sehr böse auf mich ist ... mich vielleicht haßt. Und daß Sie auf jeden Fall sehr viel riskieren, mein Freund, wenn wir beisammen bleiben. Sie sollten fortgehen.«

»Und Sie allein lassen? Allen möglichen Zufällen oder Denunzianten ausgeliefert? Ich frage mich sogar, ob es nicht besser wäre, auch diese Barbe wieder zu ihren ... Geschäften zu schicken.«

»Sie pflegt mich großartig und scheint recht ergeben zu sein.«

»Ja, aber ihre Neugier gefällt mir nicht. François hat sie überrascht, als sie an der Türe dieses Zimmers horchte. Außerdem fragt sie zuviel ... und nebenbei glaubt sie auch nicht an unsere eheliche Intimität.«

»Tun Sie, was Sie für richtig halten, mein Freund. Sobald ich Jolival und meinen Kutscher gefunden habe, bereite ich mich jedenfalls darauf vor, Moskau zu verlassen.«

»Ich gehe morgen zur ersten Poststation auf dem Weg nach Paris. Ihr Freund muß dort sein, ich werde ihn hierher bringen.«

Aber als Beyle am nächsten Abend staubbedeckt von seinem langen Ausritt zurückkam, brachte er neue, beunruhigende Nachrichten mit: Jolival und Gracchus waren unauffindbar. Man hatte sie weder in der Relais-Station noch im Palast Rostopchine gesehen, wo er ebenfalls nachgefragt hatte.

»Eine Möglichkeit gibt es noch«, fügte er schnell hinzu, als er bemerkte, daß sich Mariannes Gesicht verzerrte und ihre grünen Augen sich mit Tränen füllten. »Es ist möglich, daß sie den Kreml nicht verlassen haben. Viele Menschen sind nach dem Abzug des Kaisers dort geblieben, unter anderem die Truppen, die ihn soweit möglich vor dem Feuer schützen sollten. Ein Mann mit einem gebrochenen Bein verreist nicht gerne.«

»Das habe ich mir auch gesagt. Aber ich weiß nichts Genaues.«

»Morgen geht der Generalintendant zum Kreml, um dem Kaiser Bericht zu erstatten. Er hat mich aufgefordert, ihn zu begleiten. Es dürfte nicht schwierig sein, einige Nachforschungen anzustellen. Wenn Ihr Freund noch dort ist, werde ich es erfahren.«

»Das würden Sie für mich tun?«

»Aber gewiß, und noch viel mehr, wenn Sie es verlangen. Und ich will Ihnen nicht verheimlichen, daß ich zuerst keine Lust hatte, Matthieu Dumas zu begleiten.«

»Warum nicht?«

Er klopfte etwas verlegen den Staub von seinem Beinkleid und sah wieder melancholisch aus.

»In diesem Zustand vor dem Kaiser zu erscheinen!«

Dieser Besuch im Kreml, der Marianne mit Hoffnung erfüllte, stürzte ihn wirklich in Kleidersorgen. Sein Gepäck hatte er verloren, denn er hatte sich während eines Abendessens im Palais Apraxine mit seiner Kalesche auf den Weg machen müssen und konnte nicht mehr in sein Quartier.

»Es muß sich doch eine Möglichkeit finden, Sie auszustatten«, sagte Marianne. »Der Kaiser hat einen Horror vor nachlässiger Kleidung.«

»Das weiß ich verflixt genau! Er wird mich ziemlich schief ansehen.«

Immerhin gelang es dem Eifer von François, der zum Kammerdiener befördert worden war, als seine Kameraden fortliefen, irgendwo zwei Hemden aus feiner Leinwand aufzutreiben. Eine sorgfältige Reinigung und Nachbehandlung mit der Bürste machten die Jacke wieder halbwegs erträglich. Blieben noch die eleganten Kniehosen aus Kaschmir, für die sich kein Ersatz gefunden hatte, die aber an einigen sehr unpassenden Stellen lädiert waren. Für seinen Dienst in der Generalintendantur hatte sich Beyle die viel zu große Hose eines Infanteristen beschafft, mit der er unmöglich vor dem Kaiser erscheinen konnte.

»Es gibt in unseren Magazinen nicht einen Meter von diesem verdammten Kaschmirstoff«, beklagte er sich. »Ich werde vor Seiner Majestät in dieser Hose eines fetten Militärschreibers erscheinen müssen und aussehen wie ein Lumpenbündel ... oder ich muß meinem Kaiser den Hintern zeigen!«

Die Lage war grotesk! Aber Barbe fand einen Ausweg. Sie bemächtigte sich der Beinkleider, die François mehr um sein Gewissen zu beruhigen als aus Überzeugung schon gewaschen und getrocknet hatte, und flickte sie in mühevoller Arbeit so kunstvoll, daß sie wie neu aussahen.

Beyle war davon so begeistert, daß er seinen Verdacht aufgab und diesem guten Hausgeist vorschlug, endgültig in seine Dienste zu treten.

»Ich wollte Sie hier behalten bis zur Genesung von ... Madame«, sagte er zu ihr, »aber ich würde mich freuen, Sie zu behalten ... wenn es Ihnen nichts ausmacht, mit mir nach Frankreich zu gehen. Es sei denn, Sie hängen zu sehr an Ihrem früheren ... Beruf.«

Barbe, die ihre gelben Haare jetzt sorgfältig geflochten

und wie eine Krone um den Kopf gelegt hatte, was ihr würdevolles Auftreten noch eindrucksvoller machte, hob verärgert eine Braue und musterte den jungen Mann von oben herab.

»Ich war nicht darauf gefaßt, daß Monsieur, nach allem was ich für ihn getan habe, so taktlos sein könnte, mich an meine ... Jugendsünden zu erinnern. Ich kann auch versichern, daß dieser Beruf in meinem Alter nicht mehr sonderlich reizvoll ist, und ich würde ihn gerne aufgeben, um wieder in Dienst zu treten ... aber nur in einem großen Haus!«

Diesmal war Beyle einigermaßen betroffen. Seine gewöhnlich etwas matte Gesichtsfarbe wechselte zu ziegelrot.

»Wollen Sie damit sagen, daß mein Haus für Sie nicht groß genug ist?«

Barbe nickte, sagte dann ganz ruhig:

»Genau das! Darf ich daran erinnern, daß ich Kammerzofe der Prinzessin Lubomirska gewesen bin? Wenn ich nicht meine Selbstachtung verlieren will, kann ich nicht Dienst bei einer Dame von geringerer Bedeutung nehmen. Der Geist meines verstorbenen Vaters würde es mir nie verzeihen.«

Einen Augenblick lang dachte Marianne, Beyle werde ersticken.

»Ach? Und Sie glauben, als Sie sich der Prostitution hingaben, hätten Sie seinen Segen gehabt?«

»Vielleicht nicht. Aber ich habe mich ausschließlich Soldaten hingegeben. Also diente ich meinem Vaterland! Aber wenn ich wieder das Schürzchen umbinden soll, dann nur für eine große Dame! Wissen Sie ... wenn Madame nicht einfach Madame wäre ... wenn sie meinetwegen Herzogin wäre ... oder eine Fürstin ... sie brauchte nicht einmal Geld zu haben oder ein großes Haus ... sie könnte meinetwegen sogar von der Polizei gesucht sein, dann würde ich nicht nein sagen. Ganz im Gegenteil! Ja«, fügte sie verträumt hinzu, »ich sähe sie gerne als wunderschöne Fürstin. Das würde herrlich zu ihr passen!«

Verblüfft und mit aufkommender Sorge blickten Beyle und Marianne sich an. Barbes Absichten waren klar: diese Frau kannte ihr Geheimnis. Bei ihren Ausgängen in die Stadt, die sie jeden Morgen machte, um Vorräte zu besorgen, mußte sie die schönen Plakate gesehen haben, die eine so vorzügliche Beschreibung Mariannes enthielten. Und da ihr tausend Pfund Belohnung anscheinend zu gering vorkamen, wollte sie ihre derzeitigen Arbeitgeber ein wenig erpressen.

Als Marianne sah, daß ihr von diesem Schicksalsschlag betroffener Gefährte nichts unternahm, handelte sie selbst. Sie trat an Barbe heran und sah ihr in die Augen.

»Sehr schön!« sagte sie kühl. »Sie haben mich in der Hand. Aber wie Sie selbst schon sehr richtig bemerkten, habe ich kein Geld. Nichts als ...«

Sie biß sich auf die Lippen, als ihr klar wurde, daß sie beinahe in aller Harmlosigkeit den Diamanten erwähnt hätte. Aber der gehörte ihr ja nicht! Sie hatte kein Recht, sich seiner zu bedienen, auch nicht, um sich aus einer schwierigen Lage zu retten.

»Nichts als was?« fragte Barbe mit unschuldiger Stimme.

»Nichts als das Bewußtsein, kein Verbrechen begangen zu haben und unschuldig verfolgt zu werden! Aber da Sie entdeckt haben, wer ich bin, lege ich Ihnen nichts in den Weg: die Türe ist nicht verschlossen, Sie können zum nächsten militärischen Posten laufen und mich anzeigen! Dem Kaiser wird es ein Vergnügen sein, Ihnen die tausend Pfund auszuzahlen, wenn Sie ihm sagen, daß Sie die Fürstin Sant'Anna entdeckt haben ...«

Sie hatte erwartet, die Frau werde losplärren, ihr vielleicht eine Grobheit an den Kopf werfen und dann flink wie ein Hase durch die halb offene Türe entwischen. Aber nichts dergleichen geschah. Zu ihrer größten Überraschung begann Barbe zu lachen, ein offenes Lachen, ohne alle Bosheit. Sie ergriff die Hand der jungen Frau und küßte sie nach guter polnischer Tradition.

»So ist es recht«, sagte sie fröhlich, »das war alles, was ich wissen wollte.«

»Wie das? Erklären Sie.«

»Das ist sehr einfach. Wenn Madame erlauben, versichere ich ihr, daß ich schon längst erraten habe, sie ist nicht die Gattin von ... Monsieur«, dabei deutete sie leicht geringschätzig mit dem Kinn in Beyles Richtung. »Es schmerzte mich, daß man mir nicht mehr Vertrauen schenkte. Ich hoffte, man würde mich ... gewiß nicht als Freundin, doch aber wie eine treue Dienerin behandeln. Eure Hoheit möge mir verzeihen, daß ich gezwungen war, ein wenig Druck auszuüben, aber ich wollte wissen, woran ich bin ... und jetzt bin ich zufrieden. Der Dienst bei einer Bürgerlichen hat mir nicht behagt, aber ich würde es als eine große Gunst betrachten, wenn Eure Hoheit meine persönlichen Dienste annehmen wollte.«

Jetzt mußte auch Marianne lachen. Sie war erleichtert und auch etwas gerührt von dieser Ergebenheit, die ihr so selbstverständlich entgegengebracht wurde.

»Meine arme Barbe«, seufzte sie. »Ich würde Sie gerne bei mir behalten. Aber jetzt wissen Sie es, ich besitze nichts, ich werde gesucht und mit Gefängnis bedroht ...«

»Das ist unwichtig! Wichtig ist, daß eine große Dame nicht das Recht hat, ohne Kammerzofe zu leben ... auch nicht im Gefängnis! Wer in einem großen Haus dienen darf, setzt seine Ehre darein, seiner Herrschaft auch ins Unglück zu folgen. Wir fangen gleich im Unglück an und werden eines Tages vielleicht bessere Zeiten sehen.«

»Aber warum entscheiden Sie sich für mich, statt in Ihr Land zurückzukehren?«

»Nach Janowice? Nein! Da hält mich nichts, da wünscht mich keiner zu sehen, und da wartet keiner auf mich. Und für uns Polen ist Frankreich so etwas wie ein Paradies! Und wenn Madame es erlaubt, versichere ich ihr, daß sie mir gefällt! Dagegen kann man nichts machen!«

Dem war nichts mehr hinzuzufügen, also übernahm Barbe Kaska die Position, die einmal die junge Agathe Pinsart eingenommen hatte. Übrigens war Henri Beyle etwas enttäuscht, denn er hatte die Polin schon als Haushälterin in seinem Junggesellenhaushalt in der Rue Neuve-du-Luxembourg gesehen. Aber als Mann mit Lebensart erbot er sich zuvorkommend, für die Dauer des Zusammenlebens den Salär für Mariannes neue Kammerfrau zu zahlen.

Nachdem so das Wirtschaftliche geregelt war, half Barbe dem Diener François tatkräftig in der Kleiderfrage. Als der junge »Auditeur« sich zum Kreml begab, konnte er sich wieder sehen lassen.

Nachdem er fortgegangen war, faßte Mariannes Herz neue Hoffnung, und während der ganzen Zeit seiner Abwesenheit fand sie keine Ruhe. Während sich Barbe am Fenster mit einer Näharbeit einrichtete und dabei melancholische polnische Balladen sang, für die sie eine besondere Schwäche hatte, lief die junge Frau mit auf der Brust gekreuzten Armen im Zimmer umher und vermochte kaum ihre Nervosität zu unterdrücken.

Der Auditeur kam sehr spät zurück. Als sie ihn die Treppe heraufkommen hörte, stürzte Marianne ihm entgegen, aber als sie ihn sah, erlosch die Hoffnung wie eine Kerze. Mit dieser besorgten Miene konnte er unmöglich gute Nachrichten bringen.

Sie waren wirklich nicht sehr beruhigend. Vicomte de Jolival und sein Diener hatten den Kreml nicht verlassen, waren aber nach der Flucht des Kardinals auf Napoleons Befehl eingesperrt worden und hatten eine militärische Wache vor der Tür.

»Sie haben den Kreml nicht verlassen, sagen Sie?« fragte sie ungläubig. »Soll das heißen, daß der Kaiser sie dort gelassen hat, während er selbst nach Petrovskoje flüchtete? Konnten Sie sie sehen?«

»Was denken Sie! Sie sind eingesperrt. Es ist verboten mit ihnen zu sprechen, gleichgültig mit welcher Begründung.«

»Haben Sie mit Constant gesprochen? Und weiß man,

wo sie eingesperrt sind? Befinden sie sich in ihren Zimmern oder in einem Gefängnis?«

»Ich weiß es nicht. Auch Constant, der Ihnen seine Empfehlung ausrichten läßt, weiß nichts über sie. ›Sie empfinden für diese rebellische Madame Sant'Anna zu große Zuneigung‹, hat Napoleon ihm geantwortet, als er nur versuchte, Ihren Namen ins Gespräch zu bringen. ›Wenn Sie wissen will, was mit ihren Freunden geschehen ist, braucht sie sich nur zu stellen.‹«

Sie schwiegen, dann hob Marianne entmutigt die Schultern.

»Es ist gut. Er hat gewonnen! Ich weiß, was ich zu tun habe!«

Beyle stellte sich zwischen sie und die Türe, um ihr mit ausgebreiteten Armen den Weg zu versperren.

»Sie wollen sich wirklich stellen?«

»Ich sehe nicht, was ich sonst noch tun könnte. Sie sind vielleicht in Gefahr. Wer sagt denn, ob der Kaiser sie nicht vor Gericht stellt und verurteilen läßt, um mich zur Rückkehr zu zwingen?«

»Soweit ist es noch nicht. Wenn über ihr Schicksal bestimmt worden wäre, wüßte Constant Bescheid ... man würde es ihn schon deswegen wissen lassen, weil er versuchen könnte, mit Ihnen Kontakt aufzunehmen. Es hätte ohnedem keinen Sinn, sich zu stellen, denn Sie haben mich nicht ausreden lassen. Wenn Sie wollen, daß man Ihnen Ihre Freunde zurückgibt, genügt es nicht, daß Sie selbst erscheinen ... Sie müssen auch den Mann mitbringen, dem Sie zur Flucht verholfen haben. Einzig unter dieser Bedingung wird Ihnen Napoleon verzeihen.«

Mit zitternden Knien ließ sich Marianne auf einen Stuhl fallen und hob den feuchten Blick zu dem jungen Mann empor.

»Was kann ich denn sonst tun, mein Freund? Selbst wenn ich es wollte, was nicht der Fall ist, könnte ich nicht sagen, wo sich mein Pate aufhält. Ich weiß nicht, ob er nach Saint-Louis-des-Français zurückgekehrt ist ...«

»Nein«, sagte Beyle. »Ich bin vom Kreml aus dort vorbeigegangen. Pfarrer Surugue hat ihn seit dem Brand nicht mehr gesehen. Er weiß auch nicht, wohin er gegangen sein könnte.«

»Ohne Zweifel nach Kuskovo zum Grafen Scheremetiew.«

»Kuskovo ist in Brand gesteckt worden, unsere Truppen kampieren in den Ruinen. Nein, Marianne, es hat keinen Sinn, in dieser Richtung weiter zu suchen.«

»Aber ich kann doch Jolival und Gracchus nicht aufgeben. Es ist verrückt, daß sich der Kaiser an diesen beiden Unschuldigen vergreift! Er bringt es fertig, sie zu töten, um mich zu treffen.«

Sie schluckte, ihre Wangen waren von Tränen naß. Sie glich so sehr einem Tier in der Falle, daß Beyle sich zu ihr setzte und brüderlich den Arm um ihre Schultern legte.

»Nun, nun, mein Kleines, weinen Sie nicht! Machen Sie nicht gleich eine Tragödie daraus. Sie haben dort einen treuen Verbündeten. Dieser gute Constant würde Sie nicht für alles Gold verraten, denn er findet, daß der Kaiser in diesem Falle etwas zu weit geht. Natürlich habe ich ihm nicht verraten, wo Sie wohnen, aber im Falle einer Gefahr könnte er mir auf der Intendantur eine Nachricht zukommen lassen, und dann könnten wir immer noch ...«

»Aber mein lieber Freund, der Kaiser muß ja etwas unternehmen. Er kann sich auf dem Rückweg nach Paris nicht mit Gefangenen belasten, die er ...«

»Und wer sagt Ihnen, daß er nach Paris zurückkehrt?«

Vor Überraschung vergaß Marianne ihre Tränen und blickte ihren Freund mit großen Augen an.

»Denkt er denn nicht daran?«

»Aber nicht im Traum! Seine Majestät hat beschlossen, hier zu überwintern. Graf Dumas und Ihr ergebener Diener haben genaueste Befehle betreffend Versorgung der Armee.«

»Aber das ist ganz unmöglich! Hier den Winter verbringen? Ich möchte gerne wissen, was Napoleons Berater dazu sagen.«

»Nicht viel Gutes! Sie machen ellenlange Gesichter! Abgesehen von dem Polenfeldzug hat nie jemand den Winter außerhalb von Frankreich verbracht. Wie ich erfuhr, hat Napoleon zwei Möglichkeiten ins Auge gefaßt: entweder Alexander ist bereit, die Vorbedingungen für einen Frieden zu diskutieren, dann machen wir uns nach Unterzeichnung auf den Rückweg, oder wir verbringen den Winter hier, verstärken die Armee mit dem schon angeforderten Nachschub und marschieren im Frühjahr nach Sankt Petersburg.«

»Wie? Ein neuer Feldzug? Nach der Katastrophe, die wir gerade erlebt haben?«

»Vielleicht auch nicht. Es ist ein Bote zum Zaren unterwegs. Er überbringt einen Brief General Tutolmines, der Direktor des Hospitals der Findelkinder ist, und bestätigt, daß die Franzosen alles getan haben, um Moskau zu retten. Dazu einen Brief des Kaisers, der dem Zaren seinen guten Willen und brüderliche Gefühle zusichert.«

»Brüderliche Gefühle? Das ist doch Hohn! Wer glaubt daran?«

»Das macht auch Caulaincourt Sorgen, er kennt Alexander. Aber plötzlich behandelt der Kaiser ihn als bösen Propheten, als Unglücksraben, und spricht nicht mehr mit ihm. Aber Murat, der sich weiter bei Platows Kosaken anbiedert, tut alles, um den Kaiser zu überzeugen, daß der Zar glücklich wäre, ihm in die Arme zu sinken. Es sieht nicht rosig aus, und ich weiß nicht, wohin das alles führt, aber eines ist gewiß: ich habe keine Aussicht, dieses Jahr noch Mailand wiederzusehen!«

In der folgenden Nacht fand Marianne keinen Schlaf. Sie suchte fieberhaft nach einer Möglichkeit, wieder zu ihren Freunden zu stoßen, aber es gab keinen Ausweg, als den Kardinal zu finden und sich zu stellen.

Natürlich gab es noch die Möglichkeit, die nach Beyles Worten Constant vorgeschlagen hatte: Abwarten, bis der Zorn des Kaisers abgeklungen war, und dann wollte Constant vorsichtig den Fall der Widersetzlichen zur Sprache bringen. Aber darauf zählte Marianne nicht:

Napoleons Wutausbrüche dauerten immer nur kurz, aber auf seine Rachsucht war Verlaß!

Es vergingen trübe Tage trotz des schönen Wetters, das Marianne nur durch die Vorhangspalten wahrnahm. Sie schlug die Zeit tot, indem sie Barbe bei ihren Näharbeiten half, aber sie lebte erst auf, wenn ihr Gefährte im Unglück abends die Neuigkeiten des Tages brachte.

Sie waren stets von ermüdender Einförmigkeit: aus Sankt Petersburg war keine Antwort gekommen, also bereitete man sich energisch auf die Überwinterung vor. Der Kaiser war zufrieden, weil sein Stafettendienst dank dem Organisationstalent des Postministers La Valette wunderbar funktionierte. Mit der Pünktlichkeit eines Uhrwerks traf jeden Tag nach einem Ritt von vierzehn bis fünfzehn Stunden der Kurier ein. Wenn einer der Reiter sich verspätete, wurde Seine Majestät unruhig und gereizt. Aber davon abgesehen war er bester Laune und machte den armen Caulaincourt zur Zielscheibe seines Spottes, weil er so schreckliche Bilder vom russischen Winter gemalt hatte. Der Herbst jedenfalls, so wiederholte er immer wieder, sei schöner als in Fontainebleau!

Aber die kaiserliche Heiterkeit fand bei Marianne kein Echo. Auch nicht bei Beyle, der anstrengende Tage damit verbrachte, aus den Kellern der Brandruinen etwa noch vorhandene Lebensmittelvorräte zu sammeln.

In den letzten Septembertagen verschlechterte sich die Lage allerdings. Die Stafetten trafen mit großer Verspätung ein, eine kam niemals an. Etwa zwanzig Werst von Moskau entfernt hatte ein Trupp Kosaken einen Munitionstransport aus Smolensk überfallen, die zwei Schwadronen starke Begleitmannschaft wurde gefangen. Zwei Tage später wurden achtzig Garde-Dragoner auf das Schloß des Fürsten Gallitzin nach Malo Wiasma entführt... aber der Kaiser ließ weiterhin jeden Mittag pünktlich im Hofe des Kreml die Garde defilieren.

Beyles Stimmung sank mit jeder Nachricht etwas tiefer, trotz guten Willens gelang ihm kaum noch ein Scherz.

»Wir haben genug Nahrungsmittel, um die Armee sechs Monate lang zu ernähren«, sagte er zu Marianne, »aber diese Handstreiche der Russen machen mir Sorge! Wie lange können wir uns noch den Rückweg freihalten? Es heißt, daß sich in der Umgebung von Moskau Banden bewaffneter Bauern herumtreiben. Auch die Kosaken werden immer frecher ... Wenn der Kaiser nicht nachgibt, sind wir bald isoliert und von unserem Nachschub abgeschnitten ... dann sind wir einer russischen Armee ausgeliefert, die bald wieder kampffähig sein wird, denn Alexander geruht nicht, ein Lebenszeichen von sich zu geben.«

»Gibt es denn niemand, der dem Kaiser Vernunft beibringt?«

»Berthier und Davout haben es versucht, aber plötzlich will Napoleon sofort nach Petersburg marschieren. Sie haben nichts mehr zu sagen gewagt. Caulaincourt wagt schon lange nicht mehr den Mund aufzumachen. Die anderen gehen ins Theater! Man hat es im Palais Pozniakoff installiert, die Truppe der Madame Bursay spielt dort ›Das Spiel von Liebe und Glück‹, oder auch ›Der Verliebte und sein Knecht‹ ... Oder man lauscht dem schmelzenden Gesang eines Päderasten namens Tarquinio! Wirklich, ich glaube, daß nie eine Armee fröhlicher Selbstmord begangen hat.«

In den ersten Oktobertagen wurde Beyle krank. Ein Leberleiden, das Marianne zwang, sich als Krankenpflegerin zu betätigen, führte bald zu Fieberanfällen. Wie viele Männer war er als Kranker unleidlich, stöhnte, mäkelte und war weder mit dem Essen noch mit sonst etwas zufrieden. Gelb wie eine Quitte räkelte er sich im Bett und machte den Mund nur auf, um zu schimpfen oder sich über seine unerträglichen Schmerzen zu beklagen, denn außer seiner Gelbsucht hatte er auch noch Schwierigkeiten mit den Zähnen. Marianne hockte an seinem Bett und verspürte immer größere Lust, ihm einen der Töpfe, in denen Barbe ihm Kräuter-Aufgüsse bereitete, über den Kopf zu stülpen. Diese Krankheit zehrte an ihren ohnedem schon strapazierten Nerven, denn wenn Beyle derzeit auch nicht handlungsfähig war, so hielt der wackere Bonnaire, der sich erholt hatte, seinen Kollegen doch jeden Abend über die Ereignisse im Kreml auf dem laufenden.

So erfuhr man, daß die Kuriere immer seltener durchkamen, daß Fürst Schwarzenberg in Ostpreußen sich beklagte, weil seine ›an sich schon schwierige Lage sich verschärfte‹. Der Prinz von Neuchâtel hatte wieder einmal versucht, Napoleon zum Verlassen Moskaus und zum Rückzug nach Polen zu bewegen, um zu vermeiden, daß er von seiner Armee abgeschnitten wurde. Er hatte eine böse Abfuhr erfahren.

Eines Abends kam Graf Daru, der für den Nachschub verantwortliche Minister, um sich nach dem Befinden seines jungen Vetters zu erkundigen – (was Marianne zwang, sich zu verstecken) –, und verhehlte nicht seine Besorgnisse:

»Die Russen gehen schon soweit, Menschen und Pferde, die in den Vororten dieser Stadt Lebensmittel transportieren, zu überfallen. Wir brauchen ständig größere Begleitmannschaften. Mit der Post steht es immer schlechter: von zwei Kurieren kommt einer nicht durch!«

Und so traf jeden Abend eine andere böse Meldung ein, wurde Mariannes Herz noch beklommener. Sie spürte fast körperlich, wie sich das Netz um sie und ihre Gefährten spannte. Eines Morgens, als sie Napoleon unter ihrem Fenster vorbeireiten sah, mußte sie sich Gewalt antun, um sich ihm nicht in den Weg zu stellen und ihm zuzurufen, er solle umkehren, von seiner Besessenheit ablassen, sie nicht alle in der endlosen Winternacht, die bald einsetzen würde, ersticken und langsam sterben lassen.

»Wir werden hier niemals herauskommen«, dachte sie verzweifelt. In den folgenden Nächten hatte sie Alpträume.

Am Abend des 12. Oktober brachte der unermüdliche Bonnaire endlich eine etwas aufmunternde Nachricht, nämlich einen Brief für Beyle, der bei der Intendantur eingetroffen war.

Der junge Richter legte ihn geöffnet Marianne vor. »Hier, das geht Sie an.«

Es war ein Brief ohne Unterschrift, dessen Herkunft jedoch außer Frage stand. Er kam von Constant.

Man rechnet nicht mehr damit, die geflohene Dame aufzufinden, schrieb er. *Gewisse Personen können deshalb nicht mehr von Nutzen sein. Man hat ihnen erlaubt, sich dem Verwundetentransport anzuschließen, der Moskau vorgestern unter Führung des General de Nansouty verlassen hat. Frei sind sie aber erst, wenn sie in Frankreich angekommen sind.*

Marianne knüllte den Brief zusammen und warf ihn in den großen Ofen aus Ziegelsteinen, dessen behäbige Wucht die halbe Rückwand des Zimmers einnahm. Dann trat sie wieder an Beyles Lager. Sie preßte die Hände zusammen, um ihre Erregung zu verbergen.

»Damit ist meine Ungewißheit zu Ende«, sagte sie. »Ich habe keinen Grund mehr, Sie noch länger zu behelligen, mein Freund, oder länger hier zu bleiben. Meine Freunde sind abgereist, ich werde auch gehen. Mit guten Pferden müßte ich sie einholen können. Ein Geleit mit Verwundeten kommt nicht schnell voran.«

Der Kranke stieß ein rauhes Lachen aus, das in einen Hustenanfall überging und mit einer Folge von Seufzern endete. Er schneuzte sich, stützte eine Weile das Kinn in die Hand und erklärte:

»Ohne ausdrückliche Genehmigung des Kreml ist es absolut unmöglich, sich auch nur einen Esel zu beschaffen. Die Armee hat selbst nur das Nötigste, und Nachschub gibt es nicht. Die Pferde, die wir noch haben, sind sozusagen Kostbarkeiten und werden entsprechend gehütet. Und glauben Sie nicht, man könnte einfach ein paar stehlen. So etwas könnte nur jemand unternehmen, der lebensmüde ist.«

»In Ordnung! In diesem Fall muß ich zu Fuß gehen. Aber ich gehe trotzdem.«

»Erzählen Sie nicht solche Dummheiten. Man könnte

Sie für eine Idiotin halten. Wahnsinn! Zu Fuß! Sechs- oder siebenhundert Meilen zu Fuß! Warum dann nicht gleich auf den Händen?«

Er war wirklich zornig geworden und hatte darüber seine Leiden beinahe vergessen, aber sein Zorn schwand vor Mariannes verzweifeltem Blick, als sie unter Tränen stammelte:

»Was soll ich denn sonst tun? Ich wollte so gerne fort! Ich gäbe zehn Jahre meines Lebens, wenn ich nach Hause zurückkehren dürfte.«

»Und was ist mit mir? Hören Sie mir einmal zu, und weinen Sie vor allem nicht. Wenn Sie weinen, werde ich wild, und mein Fieber steigt! Es gibt vielleicht noch Hoffnung ... vorausgesetzt, daß Sie ein wenig Geduld aufbringen.«

»Ich werde geduldig sein, aber sprechen Sie schnell!«

»Also: Bonnaire hat mir nicht nur diesen Befehl gebracht, sondern auch ein paar Neuigkeiten. Unsere Lage wird mit jedem Tag gefährlicher, und der Kaiser fängt an, es zur Kenntnis zu nehmen. Er hat gerüchteweise erfahren, daß die Russen durchaus nicht erschöpft sind, wie der König von Neapel immer wieder versichert, sondern nicht weit von hier erhebliche Kräfte konzentrieren. Einen Angriff könnten wir auch dann nicht überstehen, wenn die von Seiner Majestät angeforderten Truppen rechtzeitig eintreffen. Wenn mich nicht alles täuscht, werden wir bald hier abrücken.«

»Glauben Sie wirklich?«

»Ich würde meine Hand dafür ins Feuer legen. Und ob ich nun krank bin oder nicht, morgen werde ich mich selbst umhören.«

»Aber Sie sind noch krank. Ihr Fieber ...«

»Es geht mir etwas besser. Und es ist Zeit für mich, auch ein bißchen den Helden zu spielen. Ich habe mich etwas zu sehr geschont. Und Sie sollten endlich aufhören zu klagen! Man muß das Leben anpacken, sonst packt es einen selbst!«

»Das Leben anpacken!« sagte Marianne nachdenklich. »Mein guter Freund, mir scheint, daß ich seit Jahren nichts anderes getan habe. Aber das Leben hat sich mir gegenüber verhalten wie eine Kokospalme: es hat mir viele Nüsse spendiert, aber ich habe sie alle an den Kopf bekommen!«

»Dann haben Sie an der falschen Stelle gestanden! Sie sind für das Glück begabt, wenn Sie es nicht erlangen, ist es Ihr Fehler. Gehen Sie jetzt zur Ruhe. Etwas sagt mir, daß Sie die verbrauchte Luft dieses Hauses nicht mehr lange atmen müssen.«

In der Folge hatte Marianne Grund zu der Annahme, daß ihr Gefährte die Gabe des Zweiten Gesichts besaß, denn schon am anderen Tag kam er mit einer ungewöhnlichen Nachricht zurück:

»Wir reisen in drei Tagen ab«, sagte er schlicht.

»In drei Tagen?« rief Marianne, die plötzlich den Eindruck hatte, der Himmel tue sich auf, »aber wie ist das möglich?«

Er verneigte sich vor ihr, wie es bei Vorführungen der Commedia dell' Arte üblich ist.

»Meine schöne Dame. Sie sehen in mir den sehr wichtigen Direktor der Reserve-Proviantierung. Der General Dumas wird gleich erscheinen, um mir die Bestallung zu überbringen ... die leider mit einer nicht ganz leichten Aufgabe verbunden ist: ich muß in den Gouvernements Smolensk, Mohilev und Vitebsk ausreichende Verpflegung für zweihunderttausend Menschen auftreiben. Der Kaiser sollte lieber daran denken, Moskau zu verlassen, um in Smolensk oder Vitebsk zu überwintern. Dann wäre er näher bei seiner Düna-Armee und könnte in Ruhe auf Verstärkung warten ... um im Frühjahr nach Petersburg zu marschieren.«

»Aber wann rückt er ab?«

»Ich weiß es nicht. Soweit ich das durchschaue, will Seine Majestät vor dem Winterquartier Kutusow noch ein paar Ohrfeigen versetzen, damit er Ruhe gibt ... außerdem will er feststellen, was an Murats Gerede über die Kosaken dran ist. Uns kümmert das jedenfalls nicht. Wichtig ist, daß wir in drei Tagen abreisen und daß ich Sie bitten muß, mir dieses Zimmer zu überlassen, da ich einige Schreiber erwarte: ich habe eine Menge Briefe zu diktieren, weil ich einige hunderttausend Zentner Mehl und Hafer und außerdem eine Menge Rinder auftreiben muß ... ohne noch zu wissen woher nehmen.«

Sie stand schon auf, um das Feld zu räumen, aber er hielt sie zurück.

»Nebenbei ... würde es Ihnen etwas ausmachen, sich als Junge zu verkleiden? Sie könnten als mein Sekretär auftreten.«

»Aber nein! Ich habe das begeistert gemacht ... früher.«

»Dann ist alles in Ordnung! Gute Nacht.«

In dieser Nacht hörte sie hinter der Trennwand noch lange Beyles Stimme murmeln. Unermüdlich diktierte er drei erschöpften Sekretären, die er gelegentlich durch einen Rippenstoß aufwecken mußte. Endlich sank Marianne in tiefen Schlaf, jenen Schlaf, der das Herz erleichtert und die Seele stärkt. Sie war der Falle noch nicht entkommen, aber die Bügel begannen sich zu lokkern. All ihre Sorgen und Ängste flossen zu dem einen quälenden Verlangen zusammen: Moskau zu verlassen!

ACHTES KAPITEL

Der Kaufmann von Smolensk

Am 16. Oktober verließen sie Moskau bei trockenem, aber kaltem Wetter. Der milde Herbst, der Napoleon so lange optimistisch gestimmt hatte, nahm jetzt seine normalen Temperaturen an.

Das Fahrzeug war überholt und mit einem ledernen Verdeck wetterfest gemacht worden. Marianne bewunderte heimlich Beyles Organisationstalent. Es fehlte an nichts, angefangen bei den Kästen mit Verpflegung bis zu wärmender Kleidung.

Sie trug jetzt Männerkleider und gefiel sich in der Rolle eines Sekretärs des Direktors der Reserve-Proviantierung. Beyle hatte ihr eine dunkelgrüne Polonaise mit seidener Verschnürung beschafft, die entfernt an einen Mantel erinnerte, den sie einst in Paris getragen hatte, nur daß der jetzige weiter geschnitten war. Er war mit Fuchspelz gesäumt, und es gehörte eine passende Kappe dazu, welche die junge Frau immer bis zu den Ohren herunterzog, um ihr Haar zu verbergen, das Barbe so fest wie möglich geflochten hatte.

In ihrer Polonaise, zusätzlich in einige Schals gehüllt und mit einem Halstuch, das unter dem Kinn einen Knoten hatte, saß sie neben François in einem Überfluß an Decken. Für die kurze Reise von hundert Meilen zwischen Moskau und Smolensk waren sie reichlich ausgestattet. Aber wenn die Reise für Beyle in Smolensk voraussichtlich auch zu Ende war, für Marianne bedeutete diese Strecke nur eine Etappe. Der Auditeur im Staatsrat glaubte in Smolensk Einfluß genug zu haben, um seiner Freundin eine ruhige und bequeme Weiterreise nach Frankreich zu ermöglichen.

Hatte Marianne jedoch erwartet, diese erste Etappe schnell hinter sich bringen zu können, so wurde sie schon enttäuscht, noch ehe sie Moskau verlassen hatte. Denn statt auf dem schnellsten Weg über die Brücke der Marschälle zu fahren und von dort in die Vorstadt Dorogomilow (oder was von ihr übrig war), um die Straße nach Smolensk zu erreichen, ging es zuerst zum Roten Platz, wo man sich in einen Transport aus einigen hundert Kranken und Verwundeten mit einer Begleitmannschaft von dreihundert Soldaten einzureihen hatte.

Als sie Beyle einen fragenden Blick zuwarf, zuckte er die Achseln und brummte:

»Sie waren so glücklich über unseren Aufbruch! Ich wollte Ihnen nicht die Freude verderben, indem ich ihnen verriet, daß mir General Dumas befohlen hat, mit diesem Geleitzug zu reisen. Die Straßen sind so unsicher, daß unser fremdländisches Fahrzeug niemals angekommen wäre ... und wir auch nicht.«

»Es wäre besser gewesen, wenn Sie mir gleich Bescheid gesagt hätten. Sie wissen, daß ich gelernt habe, mich in das Unvermeidliche zu fügen. Gewiß, die Reise wird jetzt länger dauern, aber meine Freude, diese Stadt endlich zu verlassen, kann durch nichts getrübt werden.«

Doch als sie die Mauern des Kreml wiedersah, lief ihr trotzdem ein Schauer über den Rücken. Die alte Burg stand fast unversehrt inmitten des Trümmerfeldes, sie leuchtete rot in der aufgehenden Sonne, als ob ihre Ziegel bluteten. Als sich Marianne daran erinnerte, was sie alles auf sich genommen hatte, um dort hinein zu gelangen und Napoleon zu begegnen, spürte sie Bitterkeit in sich aufwallen. Weil sie ihn einmal geliebt hatte, weil sie auch später den Kaiser ihres Volkes in ihm verehrt hatte, deshalb hatte sie ihm alles geopfert, ihre Liebe und fast ihr Leben! Und das alles nur, um auf einem schlecht gedruckten Fahndungsplakat an den Mauern der moskowitischen Hauptstadt zu erscheinen ...

»Beugen Sie sich nicht hinaus«, empfahl ihr Beyle, »es besteht trotz aller Vorsicht die Gefahr, daß Sie erkannt werden.«

Wirklich sah man in dem unglaublichen Gewimmel von Fahrzeugen aller Art, die an dem Convoy teilnehmen sollten, hier und da eine glänzende Uniform, zum Beispiel die des Eugène de Beauharnais, der plötzlich in der Nähe ihrer Kalesche auftauchte.

In der väterlichen Art, für die er bekannt war, wachte der Vizekönig von Italien persönlich darüber, daß ein alter, in Decken gehüllter Soldat, dessen Gesichtshaut ebenso grau war wie sein Bart, mit größter Schonung in ein Fahrzeug verladen wurde.

Marianne rückte die Brille, die sie auf Beyles Rat tragen sollte, bis man sich einige Werst vom Kreml entfernt hatte, etwas fester auf die Nase und warf sich in den Sitz zurück. Sie flehte zum Himmel, daß der Aufenthalt hier nicht zu lange dauern möge, denn sie hatte auch noch Duroc bemerkt, der gleichfalls von Wagen zu Wagen ging, aufmunternde Worte sprach und gute Reise wünschte.

Endlich setzte der Convoy sich in Bewegung, die Zurückbleibenden winkten und wünschten gute Reise. Soldaten schwenkten ihre Waffen und ihre Mützen, riefen »Auf bald!« oder »Wir kommen nach!« oder »Laßt euch nicht von den Kosaken erwischen!«

»Ist denn jetzt endlich bekannt, wann der Kaiser Moskau verlassen wird?« fragte Marianne.

»Sehr bald! In drei oder vier Tagen. Er will zuerst nach Kaluga.«

Als der Wagen dann die Brücke überquert hatte und am anderen Ufer der Moskwa angelangt war, lehnte Beyle sich aus dem Verschlag, blickte zurück und blieb einige Zeit in dieser Stellung, so daß Marianne ihn schließlich fragte, ob er etwas vergessen habe oder ob er es so sehr bedauere, Moskau zu verlassen.

»Weder das eine noch das andere«, gab er zur Antwort. »Ich will mir nur dieses Bild einprägen. Denn was ich jetzt sehe, das werde ich nie mehr wiedersehen, auch nicht, wenn ich zehnmal hierher zurückkehren sollte. Der Kaiser hat nämlich befohlen, den Kreml zu sprengen, sobald er ihn verlassen hat. Muß so etwas wie Rachsucht sein.«

Marianne antwortete nicht. Die Reaktionen der Männer im allgemeinen und Napoleons im besonderen wurden ihr immer fremder und unverständlicher. Hatte er ihr denn nicht versichert, er liebe es nicht, Ruinen hinter sich zurückzulassen?

Die Reise, die sich über achtzehn lange Tage hinziehen sollte, wurde bald zum Alptraum. Das feuchtkalte Wetter drückte die Stimmung all dieser körperlich angeschlagenen Männer. Den ganzen Tag über hörte man von einem Wagen zum anderen nichts als Streit. Flüche, Verdächtigungen, besonders wenn sich eines der Fahrzeuge in den ausgefahrenen Wegen festgefahren hatte.

Kurz vor Mojaisk kamen sie an einem Lager mit russischen Kriegsgefangenen vorbei. Ein schreckliches Geheul und ein unerträglicher Dunst von Kohlsuppe und Exkrementen stieg daraus empor. Marianne schloß erschüttert die Augen, um nicht die bärtigen Teufelsfratzen sehen zu müssen, die zwischen den Palisaden durchlauerten und Verwünschungen ausspieen, die sie zwar nicht verstand, die aber Barbe veranlaßten, sich unausgesetzt zu bekreuzigen.

Mojaisk selbst war der Standort des großen Lazaretts und der westfälischen Truppen des achten Korps unter dem Kommando des Duc d'Abrantès. Dort mußten sie wieder Verwundete in großer Zahl aufnehmen. Zwar stellte Junot Fahrzeuge zur Verfügung, zumeist Bauernkarren, aber viel zu wenig, und so mußten die Kranken in den aus Moskau gekommenen Wagen enger zusammenrücken. Die Stimmung wurde trüber als der Himmel.

Zu einem grauenvollen Erlebnis wurde der Weg durch das Dorf Borodino und über das Schlachtfeld. Vor dem Anblick, der sich den Reisenden bot, verlor sogar Beyle seinen weltmännischen, an Zynismus grenzenden Skeptizismus, stand nur wie versteinert da und brachte kein Wort mehr heraus. Denn alle Toten der mörderischen Schlacht, all diese Leichen, die zu begraben keiner Zeit gefunden hatte, lagen noch da. Die ganze Ebene war damit bedeckt, und nur der Frost, der sie seit einiger Zeit in eine weiße Haut aus Eis hüllte, hatte den restlosen Zerfall verhindert. Dazwischen überall halb skelettierte Pferde, von Hunden angefressen, von Raubvögeln ausgeweidet lagen sie zwischen Wagentrümmern, zerbrochenen Waffen, Trommeln, Kürassen und riesigen Schwärmen wohlgenährter Raben. Trotz der Kälte war der Geruch unerträglich.

Während aber Marianne halb ohnmächtig ein Gebet stammelte und Beyle vor Ekel starr mechanisch ein Päckchen Tabak unter der Nase hin und her bewegte, schienen die Verwundeten des Transports bei diesem Anblick aufzuleben. Sie vergaßen ihre Schmerzen, ihren Streit, ihre schlechte Laune, sie deuteten voll Stolz auf die Stätten, an denen sie sich geschlagen hatten, erinnerten an ihre Waffentaten, an ihren Heldenmut, witterten den herben Duft des Ruhmes. Einige zeigten auf die Hütte, die dem General Kutusow als Quartier gedient hatte, andere hielten die berühmte Schanze, die das

Schlachtfeld wie ein aztekischer Tempel überragte, für besonders sehenswert.

»Sie sind geisteskrank«, murmelte Marianne ungläubig. »Anders ist das nicht möglich, sie müssen geisteskrank sein!«

Ein lautes Gelächter antwortete ihr.

»Aber nein, mein Junge, sie sind nicht geisteskrank. Aber was versteht ein Grünschnabel wie Sie schon von Soldaten? Wir alle, die Sie hier sehen, haben auf dieser Ebene gekämpft und geblutet! Natürlich sind unter all diesen Leichen auch viele von den Unsrigen, aber doch weit mehr Russen! Es ist ein großer Tag gewesen, ein großer Sieg, der Ney zum Fürsten gemacht hat!«

Der Mann, der da sprach, war einer der beiden Insassen des vorausfahrenden Wagens. Er war ein großer, schnurrbärtiger Bursche, der über seinem leeren Ärmel lässig einen Generalumhang trug.

»Ach, mon Général«, rief Beyle lachend, »nehmen Sie es meinem kleinen Sekretär nicht übel. Er ist Italiener, versteht kaum französisch und hat knapp siebzehn Jahre auf dem Buckel.«

»In diesem Alter war ich schon Unterleutnant! Trotz seiner weibischen Figur und der großen, leeren Augen müßte das Kerlchen doch fähig sein, zu reiten und einen Säbel zu führen. Denken Sie daran, was der arme Lassalle gesagt hat: ›Ein Husar, der mit dreißig nicht tot ist, ist ein Scheißkerl!‹«

»Möglich! Aber diesem Jungen einen Säbel in die Hand zu geben, wäre verantwortungslos. Er sieht schlecht! Setzen Sie doch Ihre Brille auf, Fabrice«, fügte er auf italienisch hinzu. »Sie sind doch sonst blind wie ein Maulwurf.«

Verärgert gehorchte Marianne unter dem spöttischen Blick des arroganten Offiziers, gegen den sie impulsiv eine starke Abneigung empfand. Sie mußte sehr an sich halten, um ihm nicht zu verraten, wie sie über ihn und seinesgleichen dachte.

Die weitere Reise, drei oder vier Meilen pro Tag, war von bedrückender Einförmigkeit. Es wurde so kalt, daß

Beyle und Marianne es sich angewöhnten, täglich einen Teil des Weges zu Fuß zu gehen, um sich die Füße zu vertreten und die Pferde zu entlasten. Die Straßen waren breit und gut gehalten, sie schlängelten sich den Bodenerhebungen angepaßt durch dunkle Tannenforste und lichte Birkenwälder. Wenn es bergauf ging, mußten die meist überladenen Fahrzeuge angeschoben werden. Übrigens begegneten sie keinem Menschen. Die Dörfer, durch die sie gelegentlich kamen, waren zur Hälfte oder zu drei Vierteln zerstört. Abends wurde das Biwak aufgeschlagen, es wurden große Feuer angezündet, für die es niemals an Holz fehlte, dann wickelte sich jeder so fest es gehen mochte in seine Decke, die jeden Morgen so steif gefroren war, daß sie krachte.

Etwa auf dem halben Weg nach Smolensk, am Abend des 24. Oktober, hatten sie den ersten Angriff. Die Feuer brannten schon, in großen Kesseln kochte das Essen, zu wenig übrigens, denn von den Erbsen bis zum Fett waren die Lebensmittel knapp. Ordnung und Wachsamkeit des Geleitzugs waren im Biwak aufgehoben, die Männer drängten sich zusammen, vergaßen Streit und schlechte Laune und versuchten bei ihresgleichen menschliche Nähe, so etwas wie Freundschaft zu finden. Der einzelne kam sich in der russischen Unendlichkeit so verloren vor, daß er seine Schicksalsgefährten fast hautnah spüren wollte ... heute war es wieder einige Meilen vorangegangen, bald würde man hinter den festen Mauern von Smolensk wieder in Sicherheit sein und auch wieder genug zu essen haben (zumindest hoffte Beyle es).

Plötzlich zeichneten sich unter den Bäumen graue Schatten ab. Gewehrschüsse fielen. In Mariannes Nähe stürzte ein Mann kopfüber ins Feuer ... man zog ihn sofort heraus ... er war tot! Die junge Frau sah ihn an ohne recht zu verstehen, was vorging, dann hörte sie Mouriers schallende Stimme:

»Alarm! Wir werden angegriffen! Alles zu den Waffen! Feuer frei!«

»Wer greift uns denn an?« fragte Beyle, der mit seinen Blicken das Halbdunkel zu durchdringen suchte. »Die Kosaken?«

»Nein, die Kosaken hätten uns schon erledigt! Es sind Infanteristen, aber ich glaube, es sind auch Bauern darunter. Ich habe etwas blitzen sehen, das wie eine Sense aussah.«

Mit unheimlicher Geschwindigkeit versetzte er den Convoy in Verteidigungszustand, rannte gebückt umher, verteilte Munition, achtete darauf, daß jeder so weit wie möglich in Deckung kam, besonders jene Verwundeten, die nicht aufstehen konnten. Als höchster Dienstgrad hatte er sofort das Kommando übernommen. Der den Convoy leitende Offizier war nur Oberst ... außerdem noch Holländer!

»Versucht nur zu schießen, wenn ihr euer Ziel erkannt habt«, empfahl er. »Wir sollten keine Munition vergeuden. Noch sind wir nicht in Smolensk.«

»Falls wir überhaupt hinkommen«, seufzte Beyle und holte eine langläufige Pistole aus seinem Gepäck. »Wenn die Russen wirklich über uns herfallen, werden wir uns nicht lange halten können.«

»Seien Sie nicht so defaitistisch!« antwortete Marianne zornig. »Sie haben doch damit rechnen müssen, daß wir auf sie stoßen würden. Oder haben Sie schon vergessen, daß wir nach Ihren eigenen Worten in Moskau praktisch eingeschlossen waren?«

Er antwortete nur durch ein Grunzen und machte sich dann mit dem Laden seiner Pistole zu schaffen. Im Augenblick herrschte wieder Ruhe, aber Marianne, die hinter der Kalesche Schutz gesucht hatte, versuchte, die zunehmende Dunkelheit zu durchdringen, und bemerkte wirklich schemenhafte Gestalten, die sich näherten. In ihren grauen Kleidern waren die Russen schwer zu erkennen und unterschieden sich kaum von den Bäumen, hinter denen sie Deckung suchten. Sie arbeiteten sich sprungweise vor, aber die scharfen Augen der jungen Frau hatten sich schnell an die Dunkelheit gewöhnt. Und plötzlich, ohne sich selbst darüber Rechenschaft zu geben, verspürte sie Lust, an dem tödlichen Spiel teilzunehmen.

Als sie früher in Selton noch die Erziehung von Dobs genoß, der behauptete, sie hätte »eigentlich ein Junge werden sollen«, hatte sie einige Übung sowohl mit Feuerwaffen, als auch mit Säbel und Stoßdegen erwerben dürfen. Als Mourier kam, um hinter seinem eigenen Fahrzeug Stellung zu beziehen, bat sie ihn – natürlich in italienischer Sprache – ohne weiteres Überlegen:

»Geben Sie mir eine Pistole!«

Er verstand sie nicht recht, antwortete mit einer Grobheit, worauf Beyle übersetzte:

»Er bittet Sie um eine Pistole«, sagte er trocken. Der General lachte schallend.

»Eine Pistole? Um was damit anzustellen? Diese reizenden Händchen könnten sie nicht einmal halten! Nein, mein Lieber, sagen Sie diesem jungen Epheben, daß Waffen für Männer gemacht sind! Hier ist kein Kinderspielplatz.«

In Beyle hatte Mouriers Verhalten Widerspruchsgeist geweckt, er zuckte die Achseln und reichte Marianne seine eigene Pistole.

»Versuchen wir's trotzdem! Viel früher werden wir dadurch auch nicht sterben.«

Sie nahm wortlos die Waffe und untersuchte Sie. Es war eine Duellpistole, ein gut gearbeitetes Stück und gewiß sehr genau.

»Sie ist geladen!« sagte Beyle. Und dann erheblich leiser, weil er trotzdem besorgt war: »Können Sie wirklich damit umgehen? Ich möchte mich nicht allzu lächerlich machen.«

Statt zu antworten richtete die junge Frau sich auf. Mit der Sicherheit eines alten Duellanten legte sie die Pistole auf dem gebeugten Arm an, visierte eine der grauen Gestalten an und schoß ... die graue Gestalt stürzte in das dürre Laub, ein zweiter Schuß hatte das gleiche Ergebnis.

Es trat eine Stille ein. Ruhig gab sie die Waffe ihrem

Eigentümer zurück, dessen Blick nicht nur freudige Überraschung, sondern auch Respekt verriet.

»Alle Achtung, mein lieber Fabrice. Wenn ich Ihnen einmal meine Sekundanten schicken müßte ... ich würde es mir zweimal überlegen!«

Als Marianne sich lächelnd abwandte, sah sie unmittelbar vor ihrem Gesicht eine zweite Pistole. Ein Arm mit reich besticktem Ärmelaufschlag reichte sie ihr hin, und die seltsam unsichere Stimme des Generals murmelte:

»Verzeihen Sie mir. Ich glaube, ich habe mich in Ihnen sehr getäuscht.«

Und in einer gefühlsmäßigen Aufwallung hatte er Marianne, bevor sie die geringste Geste der Abwehr machen konnte, um die Schultern gefaßt und sie reumütig auf beide Wangen geküßt. Ein starker Tabakgeruch stieg ihr in die Nase ... aber es störte sie mehr, daß sie ihre Kopfbedeckung verlor. Durch Mouriers impulsive Bewegung war die Pelzmütze verschoben worden und zur Erde gefallen, so daß die Krone aus dunklen Flechten sichtbar wurde.

Einen Augenblick lang stand Marianne mit dem General Gesicht an Gesicht. Sie sah, wie er sie großäugig anstarrte. Aber nur kurz, denn er war ein Mann schneller Entschlüsse. Schnell hob er die Mütze auf und setzte sie der jungen Frau so geschickt auf das Haar, daß Barbe es nicht besser gekonnt hätte. Dann blickte er um sich und stellte fest, daß aller Augen nur auf den Angreifer außerhalb des Lagers gerichtet waren.

»Niemand hat es gesehen«, murmelte er. »Es wird keiner etwas erfahren! Bitte übersetzen Sie«, sagte er ungeduldig zu Beyle, den der Vorgang so überrascht hatte, daß er noch nicht den Mund aufmachte. Marianne lachte.

»Da Sie mein Geheimnis kennen, ist das nicht mehr notwendig. Sie wissen soviel, daß ich Ihnen auch den Rest gestehen kann: ich spreche französisch!«

Eine Gewehrsalve von der anderen Seite des Lagers her schnitt ihm das Wort ab. Seine erstaunliche Entdekkung hatte den General für einen Augenblick die Gefahr vergessen lassen. Zum Glück schienen die Russen an Rückzug zu denken, vielleicht weil es sie erschreckt hatte, daß zwei Männer aus so großer Entfernung getroffen waren. Sie hielten wohl die Überraschung für mißlungen.

Mourier war unruhig.

»Ich werde nachsehen, was vorgeht! Wir müssen wissen, was uns morgen erwartet. Sagen Sie dem kommandierenden Oberst der Begleitmannschaft Bescheid. Ich bin gleich zurück.«

»Seien Sie vorsichtig«, flüsterte Marianne. »Ich habe das Gefühl, wenn Ihnen etwas zustieße, würden wir alle in Panik geraten. Sie sind der einzige, der zu handeln weiß!«

»Seien Sie nur ruhig. Ich kann auf mich aufpassen!«

Plötzlich war er lautlos verschwunden. Der Chef der Eskorte stellte Posten auf und legte den Wachbereich fest. Als Mourier zurückkam, sah er nicht sehr heiter aus.

»Sind sie fort?« fragte Marianne ohne große Hoffnung.

»Nein, sie lagern nicht weit von hier. Auf einer Lichtung, da im Norden.«

Der holländische Kommandant Oberst Van Caulaert trat zu ihnen. Er hatte bis zum September den 2. Husaren angehört, war leicht verwundet worden, und man hatte ihm den Abschied bewilligt. Er sollte auf dem Heimweg nur noch diesen Transport begleiten.

»Sind es viel?« fragte er.

Mourier zuckte die Achseln.

»Schwer zu sagen. Es ist Nebel aufgekommen. Ich habe einige Trupps von Infanteristen gesehen, die am Feuer lagern. Außerdem eine Bande von mit Sensen und Messern bewaffneten Bauern. Ich habe den Eindruck, daß wir eingeschlossen sind.«

Während er genau beschrieb, was er in der feindlichen Stellung beobachtet hatte, spürte Marianne, wie ihr ein Frösteln über den Rücken lief. Die Vorstellung dieser primitiven Waffen hatte etwas Erschreckendes, die Sense besonders, das Sinnbild des Todes. Das war grausiger als Feuerwaffen. Die Einbildung gaukelte ihr abscheuliche Bilder vor von Pferden mit zerschnittenen Sehnen und Menschen, die in Blutlachen schwammen ... Wenn nun in dieser Nacht oder morgen auch ihre Stunde geschlagen hatte? Plötzlich hatte sie Angst, nackte Angst, in diesem feindlichen Wald zu sterben unter all diesen Menschen, die ihr fremd waren. Das durfte nicht sein. Ihr ganzes Wesen, ihr Stolz, ihr Lebenswille wehrten sich gegen diese abscheuliche Vorstellung. Instinktiv trat sie auf den einarmigen General zu, den einzigen Mann, der fähig war, sie alle aus diesem Hinterhalt zu retten. Was er jedoch sagte, war nicht beruhigend.

»Ich glaube nicht, daß wir für diese Nacht viel zu fürchten haben. Trotzdem äußerste Wachsamkeit! Morgen bilden wir in aller Frühe ein Karree. Verwundete und Schwache mit den Wagen in der Mitte.« Er warf der jungen Frau, die an seinen Lippen hing, einen kurzen Blick zu. »Dann versuchen wir einen Durchbruch, denn ich vermute nach wie vor, daß wir umzingelt sind. Unsere einzige Chance ist, als erste anzugreifen.«

»Und wenn wir zurückgeschlagen werden?« fragte der Holländer.

»Dann müssen wir daran denken, die Fahrzeuge aufzugeben, ein kleineres Karree zu bilden ... und so fort, bis einigen von uns der Durchbruch gelingt, oder bis wir alle niedergemacht sind bis auf den letzten Mann.«

»Bis auf den ... letzten ...« hauchte Marianne mit leerer Stimme.

»Ja, mein junger Freund, bis auf den letzten! Glauben Sie mir, es ist hundertmal besser, in der Schlacht zu sterben, als von den Bauern langsam zu Tode geschunden zu werden ... oder Schlimmeres!«

»Ich teile Ihren Standpunkt«, sagte Beyle und lud energisch seine Pistole nach. »Glauben Sie mir, ich werde darüber wachen, daß weder ich noch dieser junge Mann ihnen lebendig in die Hände fallen.«

Es wurde eine unruhige Nacht, in deren Verlauf niemand wirklich Schlaf fand. Jeder bereitete sich nach Möglichkeit auf das Kommende vor. Die einen warfen alles von den Fahrzeugen, was nicht unbedingt gebraucht wurde, um den Transport zu erleichtern. Andere tauschten Adressen und Empfehlungen aus, für den Fall, daß einige durchkamen. Wieder andere schrieben Briefe oder ihr Testament, ohne Zweifel ein lächerliches Unterfangen, denn es gab wenig Aussicht, daß die Schriftstücke je ihr Ziel erreichten.

Marianne saß an einen Baumstumpf gelehnt in der Nähe des Feuers, sie betrachtete die Männer mit Staunen und Neid. Die Nähe des Todes hatte alle Unterschiede weggewischt. Offiziere aller Dienstgrade, einfache Soldaten oder Zivilisten wie Beyle, das alles war zu einer erstaunlichen Brüderschaft verschmolzen. Vor dem gemeinsamen Schicksal waren sie alle gleich, alle arm, alle nackt! Und sie waren beisammen ... aber sie fühlte sich vereinzelt ... von ihrer Menschennähe ausgeschlossen.

Da war zwar Barbe, aber die Polin hatte den Mut eines Kriegers entwickelt. Soeben hatte Beyle ihr zur Flucht geraten.

»Sie sprechen die Landessprache. Sie sind gekleidet wie die Frauen hier. Sie kommen leicht durch ihre Linien, besonders bei diesem Nebel. Verschwinden Sie!«

Sie hatte lässig den Kopf geschüttelt und erklärt:

»Einmal muß jeder sterben. Auf diese Art oder eine andere! Sie werden erleben, daß ich auch schießen kann! Außerdem glaubte ich, Ihnen mitgeteilt zu haben, wenn man im Dienst eines Menschen steht, teilt man auch sein Schicksal!«

Dann hatte sie nichts mehr gesagt. Sie hatte sich in eine Decke gewickelt und war losgezogen, um sich einen Säbel zu besorgen. Dann hatte sie sich hingelegt und schlief so ruhig, als habe sie noch viele Lebensjahre vor sich.

Gegen Morgen nickte die erschöpfte Marianne gleichfalls ein wenig ein. Beyle weckte sie auf, indem er sanft ihre Schulter anpackte.

»Kommen Sie«, sagte er, »wir brechen auf! Wir müssen dankbar annehmen, was uns der Himmel schickt.«

Wirklich war der Wald in dichten Nebel gehüllt. Sie bewegten sich durch eine feuchte weiße Wolke, die aus all diesen Männern Gespenster machte, um so mehr, als sie Anweisung hatten, sich lautlos zu bewegen. Marianne befolgte mechanisch, was man ihr sagte, und nahm ihren Platz im Convoy ein.

Die Verwundeten wurden auf so wenig Fahrzeugen wie unbedingt notwendig waren zusammengefaßt, die anderen Wagen blieben zurück. Damit wurden zugleich Pferde frei, die, falls es zum Äußersten kam, der Flucht dienen konnten. Die gesunden Männer bildeten die äußerste Begrenzung des Transports, alle mit bereitgehaltenen Waffen. So tauchte der Convoy in den Nebel ein.

Marianne, die Pistole im Gürtel, ging hinter Beyle, ihr folgte Barbe. Sie betete aus tiefstem Herzen, ihr Tod möge kurz und nicht quälend sein.

Das Schweigen des Waldes war beklemmend. In der Nacht waren die Räder der Fahrzeuge geschmiert und die Hufe der Pferde mit Tüchern umwickelt worden. Es war wirklich ein Geisterzug. Schemen, die aus dem Nichts kamen und im Nichts verschwanden. Der Nebel war so dick, daß man nicht drei Schritt weit sehen konnte. Er war, wie Beyle es formuliert hatte, wirklich ein Geschenk des Himmels.

Mourier war verschwunden. Er marschierte jetzt mit Van Caulaert an der Spitze der Kolonne, um das Karree auf der richtigen Wegspur zu halten. Die Minuten verstrichen, langsam, als seien es Ewigkeiten, und Marianne sah ihr Leben in gänzlich neuem Licht. Die Augen fest auf Beyles Rücken gerichtet, ließ sie sich führen und dachte an alle, die sie wohl nie mehr wiedersehen würde ... an ihren kleinen schönen Sohn, an den vornehmen, großherzigen und doch so traurigen Corrado, an den guten Jolival, den flinken Gracchus mit dem roten Schopf ... auch Adelaide in Paris fiel ihr ein, die annehmen mußte, sie sei längst gestorben! Bei dem Gedanken an Paris mußte sie lächeln. Hier in dieser gefährlichen Wildnis, halb vom Nebel erstickt, kam es ihr unglaubwürdig vor, daß es irgendwo in der Welt ein Paris geben sollte ... ein Paris, nach dem sie plötzlich eine schmerzhafte Sehnsucht empfand. Auch an Jason dachte sie, aber der Gedanke war gleich wieder verflogen. Sie mußte annehmen, daß er sich vorsätzlich von ihr getrennt hatte, und Marianne wollte nicht ihre letzten Gedanken an ihn verschwenden. Sie kehrte lieber zu Sebastiano zurück, und diese Gedanken waren so voller Zärtlichkeit und Liebe, wie sie es nie mit solcher Glut empfunden hatte. Einen Sinn hatte ihr nutzloses Leben wenigstens gehabt: sie hatte es an ein schönes Kind, den einzigen Nachfolger eines großen Geschlechts weitergereicht.

Zwischen Gebet und melancholischen Gedanken nahm sie nicht wahr, wie die Zeit verstrich. Erst nach vier Stunden Marsch, als der Wald zu Ende war und der Nebel plötzlich aufriß, wurde ihr bewußt, daß die Gefahr vorüber war. Der Convoy befand sich jetzt in einer mit einzelnen Bäumen bestandenen, verlassenen Ebene. Es war Befreiung! Ein Freudenschrei entrang sich den Kehlen der Männer. Beyle drehte sich um. Marianne sah, daß er bleich wie Leinen war und sein Kinn bebte, aber er lächelte.

»Ich glaube«, sagte er, »für diesmal wärs geschafft.«

Sie lächelte ihn gleichfalls an.

»Es ist ein Wunder! Fast nicht zu glauben!«

»Vielleicht. Hoffen wir, daß wir bis Smolensk noch mehrere Wunder erleben. Vielleicht waren wir diesem Gegner nur zu unbedeutend.«

Tatsächlich wurden sie nicht verfolgt. Zwei Tage kamen sie ohne die geringste Schwierigkeit voran, allerdings fehlte es an Verpflegung. Was sie aus Moskau mitgenommen hatten, war nur für zehn Tage berechnet gewesen, denn keiner hatte erwartet, daß die Reise so lange dauern würde. Zudem wurde das Wetter trostlos. Es begann zu schneien, dicht, ohne Aufhören, und das Vorwärtskommen wurde immer schwieriger. Pferde mußten geschlachtet werden, zum einen, weil man sie nicht mehr ernähren konnte, zum anderen, weil die Menschen ihr Fleisch brauchten.

Eines Abends tauchten Kosaken auf. Sie schwärmten wie Meteore mit stoßbereiter Lanze um die Nachhut herum, töteten einige Männer und verschwanden so schnell wie sie aufgetaucht waren. Es mußten Gräber ausgehoben werden, in den Herzen der erschöpften Männer nistete die Angst.

Obwohl Mourier, dem ihre schmaler werdenden Wangen auffielen, darauf bestand, hatte Marianne es abgelehnt, in einem der den Verwundeten vorbehaltenen Wagen Platz zu nehmen. Sie marschierte zwischen Beyle und Barbe, die sich anscheinend mechanisch fortbewegte, marschierte mit schmerzenden Füßen, biß die Zähne zusammen und bemühte sich, nicht die Seufzer derer zu hören, die es härter getroffen hatte. Und immer noch dieser niedrige, graugelbe Himmel, über den wie ein böses Omen manchmal ein Krähenschwarm strich.

Beyle tat sein Bestes, um ihre Moral und die der Männer zu stärken. Er wiederholte unablässig, Smolensk sei nicht mehr weit, dort werde man alles Notwendige finden und sei in Sicherheit. Die Verwundeten würden Pflege und Essen haben, nur Mut, es war bald überstanden ...

»Ich komme vielleicht bis Smolensk«, sagte Marianne eines Abends zu ihm, als sie in einer großen, noch gut erhaltenen Scheune untergekommen waren, »aber Paris werde ich niemals wiedersehen! Es ist zu weit! Es schneit ... es ist kalt ... und dieses endlose Land! Das schaffe ich nie!«

»Dann bleiben Sie einfach den Winter über bei mir in Smolensk. Der Kaiser bleibt in Kaluga. Sie haben nichts zu fürchten. Sobald es im Frühjahr möglich ist, reisen Sie weiter.«

Müde, und von einem schlimmen Tagesmarsch, in dessen Verlauf wieder ein Kosakenschwarm abgewehrt werden mußte, entmutigt, schwieg Marianne resigniert.

Nach Smolensk! Es war wie der Refrain eines abgedroschenen Liedes! Wer hatte sich vorstellen können, daß diese Stadt so fern lag? Man hatte wie in einem bösen Traum das Gefühl, sie weiche um so mehr zurück, je mehr man sich auf sie zu bewegte. Einige behaupteten schon, man sei auf dem falschen Weg und werde niemals ankommen.

Am Abend des 2. November drangen von der Spitze des Konvois entlang der Kolonne Rufe: Eine Nachricht, die kaum einer mit dieser Plötzlichkeit erwartet hatte:

»Smolensk! Smolensk! Wir sind da!«

Sämtliche Soldaten waren schon einmal durch Smolensk gekommen und erkannten es beglückt wieder. Beyle stöhnte erleichtert auf: »Wahrhaftig, das ist Smolensk. War höchste Zeit!«

Sie waren zu einem tiefen Tal gelangt, durch das sich das quecksilberne Band des Borsysthenes schlängelte, und an dessen Rand Smolensk vor ihnen aufragte. In seine festen Mauern gezwängt wie in ein Korsett lag es am rechten Ufer des Flusses inmitten einer schluchtenreichen Landschaft, deren Kiefern, Tannen und Birken mit frischem Schnee überpudert waren. Der ungeheure Festungsgürtel mit seinen dreihundert Türmen und unübersteigbaren Mauern, die seit drei Jahrhunderten der Zeit und den Menschen trotzten, hätte einen herrlichen, archaischen Anblick geboten, wären nicht die Spuren des Krieges noch frisch und allzu deutlich gewesen: verbrannte oder von Kanonenkugeln zerfetzte Bäume, zerstörte oder abgebrannte Häuser, eine behelfsmäßig mit Knüppelholz reparierte Brücke ... von den Vorstädten war kaum noch etwas erhalten.

Über den Mauern sah man die Kuppeln der Kirchen, rauchende Schornsteine ließen an Abendmahlzeit und geheizte Zimmer denken ... Eine Glocke läutete, dann ein Trompetensignal und das Rollen einer Trommel, die verriet, daß diese Idylle, die aus einem anderen Zeitalter zu stammen schien, von Soldaten besetzt war.

Die Stadt selbst bot so sehr das Bild eines Zufluchtsortes, daß die Reisenden wie ein Mann in Freudenrufe ausbrachen ... soweit sie dazu noch nicht zu schwach waren. Endlich Ruhe, Nahrung, Wärme und der Schutz eines Daches bei Nacht! Fast vermochten sie nicht daran zu glauben.

Beyle bewahrte seine kühle Ironie.

»Man könnte glauben, die Kreuzfahrer ziehen in Jerusalem ein. Dabei ist auch die Innenstadt zur Hälfte zerstört, man sieht es nur nicht wegen der hohen Mauern. Trotzdem hoffe ich natürlich, daß man uns alle unterbringen kann ... und daß mein etwas anstrengender Botengang von Moskau hierher auch einigen Erfolg hat.«

Er gab sich gleichgültig, aber seine dunklen Augen leuchteten, und Marianne spürte, daß der große Spötter ebenso froh war wie die übrigen normalen Sterblichen.

Der Weg zum nächsten Stadttor wurde in kürzester Zeit überwunden, obwohl der Schnee und die am Abhang der Schlucht verlaufende Straße den Pferden (die für dieses Gelände nicht richtig beschlagen waren) viel zu schaffen machten. Im übrigen war ihre Ankunft schon bemerkt worden, Soldaten liefen mit lauten Willkommensrufen herzu und halfen ihnen, die Fahrzeuge in die Stadt zu schaffen.

Sie durchschritten das hohe Tor, auf dem das Wappen der Stadt abgebildet war (eine Kanone mit dem sagenhaften Vogel Gamajune, dem Symbol der Macht), und trotz ihrer Erschöpfung lächelte Marianne etwas spöttisch:

»Ich bin jedenfalls so froh wie all die anderen, daß wir endlich angekommen sind. Ich hoffe, Sie können mir eine Mahlzeit bieten, die nicht nur aus rohen Kartoffeln und Gefrorenem besteht.«

Sie war nicht die einzige, die ans Essen dachte. Sie hörten die Soldaten rundherum von nichts anderem als vom Abendessen sprechen, und sie zogen so erwartungsvoll in Smolensk ein, als ginge es zu einem Fest. Die Begeisterung wurde etwas gedämpft, als sie die Ruinen im Inneren der Stadt bemerkten. Der Schnee hatte die Trümmer barmherzig zugedeckt. Aber das tragische Bild der leeren Straßen, wo in den vereinzelt stehengebliebenen Häusern, deren Fenster durch Ölpapier ersetzt waren, erste trübe Lichter angezündet wurden, verhüllte er nicht.

Die Menschen kamen aus den wenigen Häusern heraus, um die Ankömmlinge zu sehen. Alle waren einander ähnlich: plumpe, durch Schals verstärkte Kleiderbündel, aus denen haßerfüllte Augen blitzten, und die ein Gemurmel anhoben, das nicht gerade freundschaftlich klang. Mariannes Freude war schlagartig dahin: viel stärker noch als in Moskau hatte sie hier das Bewußtsein, feindliches Territorium zu betreten.

Mourier, der am Stadttor zurückgeblieben war, um mit einem Polizeihauptmann zu sprechen, stieß zu ihnen. Er war erkennbar beunruhigt.

»Man sollte annehmen, daß wir mit unseren dreihundert Männern willkommen sind. Ich dachte, wir würden hier das ganze 9. Korps des Marschalls Victor treffen, aber es ist nur ein Restkommando übrig. Der Marschall ist mit seinen Truppen nach Polotsk, weil, wie es heißt, Gouvion-Saint-Cyr in Schwierigkeiten ist. Sogar der Gouverneur ist verschwunden ...«

»Wer ist es?« fragte Beyle.

»General Baraguey d'Illiers, er sollte mit seiner illyrischen Division hier sein, die am 1. August Danzig verlassen mußte. Er hat auf der Straße nach Yelnia Stellung bezogen und Smolensk General Charpentier überlassen, dem Chef des Generalstabs im 4. Armeekorps und bis jetzt Gouverneur von Vitebsk. Ich frage mich, was wir von einer so kleinen Garnison mit derart durcheinander geratenen Befehlsverhältnissen zu erwarten haben.«

Während er sprach, umwölkte sich Beyles Stirn immer mehr. Eine Fülle von Fragen über das Verpflegungsmaterial, das er beschaffen sollte, drängte sich ihm auf. Als sie auf einen freien Platz gelangten, stürzte er auf ein Haus zu, das sichtlich noch in gutem Zustand war. Denn soeben traten der provisorische Gouverneur von Smolensk und ein Zivilist aus der Türe, in dem er Monsieur de Villeblanche, den Intendanten dieser Provinz, erkannt hatte. Er hatte eine kurze Besprechung mit ihm, die recht stürmisch verlief, als der unglückliche Direktor des Reserve-Verpflegungsamts dann wieder zu Marianne trat, war er buchstäblich erschlagen.

»Es ist grauenhaft! Nicht ein Viertel von dem, was ich anordnete, haben sie bekommen. Gebe der Himmel, daß der Kaiser nicht hierher kommt, sonst bin ich, wenn schon nicht tot, so doch in Ungnade. Kommen Sie, wir wollen nicht hierbleiben. Wir müssen uns jetzt vom Convoy trennen und zu den Armee-Magazinen gehen. Ich muß mich vom Stand der Dinge persönlich überzeugen. Wir finden in der Gegend da auch Unterkunft.«

Das war nicht so leicht, wie er sich vorstellte, denn wenn der Intendant auch ein nicht zerschossenes Haus entdeckt hatte, in dem er persönlich als »Monsieur le Directeur des Approvisionnements de Reserve« unterkam, so stand ihm in diesem schon überfüllten Haus doch nur etwas Stroh in einem kleinen Zimmer zur Verfügung, in dem schon zwei seiner Kollegen hausten. Es kam also nicht in Frage, Marianne dort unterzubringen, noch weniger Barbe, die ihrer Dimensionen wegen einen erheblich größeren Lebensraum benötigte. Er mußte etwas anderes finden. Beyle ließ zurück, was von seinem Gepäck noch übrig war, und machte sich dann mit einem »jungen Mann« von der Intendantur auf die Suche nach Schlafstätten für seinen Sekretär und seine Köchin.

Schließlich stießen sie in der Nähe des Neuen Markts bei einem alten deutschen Juden auf eine Art Mansarde, in der es einen Ofen gab, weshalb sie den beiden Frauen als Gipfel des Komforts erschien. Natürlich mußte Marianne sich als Frau zu erkennen geben, aber da sie das militärische Geleit verließ, war die Verkleidung nicht mehr notwendig, und sie brauchte es nicht zu bereuen. Salomon Levin und seine Frau Rachel waren brave Leute, das blasse Gesicht und die schmalen Wangen der jungen Frau rührten sie. Sie waren auch diskret, denn keiner von beiden zeigte über die ungewöhnliche Aufmachung der jungen Frau Verwunderung. Sie stellten keine Fragen, versicherten nur, die beiden jungen Frauen seien ihnen willkommen, und der vornehme junge Herr könne in Ruhe seinen Geschäften nachgehen. Übrigens wurde der Kontakt sehr dadurch erleichtert, daß sie feststellten, Marianne spreche ebenso gut deutsch wie sie selbst. Beyle zog beruhigt ab und versprach, früh am nächsten Morgen wiederzukommen.

Salomon handelte mit Pelzwaren und vielen anderen lebensnotwendigen Dingen, sauren Heringen zum Beispiel, und unterhielt zu den Besatzern zwar nicht herzliche, aber korrekte Beziehungen. Er hatte die Erlaubnis, in einer Stadt, in der es nicht mehr viel zu kaufen gab, seinen Handel fortzuführen. In seinem Haus starb also keiner vor Hunger.

Durch die Fürsorge seiner Frau, der umfangreichen Rachel, sah Marianne ihre Mansarde mit Matratzen, Laken, Decken und sogar mit einem großen Bärenfell ausgestattet, was sie in eine Art Freudentaumel versetzte. Fast hätte sie geweint. Rachel und ihr Dienstmädchen brachten noch einen großen Waschkübel, Krüge mit heißem Wasser, grobe, aber saubere Handtücher und ein Stück Seife. Seit achtzehn Tagen, seit sie Moskau verließ, hatte sie weder die Schuhe ausgezogen noch die Wäsche wechseln können. Sie trug noch, was sie im Augenblick der Abreise auf dem Leib hatte. Niemals hatte sie sich so schmutzig gefühlt. Ihr Körper duftete auch nicht mehr nach Tuberosen ... so hatte einmal ihr Lieblingsparfum geduftet.

Als sie die Kübel mit heißem Wasser vor sich dampfen sah, packte sie so unbändige Freude, daß sie der alten Frau um den Hals fiel und sie küßte.

»Solange ich lebe, werde ich Ihren Namen segnen, Madame Levin. Sie können sich nicht vorstellen, was dieses Bad für mich bedeutet.«

»Ich glaube doch! Unser Haus ist nicht groß, nicht schön und auch nicht besonders komfortabel, aber wie alle Anhänger des mosaischen Glaubens legen wir größten Wert auf Sauberkeit. Geben Sie mir Ihre Kleider und die Ihrer Dienerin, sie werden gewaschen.«

Rachel hatte bis dahin eine etwas feierliche Sprechweise gehabt. Plötzlich schlug ihr Ton um, und sie sagte mit einem schüchternen Lächeln: »Madame, auch ich werde Sie nie vergessen. Ich hätte nie erwartet, daß eine Dame aus dem Westen so freundlich zu mir sein könnte. Wir sind daran gewöhnt, verächtlich behandelt zu werden.«

Marianne war von der plötzlichen Traurigkeit dieser Frau erschüttert. Sie nahm ihre beiden Hände.

»Sie haben sich der Fremden gegenüber nicht nur gastfreundlich verhalten, sondern wie eine Freundin. Und ich küsse meine Freunde! Wenn Ihr Volk Verachtung verdient, was verdient dann das Volk des Eroberers?«

Sie umarmte Rachel erneut, küßte sie aus Dankbarkeit und Sympathie. Als Salomons Frau sich zurückzog, sagte sie noch zu Barbe, sie möge in die Küche kommen, um sich auch zu waschen. Dann tauchte Marianne mit unaussprechlichem Vergnügen in den dampfenden Kübel.

Als die Polin erfrischt aus der Küche zurückkam, brachte sie auf einem großen Tablett eine feste Polenta aus Buchweizen, Kascha, eine Fleischsuppe mit Kohl, Kuchen aus Hefeteig mit saurer Sahne und Kaviar, Blini genannt, und dazu eine dampfende Kanne Tee. Ein solches Fest hatten Marianne und Barbe lange nicht mehr erlebt. Sie waren so ausgehungert, daß sie über das Essen herfielen, ohne auch nur ein Wort zu verlieren. Da sie von den Strapazen der Reise sehr geschwächt waren, ermüdete der ungewohnte Genuß sie über die Maßen, sie legten sich auf ihre Matratzen und schliefen sofort ein. Marianne schlief gleich durch bis zum Nachmittag des anderen Tages.

Dann konnte sie erfreut feststellen, daß sie sich nach dieser ausgiebigen Ruhepause wie neugeboren fühlte. Schon lange hatte sie sich nicht mehr so wohl gefühlt, denn nach den Wochen erzwungener Abgeschlossenheit in Moskau mußte sie auf der Landstraße ein Leben führen, das sogar ergraute Krieger nur schwer ertrugen. Nach einer weiteren Mahlzeit fühlte sie sich wieder gesund und unternehmungslustig. Das äußerte sich darin, daß sie sofort an die Fortsetzung ihrer Reise dachte, denn nachdem sie Smolensk gesehen hatte, oder was davon übrig war, hatte sich die Idee, hier Aufenthalt zu nehmen, schnell verflüchtigt, auch die freundschaftliche Atmosphäre im Hause Levin vermochte sie nicht zu halten.

Sie kleidete sich fertig an, wobei sie sich mit großer Erleichterung der weiblichen Kleidung bediente, die sie in einem Bündel mitgeführt hatte. Bei einsetzender Dunkelheit tauchte Beyle auf.

Der Auditeur im Staatsrat hatte es sichtlich nicht so gut getroffen wie Marianne. Er war bleich, hatte tiefe Furchen im Gesicht, und seine Nervosität verriet große Unruhe. Der Anblick der frischen, sauberen und ausgeruhten Marianne schien ihn zu ärgern. Er selbst sah recht heruntergekommen aus und beklagte sich, er sei die ganze Nacht von Ungeziefer gequält worden. Indes neigte er von seinem Naturell her nicht zu einem langen Lamento und kam bald auf weniger persönliche Dinge, die ihm dennoch am Herzen lagen.

»Morgen zieht der Convoy weiter«, begann er, »wollen Sie nun mit ihm reisen oder nicht?«

»Ich habe schon einmal nein gesagt. Meine Rolle als Sekretär ist hier beendet. Ich habe keine Lust, mit Barbe als einziger Frau einige hundert Meilen in Gesellschaft von fast tausend Kerlen zu reisen, die total verwildert sind. Fragen Sie Barbe, wie sie darüber denkt: sie lehnt ebenfalls ab!«

»Aber das ist unvernünftig und dumm! Sie wissen genau, daß Mourier sie beschützen würde ...«

»Vor den anderen! Aber wer schützt mich vor ihm? Nein, mein Freund, kommen Sie mir nicht mit Ritterlichkeit und Galanterie und all diesen Salonfloskeln, die in einer Situation wie dieser ihre Gültigkeit verloren haben. Ich versichere Ihnen ein für allemal: ich habe keine Lust, vor Erreichen zivilisierter Gegenden beliebig oft vergewaltigt zu werden. Haben Sie übrigens Ihr Versprechen vergessen? Sie haben mir in Moskau versichert, nach unserer Ankunft hier würde es Ihnen ein Leichtes sein, mir die Weiterreise zu ermöglichen.«

Er explodierte buchstäblich.

»Sagen Sie, wie ich das machen soll! Sie haben gesehen, was noch von der Stadt übrig ist, auf die wir soviel Hoffnungen gesetzt hatten. Keine Garnison oder kaum, keine Verpflegung, keine Zusammenarbeit mit anderen

Städten, eine feindliche Bevölkerung, die nur einen kleinen Anstoß braucht, um uns in den Rücken zu fallen.«

»Aber auf all das hätten Sie gefaßt sein müssen.«

»Absolut nicht! Smolensk hatte die größten Verpflegungslager, aber seit General Viktor weg ist, scheinen diese Reserven auf rätselhafte Weise fortgeflogen zu sein. Von dem, was ich aus Mohiley und Vitebsk angefordert hatte, ist fast nichts angekommen. Und ich habe nichts gewußt, nichts! Man hat mich hierher kommen lassen, ohne mich zu informieren. Der arme Villeblanche war halbtot vor Angst, als er meine Briefe bekam, und wagte nicht zu antworten. Und ich muß gestehen, daß ich jetzt seine Angst und seine Verzweiflung teile! Wissen Sie, daß wir nur ein paar Zentner Mehl, etwas Reis, Buchweizen und ein paar Handvoll Hafer haben? Kohl natürlich einen Berg, dafür aber nur ein paar Dutzend magere Hühner und – das allerdings – Tonnen von Aquavit. Sollen davon fast hunderttausend Mann ernährt werden, die in knapp zwei Wochen über uns herfallen werden? Also, woher soll ich die Zeit nehmen, mich mit Ihnen zu befassen, wenn ich so schon am Rand des Wahnsinns lustwandle?«

»Fast hunderttausend Mann? Was wollen Sie sagen?«

Er lächelte bitter.

»Daß ich statt den Titel Baron zu erwerben, auf den ich in meiner Bescheidenheit gehofft hatte, nun wahrscheinlich eine totale und nicht wieder herstellbare Ungnade ernte! Der Kaiser wird mir nie verzeihen ... auch Dumas nicht, oder mein Vetter Daru! Ich bin ein erledigter, entehrter Mann!«

»Hören Sie doch auf zu winseln«, sagte die junge Frau ungeduldig, »und sprechen Sie etwas deutlicher. Woher nehmen Sie Ihre hunderttausend Mann?«

»Aus der Umgebung Napoleons! Es ist eine Stafette gekommen – zu Fuß, denn das Pferd hat sich auf der vereisten, schrägen Straße ein Bein gebrochen – Majestät zieht sich hierher zurück!«

Sein trüber Ton verriet zur Genüge, wie sehr er sich darauf freute. Dann warf er die restlichen Neuigkeiten gebündelt hin, wie man einen Rucksack abwirft: am 24. Oktober hatte Prinz Eugen bei Malo-Jaroslawetz die Truppen des russischen Generals Dokturow geschlagen, aber dieser übrigens nicht vollkommene Sieg hatte Napoleon Klarheit darüber gebracht, daß Doktorow ihn nur hinhalten sollte, um der russischen Armee Zeit für eine gründliche Reorganisation zu geben. Da seine eigene Truppenstärke reduziert war, mußte er zur Vernunft kommen. Als die Stafette das Hauptquartier verließ, kampierte die französische Armee bei Borovsk. Die kaiserlichen Befehle waren eindeutig: in Smolensk sollte alles vorbereitet werden, um die einigen hunderttausend Mann aufzunehmen, die dem Kaiser noch blieben, dazu noch einige tausend Zivilisten, die Moskau im Gefolge der Armee verlassen hatten.

»Aber, das ist nicht alles!« fuhr Beyle immer nervöser werdend fort. »Der Kaiser erwartet hier auf mächtige Verstärkung zu treffen ... durch das 9. Korps, das dem bedrängten Gouvion-Saint-Cyr zu Hilfe geeilt ist. Der Marschall ist verwundet und hat die Front an der Düna zurückverlegen müssen. Was das 2. Korps Oudinots betrifft, zu dem unter anderem vier intakte schweizerische Regimenter gehörten, es hat gleichfalls schwere Verluste erlitten. Als Folge davon kann Victor nicht so bald nach Smolensk zurück, falls er die Straße nach Wilna freihalten will ... und ohne ihn ist es fraglich, ob Napoleon einer größeren Truppenkonzentration standhalten kann, wenn es Kutusow einfallen sollte, sich an seine Fersen zu heften.«

Marianne hatte ihm atemlos zugehört. Sie schämte sich etwas, weil er so ausdruckslos sprach ... es war, als sage er eine Lektion her, eine Lektion, die er nicht gut gelernt hatte. Plötzlich aber lief er zornrot an und brüllte regelrecht:

»Es ist also nicht der rechte Augenblick, mir von Ihren Empfindlichkeiten und Seelenzuständen zu erzählen! Verstehen Sie doch, Marianne, daß Sie keine andere

Wahl haben. Wenn Sie nicht mit dem Geleit aufbrechen wollen, fallen Sie demnächst dem Kaiser in die Hände. Ob es Ihnen nun behagt oder nicht, ich habe beschlossen, daß Sie mit den Verwundeten abreisen!«

Sein aufgebrachter Ton trieb sie sofort in Abwehrstellung.

»Sie haben ... beschlossen, sagen Sie?«

»Exakt! Morgen in aller Frühe wird Mourier Sie mit dem Wagen abholen ... denn dieses Wunder habe ich noch für Sie vollbracht: Sie müssen nicht zu Fuß gehen! Sie sollten mir danken.«

»Ihnen danken? Wer hat Ihnen erlaubt, mir Befehle zu erteilen?«

Im Ton stand sie ihm keineswegs nach. Mit welchem Recht erlaubte sich dieser Kerl, der ihr alles in allem nichts bedeutete, diesen herrischen Ton? Er hatte sich während der Feuersbrunst um sie gekümmert, aber hatte sie ihm seine Mühe nicht hundertfach zurückgegeben? Sie bemühte sich, wieder ruhig zu werden, und sagte dann sehr langsam und deutlich:

»Es ist keinen Augenblick davon die Rede, daß ich Ihrem Ukas gehorche, mein Freund. Ich habe gesagt, daß ich nicht abreisen werde, und Sie müssen erlauben, daß ich mich daran halte.«

»Und ich sage Ihnen, Sie werden abreisen, weil ich es verlange! Möglich, daß Sie jetzt keine Angst mehr vor Napoleon haben, weil Sie annehmen, Ihre verflossene Liebe könne seinen Zorn besänftigen, aber für mich ist das nicht gleichgültig. Ich lege keinen Wert darauf, meinen Fall noch zu verschlimmern. Wenn ich ihm offenbaren muß, daß ich diese verfluchte Reserve-Verpflegung nicht heranschaffen kann, und wenn er gleichzeitig entdeckt, daß ich Sie versteckt, seinem Zorn entzogen und Ihnen weitergeholfen habe, wird meine Lage unhaltbar: Gefängnis oder Erschießung!«

»Reden Sie keine Dummheiten! Warum soll der Kaiser das alles jetzt entdecken? Meines Wissens wohnen wir nicht mehr zusammen. Es ist auch ziemlich unwahrscheinlich, daß der Kaiser hier Quartier nimmt. Wenn der Convoy fort ist, weiß kein Mensch mehr, daß Sie mir geholfen haben, denn Mourier hatte als einziger entdeckt, daß ich eine Frau bin.«

»Und die Leute hier? Die Leute von der Intendantur, die ganz sicher Ihre Verkleidung durchschaut haben? Und besonders Ihre Gastgeber!«

»Eben! Es wundert Sie vielleicht, aber ich weiß, daß ich von ihnen nichts zu befürchten habe. Im Gegenteil! Nichts hindert mich, in diesem Haus versteckt zu bleiben, bis ich endlich abreisen kann.«

Beyle zuckte wütend die Achseln.

»Sich hier monatelang verstecken? Das ist nun wirklich verrückt! Nichts ist doch heute unsicherer, als die Wohnung eines Juden. Nehmen wir an, die Russen nehmen Smolensk wieder ein. Diese Leute, die Ihnen so gefallen, werfen Sie doch beim kleinsten Anzeichen von Gefahr auf die Straße! Und ich wette, sollten sie erfahren, wie Sie zu Napoleon stehen, dann wohnen Sie auch nicht lange hier! Wenn man Sie hier entdeckte, hätten sie es zu büßen. Genug jetzt! Morgen in aller Frühe werden Sie abgeholt ... und Sie werden abreisen, denn ich erwirke noch heute abend vom Gouverneur einen Ausweisungsbefehl! Gründe gibt es genug. Falls Sie sich nicht stellen, wird das Haus vom Keller bis zum Dach durchwühlt. Haben Sie jetzt verstanden?«

Einen Augenblick standen sie sich noch gegenüber wie Kampfhähne. Marianne war bleich, Beyle rot vor Zorn, und beide ballten die Fäuste. Die junge Frau zitterte vor Widerwillen, als sie entdeckte, was Angst und Selbstsucht aus einem Menschen machen können, der im übrigen freundlich und gutherzig ist und über einen mehr als durchschnittlichen Verstand verfügt. Nach dem, was sie in der Zeit ihres erzwungenen Zusammenlebens von ihm gehört hatte, steckte in dem kleinen Mann aus dem Dauphiné ein bemerkenswerter Schriftsteller ... man hatte ihn nur aus seiner vertrauten, bequemen und eleganten Welt herausgerissen und in die einmal glutheiße, dann wieder eiskalte Hölle des Krieges geworfen. Gewiß hatte er Mühe, Hunger, Schmutz und vielleicht sogar Todesfurcht kennengelernt ... jetzt kam noch die Angst vor kaiserlicher Ungnade hinzu, denn in einer Art naiver Anmaßung gab er sich selbst die ganze Schuld an dieser doch leicht voraussehbaren Lebensmittelknappheit. Gewiß hatte er Grund zur Besorgnis, aber Marianne lehnte es ab, sich von seiner Panik mitreißen zu lassen.

»Sie haben sich sehr verändert!« sagte sie nur, nachdem sie ihren Zorn überwunden hatte. Ihre Ruhe wirkte auf Beyle wie eine kalte Dusche. Langsam bekam er wieder seine normale Gesichtsfarbe, er schüttelte den Kopf, öffnete den Mund, um etwas zu sagen, machte ihn aber wortlos wieder zu, breitete wie hilflos seine Hände aus, zuckte dann die Achseln und wendete sich zur Tür.

»Ich komme Sie morgen verabschieden«, sagte er, dann war er verschwunden.

Marianne verharrte bewegungslos mitten im Zimmer, als müsse sie warten, bis das Echo der vielen zornigen Worte im Haus verklungen war. Dann wendete sie sich langsam nach Barbe um. Diese stand mit vor dem Bauch gefalteten Händen beim Ofen, und ihr etwas heftiger Atem schien das einzige Geräusch im Zimmer zu sein. Die Blicke aus gelben und grünen Augen trafen einander, aber während Marianne schon wieder einem Tränenausbruch nahe war, lag in den Augen der Polin Zufriedenheit.

»Was sagst du, Barbe? Ich glaube, wir haben keine Wahl! Wir müssen uns damit abfinden, beim Convoy zu bleiben. Aber wir werden versuchen, uns zu verteidigen ...«

»Nein!« sagte Barbe.

»Wie nein? Soll das heißen, daß wir uns nicht verteidigen können?«

»Nein ... weil wir nicht mit den Soldaten gehen!«

Und ehe Marianne um eine genauere Auskunft bitten konnte, war sie zur Tür gegangen und hatte sie geöffnet.

»Kommen Sie, Madame«, sagte sie. »Wir haben keine Zeit zu verlieren. Unser Gastgeber muß schon im Salon auf uns warten.«

»Im Salon?«

»Aber gewiß!« sagte Barbe mit einem kurzen Lächeln. »Es gibt in diesem Haus einen Salon... wenigstens, wenn man gesagt bekommt, daß es einer ist.«

Obwohl das Haus des Salomon Levin in der langen Straße, die das Ghetto von Smolensk darstellte, das größte und schönste war, so war es dennoch recht beengt und hatte pro Stockwerk kaum mehr als zwei Zimmer. Der Vorratsraum mit den altersdunklen Mauern im Erdgeschoß, der auch als Laden diente, führte direkt in die Küche, eine Art von gewölbter Höhle, die nur ein Fenster hatte, das so eng wie eine Schießscharte war, dafür aber über den unerhörten Luxus einer eigenen Pumpe verfügte. Im ersten Stock (der zweite bestand aus Speicher und der Mansarde, in der die beiden Frauen logierten) lag über der Küche. Salomons und Rachels Schlafzimmer, das Zimmer über dem Laden, war also der Salon. Es war ein dunkler Raum mit einer verblichenen grünen Tapete, doch von größter Sauberkeit. Das wichtigste Möbelstück war ein mit einem Rankenteppich belegter Tisch, auf dem neben einem dicken, schwarz eingebundenen Buch ein kupferner Leuchter stand. An den Wänden waren einige Stühle aufgereiht.

Als Rachel Marianne und Barbe einließ, brannten die Kerzen, und der alte Salomon, ein schwarzes Käppchen auf dem Kopf, eine Art von farbigem Schal um die Schulter gelegt und die Brille auf der Nasenspitze, las voll frommer Andacht in dem großen Buch, dem Talmud. Als die Frauen eintraten, schloß er zwar das Buch, ließ jedoch seine knochigen, schmalen, aber seltsam belebten Hände über den Einband gleiten. Dann erhob er sich zur Begrüßung, wies ihnen Stühle an, setzte die Brille ab und sah Marianne eine Zeitlang an, ohne etwas zu sagen.

Er wirkte auf sie wie ein Prophet des Alten Testaments. Sein langer Bart schien aus dem gleichen Material zu bestehen wie seine graue Haut, die Schläfenlokken, die unter dem schwarzen Käppchen vorkamen, hingen wie müde neben seinem schmalen Gesicht herab.

Doch in seinem dunklen Blick lag Jugend und Willenskraft.

»Junge Frau«, sagte er endlich, »deine Begleiterin hat mir gesagt, daß du ohne deine Schuld in Gefahr geraten bist und daß du sehnlichst wünschest, in deine Heimat zurückzukehren, aber nicht in Begleitung all dieser Soldaten. Ist das wahr?«

»Es ist wahr!«

»Ich kann dir vielleicht helfen, aber ich muß wissen, wer du bist. In den Zeiten, in denen wir leben, gibt sich mancher anders als er ist, und hinter dem unschuldigsten Blick kann sich ein falsches Herz verbergen. Wenn du willst, daß ich dir vertraue, mußt zuerst du Vertrauen zu mir haben ... bedenke, du bist hier in Männerkleidern angekommen.«

»Warum sollte mein Name Ihnen etwas bedeuten können?« fragte Marianne leise. »Wir gehören so sehr verschiedenen Welten an! Mein Name kann Ihnen nichts sagen ... und Sie haben keine Möglichkeit zu prüfen, ob ich vielleicht lüge.«

»Sage ihn trotzdem! Warum solltest du auf ein freundschaftliches Angebot mit Mißtrauen antworten? Dieses Buch«, fügte er hinzu und streichelte wieder den dunklen Einband, »dieses Buch sagt: Eine Gans geht mit verbogenem Hals, aber nichts entgeht ihren Augen! Wir Juden sind wie die Gänse ... und wir wissen unendlich viel mehr, als du dir vorstellen kannst. Unter anderem kenne ich viele Namen ... auch aus deiner Welt.«

»Es ist recht«, sagte Marianne. »Ich bin die Fürstin Sant' Anna, und ich habe den Zorn des Kaisers erregt, weil ich den Mann aus dem Gefängnis befreit habe, der mein Pflegevater gewesen ist und den man hinrichten wollte. Ich muß Sie also darauf aufmerksam machen: Wenn Sie mir helfen, gefährden Sie sich selbst!«

Statt zu antworten, zog der Mann ein Papier aus der Tasche seines langen Kaftans und reichte es Marianne geöffnet hin. Mit großer Verblüffung stellte sie fest, daß es sich um eines der Plakate handelte, mit denen an den Mauern Moskaus nach ihr gefahndet worden war.

»Du siehst«, schloß Salomon, »ich hatte eine Möglichkeit festzustellen, ob du die Wahrheit sagst.«

Ohne ihre Augen von dem Papier abzuwenden, fragte sie mit plötzlich erregter Stimme:

»Wie haben Sie dieses Papier bekommen?«

»In der Nähe der Poststation. Es scheint so, daß die Kuriere sie in allen größeren Siedlungen, die auf dem Weg an die Memel liegen, verteilt haben. Und ich sammle alles Gedruckte. Es kann interessant sein.«

Marianne antwortete nicht. Sie hatte das Gefühl, in bodenlose Tiefen zu stürzen. Sie hätte niemals gedacht, daß Napoleon ihr derart nachstellen würde. Denn sie hatte sich getäuscht, als sie vorhin annahm, es handele sich um das Moskauer Plakat. Der Text war geändert. Von einer ›Freundin des Kaisers‹ war nicht mehr die Rede. Es ging nur noch darum, die Prinzessin Sant'Anna festzunehmen ... und die Prämie war verdoppelt.

Etwas zerbrach in ihr. Ihre Welt stürzte zusammen! Wenn Napoleon sie derart haßte, würde es für sie nicht mehr Friede noch Ruhe geben. Wohin sie auch ging, verfolgte sie sein Zorn, und früher oder später würde er sie erreichen. Sie war allein und völlig wehrlos inmitten eines gewaltigen Reiches, in dem nichts und niemand sie vor der kaiserlichen Rache schützen konnte. Blitzartig tauchte ihr Haus in Paris vor ihr auf. Adelaide, die vielleicht schon unter den Schikanen der Polizei zu leiden hatte ... Corrado! Wer konnte wissen, ob Napoleon auf seiner Suche nach Marianne nicht auch ihn heimsuchen würde, ihn seiner Verborgenheit entriß oder ihm sogar seine Besitzungen raubte?

Als Salomon ihr die Hand auf die Schulter legte, zuckte sie zusammen. Sie war derart in ihre verzweifelten Gedanken vertieft gewesen, daß sie nicht gesehen hatte, wie er aufstand und um den Tisch herum zu ihr trat. Als er dann sprach, glaubte sie, er habe ihre Gedanken gelesen.

»Du mußt nach Hause zurück«, beruhigte er sie. »Du hast alles getan, um deinen Verwandten zu retten, und der Allerhöchste verläßt dich nicht. Unser Gesetz sagt auch noch, daß es besser sei, der Verfolgte zu sein als der Verfolger, und es war die Hand des Allerhöchsten, die dich in mein Haus geführt hat. Du bist eine große Dame, aber trotzdem hast du meine Gefährtin geküßt. Wir sind deine Freunde ... und der große Kaiser kommt vielleicht niemals mehr aus Rußland heraus!«

»Was wollen Sie damit sagen?«

»Daß der Weg nach Frankreich sehr weit ist, und der russische Winter furchtbar ... und daß die Kosaken des Ataman Platow wie Heuschrecken sind: Sie fallen in großen Schwärmen zu Myriaden ein, und wenn man sie tötet, wachsen andere nach wie durch ein Wunder. Es war gut, daß du dich weigertest, mit dem Convoy zu reisen ... auch er wird vielleicht niemals ankommen!«

»Aber was soll ich tun? Was wird mit mir?«

»Eine Stunde vor Morgengrauen werde ich dich zu unserem Friedhof vor den Mauern der Stadt führen. Es ist ein abgelegener Platz, den die Christen meiden. Dort gibt es eine verfallene Synagoge. Ein Fahrzeug mit einem guten Pferd und Verpflegung wird dich dort erwarten und nach Kowno bringen. Aber du mußt damit einverstanden sein, als eine der Unsrigen zu gelten. Wenn du auf mich hörst, kannst du deine Reise ohne Behinderung fortsetzen ... und ohne Gefahr!«

»Ohne Gefahr?« rief Barbe, die noch nicht am Gespräch teilgenommen hatte. »Das heißt doch praktisch, wir können von Russen und Franzosen angegriffen werden ... sei es auch nur, weil wir Frauen sind!«

»Keineswegs! Hör zu!«

Und Salomon Levin erläuterte ihnen, auf welche Art die von Zar Alexander I. erlassenen Judengesetze den Frauen dienlich sein konnten. Bei seiner Krönung hatte er den Kindern Israels erhebliche Vorteile eingeräumt, weil er die Bedeutung ihrer kaufmännischen Begabung (nur der Handel mit Alkohol war ihnen untersagt) erkannt hatte. Diese Vorteile wurden durch gewisse Einschränkungen ausgeglichen, zum Beispiel das Verbot, in Dörfern zu leben und der Zwang, innerhalb der Städte eigene Gemeinden (Ghettos) zu bilden. Diesen Nachteil gedachte Salomon auszunützen, denn da sich Juden auf ihren Reisen nicht in Dörfern aufhalten durften, waren sie berechtigt, ohne Aufenthalte von einer Stadt in die andere zu reisen. Dabei wurden sie von den Polizeikräften gefördert. Einzig die Kosaken konnten sich gelegentlich als gefährlich erweisen, weil sie sich nicht um die Gesetze scherten.

»Aber ihr seid Frauen«, erklärte Salomon. »Eine reist als meine Schwester, die andere als meine Nichte, und das schützt euch bis zu einem gewissen Grad vor den Kosaken, denn sie vermeiden es, sich durch Berührung mit Juden zu besudeln. Außerdem wird die junge Dame krank sein ... eine ansteckende Krankheit! Dann werde ich Ihnen Briefe an meine Brüder in Orcha, Borissow, Smorgoni und Wilna mitgeben, so kommen Sie schnell von einer Stadt zur anderen bis zur Memel. In Kowno finden Sie dann meinen Vetter Isaak Levin. Bei ihm laßt Pferd und Wagen, ich bekomme später beides zurück. In Kowno seid ihr dann schon in Polen und braucht die Kosaken nicht mehr zu fürchten. Isaak gibt euch die Möglichkeit, nach Danzig zu kommen. Dort könnt ihr dann mit etwas Geld euren weiteren Weg festlegen. Im Danziger Hafen gibt es mehr Schmuggler als reguläre Schiffe. Die Macht des Kaisers besteht dort ... mehr theoretisch als reell! Natürlich ist es ein Verladeplatz für seine Truppen, aber die Bevölkerung ist ihm feindlich gesinnt. Einzelheiten müßt ihr dort selbst erkunden.«

»Ein Hafen!« Das Wort nahm Marianne gefangen. Ein Hafen bedeutete Meer ... Fluchtmöglichkeit ... und seit sie in den unermeßlichen russischen Ebenen unterwegs war, hatte sie fast vergessen, daß es so etwas gab. Mit einem Schlag wachte ihr alter Traum, der von Vernunft und einem erzwungenen Versprechen erdrückt worden war, wieder auf: Danzig! Dorthin hatte sie Jason führen wollen, dort hatte sie sogar noch mit Napoleons Hilfe ein Schiff für das weite Meer und das Land der Freiheit zu finden gehofft. Vielleicht war dort der Ausgang aus der Falle, in der sie umzukommen drohte.

Plötzlich hatte sie Lust, eine unwiderstehliche Lust,

diese Stadt, diesen Hafen zu erreichen ... Das wenige Geld, das sie noch versteckt in ihren Unterkleidern gerettet hatte, würde ihr die Möglichkeit geben, mit einem der Schmugglerschiffe zu fahren, von denen Salomon gesprochen hatte. Aber dann erwartete sie das grenzenlose Meer, die feindlichen Küsten, die der Kaiser beherrschte ... ein anderer Hafen ... ein anderes Schiff ... doch auch die Ungebundenheit des Ozeans, der sich von Pol zu Pol erstreckt, und in dem irgendwo ... Amerika lag ... zwar auch ein kriegerisches, jedoch auch ihr persönliches Amerika, das Jason Beaufort hieß.

Sie war in ihren Gedanken so weit fort, daß sie nicht bemerkt hatte, wie Salomon aufhörte zu sprechen und sie nun aufmerksam anblickte, weil er offensichtlich auf ihre Stellungnahme wartete.

»Nun?« fragte er, als er sah, daß sie sich immer noch nicht rührte. Sie fuhr hoch, sah ihn zwinkernd an wie jemand, der soeben aufgewacht ist, dann lächelte sie.

»Das ist wundervoll!« sagte sie aus tiefstem Herzen. »Wie kann ich Ihnen jemals danken für alles, was Sie für uns tun? Warum sind Sie so hilfreich?«

Der Alte zuckte die Achseln, trat an eine Wand, in der wie durch ein Wunder die völlig von der Wandbespannung verdeckte Täfelung sich öffnete, als seine schmalen Finger sie berührten. Er entnahm der Nische ein in schmutziges Tuch gehülltes Päckchen, verschloß das Geheimfach wieder mit dem Geschick eines Taschenspielers und trat an den Tisch. Er drückte Marianne das Päckchen in die Hand, sie starrte es verständnislos an.

»Das geben Sie Isaak. Sagen Sie ihm, die Hälfte soll er in der bekannten Weise anlegen, für die andere Hälfte soll er mir Waren schicken, er weiß schon welche.«

Mechanisch wickelte Marianne das Tuch auf, Barbe beugte sich zu ihr, und beide Frauen stießen zugleich einen staunenden Schrei aus. Aus den Falten des Tuches schälten sich sechs Perlen, so groß wie Wachteleier und leuchtend wie kleine Sonnen.

Als Marianne den Greis fragend ansah, hüstelte er,

strich mit abwesender Geste durch seinen grauen Bart und murmelte dann:

»Ich habe sie während der Schlacht ... ehm ... gefunden, in der Himmelfahrtskirche. Wenn bekannt wird, daß ich sie habe, müßte ich hängen.«

»Und wenn man sie bei uns findet?« fragte Marianne.

»Nun ... Ihnen würde es wahrscheinlich ebenso gehen. Aber Sie können sich damit der unerträglichen Last der Dankbarkeit entledigen. Wenn diese Perlen bei Isaak ankommen .. sind wir quitt!«

Die Lage war nicht sonderlich komisch, dennoch mußte Marianne lachen, weil ihr plötzlich die kostbare »Träne« einfiel, die sie immer noch an ihrer Brust verbarg. Der Diamant einer berühmten Diebin ... und jetzt die einer Madonna geraubten Perlen – wohl nicht viel weniger wert. Wenn sie bei diesem Abenteuer umkam, würden die Räuber ohne Zweifel das beste Geschäft ihres Lebens machen! Aber die Gefahr hatte sie noch niemals geschreckt, zumal sie ihr diesmal aus einer verzweifelten Lage helfen konnte.

»Einverstanden«, sagte sie munter. »Ich werde Ihren Auftrag ausführen .. und trotzdem sage ich Ihnen noch einmal meinen Dank!«

Als Marianne und Barbe eine Stunde später in ihrem Dachzimmer reinsten Gewissens in Schlaf versunken waren, verließ Salomon Levin in einer pelzgefütterten Dalmatika, die ihn ebenso breit wie lang machte, heimlich das Haus. Durch die verschneiten Straßen gelangte er zu einer Bresche in der Festungsmauer, die erst kürzlich von französischen Kanonen geöffnet worden war, schlüpfte hindurch und begab sich zum jüdischen Friedhof. Unterwegs lächelte er in seinen Bart und rieb sich von Zeit zu Zeit die Hände ... vielleicht weil es kalt war.

NEUNTES KAPITEL

Die letzten Brücken

Zehn Mann versperrten den Weg, den die Pferdehufe im Schnee festgetreten hatten. Aber durch das dürre Geäst der Bäume bemerkte man mehr von ihnen, die in kleinen Gruppen in dem breiten Tal patrouillierten ... Kosaken! Sie saßen steif in den Sätteln und glichen archaischen Standbildern, in Haltung und Kleidung jenen Gestalten ähnlich, die Marianne am Ufer der Kodyma gesehen hatte: bärtige Männer von wildem Aussehen in roten oder blauen Wollröcken. Sie trugen Fellmützen mit langen Troddeln oder flache Leinenkappen, lange Lanzen mit roten Fähnchen, und ihre Pferde schienen unter den schweren, bemalten Holzsätteln zusammenzubrechen ...

Regungslos, obwohl ihnen der heftige Nordwind Schneewehen ins Gesicht trieb, sahen sie dem sich nähernden Wagen entgegen. Barbe, die kutschierte, preßte ihre Kinnladen so fest zusammen, daß die Muskeln unter der Haut spielten, aber sie sagte nichts, sondern fuhr harmlos weiter. Nur ihre Augen hatten einen härteren Glanz angenommen. Als Marianne die Gefahr bemerkte, hustete sie, um ihre Unruhe zu kaschieren, deutete dann mit dem Kinn nach den grauen Gewässern des Flusses zu ihrer Linken, auf dem große Eisschollen dahintrieben, und fragte:

»Die Brücke? Ist sie noch weit?«

»Drei oder vier Werst«, antwortete Barbe, ohne die Reiter aus den Augen zu lassen. »Wir müssen sehen, daß wir schnell hinüber kommen, denn es sieht nach Sturm aus. Aber mit denen da vor uns ...«

Wirklich sah es nach Sturm aus. Schwere, dunkle Wolken trieben mit erschreckender Geschwindigkeit vor dem Nordwind dahin, in der Kälte platzte die Haut, und die Augen tränten.

Vor einer Stunde hatten die beiden Frauen die kleine Stadt Borissow am rechten Ufer der Beresina verlassen, wo sie bei einem Trödler in der Vorstadt Asyl gefunden hatten. Zum ersten Mal seit sie vor zehn Tagen Smolensk verließen, hatte es dabei Schwierigkeiten gegeben, denn Borissow war von den Truppen des russischen Admirals Tschitschagow besetzt, der dort Stellung bezogen hatte und darauf wartete, »Napoleon auszulöschen«!

Alles war von Soldaten belegt, und der Trödler, ebenfalls Jude, mußte selbst im Laden schlafen. Ohne den Brief Salomon Levins hätte er diese Unerwünschten, die nicht einmal seines Glaubens waren, wahrscheinlich hinausgeworfen, aber der Kaufmann aus Smolensk schien bei seinen Glaubensgenossen großes Ansehen zu genießen. Seinetwegen hatte der Trödler ihnen erlaubt, mitsamt Pferd und Kutsche die Nacht in einem Schuppen zu verbringen. Sie hatten dort schlecht geschlafen, aber wenigstens waren sie nicht erfroren.

Bis Borissow war es ihnen übrigens viel besser ergangen, als sie erwarten konnten. Es war noch nicht allzu kalt, höchstens einige Grad unter Null, und dank Salomon verfügten die beiden Frauen über ein zwar solides, aber unauffälliges Fahrzeug. Ihre kleine Kibitka, die schlecht bemalt und ziemlich schmutzig war, um nicht Aufmerksamkeit oder Neid zu wecken, war den Beschwernissen des Weges gewachsen. Das langmähnige Pferd war klein, aber kräftig und ausdauernd, außerdem war sein Beschlag den vereisten Straßen angepaßt. Unter der Plane verbargen sie ausreichende Hafermengen, einige Lebensmittel und sogar Waffen, ein Gewehr und zwei Jagdmesser, die den Zweck hatten, sich gegen Wölfe zu verteidigen, die im Winter aufdringlich werden konnten.

Wenn sie abends keine Stadt erreichen konnten, lenkte Barbe das Gefährt in ein Waldstück, damit sie vor dem eisigen Wind geschützt waren. Sie zündete ein Feuer an, um Raubwild fernzuhalten. Es kam ihnen zustatten, daß die Polin an das Lagerleben gewöhnt war. Sie hatte die Kraft und den Mut eines Mannes, dazu eine unzerstörbare Gelassenheit. Seit sie in Moskau förmlich in Mariannes Dienst getreten war, hatte sie auf das Trinken verzichtet. Zwar hatten sie nicht viel Alkohol zur Verfügung, aber das kleine Fäßchen Aquavit, das ihnen Salomon in den Wagen gestellt hatte, wurde von ihr selbst rationiert: einen Fingerhut voll jeden Abend, um die Blutzirkulation zu beschleunigen. Ohne ein Wort, ohne das geringste äußere Zeichen hatte sich zwischen der Aristokratin und dem ehemaligen Freudenmädchen so etwas wie Freundschaft entwickelt.

Bisher war also alles gut verlaufen. Der einzige unangenehme Zwischenfall: als sie in Orcha das Haus des Wechslers Zabulon verließen, waren sie von den Christen der Stadt mit Steinen beworfen worden, ohne allerdings getroffen zu werden.

Manchmal hatten sie auch fern am Horizont silhouettenhaft eine kosakische Sotnia vorüberreiten sehen. Dann trug der Wind ihre wilden Gesänge über die Ebene heran, deren Rhythmus sich nach der Gangart der Pferde vom Schritt bis zum Galopp wandeln konnte. Trotz der Furcht, die ihnen dieser Anblick einflößte, lauschten Marianne und Barbe fast widerwillig diesem harmonischen Gesang, diesen kraftvollen Stimmen, die tief und ernst klangen wie die alte russische Erde, hüteten sich jedoch vor Entdeckung, bis die bärtigen Reiter wie ein Traum unter dem niedrigen Himmel entschwanden, und nur noch ein Echo ihres kriegerischen Liedes nachklang.

Die aber da am Ufer des Flusses warteten waren alles andere als ein Traum. Lautlos, unbeweglich, drohend … keine Spur mehr von Poesie!

»Wir müssen uns vorbereiten«, murmelte Barbe.

Marianne war schon dabei. Rachel Levin hatte ihr gezeigt, wie man schnell auf Hände und Gesicht diese Häutchen und gefährlich aussehenden Flecken anbringt, mit denen einst die Bettler und falschen Kranken an Wallfahrtsorten ihr Brot verdient hatten. Die junge Frau hatte diese abscheuliche Verwandlung eingeübt. Augenblicke später lag sie in eine schmutzige Decke gehüllt hinten im Wagen mit geschlossenen Augen und ins Violett spielenden Hautflecken, ein wahrhaft schrecklicher

Anblick. Als der Wagen plötzlich hielt, stieß die gelernte Komödiantin einen schmerzhaften Seufzer aus.

Ein Kosak ergriff den Zügel des Pferdes, und sofort erging sich Barbe in einer wortreichen, aber demütigen Erklärung, von der Marianne nur die falschen Namen verstand, die ihnen Salomon gegeben hatte: Sarah und Rebekka Luria aus Kowno, unterwegs in ihre Heimat, damit Rebekka dort in Frieden sterben konnte.

Rebekka war natürlich Marianne. Sie hatte sich selbst für diesen Namen entschieden in Erinnerung an die Frau, die ihr in Konstantinopel bei der Geburt ihres Sohnes das Leben gerettet hatte. Sie hatte das Gefühl, es müsse ihr Glück bringen.

In diesem Augenblick zweifelte sie allerdings ein wenig daran, denn die Stimme, die Barbe antwortete, klang grausam und bösartig. Anscheinend ging es nicht so glatt wie bisher.

»Achtung«, zischte Barbe plötzlich auf französisch.

Die falsche Kranke verstand, stöhnte dramatisch und rollte ihren Kopf auf dem Hafersack, der ihr als Kissen diente, scheinbar verzweifelt hin und her. Sie sah durch ihre Wimpern einen kahlen Schädel unter der Plane auftauchen, nur ein paar Daumen breit von ihrem Gesicht entfernt. Der Geruch von ranzigem Fett und altem Tabak war plötzlich in der Kibitka so aufdringlich, daß sie unvermittelt von einer sehr überzeugenden Übelkeit befallen wurde. Der Mann stieß ihr mit dem Gewehrkolben ein paarmal in die Seite, was ihr einen Schrei entlockte, worauf Barbe in Tränen und Beschwörungen ausbrach.

Der Kosak zog sich fast sofort zurück und brach in einen langen Sermon aus, der wahrscheinlich aus Flüchen bestand. Sofort setzte sich der Wagen wieder in Bewegung, und Marianne wollte sich mit schmerzender Seite aufrichten.

»Bewegen Sie sich nicht«, flüsterte Barbe, »sie begleiten uns.«

»Warum?«

»Sie sagen, daß wir uns auf militärischem Gebiet befinden, und daß wir schuldig sind ... sie bringen uns fort.«

»Wohin um Himmels willen?«

»Wie soll ich das wissen? Sicher zu ihrem Chef.«

»Und ... unser Passierschein?«

»Darüber können sie bloß lachen. Übrigens auch über Ihre Krankheit. Das einzige, was sie interessiert, ist das Pferd und der Inhalt des Wagens. Ich denke, daß sie ... uns töten werden.«

Barbes Worte klangen in keiner Weise furchtsam. Es war nur eine traurige, aber zwangsläufige Feststellung. Marianne schloß mit beengter Kehle die Augen. Sogar der Anblick des breiten Rückens der Polin, die plötzlich zusammengesunken zu sein schien, war entmutigend. Und Marianne fühlte sich durchaus noch nicht bereit zu sterben.

Ihre kalte Hand tastete nach dem Gürtel, wo unter den Schals das Jagdmesser versteckt war. Sie war entschlossen, es zu benützen, und ihr Leben so teuer wie möglich zu verkaufen. Ein schneefeuchter Windstoß fuhr durch das Tal und verfing sich in der Wagenplane. Von irgendwo erscholl das häßliche Krächzen von Raben, und plötzlich hatte Marianne das beklemmende Gefühl, sie liege in einem Leichenwagen, der sie unausweichlich dem Grabe zutragen würde. Leise begann sie zu beten.

Die von vier Kosaken begleitete Kibitka setzte ihren Weg längs des Ufers der Beresina fort. Gegenüber dem Weiler und dem kleinen Schloß Studianka gelangten sie zu einer Behelfsbrücke aus Baumstämmen und gestampftem Erdreich. Barbe seufzte.

»Beim heiligen Kasimir! Dort gibt es noch mehr Kosaken! Sie machen sich mit Äxten über die Brücke her. Falls sie uns am Leben lassen sollten, können wir nicht mehr hinüber.«

Indessen stießen die Begleiter der Kibitka laute Rufe aus.

»Was schreien sie?« flüsterte Marianne.

»Das ist sonderbar. Sie sagen, die Arbeit soll einen Moment eingestellt werden. Sie wollen den Wagen über die Brücke schaffen, ehe sie eingerissen wird. Ich gebe zu, daß ich kein Wort mehr verstehe ...«

Sie sollte bald besser verstehen. Kosaken und Fahrzeug waren stehengeblieben. Sofort holten zwei bärtige Kolosse Barbe trotz Geschrei und Protest von der Kutschbank. Zwei andere bemächtigten sich der falschen Kranken, einer an den Füßen, einer an den Schultern, und hoben sie aus dem Wagen. Ihrer Rolle getreu wehrte sie sich nicht, sondern wimmerte nur immer lauter, weil sie dachte, man werde sie in den Schnee werfen.

Sie sah, daß die Kosaken abgesessen waren, und daß Barbe sich wie eine Furie gegen drei von ihnen wehrte, die sie zum Fluß hinunter trugen. Als sie das schmutziggraue Wasser sah, auf dem gelbliche Eisschollen trieben, begann sie zu heulen, wollte sich befreien, aber vergebens. Die Männer hielten sie gut fest, und sie war von Angst gelähmt.

Da Marianne nicht mehr aus noch ein wußte, begann sie auf französisch zu schreien:

»Au secours! A l'aide! A moi! ...«

Ein welterschütterndes Geheul antwortete ihr, im gleichen Augenblick fühlte sie sich emporgehoben ... durch die Luft geschleudert ... und das kalte Wasser des Flusses erstickte ihren letzten Schrei. Dieses Wasser war eisig und stark bewegt, besonders gefährlich durch das Treibeis. Marianne hatte das Gefühl, in einen Abgrund zu tauchen, in eine Kältehölle, die ihr die Haut zerbiß. Instinktiv wehrte sie sich, warf die Decke und den Schal ab, die sie behinderten, zwang die schon erstarrenden Glieder zu Schwimmbewegungen und gelangte wieder an die Oberfläche. Plötzlich stieß ihr Fuß an etwas Hartes! Sie richtete sich auf, fühlte, daß sie stehen konnte. Es mußte hier eine Furt geben ... und die Brücke war über der Furt errichtet worden, denn als sie aufblickte, stand sie unmittelbar neben einem der Stützpfeiler aus Baumstämmen und klammerte sich daran fest.

Zu ihrer Verwunderung war das Ufer, von dem aus man sie ins Wasser geworfen hatte, vollkommen verlassen. Die Kibitka stand noch da, aber Menschen sah sie nicht. Ihr kam der Gedanke, Barbe habe dasselbe Schicksal erlitten wie sie selbst, und sie blickte suchend über das Wasser. Nichts war zu sehen ... ihr Herz krampfte sich zusammen. Ihre arme Helferin war tot ... von der Kälte gelähmt, und schwimmen konnte sie auch nicht.

Starr, mit klappernden Zähnen schleppte sich Marianne zur Böschung und duckte sich in das bereifte Gras. Ihr Herz schlug so heftig, daß es in den Ohren dröhnte ... sie mußte fort von hier, ertrunken war sie zwar nicht, jetzt aber würde sie mit Gewißheit erfrieren. Ihr Lebenswille war so übermächtig, daß ihr nicht einfiel, sie werde wieder ihren Henkern in die Arme laufen.

Sie schleppte sich die flache Böschung hinauf, war jetzt auf Höhe des Weges ... und plötzlich erkannte sie, daß der Lärm in ihren Ohren nicht allein vom Hämmern des Herzens kam: vor ihr, nur einige Klafter entfernt, waren die Kosaken mit einigen Reitern aneinander geraten, mit Reitern, die nur zur Grande Armée gehören konnten!

Sie hatte den Eindruck, der Himmel tue sich auf. Sie krallte die Finger in das gefrorene Gras, fühlte nicht mehr Kälte noch Schmerz, sondern folgte nur noch dem Kampf. Ein ungleicher Kampf! Etwa ein Dutzend Reiter gegen fünfzig Kosaken! Sie schlugen sich wie Löwen, waren aber sichtlich im Nachteil. Drei Männer und zwei tote Pferde lagen schon im Schnee.

»Mein Gott!« flehte sie. »Hilf ihnen! Hilf ihnen!«

Ein lauter Schrei antwortete ihr: auf dem benachbarten Hügel war ein berittener Trupp aus dem Wald aufgetaucht, etwa in gleicher Stärke wie der erste. Ein Offizier mit Federbusch und der Uniform eines Generals löste sich von ihm, ritt ein paar Schritte vor und beobachtete, was sich am Flußufer abspielte. Einen Augenblick lang saß er bewegungslos im Sattel, dann riß er seinen Hut ab, zog den Säbel, deutete auf den Kampfplatz und schrie in gutem Französisch:

»En avant!«

Es war die Erlösung: die Handvoll Reiter brach wie

ein Tornado über die Kosaken herein, stießen zwischen sie, warfen sie zurück, so daß ihre Kameraden wieder atmen konnten und säten Tod mit ihren Säbeln, die blitzten wie Sicheln im Getreidefeld.

Alles geschah rasend schnell, die überlebenden Russen gaben Fersengeld und verschwanden im nahen Wald. Der General allein folgte ihnen noch ein Stück, und man hörte sein sardonisches Lachen.

Plötzlich sah Marianne Barbe und hätte fast vor Freude gesungen. Die Polin sprang hinter einer Tanne vor und rannte zum Wagen. Marianne wollte aufstehen und zu ihr eilen, aber ihre erstarrten Glieder versagten ihr jeglichen Dienst. Sie fiel schwer zu Boden und rief mit ihrer letzten Kraft:

»Barbe! Barbe! Ich bin hier. Kommen Sie, Barbe!«

Sie war gehört worden. Sekundenschnell war Barbe bei ihr, nahm sie lachend und weinend in den Arm, rief alle Heiligen des polnischen Kalenders an und schwor, jedem einzelnen von ihnen bei erster Gelegenheit einen ganzen Wald von Kerzen anzuzünden.

»Barbe«, stöhnte Marianne, »mir ist kalt, und ich kann nicht gehen.«

»Das geht bald vorüber!«

Und so mühelos, als habe sie ein Kind vor sich, nahm Barbe Marianne auf ihre Arme und lief mit ihr zum Wagen. Dort sah sie, daß ein Mann ihr schon zuvorgekommen war. Sie erkannte den General, der das Pferd beim Zügel packte.

»Untröstlich, gute Frau, aber ich habe zwei Verwundete.«

Marianne hatte die Augen geschlossen, als wolle sie das bißchen Wärme, das ihr geblieben war, nicht aus ihrem Körper lassen, aber beim Klang dieser Stimme blickte sie auf. Verblüfft erkannte sie in dem Haudegen Fournier-Sarlovèze, den Liebhaber der Fortunée Hamelin, den Mann, der sie aus Tschernyschews Fängen gerissen und im Garten der Rue de Lille für sie gekämpft hatte*.

---

* Siehe auch Marianne, »Marianne und der Herr der vier Meere«

»François«, murmelte sie, und sein Vorname fiel ihr so selbstverständlich ein, als seien sie zusammen aufgewachsen.

Er wendete sich verblüfft nach ihr um, rieb sich die Augen und trat etwas näher heran.

»Ich muß zuviel von diesem dreckigen Wodka getrunken haben!«

»Sie haben keine Visionen, mein Freund. Ich bin es, Marianne. Ohne es zu wissen, haben Sie mich ein zweites Mal gerettet.«

»Um Himmels willen, was haben Sie hier zu suchen? Und auch noch naß wie eine Katze!«

»Die Kosaken haben mich in den Fluß geworfen. Es dauert zu lange, Ihnen das jetzt zu erklären. Mir ist kalt! Mein Gott, wie kalt mir ist!«

»In den Fluß geworfen? Ich schwöre, dafür bringe ich hundert mehr von ihnen um! Warten Sie einen Augenblick ... und Sie, Frau, ziehen ihr diese nassen Kleider aus!«

Er lief zu seinem Pferd, holte einen großen Mantel, der zusammengerollt am Sattelsteg hing, kam in derselben stürmischen Gangart zurück und hüllte die junge Frau, die nur noch einen feuchten Unterrock anhatte, in den Mantel. Sie wollte ihn daran hindern.

»Was ist mit Ihnen? Sie brauchen ihn doch!«

»Kümmern Sie sich nicht um mich! Ich finde bestimmt einen abgelegten Kosakenmantel! Sie haben gesagt, daß dieser Wagen Ihnen gehört? Wohin wollen Sie denn?«

»Ich versuche, nach Hause zu kommen ... François, falls Sie demnächst den Kaiser sehen sollten, verraten Sie ihm nicht, daß Sie mich getroffen haben. Wir vertragen uns nicht mehr besonders gut.«

Er lachte voller Bitterkeit.

»Warum nehmen Sie an, daß ich ihm überhaupt etwas sage. Sie wissen doch, daß er mich haßt ... fast so sehr wie ich ihn hasse! Und dieses planlose Unternehmen ist nicht geeignet, uns zu versöhnen. Er vernichtet die beste Armee der Welt! Aber zu Ihnen: Was ist geschehen, daß Sie so schlecht mit ihm stehen?«

»Ich habe einen Freund befreit, der ihn beleidigt hatte. François, sind Sie nicht kürzlich durch Smolensk gekommen, oder durch Orcha oder eine andere Stadt am Weg nach Frankreich? Überall ist mein Steckbrief bekannt.«

»Ich lese solche Fetzen niemals. Sie interessieren mich nicht!«

Plötzlich hob er sie vom Boden auf, trug sie in den Wagen, wo er sie absetzte und sorgfältig darauf achtete, daß ihre frierenden Füße vom Mantel bedeckt waren. Dann blickte er ihr ernst und tief in die Augen, beugte sich plötzlich vor und legte seine Lippen auf den kalten Mund der jungen Frau, wobei er sie in einer Art von leidenschaftlicher Wut an sich drückte.

»Seit Jahren hatte ich Lust, das zu tun«, brummte er. »Genauer, seit Napoleons Hochzeitsnacht. Werden Sie mich wieder ohrfeigen?«

Sie verneinte mit einer Kopfbewegung, sie war zu bewegt, um zu sprechen. Dieser glühende Kuß war genau das, was sie brauchte, um wieder Geschmack am Leben zu finden, um zu ahnen, daß es nicht nur Kälte und Schmerz war. Diese männliche Kraft, auch die Streitsucht dieses lebensfrohen Mannes konnte sie jetzt aufrichten, und sie sagte zu ihm:

»Wohin gehen Sie? Ich hätte Lust, Ihnen zu folgen.«

Er schüttelte den Kopf, sein Gesicht verzog sich zu einer sardonischen Grimasse.

»Mir folgen? Und ich dachte, Sie wollten aus dieser Hölle entkommen? Ich könnte Ihnen auf jeden Fall nur das Schlimmste bieten, denn wir wissen nicht, was uns erwartet. Zwei Drittel unserer Armeekorps sind vernichtet, und die Kosaken sind überall. Statt daß man uns nach Polen weiterziehen läßt, müssen mir mit dem, was von unseren Truppen noch übrig ist, zurück, um uns mit Napoleon zu vereinigen. Sie sollten also lieber verschwinden! So schnell wie möglich, solange noch Zeit ist! Sehen Sie diesen Fluß und die Brücke? Sie sollten sofort hinüber, denn ich könnte schwören, sobald wir den Rücken gekehrt haben, kommen andere Kosaken und zerstören diesen Übergang ... und ich kann sie nicht daran hindern, denn ich habe nicht genug Leute.«

»Aber was wollen Sie tun, wenn der Kaiser nach Polen zurück will? Die Brücken von Borissow sind schon zerstört.«

In seiner Geste mischten sich Gleichgültigkeit und Zorn.

»Ich weiß ... wir werden sehen ... Aber jetzt gehen Sie, gehen Sie schnell! Wir sehen uns in Paris wieder ... so Gott will.«

»Und wenn ich noch das Recht habe, dort zu leben. Aber was ist mit Ihren Verwundeten?«

»Wir werden sie auf ihre Pferde heben. Das Lazarett ist nicht weit. Adieu, Marianne! Falls Sie Fortunée vor mir wiedersehen, sagen Sie ihr, sie soll sich noch keinen Tröster suchen, denn ich komme zurück. Hören Sie? Ich komme zurück! Mir ziehen die Russen nicht das Fell ab!«

Wollte er sie damit beruhigen? Anscheinend nicht. Er sprach nur eine innere Gewißheit aus, ganz ohne Prahlerei: wenn von der ganzen Grande Armée nur ein einziger Mann zurückkehrte, so würde dieser Mann Fournier heißen! Marianne lächelte. Sie war es, die den General abschiednehmend an sich zog und küßte ... wie einen Bruder.

»Passen Sie auf sich auf. Jenseits der Brücke müssen Sie durch einen Sumpf. Es ist stürmisch, kommen Sie nicht vom Weg ab. Und versuchen Sie, Smorgoni zu umgehen, dort wurde gestern gekämpft.«

Barbe grüßte ihn mit einem Heben der Peitsche, zugleich ein Zeichen, daß sie alles verstanden hatte. Dann rollte die Kibitka in die weißen Wirbel hinein und machte sich auf den fünfzig Meilen langen Weg nach Wilna. Als das Fahrzeug verschwunden war, machte Fournier-Sarlovèze eine wütende Bewegung mit der Faust, wischte dann mit dem Ärmel etwas Feuchtes aus dem Gesicht, ging zu seinem Pferd, saß auf und setzte sich an die Spitze seiner Abteilung. Die letzte Brücke über die Beresina lag vereinsamt da, vom dichter werdenden Schneesturm verhüllt ... morgen würde man sie sprengen.

Der Weg durch die verschneite Welt nach Wilna wurde für die beiden Frauen ein Passionsweg. Schon am Tag nach ihrem erzwungenen Bad in der Beresina hustete Marianne, daß ihr die Eingeweide schmerzten, und flatterte vor Fieber. Jetzt brauchte sie nicht mehr die Kranke zu spielen. In Decken und Fourniers Mantel gehüllt saß sie hinten im Wagen und ertrug klaglos die Unebenheiten des Weges, um Barbe nicht noch mehr zu belasten. Diese bewies großen Mut und unglaubliche Ausdauer. Sie schlief etwa drei Stunden in der Nacht und sorgte einfach für alles. Wenn abends der Wagen anhielt, machte sie Feuer und kochte für die junge Frau eine Suppe aus Mehl, Reis oder dem wenigen Gemüse, das sie auftreiben konnte. Mit geschmolzenem Schnee bereitete sie einen Grog und machte am Feuer große Steine heiß, die sie nachts um Marianne herum legte, damit sie es warm hatte. Sie versorgte auch das Pferd, striegelte es bei jeder Rast, fütterte es und warf ihm zum Schutz gegen den Wind notfalls auch eine Decke über, die ihr dann fehlte. Tagsüber saß sie auf dem Kutschbock, die Augen fest auf die Wegspur gerichtet, die, falls sie nicht gerade durch einen Wald führte, mehr oder weniger vollständig mit Stangen kenntlich gemacht war. Sie hatte sogar auf ein übermütiges Wolfsrudel geschossen, mit einem Geschick, das auf lange Erfahrung schließen ließ. Sie war von der einzigen Idee besessen: nach Wilna kommen, wo sie bei einem jüdischen Apotheker, der zugleich Mediziner war, Unterschlupf finden würden.

Knapp eine Woche nach dem Abenteuer von Studianka sahen sie endlich inmitten einer hügeligen Landschaft Wilna vor sich liegen. Es lag am Zufluß der Wilejka in Wilia, zweier reißender Flüsse, die das Stadtgebiet begrenzten, und war rings um einen Hügel errichtet, auf dem sich einst das Grab der ersten litauischen Fürsten befand. Jetzt aber war er von einer Burg aus roten Ziegeln gekrönt. Auf den Zinnen flatterte die französische Trikolore mit dem kaiserlichen Adler, daneben das Banner des Duc de Bassano, der die Stadt in Napoleons Auftrag verwaltete. Dort brauchte man vor Kosaken keine Angst mehr zu haben. Die Stadt war unversehrt, gut verproviantiert und verteidigt.

In normalen Zeiten bot die Hauptstadt dieses unruhigen Landes mit ihren weißen Mauern, roten Dächern, ihren Domen und den Palästen in italienischem Barock und den zahlreichen Kirchen ein heiteres und farbiges Bild, aber der Schnee hatte alles eingehüllt und die Farbe verdeckt. Trotzdem stieß Barbe beim Anblick der schönen Stadt einen tiefen Seufzer der Erleichterung aus.

»Endlich sind wir da! Hier können wir uns erholen. Jetzt müssen wir zuerst einmal das Haus dieses Moise Chakhna finden. Da bleiben wir, bis Sie gesund sind!«

»Nein«, widersprach Marianne und versuchte mühsam, sich aufzurichten. »Ich will keinen Aufenthalt ... höchstens zwei oder drei Tage, damit Sie sich ausruhen können, Barbe. Dann fahren wir weiter.«

»Aber das ist Wahnsinn! Sie sind krank ... wahrscheinlich schwer krank! Wollen Sie sich umbringen?«

»Ich werde nicht sterben! Wir müssen weiter. Ich will ... so schnell wie möglich nach Danzig. Hören Sie? So schnell wie möglich!«

Sie hatte einen heftigen Hustenanfall und sank in Schweiß gebadet zurück. Barbe sah ein, daß sie nicht widersprechen sollte. Sie zuckte die Achseln und begann, nach ihrem hiesigen Gastgeber zu suchen.

Das Haus des Moise Chakhna stand nicht weit vom Ufer der Wilia in der Vorstadt Antokol in der Nähe eines halb verfallenen italienischen Palastes, der einmal der mächtigen Familie Radziwill gehört hatte. Es war ein schönes Haus, im Gegensatz zu dem, was sie bisher erlebt hatten. Die jüdische Gemeinde von Wilna war reich und mächtig. Die meisten wohnten in einem engen Viertel in der Stadtmitte zwischen der Deutschen Straße, der Dominikanerstraße und der Hauptstraße, aber die Wohlhabenden hatten in den Vororten prächtige Häuser, die ihrem Stand und ihrem Reichtum angemessen waren.

Marianne und Barbe erfuhren hier eine Gastfreundschaft, die aus biblischen Zeiten zu stammen schien. Wie auf allen anderen Stationen stellte man ihnen keinerlei Fragen, obwohl für alle klar war, daß sie nicht dem israelischen Volk angehörten. Aber Salomons Briefe wirkten wie ein Sesam-öffne-dich. Moise Chakhma und seine Frau Esther ließen der Kranken die Pflege angedeihen, die ihrem Zustand angemessen war, als die junge Frau dann nach achtundvierzig Stunden wieder aufbrechen wollte, runzelte der medizinisch gebildete Apotheker die Brauen:

»Dazu sind Sie nicht in der Lage, Madame! Sie haben eine schwere Bronchitis und müssen das Bett hüten. Vor allem dürfen Sie sich um keinen Preis neu erkälten, sonst ist Ihr Leben in Gefahr!«

Sie widersetzte sich mit dem Eigensinn des Kranken. Es kam hinzu, daß sie dieses Land nicht mehr ertrug, diese grenzenlosen Ebenen, die feindliche Natur, die endlosen Schneefälle und den Himmel ohne Sonne und Hoffnung. Sie wollte fort, und das so schnell wie möglich. Das war in ihr zur fixen Idee geworden, zu einer krankhaften Angst.

Danzig lag zwar auch in einem dieser nördlichen Länder, aber es lag wenigstens am Meer!

Das Meer war ihr Freund! Das Meer war ihr immer gut gesinnt gewesen, wenn es sie auch manchmal in Gefahr gebracht hatte. Den größten Teil ihrer Kindheit hatte sie an der Küste Englands verlebt, vor allem verbanden sich ihre Träume, ihre Hoffnung und ihre Liebe seit Jahren mit dem Meer. In ihren krankhaften Vorstellungen war sie davon überzeugt, sie werde wie durch ein Wunder gesunden, ihre Leiden seien beendet, wenn sie nur einen Hafen erreichten.

Die besorgte Barbe hatte mehr Verständnis für den unüberwindlichen Fluchttrieb, von dem die Kranke besessen war.

»Tun Sie alles für sie, was möglich ist«, sagte sie zu

Moise. »Ich werde tun, als sei ich sehr erschöpft, und versuchen, sie noch zwei oder drei Tage hier festzuhalten. Mehr kann ich wahrscheinlich auch nicht erreichen.«

Tatsächlich war das Fieber nach fünf Tagen fast gänzlich abgeklungen, und Marianne lehnte es ab, noch länger zu zögern.

»Ich muß nach Danzig«, wiederholte sie. »Ich weiß, daß ich dazu kräftig genug bin. Ich muß sehr schnell hin ... so schnell wie möglich! Dort wartet etwas auf mich!«

Es wäre ihr unmöglich gewesen zu erklären, woher sie diese Gewißheit hatte. Barbe führte sie auf die halb bewußten Fiebervorstellungen der Krankheit zurück. Marianne aber hatte sich selbst mehr und mehr eingeredet, in diesem Hafen, nach dem sie sich so lange gesehnt hatte und den sie eigentlich mit Jason gemeinsam erreichen wollte, werde sich ihr Schicksal erfüllen. Und vielleicht würde dieses Schicksal die Gestalt eines Schiffes annehmen.

Barbe war keine Komödiantin, sie strengte sich vergeblich an, völlig ausgepumpt zu erscheinen. Zum erstenmal bekam sie von ihrer Herrin einen strikten Befehl: für den nächsten Tag den Wagen vorzubereiten. Als die Polin Bedenken anmeldete, antwortete ihr Marianne, die nächste Etappe und das Ende der Reise mit der Kibitka sei nur zwanzig Meilen entfernt. Marianne hatte es eilig, Salomons Vetter den Schatz zu übergeben, den man ihr anvertraut hatte. Denn in ihrem von der Krankheit geschwächten Geist hatte sich die abergläubische Vorstellung eingenistet, diese aus einem Kirchenraub stammenden Juwelen seien einer der Gründe – wenn nicht der einzige – für ihre Leiden. Es hätte ja nicht viel gefehlt, dann lägen die Perlen aus Smolenska jetzt mit ihr zusammen am Grunde der Beresina.

Dieses Drängen brachte Barbe zur Verzweiflung, und das um so mehr, als Mariannes Worte mehrmals von bösen Hustenanfällen unterbrochen wurden. Sie nahm an, die Worte des Arztes müßten mehr Überzeugungskraft haben als ihre eigenen. Als sie dann aber mit Moise sprach, legte er zu ihrer großen Überraschung nur noch geringen Wert darauf, daß die beiden Frauen länger in seinem Haus wohnten ... es sei denn, sie wollten allein dort bleiben und unvorhersehbaren Abenteuern ausgesetzt sein.

»Ich reise gleichfalls ab«, erklärte er: »Ich verlasse Wilna, ich gehe mit meiner Familie nach Riga, wo wir Verwandte haben. Es wäre für uns nicht gut, hier zu bleiben, wenn wir unseren Besitz ... und unser Leben behalten wollen.«

Als die Polin sich wunderte, teilte er ihr mit, welche Neuigkeiten er erfahren hatte. Sie waren für die Franzosen niederschmetternd, denn sie besagten, daß die ausgehungerte und in Auflösung begriffene Armee Napoleons sich nach verlustreichen Kämpfen auf Wilna zu bewegte, als sei es ein rettender Hafen. Sie sagten weiter, daß an der Beresina, genau an dem Platz, wo die beiden Frauen den Fluß überquert hatten, eine fürchterliche Schlacht stattgefunden habe, die schon eher einem Massaker ähnelte. Als die flüchtenden Soldaten hinüber wollten, waren die Brücken zerstört, und ohne den heldenhaften Einsatz der Pioniere, die Behelfsbrücken errichtet hatten, wäre in diesem Augenblick die gesamte französische Armee vernichtet oder gefangen worden. Viele waren entkommen, desgleichen die Zivilisten, die mit ihnen flüchteten, aber dennoch hatten die unablässigen Angriffe der Kosaken große Lücken gerissen.

»Nach allem, was ich gehört habe«, ergänzte Moise, »muß sich das an dem Tag abgespielt haben, als Sie hier eintrafen. Seitdem nähert sich Napoleon Wilna mit größter Eile. Er zieht ausgehungerte, verzweifelte Massen hinter sich her, die uns überfallen werden wie ein Heuschreckenschwarm. Sie brauchen Unterkunft, Massen von Lebensmitteln, und wir werden ausgeplündert. Gerade wir Juden, die bei Requisitionen und Plünderungen immer am meisten betroffen sind. Ich ziehe es also vor, mit meinen Leuten und dem wertvollsten Besitz rechtzeitig zu fliehen. Es macht nicht viel aus, wenn mein Haus abbrennt, es ist nur noch eine leere Muschel. Das ist also der Grund«, fügte er noch hinzu, »daß ich die Gesetze der Gastfreundschaft mißachten muß, um mein Leben zu retten, und daß ich Sie auffordern muß, abzureisen. Alles was ich noch zu bieten habe: Sie können mit uns nach Riga kommen.«

»Das wohl nicht. Es muß jeder seinen eigenen Weg gehen. Aber Sie könnten uns etwas geben, um meine Herrin bei dieser Kälte soweit wie möglich vor einem Rückfall zu schützen.«

»Selbstverständlich! Sie bekommen Pelze, Schuhe mit doppelten Sohlen, ein Öfchen, das sogar in der Kibitka angezündet werden kann und natürlich Lebensmittel.«

»Ich danke Ihnen. Aber Sie selbst? Können Sie denn fort? Der französische Gouverneur ...«

Moise Chakhna machte eine Bewegung, die für diesen ruhigen und gewöhnlich etwas steifen Mann unüblich war. Er ballte die Faust gegen einen unsichtbaren Feind.

»Der Gouverneur? Seine Gnaden der Herzog von Bassano glaubt nicht an die unheilvollen Gerüchte. Er bedroht jeden mit Gefängnis, der sie verbreitet ... er will sogar einen Ball geben! Aber ich weiß, daß alles wahr ist, ich verschwinde!«

Am nächsten Tag fuhr die Kibitka in Richtung auf die Memel, die sie in Kowno erreichen würden. Wie versprochen hatte der Apotheker die beiden Reisenden großzügig gegen die Kälte ausgerüstet. Das war ihr Glück, denn Anfang Dezember waren die Temperaturen plötzlich gesunken. Das Thermometer fiel auf zwanzig Grad unter Null, die Flüsse froren zu, und die Räder des Wagens sanken im harten Schnee nicht mehr ein. Das Pferd kam sicher voran, aber nicht schnell, denn der Wagen zeigte Neigung, seitlich vom Weg abzurutschen und zu kippen.

Um ihn sicher auf der Straße zu halten, hatte Barbe sich Lappen um die Schuhe gewickelt und ging zu Fuß nebenher, um gefährliche Wegstellen zu vermeiden und notfalls zuzupacken.

Gegen alle Erwartung ging es der jungen Frau etwas besser. Das Fieber war nicht wiedergekommen, der Husten klang nicht mehr so bellend, und die Anfälle kamen seltener. Zur Sicherheit verlangte Barbe aber, daß sie im Wagen blieb und sich fest in ihre Pelze wickelte, so daß nur die immer noch leicht entzündeten Augen sichtbar waren.

Auf diese Art gelangten sie nach drei Tagen und einer Nacht in die Nähe der Memel. Am Abend des dritten Tages wollte Barbe nämlich der zunehmenden Kälte wegen keine Rast einlegen, um so weniger, als sie sich in einer kahlen Ebene befanden, die keinerlei Schutz bot.

»Bringen wir's zu Ende«, bestimmte sie und trat das Feuer aus. Sie hatte nur kurz gehalten, damit sie etwas Warmes zu essen bekamen. »Morgen früh sind wir in Kowno.«

Sie leuchtete mit einer Laterne voraus, und die ganze Nacht durch marschierte sie ... bis ihr der Teufel einen Streich spielte. Zwei Stunden vor Sonnenaufgang, als Kowno schon in Sicht war, zerbrach eines der Hinterräder an einem unsichtbaren Hindernis. Die plötzlich gebremste Kibitka rutschte zur Seite und stand.

Marianne war durch den Stoß aus ihrem Halbschlaf geweckt worden und steckte den Kopf heraus. Im Schein der Laterne sah sie Barbes mit Hammelfett eingeriebenes Gesicht wie die bleiche Scheibe des Mondes glänzen. Trotz der Vorsorge, mit der Erfrierungen im Gesicht vermieden werden sollten, hatten sich in ihren Brauen und unter der Nase Eiskristalle gebildet. Ihr Gesicht war ein einziges Bild der Verzweiflung.

»Wir haben ein Rad gebrochen«, stammelte sie. »Es ist unmöglich, die Reise fortzusetzen!« ... »Nein«, rief sie hastig, als sie sah, daß Marianne aussteigen wollte, »steigen Sie nicht ab. Es ist zu kalt, Sie holen sich den Tod!«

»Auf jeden Fall hole ich ihn mir, wenn wir hier lange herumstehen, ohne uns zu bewegen. Ist es noch weit bis Kowno?«

»Man kann von hier aus schon den Zusammenfluß von Wilia und Memel sehen ... da, wo es so glänzt ... höchstens noch zwei oder drei Werst. Es wäre vielleicht das beste ...«

Weiter kam sie nicht. Um die Wegbiegung herum stürmte in vollem Galopp ein Reiter auf sie zu, wich gerade noch dem mitten im Weg stehenden Wagen aus, geriet aber an die Böschung und stürzte, gleich nachdem er vorbei war. Gleich sprang er auf, half seinem Pferd auf die Beine, dann kam er in gutem Französisch schimpfend und fluchend zurück.

»Gottverflucht! Ihr verdammten Blödiane! Bande von …«

Er hatte die Pistole gezogen und schien entschlossen, sich ihrer zu bedienen. Bevor er jedoch zielen konnte, schrie Barbe:

»Uns umzubringen, nützt Ihnen nichts! Wir haben ein Rad gebrochen und sind genug bestraft.«

Verwundert, daß diese undefinierbare Kreatur, die jedenfalls recht bäuerlich wirkte, seine Sprache verstand, kam der Mann näher.

»Oh, Sie sind Frauen! Entschuldigen Sie, das konnte ich nicht wissen. Aber es war kein Vergnügen. Und ich habe es eilig!«

Im Licht der Laterne erkannte Marianne verwundert, daß es sich nicht um einen Soldaten handelte, sondern um einen Vorreiter aus dem Gefolge des Kaisers. Seine Anwesenheit in dieser Eiswüste war so ungewöhnlich, daß sie ihn fragte, wie er hierher geraten sei. Er stellte sich vor:

»Amodru, Madame, Pikör Seiner Majestät des Kaisers und Königs. Ich bin beauftragt, den Pferdewechsel vorzubereiten. Der Kaiser folgt mir auf dem Fuße.«

»Was sagen Sie? Der Kaiser?«

»Kann jede Minute hier sein! Verzeihen Sie also, wenn ich Sie jetzt verlasse. Wenn ich in Kowno bin, schicke ich Ihnen Hilfe. Ich werde Ihnen aber noch helfen, den Wagen auf die Seite zu schieben, sonst würde Majestät hier aufgehalten … wenn auch nicht so schmerzhaft wie ich. Also schnell! Ich habe mich schon verspätet, weil ich ein paar Wölfe abschießen mußte.«

Während er sprach, packte er das Pferd am Zügel und rief Barbe zu, sie solle kräftig schieben, aber die hörte ihn nicht. Sie mußte hinter Marianne her, die bei der Nachricht, daß gleich der Kaiser hier eintreffen werde, querfeldein gelaufen war, um sich zu verstecken.

»Ich bitte Sie, bleiben Sie hier! Machen Sie keine Dummheiten! Er wird Sie vielleicht nicht einmal sehen. Und wenn er Sie erkennt, was haben Sie zu fürchten? Es gibt hier kein Gefängnis, keinen Richter, keine ...«

»Helfen Sie mir, zum Teufel!« schrie der Pikör, dem das Pferd nicht gehorchen wollte.

»Was glauben Sie denn? Daß ich den Wagen anhebe und mir die Nieren verstauche? Wenn der Kaiser kommt, muß er eben anhalten, weiter nichts! Es wird doch unter seinen Soldaten ein paar Männer geben, die uns hier weiterhelfen!«

Amodru war wütend.

»Der Kaiser, habe ich gesagt, nicht die Armee! Seine Majestät ist der Truppe voraus. Er muß so schnell wie möglich nach Paris! Dort ist die Lage anscheinend kritisch. Also, wollen Sie mir helfen? ... Gerechter Himmel! ... Da sind sie!«

Tatsächlich tauchten hinter den Nadelbäumen an der Wegbiegung drei Fahrzeuge auf: der Reisewagen des Kaisers und zwei geschlossene Kaleschen, alle drei mit festgefrorenem Schnee bedeckt. Ein Dutzend Reiter folgte.

Marianne hatte keine Zeit mehr, in den Wagen zu steigen und sich dort zu verstecken. Sie preßte sich schluchzend an Barbe und verbarg ihr Gesicht an deren Schulter. Sie schämte sich ihrer plötzlichen Angst, denn sie hatte schon Schlimmeres durchgestanden, als den Zorn eines Kaisers, auch, wenn eine Verurteilung zu erwarten stand. Im Grunde empfand sie auch weniger Angst vor Napoleon, vielmehr war sie zermürbt von dem bösen Geschick, das ihr unausgesetzt Hindernisse in den Weg streute. Vielleicht stand in den Sternen geschrieben, daß sie Danzig niemals erreichen würde.

»Nun, was gibt es hier? Was ist das für ein Wagen?«

»Er gehört zwei Frauen, Majestät. Ein Rad ist gebrochen, ich habe das Hindernis nicht beseitigen können.«

»Zwei Frauen? Was haben Frauen zu dieser Stunde auf einer solchen Straße verloren?«

»Ich weiß es nicht, Sire. Aber eine spricht französisch mit hiesigem Akzent, die andere ohne Akzent. Ich glaube, sie ist Französin.«

»Zweifellos Flüchtlinge wie wir. Sehen Sie, was man für sie tun kann. Ich warte!«

Während er noch sprach, öffnete Napoleon den Wagenschlag und sprang auf die gefrorene Erde. Trotz ihrer Erregung mußte Marianne zu ihm hinsehen. Er legte eine Art Sack aus Bärenfell ab, den er während der Fahrt getragen hatte, und kam dann recht unbeholfen auf sie zu, denn die schweren Pelzstiefel und die Winterkleidung hemmten seine Bewegungen. Dann stand er bei ihr, und Marianne fühlte ihr Herz bis zum Hals schlagen. Er sagte liebenswürdig:

»Sie sind es, die den Unfall hatten, meine Damen?«

»Ja, Sire«, antwortete Barbe zögernd. »Wir hofften, noch vor Tag nach Kowno zu kommen, aber wir hatten Pech ... und meine Begleiterin hat eine schwere Krankheit hinter sich. Ich habe bei dieser entsetzlichen Kälte Angst um sie.«

»Das verstehe ich. Sie müssen sie warm halten. Darf ich erfahren, wer Sie sind?«

Barbe machte schon den Mund auf, um weiß Gott was zu antworten, aber plötzlich rührte sich etwas in Marianne ... vielleicht war es nur ihre Kampflust. Sie hatte es leid, ständig von Menschen oder Naturgewalten verfolgt zu werden. Sie war müde und krank, und jedes beliebige Gefängnis konnte nur besser sein, als was sie ausgestanden hatte. Sie stieß Barbe zurück, entblößte ihr Gesicht und ließ sich auf die Knie nieder.

»Ich bin es, Sire! Nur ich! ... und nun tun Sie mit mir, was Sie wollen ...«

Er stieß einen erstickten Laut aus und schrie dann, ohne sich umzuwenden:

»Roustan! Eine Laterne!«

Der Mameluk, von dem Marianne nicht wußte, daß er in Rußland war, denn im Kreml hatte sie ihn nicht gesehen, stürzte herbei, ein wahrer Berg von Pelzen, über dem ein Turban schwebte. Er brachte eine Laterne. In ihrem spärlichen Licht erkannte Napoleon das von Krankheit gezeichnete Gesicht, die großen Augen, deren Tränen schon gefroren, während sie über die Wangen liefen. Seine bisher so freundlichen Augen wurden plötzlich starr. Mit einem Gesicht, bei dessen Anblick sie aufstöhnte, beugte er sich über sie.

»Sire ... werden Sie mir niemals vergeben?«

Aber er gab keine Antwort, nahm nur die Laterne aus der Hand des Mameluken.

»Bring sie fort«, sagte er zu ihm. »Setz sie in den Wagen. Ihre Begleiterin kann sich zu Constant setzen. Spannt das Pferd aus und nehmt es am Zügel mit. Das erbärmliche Fahrzeug lohnt nicht, daß man Zeit daran verschwendet. Schiebt es in den Graben und weiter! Hier kann man anfrieren!«

Roustan hob Marianne wortlos auf und brachte sie in den Reisewagen, in dem schon ein Mann saß. Obwohl ihr nicht danach zumute war, mußte sie lächeln, als sie Coulaincourt erkannte und merkte, welches Staunen sie bei ihm erregte.

»Es steht in den Sternen, Monsieur le Duc, daß wir uns stets unter außergewöhnlichen Verhältnissen wiedertreffen«, murmelte sie. Ein heftiger Hustenanfall hinderte sie am Sprechen. Sofort schob ihr der Herzog von Vicenza ein Heizöfchen unter die Füße, griff dann nach einem Reisebesteck, goß etwas Wein in einen silbernen Becher und setzte ihn der jungen Frau an die Lippen.

»Sie sind krank, Madame«, sagte er in mitleidigem Ton. »Dieses Klima ist eigentlich nichts für Frauen.«

Er unterbrach sich, denn Napoleon stieg ein und hüllte sich wieder in das Bärenfell. Er war noch erregt. Seine Bewegungen waren schroff. Mit gerunzelter Stirn betrachtete er Marianne, die der Wein, Napoleons roter Burgunder, soweit aufgemuntert hatte, daß sie zu flüstern wagte:

»Wie kann ich Ihnen danken, Sire? Eure Majestät ...«

Er schnitt ihr das Wort ab.

»Schweigen Sie! Sie husten immer noch! In der Relaisstation werden wir sehen ...«

Sie gelangten im Nu nach Kowno und hielten in einer Vorstadt vor einem Haus, das nur noch zur Hälfte erhalten war. Auch die übrige Stadt zeigte dieses Bild, denn zehn Jahre zuvor war ein großer Teil Kownos durch eine Feuersbrunst zerstört worden, von der es sich noch nicht erholt hatte. Durch die Franzosen war daran nichts geändert worden. Außer dem alten Schloß, einigen Kirchen und etwa der Hälfte der Wohnhäuser gab es nur Ruinen.

Das Haus, vor dem sie hielten, war eine Art Herberge, die ein junger Italiener unterhielt, der letztes Jahr mit der Armee nach Kowno gekommen war. Dieser schien übrigens sehr tüchtig zu sein, denn obwohl er nur ganz kurz vorher durch den Pikör Amodru, der vorausgeritten war, unterrichtet wurde, hatte er wahre Wunder vollbracht. Als Marianne von Caulaincourt gestützt in den Saal trat, in dem ein großes Feuer brannte, sah sie auf weiß gedeckten Tischen Weißbrot, Brathühner, Käse, Konfitüre und Wein ... und glaubte sich im Paradies. Der Raum war blitzsauber, es war warm, und der Duft eines Omelettes verbesserte die Atmosphäre.

Napoleon fragte Guglielmo Grandi, der sich mit der Mütze in der Hand tief verneigte:

»Hast du ein gutes Zimmer?«

»Ich habe drei Zimmer, kaiserliche Majestät. Drei gute Zimmer! Will Eure Majestät mir die Ehre erweisen, ein wenig auszuruhen?«

»Ich habe keine Zeit. Aber diese Dame braucht ein Bett! Laß ein Zimmer vorbereiten. Ich sehe, daß du Dienerinnen hast. Sie sollen einheizen und ihr zu essen bringen.«

Inzwischen war Barbe mit den Insassen der anderen Wagen eingetreten. Das waren Duroc, General Mouton, Baron Fain und Constant, der die junge Frau sofort erkannte und mit freudestrahlendem Gesicht auf sie zustürzte.

»Mein Gott! Madame! Das ist ein Wunder ...«

Napoleon schnitt ihm mit einer herrischen Bewegung das Wort ab.

»Das genügt, Constant! Sorgen Sie dafür, daß diese Dame gut untergebracht wird. Und Sie«, sagte er zu Barbe, die ihn mit großen, unruhigen Augen ansah. »Sie gehen mit Ihrer Begleiterin und bringen Sie zu Bett ...«

»Sire«, bat Marianne, »darf ich kurz mit Ihnen sprechen? Nur um Ihnen zu sagen ...«

»Nichts! Gehen Sie zu Bett! Sie können kaum noch stehen. Ich werde Ihnen mitteilen lassen, was ich beschlossen habe ...«

Und als habe sie plötzlich zu existieren aufgehört, kehrte er ihr den Rücken zu, trat an den Tisch und setzte sich, ohne den Mantel und die schweren Winterkleider abzulegen, in die er eingehüllt war. Ohne Zögern machte er sich über das Omelette her, das ihm dampfend aufgetragen wurde.

Seiner Gewohnheit entsprechend dauerte das kaiserliche Mahl nicht lange. Ungefähr zehn Minuten nachdem er Marianne auf ihr Zimmer geschickt hatte, trat Napoleon selbst dort ein. Soeben hatte sich die junge Frau ins Bett gelegt, dessen aufgehäufte Matratzen den Eindruck eines hochbordigen Schiffes machten. Mit Appetit, aber vorsichtig, trank sie eine Tasse heißer Milch, die erste seit langer Zeit.

Als sie Napoleon erkannte, hielt sie ein, wollte die Tasse Barbe übergeben, aber er hinderte sie daran.

»Trinken Sie!« sagte er befehlend.

Sie wagte nicht zu widersprechen, sie wußte, daß seine Geduld nur kurz war, also verbrannte sie sich die Lippen, trank in einem Zuge aus und reichte die Tasse mit hochrotem Kopf an Barbe, die sich mit einer Verbeugung entfernte. Mit für sie ungewohnter Demut wartete sie darauf, daß Napoleon als erster sprach. Der zögerte auch nicht lange.

»Ich hatte nicht erwartet, Sie noch einmal zu sehen, Madame. Tatsächlich fällt es mir immer noch schwer zu glauben, daß Sie es waren, die ich da zitternd neben den Trümmern eines alten Karrens fand.«

»Sire«, murmelte Marianne schüchtern, »will Eure Majestät mir jetzt gestatten zu versichern ...«

»Nichts, Madame. Ich habe weder Zeit für Ihre Geschichten noch für Ihre Danksagungen. Als ich Ihnen half, tat ich nur, was die Menschlichkeit verlangt. Danken Sie Gott!«

»Dann ... darf ich Eure Majestät fragen, was mit mir geschehen soll?«

»Was denken Sie, soll ich mit Ihnen anfangen?«

»Ich weiß nicht ... aber da Majestät sich die Mühe machte, nach mir zu fahnden und sogar eine Prämie auf meinen Kopf zu setzen ...«

Er lachte kurz und trocken.

»Eine Prämie auf Ihren Kopf? Übertreiben Sie nicht! Wenn ich einen Betrag aussetzte, um sie wiederzufinden, so geschah das nicht – und ich hoffte, Sie würden so etwas auch nicht annehmen – um Sie erschießen zu lassen. Eines sollen Sie wissen, Madame: ich bin kein Henker, kein Narr, und auch kein Mann ohne Gedächtnis! Ich habe nicht vergessen, welche Dienste Sie mir erwiesen haben, ich habe noch weniger vergessen, daß Sie einzig in diesen riesigen Hexenkessel geraten sind, um mich zu retten.«

»Aber ich habe Ihren Gefangenen befreit!«

»Lassen Sie mich aussprechen: Ich habe nicht vergessen, daß Sie mich geliebt haben und daß Sie sich in die wildesten Abenteuer stürzen können, wenn Ihr Herz beteiligt ist, so dieser Irrsinn, den aufsässigen Kardinal zu befreien. Ich habe endlich auch nicht vergessen, daß ich Sie geliebt habe und daß Sie mir niemals gleichgültig waren ...«

»Sire ...«

»Schweigen Sie! Ich sagte, daß ich es eilig habe. Wenn ich nach Ihnen suchen ließ, dann in der Hoffnung, Sie vor sich selbst zu retten. Ich wollte Sie hindern, diesem Amerikaner nachzulaufen und den unzähligen Gefahren dieses Landes zu erliegen ... Gefahren, die ich erst nach Ihrem Verschwinden richtig einschätzen lernte und für die Sie mir allzu zerbrechlich erschienen. Ist Ihnen nie der Gedanke gekommen, daß ich mich vor der Nachricht fürchtete ... schrecklich fürchtete, Sie seien in der Feuersbrunst umgekommen? Natürlich nicht, daran haben Sie keinen Augenblick gedacht!«

»Wie hätte ich das ahnen können? Ich dachte ...«

»Sie hatten nicht zu denken, Sie hatten sich zu unterwerfen! Gewiß hätten Sie meinen Zorn zu spüren bekommen, aber bisher haben Sie diesen Zorn jedesmal gut überstanden, nicht wahr? Ich hätte Sie dann auf kürzestem Weg und so schnell wie möglich nach Frankreich zurückgeschickt!«

Unter Tränen flüsterte Marianne mit rauher Stimme:

»Will Eure Majestät damit sagen, daß sie darauf verzichtet, mich zu bestrafen für ... für meine Widersetzlichkeit?«

»Auf keinen Fall! Aber Ihre Gegenwart hier und Ihr körperlicher Zustand sind der beste Beweis, daß Sie nicht das Wort gebrochen haben, das Sie mir gegeben haben: Sie sind nicht den bequemsten Weg nach Sankt Petersburg gegangen! Also werde ich die Strafe, die ich erlassen habe, nicht verschärfen.«

»Wie sieht diese Strafe aus?«

»Ihr Haus in Paris gehört Ihnen nicht mehr. Sie sind auch schon lange nicht mehr Mademoiselle d'Asselnat de Villeneuve. Das Haus Ihrer Familie ist jetzt in den Besitz Ihrer Cousine Mademoiselle Adelaide d'Asselnat übergegangen.«

Mariannes Herz krampfte sich zusammen. Sie senkte den Blick, damit er nicht darin lesen konnte, wie betroffen sie war, und murmelte:

»Das heißt ... daß Paris mir künftig verschlossen ist? Daß ich exiliert bin?«

»Für eine in England aufgewachsene Emigrantin ein drolliges Wort! Befürchten Sie aber nicht, daß ich Sie nach Selton Hall zurückschicke. Sie werden nicht vertrieben, aber Sie haben nicht mehr das Recht, Paris als Wohnsitz zu wählen. Vorübergehende Besuche seien Ihnen erlaubt, aber wohnen werden Sie künftig, wo Sie hingehören!«

»Wo ist das?«

»Spielen Sie nicht die Verständnislose, Madame. Sie sind Fürstin Sant'Anna, Sie werden bei Ihrem Gatten und Ihrem Sohn leben. Jeder andere Wohnsitz im Reich ist Ihnen verboten!«

»Sire!«

»Antworten Sie nicht! Ich handle im Sinne des Versprechens, daß Sie mir gegeben haben. Gehen Sie zum Fürsten Corrado zurück. Er ist ein liebenswerter Mensch, wenn auch seine ... Hautfarbe anders ist, als man einem solchen Menschen wünschen möchte.«

»Seine ... Hautfarbe? Eure Majestät weiß ...«

»Ja, Madame, ich weiß! Um Ihnen Schwierigkeiten zu ersparen, die ich Ihnen bei einer möglichen Scheidung bereiten könnte, hat Fürst Sant'Anna mir sein Geheimnis anvertraut. Ich habe seinen Brief in Moskau erhalten. Er hofft, ich würde Sie dann besser verstehen und Ihnen verzeihen, daß Ihr Herz sie so blindlings nach Amerika, in Ihrer unwürdige Verhältnisse zieht. Ich weiß jetzt, wer Sie geheiratet hat ...«

Er trat langsam auf das Bett zu und legte seine Hand auf die Schulter der jungen Frau, die ihm gesenkten Blikkes zuhörte und eine ungewohnte Rührung in sich aufkommen fühlte. Seine Stimme klang plötzlich sehr sanft.

»Versuche ihn zu lieben, Marianne. Keiner verdient es mehr als er. Sofern du willst, daß ich dir ganz verzeihe, sei eine gute Gattin ... komme mit ihm an meinen Hof zurück. Ein Mann von diesem Format darf nicht als Einsiedler leben. Sage es ihm! Sag ihm auch, daß ich ihm einen Empfang bereiten werde, der jedem die Lust nimmt, ihn zu verspotten ... eher werden sie neidisch sein!«

Jetzt rollten der jungen Frau Tränen über die Wangen, aber es waren wohltuende Tränen, Tränen der Erleichterung und der Zärtlichkeit. Sie wandte den Kopf und preßte ihre feuchten Lippen auf die Hand, die noch auf ihrer Schulter ruhte, sprach aber kein Wort. So verharrten sie einen Augenblick, dann zog Napoleon seine Hand zurück und ging auf die halboffene Tür zu.

»Constant«, rief er, »ist alles bereit?«

Fast unmittelbar darauf erschien der Diener mit einigen Papieren und einem Portefeuille und gab alles Marianne in die Hand.

»Hier sind«, erklärte der Kaiser, »ein Reisepaß, die Anforderung für einen Wagen, die Berechtigung, Postpferde zu benutzen und Geld. Ruhen Sie sich aus, pflegen Sie sich einige Tage, und dann kehren Sie in aller Ruhe nach Frankreich zurück. Um hier fortzukommen, nehmen Sie am besten einen Schlitten. Ich werde das jedenfalls versuchen.«

»Brechen Eure Majestät sofort auf?« fragte Marianne.

»Ja, ich muß so schnell wie möglich zurück, denn ich habe erfahren, daß in meiner Abwesenheit ein elender Narr namens Malet meinen Tod verkündet hat, und dank dem Schlendrian und der Sorglosigkeit derer, denen ich Paris anvertraut habe, wäre ihm um ein Haar der Staatsstreich gelungen. Ich breche sofort auf ...«

Er wendete sich Constant zu, der drei Schritte hinter ihm stand und auf Befehle wartete: »Ist schon entschieden, welchen Weg wir nehmen? Königsberg oder Warschau?«

»Der Herzog von Vicenza hat einen Kurier nach Gumbinnen geschickt, um zu erkunden, wie der nähere Weg über Königsberg aussieht.«

»Das ist gut. Brechen wir also auf, und wenn der Weg nicht gut ist, zweigen wir ab. Es wäre vielleicht besser, nicht durch Preußen zu fahren. Adieu, Madame, ich hoffe, Sie unter weniger dramatischen Umständen wiederzusehen.«

Zum erstenmal seit langem fand Marianne wieder den Mut zu lächeln.

»Auf Wiedersehen, Sire! Gott beschütze Eure Majestät! Ich werde beten, daß die Reise ohne Zwischenfall verläuft. Aber vor Ihrer Abfahrt, Sire, sagen Sie mir noch ... ist es wahr, daß es um die Armee so schlimm bestellt ist, wie ich gehört habe?«

Das schöne, aber angestrengte Gesicht des Herrschers

verkrampfte sich, als hätten ihm diese Worte einen Hieb versetzt. Sein hartes Gesicht war plötzlich von Schmerz bewegt, niemals hätte Marianne diesen Ausdruck bei ihm erwartet.

»Schlimmer, Madame«, sagte er mit vor Kummer brüchiger Stimme. »Meine armen Kinder! Man hat sie massakriert, und es war meine Schuld! Ich hätte niemals so lange in Moskau bleiben dürfen! Diese verfluchte Sonne hat mich getäuscht. Und jetzt habe ich sie verlassen müssen ... sie verlassen, wo sie mich gerade am nötigsten brauchen!«

Marianne befürchtete beinahe, er werde in Tränen ausbrechen, aber Constant war zu seinem Herrn getreten und berührte ihn respektvoll am Arm.

»Sie haben ihre Anführer, Sire! Solange ein Ney, ein Poniatowski, ein Oudinot, ein Davout, ein Murat sie befehligen, sind sie nicht verlassen!«

»Constant hat recht, Sire«, sagte Marianne ermunternd. »Das Reich braucht Sie jetzt ... wir alle! Verzeihen Sie, daß ich an Ihren Schmerz gerührt habe.«

Er machte ein Zeichen, daß es keine Bedeutung habe, strich sich mit zitternder Hand über das Gesicht, schenkte der jungen Frau noch die Andeutung eines Lächelns und verließ das Zimmer, dessen Türe Constant sehr leise zumachte. Im nächsten Augenblick schon wurde die Morgenstille vom Rollen der Räder unterbrochen. Langsam wurde es hell, und das Wetter besserte sich zusehends.

Drei Tage später verließen Marianne und Barbe in einem auf Kufen montierten und mit zwei Pferden bespannten Reisewagen Kowno. Zuerst ging es die steile Straße hinauf, die am Anfang des Weges nach Mariampol liegt. Während sich die junge Frau im Gasthaus des Italieners erholte, hatte Barbe Isaak Levin aufgesucht, ihm den Brief seines Vetters, die Perlen und das kleine Pferd übergeben, das sie hierher gebracht hatte. Sie hatte ihm auch genau den Ort bezeichnet, wo er die verunglückte Kibitka holen konnte. Von diesem Besuch war sie mit neuen Kleidern zurückgekommen, die nicht nur schön und warm waren, sondern auch dem Rang entsprachen, den sie von nun an wieder in aller Form bekleidete. Und als sie mit Marianne im Reisewagen Platz nahm, konnte sich die Polin nicht enthalten, zufrieden zu bemerken:

»Ich hatte recht, als ich sagte, eines Tages würden wir wieder Glück haben, ich gestehe aber, daß ich nicht so schnell damit gerechnet hatte. Madame braucht sich jetzt keine Sorgen mehr zu machen. Die großen Abenteuer sind vorbei!«

Marianne wendete sich ihr zu, hielt sich verschmitzt den schweren Muff aus schwarzem Fuchspelz vor das Gesicht und lächelte mit einer Andeutung ihrer früheren Ironie.

»Glauben Sie? Ich befürchte, meine arme Barbe, daß ich zu den Frauen gehöre, deren Abenteuer erst mit ihrem Tod zu Ende gehen. Ich hoffe aber, daß Sie nicht wieder darunter zu leiden haben, wie auf dieser satanischen Reise ...«

Am Relais von Mariampol erfuhren sie, der Kaiser habe die Route über Königsberg und Danzig aufgegeben und sei in Richtung Warschau gefahren, um die Begeisterung seiner polnischen Verbündeten etwas aufzufrischen, die auf Grund der Nachrichten über seinen Rückzug vielleicht abgekühlt war. Marianne hatte aber keinen Grund, die Richtung zu wechseln, also fuhren sie weiter auf die Ostsee zu, obwohl der hoch auf den Straßen liegende Schnee das Fortkommen oft sehr beschwerlich machte. Immer wieder segnete Marianne auf dieser Reise ihre Begegnung mit Napoleon, die ihre Weltreise so sehr erleichtert hatte.

»Ich glaube, mit unserer Kibitka wären wir hier niemals durchgekommen«, vertraute sie Barbe an.

»Ach, durchgekommen sind wir eigentlich immer irgendwie. Aber es wäre übertrieben zu sagen, es wäre besonders lustig gewesen.«

Sie wechselten jetzt regelmäßig die Pferde und hielten nur bei den Herbergen, um sich zu erholen. Dennoch brauchten die Reisenden bis Danzig fast eine Woche. Es war nach wie vor beißend kalt, und als sie sich dem Meer näherten, wurden sie von einem jener Stürme empfangen, die das Land verwüsten und das Meer die Küste hinauf peitschen.

Das in der Weichselniederung erbaute, zwischen den Sumpfgebieten der Flüßchen Mottlau und Radaune liegende Danzig tauchte eines Abends in der sturmgepeitschten Ebene auf, wie eine Oase in einer eisigen Wüste. Unter dem dunstigen Himmel, über den Wolkenfetzen jagten, sahen sie zunächst etwas wie einen gespenstischen, hellschimmernden Trümmerhaufen; die Befestigungswerke, deren Bau Napoleon befohlen, der einsetzende Frost aber verhindert hatte.

Die Ebene war so flach, daß sie an holländische Landschaften erinnert hätte, wäre nicht im Südwesten ein Höhenzug angestanden. Und hinter der dunklen Masse der alten Hansestadt hörte man das wildwütende Meer wie mit Kanonenschlägen gegen die Deiche hämmern.

Während der ganzen Reise war Marianne recht schweigsam gewesen. In ihre Pelze gehüllt hatte sie dagesessen und in die weiße Unendlichkeit hinausgeblickt, durch die ihr Fahrzeug glitt, dank der großen hölzernen Kufen ohne jede Erschütterung. Wenn sie noch nicht ganz gesund war, so ging es ihr doch sehr viel besser, und Barbe verstand nicht, warum die junge Frau immer trauriger zu werden schien, je mehr man sich der Stadt Danzig näherte.

Sie konnte nicht ahnen, daß Marianne in dieser Hafenstadt ein Problem vor sich hatte, das sie ohne jede Hilfe lösen mußte. Was da im trüben Licht des Spätnachmittags auf sie zukam, war für sie eine Art Wegkreuzung, eine Entscheidung, nach der es keine Rückkehr mehr geben würde. Dort mußte sie den Entschluß fassen, der den Rest ihres Lebens bestimmte.

Entweder schlug sie den Weg ein, den ihr der Kaiser mit einer Menschenkenntnis, die sie durchaus anerkannte, gewiesen hatte ... oder sie entschied sich für den Ungehorsam, revoltierte weiter und brach alle Brücken hinter sich ab. Dann mußte sie versuchen, im Danziger

Hafen ein Schiff zu finden, mit dem sie aus der Ostsee durch gefährliche Meerengen und ein Gewirr von Inseln, an denen sich schäumend die Wogen brachen, in einen atlantischen Hafen gelangen konnte, von dem aus es endlich möglich sein mußte, sich nach Amerika einzuschiffen. Aber um was dort zu finden? Das war die Frage, die sie sich während des ganzen langen Weges gestellt hatte.

Die Antwort war gewesen: Fremdheit, warten auf einen Abwesenden, auf das Ende des Krieges, gewiß auch auf Liebe ... und Glück ... vielleicht! Ein verstümmeltes Glück natürlich! Anders konnte es nicht sein, denn Marianne kannte sich jetzt gut genug, um zu wissen, daß sie auch als Jasons Ehefrau, auch als Mutter mehrere Kinder in einem Winkel ihres Herzens immer eine Sehnsucht spüren würde: nach dem kleinen Sebastiano, dem Kind, das ohne sie aufwachsen würde und das eines Tages als Mann vielleicht ohne jede innere Regung seiner Mutter gegenübertreten würde, die ihm nichts bedeutete.

Diese grausame Wahl konnte sie nur in Danzig treffen. Obwohl es leichter aussah, war es unmöglich, zuerst nach Frankreich zurückzukehren, um dann über Bordeaux, Nantes oder Lorient wieder auszureisen. Wenn sie verschwinden wollte, mußte es jetzt geschehen ... und endgültig, denn dann war der Vorgang glaubwürdig. Der Weg von Danzig nach Paris war so weit, das Wetter so menschenfeindlich, daß jederzeit ein Unfall möglich war. Ihre Freunde würden sie für tot halten, und Napoleon würde mit Sicherheit nicht daran denken, sich an ihrer Familie zu rächen. Man würde einige Zeit um sie trauern und sie dann vergessen. Ja, dieser Fluchtversuch war verführerisch, denn er würde die Spuren der Marianne d'Asselnat de Villeneuve, Prinzessin Sant'Anna endgültig verwischen. Sie würde neu geboren werden, und eines Tages würde eine gänzlich andere Frau ohne Anhang und Vergangenheit auf dem Kai von Charleston in einer anderen Welt ihre ersten Schritte machen ...

Ein Hüsteln Barbes rief sie in die Wirklichkeit zurück.

»Werden wir hier nur die Pferde wechseln und unsere Reise fortsetzen, Madame, oder machen wir hier Station?«

»Wir bleiben hier, Barbe. Ich bin wie gerädert! Ich brauche etwas Ruhe, und Sie auch.«

Sie erreichten die Stadt im gleichen Augenblick, in dem der Kurier der Stafette das Pferd gewechselt hatte und nun im aufstäubenden Schnee auf einer Holzbrücke über meergrün vereistem Gewässer davonritt. Als der Wagen durch die engen Straßen der alten Hansestadt glitt, hatte Marianne das Gefühl, ins Mittelalter einzutauchen. Ein Mittelalter aus roten Ziegeln, das sie rings umgab in Gestalt von Häusern mit Erkern, Spitzgiebeln, die hoch aufragten, doch zierlich in Fachwerk unterteilt waren, und mit schmalen Gäßchen, die dunkel waren wie Bergschluchten.

Spitze, rote Kirchtürme in einer eigenwilligen Gotik tauchten auf wie aus der Nacht der Zeiten emporgewachsen, aber auch Paläste, wahre Schmuckstücke, die aus dem 15. und 17. Jahrhundert stammten und den Reichtum dieser Stadt bezeugten. Aber die wenigen Einwohner, denen man begegnete, zeigten – wenn es nicht gerade französische, deutsche, polnische oder holländische Soldaten der dem General Campredon* unterstellten Garnison waren – ausnahmslos finstere Mienen und waren so bescheiden gekleidet, daß es nicht zur Schönheit dieser Königin des Nordens paßte. Man spürte Zwang, unterdrückte Wut, Verweigerung.

Als der Wagen an dem von hohen Gebäuden umsäumten Hafenbecken entlangfuhr, das vom Wind aufgepeitscht wurde, kündete das Glockenspiel vom Turm des majestätischen Rathauses, das an flämische Städte erinnerte, vier Uhr. Gegenüber dem Krantor** fanden sie ein Gasthaus, dessen vergoldetes, halb von Schnee bedecktes Schild mit einem Muster aus Flaschenböden recht einladend aussah. Die Türe ging ununterbrochen, Ma-

---

* er vertrat General Rap, der mit Napoleon nach Rußland gegangen war.

** Getreidespeicher

trosen in Stiefeln aus Seehundsfell, bis zu den Augen vermummte Soldaten gingen ein und aus, und die herauskamen, waren meist etwas heiterer als die hineingingen.

Als der Wagen vorfuhr, erschienen auf der Schwelle der Gastwirt und ein Knecht, der groß war wie ein Turm, und verbeugten sich tief vor den gutgekleideten Gästen. In dem Augenblick aber, als Marianne abgestiegen war und sich anschickte, die Herberge zu betreten, wurde sie von einem großen, rothaarigen Burschen angerempelt, der offensichtlich betrunken war und aus voller Lunge sang ... ein irisches Lied.

»Excuse me!« hickste der Mann und schob vorsichtig das menschliche Hindernis beiseite, gegen das er gestoßen war.

Aber schon hatte Marianne ihn voller Überraschung erkannt.

»Craig!« rief sie ... »Craig O'Flaherty, was zum Teufel tun Sie hier?«

Er war schon vorbei, aber als er seinen Namen hörte, drehte er sich um und zwinkerte mit den Augen wie jemand, der schlecht sieht.

»Craig«, wiederholte die junge Frau vor Freude berauscht, »ich bin es ... Marianne!«

Er beugte sich zur Erde, nahm beide Hände voll Schnee, rieb sich damit über das Gesicht und den ganzen Schädel und blickte dann wieder hin.

»Beim heiligen Patrik! Es ist wahr!«

Er lief vor Freude rot an, griff nach der jungen Frau, hob sie auf ausgestreckten Armen hoch wie ein kleines Mädchen, setzte sie dann abrupt wieder ab, umarmte sie und bedeckte ihr Gesicht mit schmatzenden Küssen.

»Das ist bei Gott ein Wunder! Sie? Sie hier, meine Schöne! Ich kann es immer noch nicht glauben. Aber kommen Sie, gehen wir hinein in diese Räuberkneipe. Man erfriert hier ja ... und das muß begossen werden!«

Einen Augenblick später – während Barbe das beste Zimmer des Gasthauses, das auf den Hafen hinausging, besetzte – saß Marianne sorglos mit Craig unter Soldaten und Matrosen, die vor ihrem Glas hockten und lange

Tonpfeifen rauchten, in der Nähe des weißen Kachelofens, der heizte wie eine Schmiedeesse. Der Ire schrie nach Aquavit.

»Tee wäre mir lieber«, sagte Marianne. »Aber sagen Sie mir schnell, Craig, sind Sie allein hier ... oder haben Sie Jason wiedergefunden?«

Er warf ihr einen schnellen Blick zu, in dem keine Spur von Trunkenheit mehr zu erkennen war.

»Ich habe ihn wiedergefunden«, sagte er kurz. »Augenblicklich ist er auf dem Schiff. Aber erzählen Sie von sich. Wie war das, als ...«

Natürlich hörte sie ihm nicht zu. Ihr Herz schlug wie ein wildgewordener Gong, ihre Wangen glühten vor Erregung. Sie hatte also recht behalten! Ihre Vorahnung hatte sie nicht betrogen, auch nicht ihre Träume, die sie für Alpträume gehalten hatte: etwas erwartete sie in Danzig ... und dieses Etwas hieß Jason! Mit beiden Händen griff sie nach der Hand, die Craig auf dem Tisch liegen hatte – mit der anderen wühlte er in der Tasche nach seiner Pfeife.

»Ich will ihn sehen! Sofort! Sagen Sie mir, wo er ist. Was ist das für ein Schiff?«

»Sachte! Immer mit der Ruhe! Sie werden ihn sehen, aber seien Sie um Gottes willen still. Ich werde Ihnen alles sagen. Es dauert übrigens nicht lange ...«

Es ging wirklich schnell, denn er hatte wenig zu berichten. Dank dem Namen Krilow, den er wie eine Fahne schwenkte, wenn er auf russische Soldaten traf, war Craig ohne große Schwierigkeiten nach Sankt Petersburg gelangt. So konnte er den ganzen Weg zu Pferd zurücklegen, mit einer Eskorte übrigens, denn um in die russische Hauptstadt zu gelangen, mußte er durch die Verteidigungslinien der Armee Wittgensteins. Das Haus Krilow – und Jason darin – war leicht zu finden.

Beide waren in dem kleinen Palast am Ufer der Newa geblieben, bis es möglich war, ein Schiff zu finden, mit dem sie Rußland verlassen konnten. Das war nicht leicht, denn seit dem Ausbruch der Feindseligkeiten mit Frankreich fuhren russische Schiffe nicht mehr durch die skandinavischen Meerengen. Die wenigen englischen Schiffe, die den Hafen anliefen, kamen für einen Amerikaner nicht in Frage, da England und die Vereinigten Staaten ebenfalls im Krieg lagen. Schließlich hatten sie eine Passage auf einem schwedischen Schiff gefunden. Dank dem Doppelspiel des königlichen Prinzen Bernadotte profitierte diese Nation sowohl von der Kontinentalsperre, als auch von den Schwierigkeiten des Zaren. Der Kapitän der *Smaaland* erklärte sich einverstanden, Beaufort und O'Flaherty nach Antwerpen mitzunehmen, wo es trotz der französischen Besetzung verhältnismäßig leicht sein würde, sich nach den Vereinigten Staaten einzuschiffen.

»Wir sollten eigentlich nicht hier sein«, schloß Craig. »Den Aufenthalt in Danzig verdanken wir einer Havarie, die wir im Sturm erlitten haben, als wir Königsberg verließen. Mit einem gebrochenen Mast mußte unser Schiff diesen Hafen anlaufen. Seit drei Tagen sind wir hier, seitdem wird das Schiff repariert.«

»Und Sie betreiben einige Studien über die örtlichen Getränke«, ergänzte Marianne fröhlich. »Das ist in Ordnung, aber jetzt bringen Sie mich zu Jason. Ich will nicht mehr länger warten, ihn wiederzusehen.«

»Sie haben doch einen Augenblick Zeit. Erzählen Sie mir zuerst, was Ihnen zugestoßen ist.«

»Das kann warten, aber ich will nicht mehr warten! Ach, Craig, verstehen Sie doch, was es für mich bedeutet, dieses Wunder, das uns zusammenführt, obwohl ich nicht mehr daran glaubte. Haben Sie etwas Verständnis, bringen Sie mich schnell zu ihm. Sie sehen doch, daß ich vor Ungeduld sterbe!«

Es stimmte, nichts hielt sie mehr an ihrem Platz. Sie ließ den heißen Tee stehen, den eine Dienerin ihr gebracht hatte, und eilte schon zur Türe. O'Flaherty mußte ihr folgen. Er warf ein Geldstück auf den Tisch und ging mit finsterer Miene hinter ihr her. Hätte die junge Frau sich Zeit genommen ihn anzusehen, so wäre sie vielleicht stutzig geworden. Aber sie fühlte sich von einer Freude durchdrungen, die an Euphorie grenzte und der sie nicht widerstehen konnte. Sie stürmte in den Wind hinaus und suchte in dieser fremden Umgebung nach der einen vertrauten Gestalt, die sie über alles liebte. Kein Zögern mehr, kein halbherziges Versprechen, das Napoleon ihr abgepreßt hatte, nichts ... als die wiedergefundene Liebe!

Sie wußte kaum, wo sie war, sie rannte über den gefrorenen Schnee, auf dem sie jeden Augenblick stürzen konnte, am Hafen vorbei, auf den sich purpurne Dämmerung senkte, die bald in Violett und Schwarz überging. Craig hatte den Namen *Smaaland* genannt, und sie suchte ein Schiff dieses Namens mit gebrochenem Mast. Sie hatte Lust zu schreien, nach Jason zu rufen, um ihm triumphierend zu verkünden, daß der Augenblick ihrer endgültigen Vereinigung nun gekommen sei. Der Ire keuchte hinter ihr her und kläffte: »Marianne! Marianne! Um Gottes willen, warten Sie! Lassen Sie mich erklären ...«

Aber sie hörte nichts, sie sah nichts. Sie war nur noch Trieb, Freude, Begeisterung, und mit der Sicherheit, mit der die Magnetnadel die Nordrichtung findet, ging sie geradewegs auf das Schiff zu, das sie noch nie gesehen hatte.

Plötzlich war er da! Er, den sie mehr als sich selbst geliebt hatte! Sie sah ihn mit seinem langen, unbekümmerten Schritt über die Planke kommen, die ein großes gedrungenes Schiff mit dem Kai verband. Sie stieß einen Schrei aus, in dem alle Siegestrompeten widerklangen.

»Jason!«

Der Schrei ließ den Amerikaner auffahren. Mit schreckhafter Überraschung erkannte er sie. Am Ende der Planke trafen sie zusammen, und Marianne warf sich lachend und weinend mit solchem Schwung an seine Brust, daß sie fast ins Wasser gestürzt wären. Er stemmte sich gegen den Fall, brachte sie in Sicherheit, und da sie wie eine Verzweifelte an ihm hing, schob er sie etwas zurück, ohne sie loszulassen.

»Du!« rief er. »Bist du es wirklich?«

Es war, als treffe ein kalter Wasserstrahl die junge Frau. Es war Verblüffung in seinem Ausruf, ungläubiges Staunen ... aber keine wirkliche Freude. Das war nicht der Schrei, den sie erwartet hatte.

»Aber gewiß«, sagte sie fast leise, »ja, ich bin es. Glaubtest du ... ich sei tot?«

»Nein, das nicht. Craig hatte mir berichtet, du seist in Sicherheit und hättest Napoleon getroffen. Ich bin so überrascht, weil ich auf eine Begegnung hier nicht gefaßt war. Es ist so unwahrscheinlich ...«

Sie löste sich von ihm, um ihn besser ansehen zu können. Er entsprach noch genau der Vorstellung, die sie immer von ihm hatte. Immer noch diese fast magere, aber sehnige Gestalt, die ausgeprägten Gesichtszüge, diese Haut, die zu sehr von der Sonne verbrannt war, um je wieder weiß zu werden, Profil mit Adlerblick, die leuchtenden Augen ... und dennoch hatte sie plötzlich das Gefühl, einen anderen Mann vor sich zu haben, einen Unbekannten.

»So unwahrscheinlich?« sprach sie seine Worte nach. »Du hast recht, es ist wirklich unglaubwürdig, daß wir uns hier treffen. Und du hast jedenfalls nicht dazu beigetragen, es glaubwürdiger zu machen.«

Er lächelte kurz, etwas spöttisch, was sie immer so gerne gesehen hatte.

»Rede keine Dummheiten! Was hätte ich tun können? Es lagen Armeen zwischen uns und endlose Weiten!«

»Ich war in Moskau, und du wußtest es! Warum bist du nicht zurückgekommen? Warum hast du nicht nach mir gesucht? Diese Frau, die mich töten wollte, diese Shankala, hat es uns vor ihrem Tod gesagt: du bist mit deinem Freund Krilow abgereist, ohne dich weiter um mich zu kümmern. Du konntest nicht wissen, was aus mir werden würde, die ich in dieser verdammten Stadt allein und verloren war. Trotzdem bist du abgereist!«

Er zuckte lässig die Achseln, und das Leuchten, das sie kurz in seinen Augen gesehen hatte, war erloschen.

»Ich hatte keine Wahl, aber du hättest wählen können.

Als die Kosaken mich abführten, erwartete ich, daß du mir folgen würdest.«

»Man hat dir nicht berichtet, was mich daran hinderte?«

Sie wendete den Kopf und suchte nach Craig, der in einigem Abstand stehen geblieben war und unbeweglich an einem Stapel Fässer lehnte und zu ihnen hinübersah.

»Ja, ich habe es erfahren, als O'Flaherty zu mir stieß. Aber als ich Moskau verließ, wußte ich es noch nicht. Ich habe angenommen ... daß Napoleon anrückte und du dich entschieden hattest.«

»Entschieden?« Bitterkeit schwang in ihrer Stimme. »Kann man sich entscheiden, wenn alles brennt, alles zusammenstürzt und alles ringsum stirbt? Ich mußte ans Überleben denken, nicht an Entscheidungen ... aber du ...«

»Komm! Bleiben wir nicht hier. Es ist zu kalt.«

Er wollte ihren Arm nehmen und sie in Richtung auf das Gasthaus ziehen, aber sie machte sich wieder frei und verzichtete darauf, den angefangenen Satz zu beenden. Kurze Zeit gingen sie schweigend nebeneinander, jeder in seine Gedanken versunken. Marianne spürte die Entfremdung immer deutlicher.

Als sie bei dem Iren waren, blieb Jason einen Augenblick stehen.

»Es ist alles bereit«, sagte er trocken. »Mit der Flut laufen wir aus. Der Sturm flaut ab.«

Craig machte ein Zeichen, daß er verstanden habe, sah die junge Frau mit einem stummen Lächeln an, in dem sie Bedauern und etwas wie Mitleid zu lesen glaubte, und ging zur *Smaaland* hinüber.

Wieder herrschte Schweigen, das nur durch den Gesang von drei betrunkenen Matrosen unterbrochen wurde, die aus dem Gasthaus taumelten. Marianne spürte, wie unter dem Pelz ihr Herz ungestüm schlug, sie rang um Fassung. Es kam ihr jetzt noch kälter vor, obwohl sich der Wind fast gelegt hatte. Sie sagte sich, diese Kälte müsse aus ihrem erstarrenden Herzen kommen.

»Du fährst ab?« sagte sie nach einiger Zeit.

»Ja, unser Schiff ist wieder instand ... und wir haben schon zuviel Zeit verloren.«

Sie lächelte kaum merklich.

»Du hast recht! Du hast wirklich viel Zeit verloren.«

Hatte er ein Ohr für die Bitterkeit ihrer Worte? Plötzlich faßte er sie am Arm, zog sie in den Schatten eines Hauses und unter die Wölbung eines Portals, wo sie vor dem Wind etwas geschützt waren.

»Marianne«, sagte er bittend, »warum sagst du das? Du weißt genau, wie es zur Zeit um uns steht. Du weißt, daß ich in den Krieg gehe, nicht mehr mir selbst gehöre und die Zukunft ungewiß ist. Es ist wahr, ich habe viel Zeit verloren, denn diese Zeit schulde ich meinem kämpfenden Land! Erinnere dich, wir waren übereingekommen, uns später zu treffen. Hast du alles vergessen?«

»Nein! Aber ich befürchte, daß du es bist, der alles vergessen hat ... sogar mich!«

»Das ist töricht!«

»Was du nicht sagst! Über eines bist du dir nicht klar, daß du nämlich bis zu dieser Minute nicht auf die Idee gekommen bist, mich zu fragen, was ich hier will, wie ich mich durchgeschlagen habe, was mir geschehen ist. Nein! Dich interessiert das nicht. Craig hat mich danach gefragt, aber ihm habe ich nicht geantwortet, weil ich es so eilig hatte, dich wiederzusehen. Aber Craig ... ist wirklich ein Freund!«

»Und was bin ich?«

»Du?« ... Sie lächelte traurig, zuckte die Achseln ... »Du? Du bist ein Mann, der mich geliebt hat ... und mich nicht mehr liebt!«

»Doch! Ich schwöre es dir ... ich liebe dich immer noch.«

Und plötzlich fand er wieder den leidenschaftlichen Ton ihrer Liebe, ihrer leidenschaftlichen Nächte auf den harten Lagern in den Poststationen, der Steppe oder im Wald. Er schloß sie in die Arme, preßte sie an sich, sein warmer Atem strich über das Gesicht der jungen Frau, aber er fand in ihrem Inneren kein Echo. Es war etwas in ihr erfroren.

»Marianne«, flehte er, »hör mir zu. Ich schwöre beim Heil meiner Seele, daß ich nicht aufgehört habe, dich zu lieben. Aber ... ich habe nicht mehr das Recht dazu!«

»Das Recht? Ach? ... Ich weiß, der Krieg!« sagte sie müde.

»Nein! Hör zu! Wenn mir einer sagen würde, daß der Mensch seinem Geschick entrinnen kann, würde ich antworten, daß er verrückt ist oder träumt. Es gelingt uns nicht, uns von einmal begangenen Fehlern zu befreien. Wir tragen ihre Last, solange es Gott gefällt. Weil wir beide uns liebten, haben wir alles getan, um das Glück zu erzwingen. Wir sind von einem Ende der Erde zum anderen gewandert, aber so weit wir auch gegangen sind, das Schicksal hat uns eingeholt. Und es ist stärker!«

»Aber ... was soll das heißen? Welches Schicksal?«

»Das meine, Marianne. Das Schicksal, das ich mir einmal selbst geschmiedet habe, aus Dummheit, aus Eifersucht, aus Wut, nimm was du willst. So widersinnig es ist, es hat mich dort oben in Petersburg ereilt ... in einer Stadt, die für uns Amerikaner nicht viel wichtiger ist als ein afrikanischer Kral. Ich dachte, wie du weißt, es würde schwierig sein, mich den Krilows, den alten Freunden meines Vaters zu erkennen zu geben. Vielleicht hatten sie vergessen, daß es irgendwo in der Welt diese Beauforts gab. Aber weißt du, wie es wirklich war?«

Sie schüttelte den Kopf, sprechen konnte sie nicht, denn diese Vorrede machte sie beklommen. Er verbarg etwas vor ihr, etwas, das sie sehr treffen würde ... Und als wollte er den Schlag mildern, senkte Jason seine Stimme zu einem Flüstern.

»Ich traf den jüngsten der Krilow-Söhne. Er kam aus Amerika zurück. Sein Vater hatte ihn dahin geschickt, um zu erkunden, was aus uns geworden war, und um die Fäden neu zu knüpfen, die besonders auf kaufmännischem Gebiet interessant sein konnten. Er war in Charleston gewesen ...«

»Und weiter?«

»Meine Verfl ... Pilar, von der wir glaubten, sie sei endgültig in einem Kloster in Spanien untergetaucht, Pilar ist zu mir zurückgekehrt!«

Marianne schnaubte zornig durch die Nase. Das nannte er also Schicksal! Diese erbärmliche Frau, die alles getan hatte, um ihren Gatten auf das Schafott zu schicken? Die ihn beinahe selbst getötet hätte? Ihretwegen regte er sich auf?

»Na und?« antwortete sie heftig. »Was macht das schon, daß sie zurückgekommen ist? Jag sie fort!«

»Nein, ich kann nicht! Ich habe nicht das Recht dazu. Sie ... sie ist mit einem Kind zurückgekommen ... ein Kind von mir! Ein Sohn!«

»Ach!«

Marianne sagte nichts mehr, als diese kleine Silbe, die schmerzlich klang, wie ein letzter Seufzer. Jason hatte recht. Das Schicksal, dieser unbarmherzige, hinterlistige Polizist, hatte sie erwischt! Der lange, grausame Kampf gegen das Unvermeidliche war zu Ende. Jason fühlte plötzlich erschreckt, daß sie wie leblos an seiner Brust lag. Er beugte sich über sie, wollte ihre kalten Wangen, ihren fest geschlossenen Mund küssen, seine Hand auf die Brüste legen, zwischen denen er jede Nacht seines Lebens hatte schlafen wollen, doch sie stieß seine Hand wortlos, aber sanft zurück. Plötzlich war er unglücklich wie ein Kind, dem sein liebstes Spielzeug zerbrochen ist, wollte sie wieder an sich pressen und ereiferte sich:

»Bitte, sag etwas. Sei nicht so schweigsam. Ich weiß, daß ich dir wehgetan habe, aber sprich trotzdem. Du weißt, daß ich wirklich nur dich liebe und daß ich alles auf der Welt opfern würde, um unseren Traum zu verwirklichen! Hör zu! Wir müssen uns nicht schon jetzt trennen. Warum sollen wir dem Leben nicht noch etwas Glück und Freude abtrotzen? Ich kann in diesem Krieg sterben ... fern von dir sterben! Komm mit mir, ich entführe dich auf diesem Schiff, das beim ersten Licht ausläuft. Es dauert viele Tage bis Antwerpen ... und viele Nächte. Ich werde dich lieben bis zur Besinnungslosigkeit. Weisen wir dieses letzte wunderbare Geschenk nicht zurück ...«

Sie fühlte seine fiebrige Leidenschaft. Sie wußte, daß er aufrichtig war und die Wahrheit sagte: er wünschte wirklich, daß sie ihn begleitete. Wie er sagte, bedeutete das viele Liebesnächte, ein Rausch der Leidenschaft, an dessen Ende er vielleicht nicht mehr den Mut finden würde, mit ihr zu brechen. Dann würde er sie in Antwerpen bitten, mit ihm den Ozean zu überqueren, ihm in sein Land zu folgen, wo es möglich war, heimlich mit einer Mätresse zu leben. Und auch dies wäre ein Dasein voller Leidenschaft ... sie liebte ihn so sehr! Es war eine schreckliche Versuchung!

Sie war so unglücklich, vielleicht hätte sie sich mitreißen lassen. Aber plötzlich glaubte sie drei Gesichter vor sich zu erkennen: das stolze, ironische Gesicht ihres Vaters, das würdige, schmerzhafte Gesicht Corrados, und die winzige Lieblichkeit eines braunlockigen, schlafenden Kindes ... Und die schwache, verzweifelte, leidenschaftlich verliebte Marianne wurde von jener Marianne d'Asselnat zurückgewiesen, die am Abend ihrer Hochzeitsnacht den Mann, den sie liebte, der kurz zuvor Jason Beaufort verjagt hatte, mit einem Schwerthieb auf die Fliesen von Selton Hall geworfen hatte, um ihre Ehre zu retten ... Sie war wieder sie selbst!

Sie löste sich von ihm, trat aus dem Türbogen und in den kalten Wind hinaus, der ihr die Kleider wie eine Peitsche um den Körper schlug. In ihrem Muff aus schwarzem Fuchspelz preßte sie die Hände fest zusammen, richtete stolz den Kopf auf und richtete den Blick ihrer grünen Augen auf den Mann, den sie verließ und der es nicht verdiente, daß sie sich erniedrigte ...

»Nein, Jason!« sagte sie ernst. »Auch ich habe einen Sohn. Und ich bin die Fürstin Sant'Anna!«

Es war Nacht geworden. Marianne ging, ohne sich

noch einmal umzuwenden, auf das Gasthaus zu, dessen Fenster weit in die Nacht leuchteten, wie ein Leuchtturm über dem stürmischen Meer, in dem ihre Liebe versank ...

EPILOG

Das Ende der Reise (Mai 1813)

Das von Steinriesen eingerahmte, schwarz und golden leuchtende Tor schien sich wie einst vor den Pferden von selbst zu öffnen. Wie einst fühlten sich die Besucher wieder vom stillen Zauber des Parks gefangen.

Immer noch schlängelte sich die hell gesandete Allee wie ein Bach zwischen dunklen Zypressen und duftenden Orangenbäumen dahin, um sich im feuchten Nebel der Springbrunnen und Wasserfälle zu verlieren. Doch plötzlich hatte Marianne das Gefühl, es habe sich etwas verändert, dieser Garten sei nicht mehr genau derselbe wie jener, in dem sie vor drei oder vier Jahren an der Seite des Kardinals die abgelegensten Winkel erforscht hatte.

Ein Ausruf Adelaides machte ihr plötzlich den Unterschied klar:

»Gott, wie ist das schön!« sagte die Jungvermählte, als habe sie noch nie etwas Ähnliches gesehen. »All diese Blumen!«

Das war es! Blumen! Einst hatte es im Park keine Blumen gegeben, außer Orangen- und Zitronenbäumchen während der Blütezeit. Seine Schönheit beruhte auf dem Wechselspiel von Baumgruppen und Rasenstücken, von Teichen mit Wasserspielen und unbeweglichen Statuen, die aussahen, als ob sie sich langweilten. Jetzt gab es überall Blumen, als habe ein Zauberer alle Farben des Regenbogens über den Park verteilt. Es gab Rosen, besonders viele Rosen, aber denselben Oleander in Massen, große, perlmutten glänzende chinesische Pfingstrosen, violett leuchtenden Rhododendron und makellose Lilien ... Eine Orgie der Blütenpracht! Und ihre Herrlichkeit hatte dem riesigen Garten ein anderes Leben gegeben. Er strahlte. Blütenkaskaden wetteiferten mit den Wasserspielen, deren Raunen den Gesang der Vögel begleitete. Denn auch Vögel waren da. Früher hatte ihnen wohl die strenge Ordnung des jetzt so verzauberten Bereichs Angst eingeflößt, und man vernahm kaum ihren Gesang. Jetzt sangen und flatterten sie lustig umher. Von Mariannes Überraschung erheitert, beugte Jolival sich vor und berührte ihre Hand.

»Träumen Sie, Marianne, oder sind Sie schon aufgewacht. Es sieht aus, als hätten Sie diesen schönen Garten noch nie gesehen.«

Sie fuhr zusammen, als sei sie wirklich aus einem Traum aufgeschreckt.

»Es stimmt beinahe. So habe ich ihn noch nie gesehen. Früher gab es keine Blumen, keine Vögel, ich glaube, auch kein richtiges Leben ... eher ein befremdender Traum.«

»Sie waren ängstlich, Sie sahen das falsch ...«

Jolival lachte und wendete sich seiner Frau zu, als erwarte er ihre Zustimmung. Aber Adelaide hakte sich bei Marianne ein und schüttelte den Kopf.

»Davon verstehen Sie nichts, mein Freund. Ich glaube, die Wandlung kommt daher, daß es jetzt hier ein Kind gibt. Ein Kind kann auch einen Friedhof zum Blühen bringen!«

Arkadius und Adelaide hatten vor einem Monat geheiratet. Als sie im Januar nach Paris zurückkehrte, hatte sie die beiden im Haus d'Asselnat vorgefunden, wo sie in klösterlicher Abgeschlossenheit trauerten, was sie einander näher brachte. Beide waren sie überzeugt, daß Marianne tot sei, und sie beweinten sie aus aufrichtiger Zuneigung.

Die amtlichen Papiere, die Adelaide an Mariannes Stelle zur rechtmäßigen Besitzerin des Hauses machten, waren kein Trost, eher das Gegenteil. Diese unerwartete Erbschaft mußte sie ja endgültig von Mariannes Verschwinden überzeugen, über das nebenbei keiner etwas Genaueres erfahren konnte. Plötzlich hatten sich beide sehr einsam und verlassen gefühlt und wußten nicht mehr so recht, was sie mit sich anfangen sollten. Haus d'Asselnat war zu einer Art Mausoleum geworden, hinter dessen verschlossenen Vorhängen sie sich auf ihr Ende vorbereiteten. Einzig Gracchus bediente sie ... aber auch Gracchus hatte das Singen verlernt.

Als die staubbedeckte Kutsche mit Marianne und Barbe eines Abends an der Freitreppe vorfuhr, hatten die Reisenden ein nicht mehr ganz junges Paar in Trauerkleidung erscheinen sehen, die einander stützten, und die fast vor Freude gestorben wären.

Diese unerwartete Rückkchr war wahrlich ein großer, ein wunderbarer Augenblick gewesen. Minutenlang hatte man einander in den Armen gelegen und konnte sich nicht trennen, während Gracchus, nachdem auch er seine Herrin umarmt hatte, sich schluchzend auf die Freitreppe gesetzt hatte und einfach nicht mehr aufhören konnte.

Dann hatten sie die ganze Nacht damit verbracht, einander die Abenteuer zu erzählen, die sie erlebt hatten. Arkadius und Gracchus im Convoy des General de Nansouty, Marianne und Barbe auf den bekannten Wegen und Umwegen. Sie hatten gegessen und getrunken, und Adelaide, an welcher der Kummer gezehrt hatte, fand mit einem Schlage wieder ihren sagenhaften Appetit. In dieser denkwürdigen Nacht hatte sie ganz allein ein Huhn, eine Pastete und eine Schüssel mit Backpflaumen verzehrt, dazu hatte sie zwei Flaschen Champagner getrunken.

Beim Morgengrauen sah auch sie etwas grau aus, war aber glücklich wie eine Königin. Während sie sich leicht schwankenden Schrittes zu ihrer Kammer begab, hatte sich Jolival an Marianne gewandt, die im Gelben Salon stand und das Bildnis ihres Vaters betrachtete.

»Was werden Sie jetzt anfangen?«

Ohne die Augen von dem stolzen Gesicht abzuwenden, dessen ironischer Blick jeder ihrer Bewegungen zu folgen schien, hatte sie nur leicht die Schulter gehoben.

»Was ich tun muß! Für mich ist es Zeit, Jolival, daß ich erwachsen werde. Und außerdem ... ich habe die Abenteuer satt! Man reibt sich auf, man nutzt sich ab, ohne etwas Sinnvolles zu erreichen. Ich denke an Sebastiano ... und ich will nur noch an ihn denken!«

»An ihn? Nur? Erinnern Sie sich, daß jemand bei ihm lebt ...«

»Ihn vergesse ich nicht. Es sollte möglich sein, ein wenig Glück zu finden, indem man einen anderen glücklich macht. Und dieser, Jolival, hat es wohl verdient, glücklich zu sein!«

Er nickte beifällig. Nach kurzem Zögern fragte er dann:

»Und ... Sie werden es nicht bereuen?«

Sie sah ihn mit jenem stolzen Blick an, mit dem sie Jason im Augenblick ihrer Trennung betrachtet hatte. Aber es war kein Zorn mehr in diesem Blick. Er war ruhig und klar wie ein durchsonnter Kristall.

»Bereuen? Ich weiß es nicht. Was ich aber sicher weiß, ich habe zum ersten Mal seit langer Zeit Frieden mit mir selbst gefunden.«

Die endlose Reise hatte sie wirklich sehr mitgenommen. Also hatte sie beschlossen, vor ihrer Rückkehr nach Italien einige Zeit in diesem Haus zu verbringen, das natürlich immer noch ihr gehörte, um sich zu erholen. Sie lud einige Freunde ein: Fortunée Hamelin, die schluchzte wie ein Schulmädchen, als ihr Marianne von der Begegnung mit François Fournier erzählte, und Talleyrand, der immer noch gleich zuvorkommend und sarkastisch war, den die Verhältnisse in Paris, die Marianne ja nicht kannte, aber sichtlich gespannt und nervös machten.

In Paris sah es trübe aus. Der Kaiser war fast unbemerkt dorthin zurückgekehrt. Nach ihm, Woche für Woche, die Überlebenden dessen, was einmal die meist bewunderte Armee dieser Erde gewesen war: Verwundete, Kranke, halb Erfrorene! Viele von ihnen würden sich nie wieder aus ihrem Bett erheben, das sie mit Anspannung ihrer letzten Kräfte gerade noch erreicht hatten. Und dennoch hieß es, der Kaiser sei schon dabei, eine neue Armee aufzustellen. Schon waren die Werbe-Unteroffiziere an der Arbeit, denn das durch die russische Katastrophe ermutigte Preußen wurde aufsässig, leistete stellenweise offenen Widerstand, schmiedete Waffen und Bündnisse ... und Paris wurde unruhig!

In all dieser Trostlosigkeit gab es dennoch eine gute Nachricht, die Jolival durch seinen Notar vermittelt wurde. Gut war diese Nachricht auch nur im Vergleich zur allgemeinen Hoffnungslosigkeit, denn es handelte sich um einen Todesfall: Jolivals abwesende Ehefrau war gestorben. Septimanie, Vicomtesse de Jolival, war an einer Bronchitis erkrankt, die sich die Duchesse d'Angouleme im englischen Winter bei barmherzigen Werken und Krankenbesuchen in der Gegend von Hartwell zugezogen hatte. Jolival war nicht so scheinheilig, deswegen Trauer zu zeigen. Er hatte sie nie geliebt, sie war in seinem wechselvollen Leben nur eine Statistin gewesen, aber er war ritterlich genug, keine unpassende Freude zu zeigen.

Das tat an seiner Stelle Marianne. Ihr waren durchaus nicht die herzlichen Beziehungen zwischen dem Vicomte und ihrer Cousine entgangen. Jolival verhielt sich Adelaide gegenüber so aufmerksam und zuvorkommend, daß man deutlich seine Zuneigung spürte. An dem Tag, an dem Marianne ihre Absicht bekanntgab, bald nach Luca abzureisen, erklärte sie ohne Umschweife:

»Jolival, Sie sind jetzt frei. Warum heiraten Sie nicht Adelaide? Ihr beiden versteht euch großartig. Dann gehörten Sie zur Familie und wären nicht mehr ›der entfernte Verwandte‹.«

Die beiden waren in schöner Einmütigkeit sehr rot geworden. Dann sagte Jolival sichtlich bewegt und leise:

»Ich wäre sehr glücklich, liebe Marianne ... aber ich bin nicht, was man eine gute Partie nennt! Keine Güter, kein Besitz und keinerlei Aussichten, nur ein etwas abgenutztes Gestell.«

»Ich bin auch nicht die Königin von Saba ...«, säuselte Adelaide und senkte fromm wie eine Nonne den Blick. »... ich glaube aber, ich könnte eine gute Ehefrau sein ... wenn mich einer will.«

»Dann ist das abgemacht«, schloß Marianne lächelnd. »Ihr heiratet, und dann nehme ich euch nach Italien mit. Das wird eure Hochzeitsreise!«

An einem noch kühlen Aprilnachmittag traute der Pfarrer von Saint-Thomas-d'Aquin in der Kapelle der heiligen Jungfrau Arkadius de Jolival und Adelaide d'Asselnat in Gegenwart der Trauzeugen Prince of Talleyrand und Madame Hamelin. Der Vicomte in perlgrauem Rock hielt sich aufrecht wie ein Junger, und Adelaide in einem schweren Gewand aus heller Seide mit einem Veilchenstrauß in der Hand strahlte unter ihrem mit Blumen verzierten Häubchen, als sei sie gleichfalls zehn Jahre jünger. Beim folgenden Souper geruhte der große Careme sein ganzes Genie zu entfalten. Es fand in Talleyrands prächtigem Stadthaus in der Rue Saint-Florentin statt, wo der Fürst residierte, seit er Matignon dem Kaiser verkauft hatte.

Es war derselbe Tag, an dem gegen Mitternacht ein schwarz gekleideter Mann an die Pforte des Hauses in der Rue de Lille pochte. Er trug einen weiten Mantel und eine Gesichtsmaske. Vor der jungen Frau verneigte er sich wie vor einer Königin. Seine Hand in schwarzem Handschuh zeigte, ohne daß er ein Wort gesprochen hätte, ein goldenes Täfelchen vor, auf dem die Buchstaben A.M.D.G. eingraviert waren.

Marianne wußte sofort, daß dies der Bote war, den Kardinal de Chazay ihr in Odessa angekündigt hatte. Sie eilte auf ihr Zimmer, holte aus ihrem Sekretär die diamantene Träne, die sie getreulich in soviel Gefahren aufbewahrt hatte, und ohne sie auch nur aus dem Lederbeutelchen zu nehmen, um sie noch einmal anzusehen, übergab sie das Juwel dem Boten. Der grüßte wieder, wendete sich auf dem Absatz um und verschwand, sie hatte nicht einmal seine Stimme gehört. Er hatte ihre Stimme ebensowenig gehört, denn auch sie hatte kein Wort verloren. Als dann die schwere Türe hinter dem schwarzgekleideten Mann ins Schloß gefallen war, rief sie nach Gracchus.

»Du kannst alles für die Abreise vorbereiten«, sagte sie zu ihm. »Hier ist alles erledigt.«

Der Wagen, auf dessen Kutschersitz Gracchus wieder in alter Würde thronte, rollte immer noch durch den Park. Er fuhr an dem großen, grünen Teppich vorbei, auf dem immer noch die Pfauen majestätisch einherstolzierten. Sie gelangten zum Palast und hielten schließlich vor der Freitreppe, auf der die weiß und gold betreßten Diener standen, von denen einer herbeisprang und den Wagenschlag aufriß. Marianne stieg aus, ohne auf Jolival zu achten, der ihr hilfreich die Hand bieten wollte. Ihr Blick glitt umher auf der Suche nach der beturbanten Gestalt Turhan Beys. Adelaide und Barbe stiegen hinter ihr aus, und letztere war es, die mit gefalteten Händen einen Ruf des Entzückens ausstieß:

»Mein Jesus ... wie hinreißend!«

Marianne blickte sich um. Von den Stallungen her näherte sich ein seltsamer Aufzug: Der Stallmeister Rinaldo, der geachtete und gefürchtete Herr des berühmten Gestüts von Sant'Anna, führte ein graues Eselchen am Zügel, auf dem Lavinia mit einem schwarzlockigen, lachenden Kind saß ... und Marianne sah, daß Rinaldo stolzer und glücklicher war, als hätte er Ilderim, den Lieblingsrenner des Fürsten am Zügel.

Donna Lavinia hatte inzwischen die Reisenden bemerkt und war so ergriffen, daß sie für einige Augenblicke das Kind aus den Augen ließ. Marianne, die sich im Überschwang der Empfindungen nicht mehr rühren konnte, hörte ihren ungläubigen Ausruf:

»Ihre Hoheit! Ihre Hoheit ist da! Mein Gott!«

Im nächsten Augenblick glitt sie vom Esel und stürzte mit dem Kind im Arm, das heftig protestierte, auf Marianne zu.

»Sei still, mein Schatz«, sagte sie unter Lachen und Weinen, »es ist deine Mama!«

»Mama, Mama«, sang der Kleine mit einer Stimme, die Marianne zutiefst erschütterte.

Sie überwand die Lähmung, die sie vorübergehend befallen hatte, lief auf Lavinia zu, gerade noch rechtzeitig, um sie an einer tiefen Verbeugung zu hindern, was mit Sebastiano recht schwierig geworden wäre. Aber sie unterdrückte die Regung, das Kind in den Arm zu nehmen.

Es lehnte an der Schulter der alten Dame und sah sie staunend an, wohl auch etwas furchtsam, wie sich Kinder Fremden gegenüber manchmal verhalten, und Marianne wagte sich kaum zu bewegen. Ähnlich wie Barbe vorhin faltete sie die Hände und verschlang das Kind, das ihr Kind war, mit den Augen. Dankbaren Herzens sah sie, daß es schön war.

Sebastiano war für seine fünfzehn Monate recht groß. Er hatte ein rundes Gesichtchen mit großen, grünleuchtenden Augen, genau dieselben Augen wie seine Mutter. Sein weißer Anzug ließ den Hals und die festen Ärmchen frei. Die schwarzen Locken hingen ihm wild in die Stirn, und als er jetzt unversehens lächelte, konnte Marianne in seinem Mund drei oder vier blitzweiße Zähne sehen. Lavinia löste sanft die Ärmchen des Kindes von ihrem Hals.

»Hier«, sagte sie, »nehmen Sie ihn doch, Madame, er gehört ja Ihnen.«

Entgegen dem, was Marianne in der Verwirrung ihres Herzens befürchtet hatte, leistete das Kind keinen Widerstand. Ganz selbstverständlich legte es seine Ärmchen um den Hals der Mutter, Marianne erbebte bei der Berührung seiner Haut.

»Mama ...«, zwitscherte das Kind, »Mama!«

Marianne mußte ihre Tränen zurückhalten, um Sebastiano nicht zu erschrecken. Endlich wagte sie, ihn zu küssen.

Sie tauchte ein in ein Meer der Liebe, das ihre letzten Zweifel wegspülte, während es erschreckt, doch immer leiser werdend in ihr flüsterte:

»Und ihn hättest du niemals gesehen ... du hättest ihn niemals in die Arme schließen können, du hättest ...«

An Lavinias Seite trug ihn Marianne, stolz wie eine Königin, zu denen, die am Fuß der Freitreppe warteten. Auch sie hatte die Szene, auf die sie seit der Abreise aus Paris mit Furcht und Ungeduld gewartet hatten, zu Tränen gerührt. Jolival begrüßte seine alte Bekannte Lavinia und machte sie mit seiner Frau bekannt. Als sie sich dann anschickten, in den Palast zu gehen, entschloß sich Marianne, endlich die Frage zu stellen, die ihr auf den Lippen brannte.

»Der Fürst ... mein Gatte ... Darf ich ihn begrüßen?«

Das strahlende Lächeln der Haushälterin beschämte sie.

»Aber gewiß, Madame, Sie werden ihn sehen«, rief Lavinia, »sobald er zurück ist.«

»Zurück? Ist er nicht im Palast? Oh, mein Gott, soll das heißen, er ist verreist?«

Plötzlich war sie enttäuscht, verstand aber die Besorgnis selbst nicht, die sich ihrer plötzlich bemächtigte. Seit Monaten lebte sie mit dem Gedanken, diesen seltsamen, anziehenden Mann wiederzusehen, in seiner Nähe zu sein, das Leben der Selbstbeschränkung zu teilen, für das er sich entschieden hatte ... und nun sollte sie warten, ehe sie ihm sich selbst als Geschenk anbieten konnte. Sie war so enttäuscht, fast etwas verärgert, verstand daher nicht gleich, warum Lavinia zu lachen begann.

»Nein, Hoheit, er geht nicht auf Reisen ... er ist nur im Augenblick nicht im Haus, das ist alles. Aber er bleibt nicht lange aus. Er ist nur zu den Weideplätzen gegangen ...«

»Ach? Er ist zu den ...«

Und plötzlich verstand sie:

»Donna Lavinia! Wollen Sie sagen, daß er ausgegangen ist? Daß er draußen ist ... am hellen Tag?«

»Aber gewiß, Madame. Der Alptraum ist vorbei ... der Fluch ist gebannt. Überlegen Sie, Madame: er hat gewollt, daß das Kind überall Blumen findet, daß alle bösen Erinnerungen ausgelöscht seien. Da konnte er sein abgeschlossenes Leben nicht weiterführen. Der Kleine, der ihn liebt, hätte es nicht verstanden. Es ging nicht ohne Schwierigkeiten, aber mit Hilfe von Vater Amundi habe ich ihn überzeugen können. Als wir hierher zurückkehrten, haben wir also alle Diener und die Bauern zusammengerufen. Hier haben sie gestanden ... hier vor der Treppe. Vater Amundi hat zu ihnen gesprochen, dann ich, die ich sie kenne und zu ihnen gehöre, endlich hat dann der Fürst in ihrer Gegenwart seine weiße Ledermaske abgenommen.«

»Und weiter?« fragte die junge Frau ängstlich.

»Weiter? Sie sind auf die Knie gefallen wie vor einem Altar. Dann haben sie geschrieen! Ihr Jubelgeheul stieg zum Himmel auf. Und da haben sie zwei Tage lang ihren Herrn gefeiert, der ihnen endlich erlaubte, ihm frei ins Gesicht zu blicken. Aber hören Sie! Da kommt er.«

Man hörte den Galopp eines Pferdes, der bei Marianne Erinnerungen weckte ... so hatte in den dunklen Nächten ihrer Ehe das Donnern des weißen Renners geklungen ... Der Laut wurde stärker, der Reiter kam näher, und plötzlich tauchten Ilderim und sein Reiter aus einem Waldstück auf. Das Pferd lief an, sprang und flog mit der Leichtigkeit einer Schwalbe über einen breiten Graben, Sebastiano jubelte auf Mariannes Arm vor Vergnügen:

»Papa! Papaaa!«

Marianne küßte das Kind auf die Nasenspitze und übergab es dann Lavinia. Langsam stieg sie die Freitreppe hinab, dann ging sie über den Rasenteppich dem Reiter entgegen. Er jagte auf sie zu wie ein Geschoß, vielleicht hatte er sie nicht bemerkt ... Aber sie blieb regungslos stehen, gefangen von der wilden Schönheit des Ritts. Wenn es Corrado nicht rechtzeitig gelang, Ilderim zu zügeln, würde er sie umreiten!

Aber er war des rassigen Tieres, das so lange schon sein einziger Freund war, vollkommen sicher. Vier Schritte vor Marianne, die keinen Millimeter zur Seite gewichen war, bäumte das Pferd sich auf, tänzelte mit den Vorderhufen in der Luft und sank dann gänzlich ruhig herab. Mit einer geschmeidigen Wendung sprang der Reiter zu Boden.

Marianne sah, daß der bronzene Gott ihrer Erinnerung leibhaftig vor ihr stand. Er war gekleidet wie ein beliebiger Landedelmann, der an einem Sommertag seine Besitzungen inspizierte. Er hatte die schwarzen Bundhosen in einem Paar Stiefel aus feinstem Leder stecken, sein offenes weißes Hemd ließ die wettergebräunte Brust und die starken Armmuskeln erkennen. Dazu lächelten seine blauen Augen in einem Feuer, das sie noch nie an ihm bemerkt hatte.

Sie war so in seinen Anblick versunken, daß sie nicht einmal daran dachte, etwas zu sagen. Als er dann ihre Hand ergriff und sie langsam an seine Lippen führte, hatte sie den Eindruck, aus einem Traum zu erwachen.

»Seien Sie mir willkommen, Madame«, murmelte er mit der dunklen Stimme, die sie immer erregt hatte. »Sie sind gekommen, um uns ... zu besuchen?«

Es war ihr klar, daß er nicht recht an ihre Rückkehr glauben mochte und ihr außerdem eine Fluchtmöglichkeit offenhielt. Aber der Unterton von Angst in seiner Stimme bewegte sie.

»Nein, ich bin gekommen, um zu bleiben, falls Sie es immer noch wünschen. Ich bin gekommen, um Ihre Frau zu sein. Corrado, im vollsten Sinne des Wortes Ihre Frau. Ich werde Sie nicht um Verzeihung bitten für alles, was Sie durch mich gelitten haben, aber ich will Ihnen gehören. Wollen Sie mich?«

Einen Augenblick sprach keiner ein Wort. Die blauen Augen des Fürsten tauchten in den Blick der jungen Frau, als wolle er ihre geheimsten Tiefen erkunden, aber Mariannes grüne Augen, die in seinem Blick plötzlich brennende Leidenschaft erkannte, wichen seinem Blick nicht aus.

Dann zog er sie fast schüchtern an sich.

»Wer würde es jemals ablehnen, den Traum seines Lebens zu verwirklichen?« murmelte er.

In dieser Nacht wurde Marianne klar, daß es nicht das erste Mal war, daß sie dem Fürsten Sant'Anna angehörte und daß der geheimnisvolle Liebhaber von Korfu zu ihr zurückgekehrt war.